NEW HUMANITIES SERIES
新人文丛书

主　编●王晓纯 吴晚云

赵晓辉 著

清镜幽匣集

光明日报出版社

图书在版编目（CIP）数据

清镜幽匣集 / 赵晓辉著. —北京：光明日报出版社，2016.6

ISBN 978-7-5194-1084-1

Ⅰ. ①清… Ⅱ. ①赵… Ⅲ. ①随笔—作品集—中国—当代 Ⅳ.①I267.1

中国版本图书馆CIP数据核字（2016）第139759号

清镜幽匣集

著　者：赵晓辉

责任编辑：王　娟　　责任校对：傅泉泽
封面设计：糖晶书装　　责任印制：曹　净

出版发行：光明日报出版社
地　　址：北京市东城区珠市口东大街5号，100062
电　　话：010-67078231（咨询），67078870（发行），67019571（邮购）
传　　真：010-67078227，67078255
网　　址：http://book.gmw.cn
E - mail：gmcbs@gmw.cn　wj_gm2013@163.com
法律顾问：北京德恒律师事务所龚柳方律师

印　　刷：北京世汉凌云印刷有限公司
装　　订：北京世汉凌云印刷有限公司
本书如有破损、缺页、装订错误，请与本社联系调换

开　　本：710*1000 1/16
字　　数：240千字　　印　　张：20.5
版　　次：2016年8月第1版　　印　　次：2016年8月第1次印刷
书　　号：ISBN 978-7-5194-1084-1

定　　价：42.00元

【总序】

新人文：在思想与行动之间

王晓纯

“人文”一词，用法不一：古人将之与“天文”对举，今人把它与“科学”并列；它还常用来概称一种无论西方还是东方都存在的、崇扬人性与人道的主义或精神。

“人文”与“天文”对举，最早出现于《周易》。《周易·贲卦》彖辞中，有“观乎天文，以察时变；观乎人文，以化成天下”之语。根据后人的解释，“文者，象也”，即呈露的形象、现象。于人而言，包括人世间的事态、状况，并可以引申到个人气象与社会风貌。值得注意的是，文中强调：“文明以止，人文也”。文明总是与人文密不可分。人而文之，方谓之文明。在中国传统中，“人文”主要指人类社会的礼乐教化及其典章制度和道德观念。而文明在其本质上，乃是人类对“人之为人”在思想上的自觉和这种自觉在实践中的表现。

“人文”与“科学”并列，与西方近代分科之学的出现与发展有关。伴随科学与技术的勃兴和迅猛发展，人类社会传统的文化格局发生了重大改变，尤其通过科学与工业革命不断推波助澜，甚至形成了科学与人文所谓“两种文化”之间的分裂。

“人文”作为一种精神或主义，泛指从古到今东西方都出现过的强调人的地位和价值、关注人的精神和道德、重视人的权利和自由、追求人的旨趣和理想的一般主张。

当代中国思想者的研究视域从来没有离开对中国社会的人文关注。如今，中国社会进入了一个重要的转型时期。新时期呼唤新人文，也不断催生着新人文。

新人文是一种新愿景。现代社会使人在工具理性和技术统治面前常感无力，物质的丰富与精神的幸福之间往往失衡。新人文将目光聚焦人本身，重塑价值理性，高扬人性的尊严，唤起内心的力量，促进个性的自由发展，让梦想不再贫乏，让精神充满希望。

新人文是一种方法论。唯人主义和唯科学主义是现代性的基本组成部分，但两者的分隔也有渐行渐远之势。新人文试图重新发现科学与人文的内在融通，增进科学与人文的互补互用，让科学更加昌明，让人文之光更加夺目。

新人文是一种行动哲学。继往圣、开来学不是思想者的唯一目标，在理想与现实之间需要架设坚实的桥梁。新人文力图夯实人文基础，作为社会的良知而发出社会公正和正义的呼声，着力提高全民族的文化素养和精神境界，让思想冲破桎梏，用行动构筑未来。

鉴于以上种种，我们特地编辑了这套《新人文》丛书，奉献给关心当代中国现代化进程和新人文建设的广大读者。

2012.10.19

目录

第七辑　伫闻清议

第一辑

旧时月色

绣帷往事织锦篇

周邦彦是两宋词史上结北开南的大家。诚如诸多词评家所论的那样，他的词浑厚和雅，构思缜密，章法谨严，长于勾勒之法，以人工思力见胜。如果细读，几乎每首清真词，都是一幅深婉密丽的织锦，闪耀着绮罗锦绣的光泽。词人妙解音律，对于词这种抒情体式之分寸节度的控制，几乎可谓深契微芒矣。此外，一部《清真词》，词意富赡，词采鲜妍，充满细节之美，真令人叹服。

让我们掠过词人亡灵陈迹的展示，以及烦琐考证的文字，直接进入清真词本身，此番所要细读的是一首寄调《瑞龙吟》的词。在暮春略带感伤的情绪之下，伴随着抒情灵视的想象，我们假定：这是11世纪末的宋代，故事从北宋都城汴京的一条道路开始，我们即将进入一段往事的古典之旅。

无论从意象、内容还是情感类型来看，曲子词都是一种给人较为程式化、类型化感觉的文体。在词的世界中，原本在诗中相对广漠的世界在迅速缩小，从关塞江湖缩小到庭院廊庑间，缩小到只有春天知晓的琐窗闺阁中。它唤起了一片相思之情，创造了庭院、楼阁、飞絮、细雨、飞花、画桥、流水等轻柔敏感的意象。在这个幽深杳邈的世界中，我们常听到一种似曾相识的声音，浪漫传奇与哀婉情事在循环往复的世界中代代相传，虽然它们呈现的细节各不相同。一开始词人写道：

章台路。
还见褪粉梅梢，
试花桃树。
愔愔坊曲人家，
定巢燕子，
归来旧处。

在古典世界里，一切似乎都具有轮回往复的稳定性。词一开始就把我们抛入了一个熟悉的情境：章台。这个词如丝线一般闪烁着艳情的质地，它原本不过是西汉京城长安一条繁华富庶的街道，但后来便融铸成浪漫文化的一部分，很自然地令人联想到中唐诗人韩翃与歌妓柳氏的故事，还有那首哀婉的小词：

章台柳，章台柳，往日依依今在否？
纵使长条似旧垂，亦应攀折他人手。

柳氏，曲子词冶艳世界中人们习见的一个名字。而那些柔软轻拂的枝条，正如她的名字一样，象征着生命中的春天，女子柔弱而易被攀折的生命、欢情的易逝以及阅尽人间的别离。一切都在暮春的空气中化为渴求的游丝。

我们追溯回忆的章台之路，画面中隐现出诗人的身影，他的目光凝固在春天的梅枝与桃树之上。这梅花与桃树，是由幽邈细笔勾勒出来的繁复精微的艺术品。空中暗香浮动，霰雪般的花粉从枝头轻轻褪下，仿佛告别的叹息。花粉和女子脂粉难以分辨开来，而委落的脂粉令人想到玉殒香消的感伤情事。

自然中的花朵新旧交替，此开彼败，如同荏苒时光般充满无端之美。

中国古典诗词中，自然之景始终是至为活跃的意象，词人发挥了对人化自然的控制力，由此而使之表现出强烈的人化意向：试花，她仿佛在试验自己初开的花朵，带着一种新鲜可喜的生命感。试花桃树，与下文中词人追念的那个“痴小”女子，这是一种不经意的重笔勾勒，仿佛女子对着镜中不辞的朱颜。

前代词评家，极力赞赏周邦彦词作中逆挽曲折的笔法，这种笔法给词带来了开阖迭宕的活力以及揖让进退的美感，它使词中往昔、现在与未来时空有机连缀在一起。如被晚清词评家陈洵在《海绡说词》中指为逆入之笔的“还见”，它使我们清晰地意识到：在风光冉冉的暮春，有着枝影扶疏的花树，在这样一个容易唤起感伤意绪的情境下，往事与现实在此际会了。这是十分有力的、猝不及防的际会。它蓦然闯入，仿佛在漂流时光中一只逆行而上的、挣扎着想要摆脱羁绊的小舟。

当然了，在“还见”中，这种凝视并不只是双重目光的交叠：词人清晰地意识到这首词是私人情事的公开展示，一出小型戏剧正在上演，想象中读者幽邈的目光亦应在场。回忆展开的速度无比缓慢，好比抽丝剥茧，又好似完成一幅细腻的工笔画。清代词学家周济把周邦彦最擅长的这种词笔形象地称作“层层脱换，笔笔往复”①。

我们的目光掠过了正散落花粉的、半萎败状态的梅枝，掠过了兀自沉浸在初生喜悦中的桃树枝桠，又追随词人的目光看到了：愔愔坊曲人家，以及归来旧处的燕子。这依然是依靠惯性流转的、似曾相识的景象：“无可奈何花落去，似曾相识燕归来。”（晏殊《浣溪沙·一曲新词》）唐人孙棨《北里志》中记录过那些深藏在幽深坊陌中的人间春色，以及朝欢暮乐的雨润云温。在所有引人入胜的繁华街衢与感官快乐中，都隐藏着无常与悲伤的暗流。而深陷其中的人们，永远也不会预见未来回忆的痛苦。

而写作这首词的乐趣在于，作者通过书写复现往事之时，已然声言从艺术角度控制了这些予人强烈不安感的往事，并获得了平静和愉的心境。“愔愔”这个词，从上下文来看，其用字当本于李商隐《燕台诗》：“瑶

①周济《宋四家词选目录序论》，唐圭璋编《词话丛编》（第二册），中华书局1986年版，第1646页。

琴愔愔藏楚弄”，在诸多笺注者笔下，它被解释为“安静和悦貌”或“幽深貌”，无论何种解释，这个词都暗示了艺术再现的往事与真实经验世界的疏离。

而定巢燕子归来旧处，它传递出春天快要结束的讯息，还揭示出自我与外物的对比：燕子依人而居，巢于梁上，而它对人世的变幻不定竟懵然无觉。燕子尚可一年一度回来定巢，而人却处于恒常的孤独中。道路、花树、坊陌，都是旧时相识，包括燕子。在这不动声色的表象之下，潜藏着情感的洪流。或者说，我们期待作者以更加出色的技巧表现情感。行文至此，我们也注意到在这首词中，构成一个传奇故事的基本情境俱备了：春天，那些幽暗曲折的坊陌，往事屋檐下的燕子，故地重游，循路渐进的追寻。这一切都成为回忆绣帷开启的铺垫和契机。接下来词人写道：

黯凝伫。
因念个人痴小，
乍窥门户。
侵晨浅约宫黄，
障风映袖，
盈盈笑语。

在这织锦般的绣帷上，词人及女子幽约的身影终于出现了，他深陷在黯淡的影子和往事中，仿佛凝固了一般。“黯凝伫”是承上启下之笔，赋予词作清晰的结构感。片刻伫立后，循着词人回忆，我们依约看到了一位料峭春风中衣袖飞动的女子，这是一个年纪尚小、天真烂漫的女子。不仅词人深谙勾勒之法，他笔下女子也长于涂染之术。她薄施脂粉，以黄涂额，这是明媚如春天般的妆容。而这样一个至为明丽的形象，她从未真正出现在读者面前，仅仅依约掩映在遮挡春风的衣袖间。我们惊奇地发现，用于遮蔽的织物再次出现了。

我们不禁为词人高超的艺术控制力发出赞叹。这令人惊讶的织物——一双飞动的衣袖，一方面，它遮盖了窥视的目光，避免了词中出现过于直露的官能刺激。另一方面，它为词人赢得了历代词评家众口一致的赞誉。在中国传统的诗学观念中，诗词创作不应违忤伦理教化功能，应尽可能地表现温柔敦厚、怨而不怒之感。柳永词就因大量摹写秦楼楚馆间女子的容色才艺、男女情事而被指为轻浮淫亵之徒。这种写法也完全符合沈义父《乐府指迷》中所示的“如说情，不可太露”[①]的作词之法。当然，我们也看到，无端吹来的春风在一位擅写幽情蜜意的词人的灵视与想象中，它不会吹拂在山林水泽、清涧幽谷之间，而是裹挟着女子或花树的脂粉，轻轻拂动在她春日的妆容与单薄的袂裾之间。

她乍窥门户，刚刚开始倚门揽客的生涯。这个形象的魅力在于，她尚在痴小的年龄，有着容易快乐的天性，人世风尘尚未沾染她明丽的面容，而她对自己未来的命运茫然无知，这种茫然本身就极具魅力。“乍窥门户”之“窥”字，给人以特别之感，如同卞之琳的诗“你站在桥上看风景／看风景的人在楼上看你／明月装饰了你的窗子／你装饰了别人的梦”（《断章》），这是双重的窥视：她站在门口看街，而我们在看她。但这种窥视很快就被一块织物拒斥在外：她用袖子遮住了面容，我们只能听见盈盈笑语。

片刻的疏离感再次出现了，我们又一次感受到了这首词的腾挪变化之美。这个“障风映袖”的动作是预设好了的，是经过词人精心设计的动作。我们明白了，适当的距离感是保持艺术作品再现往事时优雅姿态的必要条件，它使回忆的脚步从容雅健。那是一种缓慢动人、耽溺其中却不欲惊动周遭的动人语调。词的前两叠，是双拽头，接下来进入第三叠，忆旧与伤今完美应和，词人写道：

> 前度刘郎重到，
> 访邻寻里，
> 同时歌舞，
> 惟有旧家秋娘，
> 声价如故。

①沈义父《乐府指迷》，唐圭璋编《词话丛编》（第一册），中华书局1986年版，第280页。

吟笺赋笔，
犹记燕台句。

行文至此，词人终于清晰地出现了，在此之前只是恍若梦游般追寻的影子。在这幅特殊的绣帷之上，他所追寻的女子是风月花丛中一个常见的名字：秋娘。而与此相应地，词人则悄然化身为一个能够唤起类型化经验的人物：刘郎。这固然是词中惯用的语汇，然而却唤起了一段优美情事的联想。换句话说，这次回忆之旅通过人所共知的典故演绎为对前人经历的重现。

唐代诗人刘禹锡曾在《再游玄都观》中写道：“种桃道士归何处，前度刘郎今又来。”这个典故又与另外一个典故交互重叠，让我们进入了“林中之路”的恍惚之境。南朝刘义庆《幽明录》中记载了一段传奇的遇合：东汉的刘晨、阮肇入天台山旅行，迷不得返，饥馁殆死之时，忽而绝处逢生，在溪水上奇异地找到水上流杯，杯中有食物可以果腹，度山出溪时，遇到了两位资质绝妙的仙女，他们淹留于此，与两位仙女寻欢作乐，如此达半年之久。我们立刻从中辨认出了艳情的质地，词人也声称：我是那两入仙境的刘郎，生命的历程是又一次循着溪水和芳枝上溯，我的经历不过再现了艳情世界中诸多悲欢离合往事的一幕。而所慕之人，她是声价如故的秋娘。

这次故地重游，不过是一次祭奠和极具仪式感的祀礼。宇文所安云：“古代的祀礼在它们的公有性和重复性中提供了一种形式，通过这种形式，我们能够在我们所爱的亡故者中遇上失去的东西，同样，诗的祀礼把世界中特殊的东西还原为象征和复现的样式，凭借它，我们能够感受到在回忆中认识到的失落的意义。”[①]在这首词里，所有细节情境的复现都深具仪式感，而追寻的结果也是宿命般必然落空：词人四下张望，却一无所见。

他想要通过寻访昔日邻里来完成这次祀礼，试图收集她散落人间各处的讯息。而过去风流济楚的容颜，已如花朵般离散消沉。她的身影永远隐匿不见，而她的声名则飘浮于春天的尘埃之上，在词人周围神秘地回响。

①宇文所安《追忆》，郑学勤译，生活·读书·新知三联书店2004年版，第141页。

而在当时，曾经打动她的就是那些吟哦诗句的声音，包括传达爱意的信笺。这其中有深厚的知赏，她曾爱慕我的才华，也曾珍藏我的诗句。这回忆的绣帷，它的图案和技艺如此精微深细，我们原本以为从中找到了一些私人情感的蛛丝马迹，可是现在，它又变得恍惚起来，我们循着"燕台"这个词又进入了典故迷宫中的另外一间。我们看到词人已然化身为唐代诗人李商隐，而词人追念的女子，又通过这词语的丝线变成了李义山的柳枝。这次化身是危险的，它强烈地唤起了我们对于诗人李商隐的追慕之情，很可能由此陷入《燕台》诗的迷障而无法回转。

概言之，要理解《燕台诗》，须提及《柳枝五首》序。《柳枝五首》序中有诸多语焉不详的疑点，另外其细节是否真实，我们对此暂置不论。[①]在这个诗人声称真实经历的事件中，我们注意到李义山与柳枝相遇的情境颇有似曾相识之感：又是唤起无限情思的春天。柳枝，冶艳传奇世界中常见的名字。她毕妆以待，"抱立扇下，风鄣一袖"，这与周邦彦所写"侵晨浅约宫黄，障风映袖"，何其相似。

这种煞费苦心的移用，在词的创作中，是谓"檃栝"的艺术。"檃栝"的原意是指矫揉弯曲林木，使之平直或成形的工具。刘勰《文心雕龙·熔裁》篇云："蹊要所司，职在熔裁；檃栝情理，矫揉文采也。"[②]这里"檃栝情理"，是由矫正曲木的工具引申而来的意思，其意略同"矫正"。"檃栝"用在文学创作中，意谓现成之作经由点染，使之柔从人意，顺应新的文本需求。周邦彦的确是擅长檃栝艺术的杰出词人。

我们惊讶地看到，这语言的织物原本遮住了柳枝的面容，继而又被词人通过"檃栝"的手法移用过来，轻轻遮挡在另一位女子的妆容之上。这同样也是一种欲盖弥彰的遮掩，充满了冶艳的诱惑性。诗人和柳枝订立了约会，可是后来他的朋友出于恶作剧盗走了他的卧具，于是二人阴差阳错地失之交臂。后来让山告诉诗人，柳枝已被"东诸侯"取去，这仍是诸多传奇中一个宿命的结局：在茫茫尘世中，永远失去了一个知赏自己才华的女子。李商隐由此而写下了很多惘然追忆的诗篇。

①详参本书《柳枝五首》读解文章《锦鳞绣羽暗伤怀》第140页。
②刘勰思著，周振甫注《文心雕龙注释》，人民文学出版社1981年版，第355页。

多少次我们通过回忆来复现这样一个被织物遮蔽的、面容漶漫不清的女子，包括梦境也是强有力的复现模式之一。若细加吟绎，我们会发现《燕台》诗有着与《瑞龙吟》相似的追忆元素：春天、桃树、高鬟佳人、惘然追寻。但《燕台》诗是如此破碎繁缛，惝恍迷离，呈现出一种如瓶落井、一去不回的沉痛哀感，这与清真词控制谨严、从容和雅的词笔大不相同。前者尚沉浸于心神迷乱、破碎无序的激情中，而后者已然进入了自然沉着的回忆。这也体现了古体诗和词在形式、艺术规则方面的差别。我们也注意到，这两个艺术风貌迥然有别的文本之间形成了一种奇妙的互补。

同时，在这番不露痕迹的语言转换中，一个新的问题产生了：这些擅长讲述浪漫传奇的诗词作品，其中复现的往事究竟出于诗人真实的体验还是虚构的欲望？退一步来说，或许其中的情事对于词人来说是一次全新的体验，但它决非任何意义上袒露真实细节的“私人写作”。在这幅绣帷之上，我们只看到符合文人雅士趣味的典丽精微的技艺，它所唤起的感受是类型化的，我们一次又一次际会了那些似曾相识的情境。这些情境很可能出自词人戏剧化的自我塑造，他十分乐意在词中将自己呈现为一个用情深挚、才华出众、有如再世李义山的形象。

由此，我们再度陷入了迷惑：在创造一个艺术世界的时候，究竟是诗人经历的往事决定了诗歌所呈现的面貌，还是长久以来艺术累积的规则经验、阅读际会的意象语言影响了诗人在现实情事中的行为体验？如果我们完全否认后者，那无疑是荒谬的。尤其是在词这种擅长追忆的文体中，词人主观的抒情能力、艺术技巧往往会居于主导地位，有时甚至会完全摆脱现实世界的干扰。“回忆和过去在文学中居于中心地位，已经有了很长的传统了，但是，在此以前它们从未变得像在这些年那样举足轻重——它成为一种风尚，几乎成了审美领域里风靡一时的嗜好，仿佛只要一头钻进艺术里和对往事的回顾中，就能把已见征兆的未来置于脑后似的。”[1]如果读多了这类词，我们甚至可以认为，像周邦彦这样的词人，他们如此迷恋于在往事的绣帷上细细涂染勾勒痛苦，久而久之，这痛苦已然变得温婉美丽，一个镜花水月般柔婉精微的艺术世界就此呈现出来。回忆之旅还在继

①宇文所安《追忆》，郑学勤译，生活·读书·新知三联书店2004年版，第131页。

续，词人似乎应该给这段感情增加一些确实可感的细节：

知谁伴、名园露饮，
东城闲步。
事与孤鸿去。

最后，词人的目光投注于孤独而自由的鸿雁之上，并且宣称：所有往事都要追随它直到邈远云汉去了。如果艺术控制力是有效的，或许可以再次获得平静。此时此刻，我们发现：词人想要决绝地从往事中抽转身去。因为他清晰地意识到：当年和这位女子名园露饮，东城闲步的情景永远不可复得，这种通过文字复现的回忆无疑是虚妄的，只会令人惘然。他略带茫然、无所指归地发问：现在是谁在陪伴她呢？他似乎无意于弄清这个问题就开始原路折返了。在词的最后，词人写道：

探春尽是，
伤离意绪。
官柳低金缕。
归骑晚、纤纤池塘飞雨。
断肠院落，
一帘风絮。

现在，我们追随词人回来了。尽管词人已宣称“事与孤鸿去”，但绣帷上仍有几根丝线带有藕断丝连的痛楚。在去往追忆的途中，我们看到了路旁的花树，现在返回途中，我们又看到了熟悉的树木：路边的柳树垂下了她金色的丝绦。

这幅细腻的织锦终于完工了，它像帷帐一样悬在半空，有情还似无情。最后，我们在这幅图上看见了黯淡暮色中的归骑，微风轻斜的雨丝，还有愔愔庭院的风絮。黯然销魂的痛苦氤氲在目力所及的景物中，但同时也被高度的艺术控制力藏匿在图案的丝线之下。

絮乱丝繁天亦迷

《燕台》四首作于李商隐早年[①]。这组诗总名《燕台》，下各有小标题，分《春》《夏》《秋》《冬》四时。其幽咽迷离的诗歌表征，心魂呓语般的梦幻气质，颇予人目眩神迷之感，与我们惯知的古典诗词表达范式极为不同。迄今为止，已有论者从不同角度对这组诗加以阐说，但对于这组诗带给读者的新鲜特异的审美感受，以及形成这种美学风格的修辞势态到底为何，这一重要的诗学命题尚无人论及。我们不禁要问：这组诗令人目迷五色、不能自已的诗性魅力从何而来？它内在的修辞结构对我们理解义山诗的美学特质究竟有何裨益？事实证明，如果不把所谓“寄托深远”或“传写身世”这一基本判断（也是基本前提）强指为诗人之用心，也不采用前代批评家将这组诗歌作为李商隐真实人生经验的记录来理解的索隐式阐释策略[②]，而以文本细读的方法，从对前人评价的观照开始，深入这组

①根据刘学楷、余恕诚《李商隐诗歌集解》《柳枝》五首大约作于开成二年（837年）义山登第前数年中，《燕台》四首当更在此之前。《柳枝》五首诗序中让山又称义山为“少年叔”，则《燕台》四首当作于李商隐早年为宜。见刘学楷、余恕诚《李商隐诗歌集解》，中华书局1988年版，以下材料皆出于此，不另注明。

②很多批评家认为这组诗是李商隐真实人生经验的写照。如冯浩猜测此诗是义山“学仙玉阳东”与女冠恋爱之作。苏雪林则云是义山追悼飞鸾、轻凤两位随贵主入道观的宫女。钟来茵则将《燕台》四首认作义山吟咏女冠的代表作。也有如纪昀认为此诗“以《燕台》为题，知为幕府托意之作，非艳词也”，凡此种种，不一而足。

诗歌的显微结构，以其意象、结构、语言等为考察基点，我们或可找到一种与其抒情特质更为熨帖的阅读方法。

一、抒情特质

我们先来一读这组总名为《燕台》的四首诗：

春

风光冉冉东西陌，几日娇魂寻不得。
蜜房羽客类芳心，冶叶倡条遍相识。
暖蔼辉迟桃树西，高鬟立共桃鬟齐。
雄龙雌凤杳何许？絮乱丝繁天亦迷。
醉起微阳若初曙，映帘梦断闻残语。
愁将铁网罥珊瑚，海阔天宽迷处所。
衣带无情有宽窄，春烟自碧秋霜白。
研丹擘石天不知，愿得天牢锁冤魄。
夹罗委箧单绡起，香肌冷衬琤琤珮。
今日东风自不胜，化作幽光入西海。

夏

前阁雨帘愁不卷，后堂芳树阴阴见。
石城景物类黄泉，夜半行郎空柘弹。
绫扇唤风阊阖天，轻帏翠幕波洄旋。
蜀魂寂寞有伴未？几夜瘴花开木棉。
桂宫留影光难取，嫣薰兰破轻轻语。
直教银汉堕怀中，未遣星妃镇来去。
浊水清波何异源？济河水清黄河浑。
安得薄雾起缃裙，手接云軿呼太君。

秋

月浪衡天天宇湿，凉蟾落尽疏星入。
云屏不动掩孤嚬，西楼一夜风筝急。
欲织相思花寄远，终日相思却相怨。
但闻北斗声回环，不见长河水清浅。
金鱼锁断红桂春，古时尘满鸳鸯茵。
堪悲小苑作长道，玉树未怜亡国人。
瑶琴愔愔藏楚弄，越罗冷薄金泥重。
帘钩鹦鹉夜惊霜，唤起南云绕云梦。
双珰丁丁联尺素，内记湘川相识处。
歌唇一世衔雨看，可惜馨香手中故。

冬

天东日出天西下，雌凤孤飞女龙寡。
青溪白石不相望，堂中远甚苍梧野。
冻壁霜华交隐起，芳根中断香心死。
浪乘画舸忆蟾蜍，月娥未必婵娟子。
楚管蛮弦愁一概，空城罢舞腰支在。
当时欢向掌中销，桃叶桃根双姊妹。
破鬟倭堕凌朝寒，白玉燕钗黄金蝉。
风车雨马不持去，蜡烛啼红怨天曙。

关于这四首诗，叶嘉莹先生在《旧诗新演》中已对此做过细致阐说，其精思妙赏，兹不赘述。[①]其中《夏》之一首，被清人何焯称为“思致太幽，寻味不出”，在我看来，它是一首具有典型阴性表征的诗。

“前阁雨帘愁不卷，后堂芳树阴阴见”，该诗一开始就向我们展示了古典诗词最常见的母题“回忆”，以及由回忆带来的忘情而投入的诉说。前两句状夏日景象，前阁外丝雨如帘，终日不卷；后堂外芳树阴阴，隐约可见。“愁不卷”与“阴阴见”之间形成了一种可以调和的对峙，由此可

①叶嘉莹：《旧诗新演——李义山〈燕台四首〉》，见《迦陵论词丛稿》，河北教育出版社1997年版，第225—283页。

以窥见到此诗富有张力的细节。

这是一种极为个人化的表述，夏日原本烈日炎炎，燠热难耐，但在锐感抑郁的诗人那里，他印象最为深刻的，无非是那些令人深陷其中、没完没了的雨水，还有隐约可见、似乎深怀敌意的树木，它们环伺在诗人居所周围，像是无形的屏障或帘幕一样，让人深陷郁躁但却无能为力。

我们注意到，诗的开始并未透露发话者究竟何人，其叙述的口吻恍若全知全能，但仅就其音节声情就带给我们一种强烈的阴性诗歌体验：潮湿的、封闭的、抑郁的，此令人联想到古典诗词中由重重帘幕、帷帐、闺阁、围墙所构建起来的内囿主题。

接下来仍是这种凄暗感觉的延伸：石城景物类黄泉，夜半行郎空柘弹。透过令人窒息的雨帘和树木，极目所至，石城的景象竟不类人间所有，恍然间似身处惊悚幽暗的黄泉地带；凝神静听，夜半时分，只听到那些少年郎挟弓弹鸟的声音。

如果再仔细一些，我们甚至可以听到鸟雀的羽翼在暗夜里挣扎飞动的声音。雨水与树木固是目力所及，但“行郎柘弹”更兼想象之词，亦真亦幻，作者实为运作形式的高手。

可惜了，那些少年郎，他们手持美好的柘木做成的弹弓，却身处暗若黄泉的夜晚，力不能施，直如衣锦夜行。一个“空”字，乃为徒然落空之意，带有发话者强烈的情感倾向。此一“空”字，它像是风中燃烛，如同“锦瑟无端五十弦”中的“无端”一样，劈空而来，令人绝望，带有强烈的徒劳之意。

以下又转写绫扇与帷幕：绫扇呼唤来自阊阖天门的好风，轻盈翠绿的帷幕在微风中飘动，宛若水波的回旋。由此，滞重阴惨的凝固之感因徐徐吹拂的清风而变得轻灵了许多，但我们注意到：诗中发话者的面目仍旧漶漫不清，到此为止，我们只可窥见“她”持扇的手指。

我们开始推测：诗人或许要将这个形象隐藏到底，或许诗人考虑到前面并列的意向有些缺乏交融连贯性，于是又转入了一个口吻强烈的发问：蜀魂寂寞有伴未？几夜瘴花开木棉。“蜀魂”自然是指蜀望帝之魂魄化为子规之典故。这样一个失国失家的、日夜啼呼、惨痛忉怛的灵魂，它可有伴侣？发问的语气既如此微弱不定，在追问的瞬间，答案早已指向宿命的寂寞。这句与其说是追问，不如看作语气的转换，用来避免表达方式的单调。

“桂宫留影光难取，嫣薰兰破轻轻语。直教银汉堕怀中，未遣星妃镇来去。”诗人接着又写到夏夜之月光、兰花。这夏夜月宫之流光原本难以追寻，茫然间似又听到兰花在暗夜中的轻声细语。继而发话者以祈使性很强的口吻“直教”与“未遣”来表达一份坚定执着之情意。

倘若神明有知，亦当为此精诚所感。以下又跳跃到“浊水清波”之句，似言浊水清波永无相偕之日。在茫然的追寻当中，什么时候能在薄雾中身着淡黄的缃裙，以手亲接所爱之人，还伴随着口中低低的呼唤呢?

由《夏》的分析我们不难感受到它强烈的抒情口吻以及诗人强大的抒情能力。周汝昌先生曾以“三才”说“三李”诗，太白才气，长吉才思，义山才情，洵为知言。细绎之，此诗确以“情”而非“事”或“理”作为驱策全篇的动力。

这样具有浓郁抒情表征的诗歌，使读者在阅读的瞬间，不由自主地被这种强大的情感磁场所裹挟，一边惊讶，一边被深深地吸引和卷入。它所打动人的，并非叙事化的戏剧效果，而是一种淋漓尽致的情感裹挟力量。依此，我们将李商隐这首诗定性为“抒情的”。对于抒情诗来说，诗歌语言、意象等是领悟其内容情意的关键要素，如果将注意力全部集中在诗歌一些蛛丝马迹的细节上，并试图根据这些碎片来考索出一个完整的事件，这无异于缘木求鱼。

当然，那些有趣的索引派，他们的考证文章充满了悬疑小说般的幽趣，令人沉迷。它关乎李商隐那秘而不宣的情事，读来香艳缠绵，幽恨满纸，让人仿佛身处幽房曲室。那些随意抛掷的词语荏苒化为月光下的银桥，待回眸时，那有关诗人情事的传奇却如银桥随步而灭。

二、主要语汇

美学家苏珊·朗格有一个颇为著名的观点来定义抒情诗，她认为经验的幻觉正是抒情诗的基本质素。朗格认为，实际生活的情事都破碎而不定，诗人的职责就是要把生活过、感觉过的情事的近似性重新创造出来。因为纯粹情感的表现是极易匮乏的，它的表现手段远不及叙事性作品那样丰富宽广，因而它对诗人处理经验幻觉的能力提出了很高要求。

我们注意到在这组诗里，不断跳跃变换的意象充分显现了诗人的语言创造力。仅《夏》之一首，就涉及四时纷繁的景与人：前阁、雨帘、后堂、芳树、石城、夜半、行郎、绫扇、帷幕、蜀魂、瘴花、木棉、桂宫、兰花、银汉、星妃、河流、薄雾、缃裙、云軿、太君……类似纷繁意象之间呈现一种疏离的并列状态，在逻辑上缺乏必然联系，它们以迅疾的速度在我们的灵视内跳跃转换，好似多棱镜和万花筒一般从各个角度折射诗意，确乎给人以"絮乱丝繁天亦迷"般的阅读感受。冯浩尝言读之有"或彼或此，忽断忽续"之感，盖在于此。经过反复的阅读，我们把这组诗的主要语汇釐为如下五类：

1. 阴性语汇：娇魂、芳心、高鬟、桃鬟、帘、夹罗、簏、单绡、香肌、珮、绫扇、轻帷、翠幕、缃裙、相思花、鸳鸯茵、瑶琴、越罗、金泥、双珰、尺素、歌唇、馨香、楚管、蛮弦、舞、腰支、桃叶、桃根、破鬟、倭堕、白玉燕钗、黄金蝉

2. 仙逸语汇：雄龙、雌凤、天牢、黄泉、阊阖天、桂宫、银汉、银汉、云軿、太君、天宇、凉蟾、云屏、北斗、长河、云梦、雌凤、女龙、月娥、婵娟

3. 时令语汇：春——暖蔼、桃树、絮、春烟；夏——雨、树、风、瘴花、木棉、兰花；秋——凉蟾、疏星、霜；冬——冻壁、霜华、朝寒

4. 感官性语汇：暖、迷、残、冷、幽、湿、凉、急、破、寒、冻

5. 情绪性语汇：愁、无情、冤、愁、寂寞、怨、惊、死

此诗的词语来源，不外乎以上五种。第一类主要与女性容色、衣饰、歌喉、乐器等相关，前人尝言，义山诗风流玉质，颇近于女性般柔弱美好，盖在于此。第二类则有仙逸之气。这组诗以仙道比兴，以仙界情韵衬托人世杳渺，给整个诗篇增加了一种超现实的迷幻色彩。第三类则是与四时节令相关的意象，乃是全诗赖以展开的季节背景。最后便是感观及情绪性意象，诚如这些词语本身，此诗的情感基调就此呈现：它给人以感伤、

寂寞、凄凉、愁苦之感。

全部五种语汇，都予人以丰富而直接的感染力，乃是理解义山诗感性修辞精要之所在。五类语汇，既相互谐和又跳跃疏离，由此我们不难看出，这组诗基本表达方式是：围绕一个中心季节，以能够相互协调的意象群落来结构全篇，形成多重旨意的、引人深想的隐喻性诗歌语言。要之，类似语汇，其长处在于直截而生动地传达情意和感觉，但同时又给人以藻采破碎之感。当然，以上语汇显然出于精挑细选，诗人甚至刻意选择了一些生僻的语汇（譬如仙道之词）来表现他异于众人的才情，并精心营造了一种奇幻迷离的诗歌境界。此外，这些语句单元之间呈现并列而疏离的态势，不仅四首诗之间联系不强，就连每首诗内部意象之间也有大量跳脱空白之处。它要求读者在阅读时，拥有高度的抒情灵视和对意象的透视眼光，对这些诗句加以精微观照，体验其内在秩序。

从这组诗的某些句子来说，可明显见到学习李贺诗的痕迹。同时，它对批评家惯用的阐释方式提出了挑战，对读者的阅读想象力也提出了很高要求。冯浩认为义山此类诗作“于诗教中固非正轨”，所谓“并非正轨”，大致说来，也即那些剑走偏锋的、异于传统的创新甚至叛逆的姿态，它引起了极大的阅读快感，也让保守的批评家感到不安：“譬之金石灵品，得诀者炼服以升仙，愚懵者乃中毒而戕命矣。”后世的批评家早已经养成了按照惯常思维来索解诗歌“本事”的批评惯性，最常见的阐释现象就是，批评家们喜欢用诗人悲凉不遇的身世来解释这首诗。即使它只是一首纯粹唯美的幻想之诗，批评家们也认为其中的符码寄托了微言大义。[①]

三、循环结构

在把握这组诗的内容情意方面，历代的诗评家似乎反复沉迷于这样

①在这方面，典型的莫如冯浩之论：“燕台，唐人惯以言使府，必使府后房人也。参之《柳枝序》，则此在前，其为“学仙玉阳东”时有所恋于女冠欤？其人先被达官取去京师，又流转湘中矣。以篇中多引仙女事，故知女冠。”此盖为主观推测之说，已为学者们仔细辨正。

一个文字游戏式的总结，他们依四时之序将此四诗之旨分别解释为：幽、忆、怨、断[1]。这样解释的灵感来源似乎有二，其一乃因这四字杂于诗中，在诗中能找到相应字眼。其二则因《柳枝五首》序中曾提到少女柳枝激赏义山《燕台诗》之事，柳枝乃是一位气质特异的少女，平生所好者，惟“天风海涛之曲”与“幽忆怨断之音”耳。故诗评家以为柳枝所爱赏，诗人之自赏者，均在于“幽忆怨断”之要义。这种解释虽然颇饶趣味，但冯浩也意识到用这四字来概括这样一组意涵丰富的诗作，终究“拘且凿矣”，有欠妥当。况且所谓“幽、忆、怨、断”只是一些瓠落无当的词语，用这几个字安在义山很多诗中都未尝不可，又何必一定要春幽夏忆秋怨冬断呢?

从前面的分析我们已经知道，若就整体格局而言，这四首诗之间的联系性并不强，每首都精心营造了一个独立自在的世界。同时我们也发现，这组诗时序虽殊，但每首诗的内容情意都给人一种颇为相似的感觉。除去诗论家连篇累牍的阐释文字，诗人绵密繁复的语汇之外，如果我们不一定非采用常规的美学经验来阐释这组诗，这组诗中的情感其实是较好把握的。我们甚至可以重复使用这样一些相近的词汇来描述它内在的情绪：惘然，无奈，寥落，凄凉，绝望……这组诗就是被这样一些情绪主导着，不仅如此，还有宿命般的追寻与失落，绝望与希望，光明与黑暗，热烈与冷寂等相反相生的情绪，晦涩而热烈地纠结在这组诗中。

这并非概念游戏，这组诗并未使用单一线性的表达方式，而是循着一种循环的结构：希望——绝望——幻灭——希望——绝望——幻灭……就是怀抱这样一种“余心所善，九死未悔”的坚定意念，诗人始终在希望中热切地追寻，最终又陷入巨大惘然与绝望。然而一念之来，这种追寻之意念又绝处逢生，如同循环四季一样，又开始了漫漫追寻之路。

①姚培谦云：“……此皆所谓幽忆怨乱者。”（《李义山诗集笺注》）徐武源云：“柳枝诗序‘能为幽忆怨断之音’，将无此四首分属乎？春之困近乎幽，夏之泄近于忆，秋之悲邻于怨，冬之闭邻于断。玩其词义颇相近，其间字样亦有彼此掺杂者，而大旨不离乎是矣。”（冯浩注引）冯浩云：“今细玩四章，若统以幽，忆、怨、断味之，颇饶趣味。其分属四字者，以春、秋、冬三首各有‘幽’字、‘怨’字、‘断’字在句中，夏虽无‘忆’字，而忆之情态自呈。然拘且凿矣。柳枝为东诸侯取去，故以《燕台》之习拟使府者标题，其亦可妄揣欤?《锦瑟》一篇分适、怨、清、和，已为诗家公案，乌可益以《燕台》之幽、忆、怨、断哉！”（《玉溪生诗详注补》）

以《春》为例，起句一片春光，轻柔馨逸，值此良辰美景，所思娇魂，竟惘然无寻。这缱绻追寻之心意，像那些轻盈飞舞的蜂蝶一样，寻遍了每处花叶和枝条。在深情苦想中，诗人也恍然真有所见：似有高鬟佳人立于桃树之下。所谓“桃鬟”，乃言在一片恍惚迷乱之中，人面似花，花亦如人矣。然而一切冉冉风光，冶叶倡条，高鬟佳人，终是痴想，遑论彩凤与神龙之际会？天地之间，惟见游丝飞絮。写情至此，原是绝响，再无接续之余地，然诗人偏又空际转身，直入醉梦之境：醉起微阳若初曙，映帘梦断闻残语。酒醒后已是微阳初入，却令人疑心初曙方生；梦乡难留，依稀间还记得对方深情细语。此二句极真又极幻，无论醒时梦中，都不能忘情，常怀永无休止之憾恨。纵有铁网罥取珊瑚，面对这空茫大海，渺邈天空，究竟何处能寻所思者的踪迹？又是一番辛苦追寻后的寥然绝望之感。一切抚玩无斁，追寻已远。在长久的失意怅恨中，衣带渐宽，然春烟自碧，秋霜自白，生命就在这样的冷漠无情中渐渐销蚀了。这种摧伤，乃如夺去石之坚、丹之赤那样令人苦痛，而上天竟对这种摧伤毫不知晓，愿得天牢锁住我这颗怨苦无告之魂魄，深情苦恨，至此而极。原本又是山穷水尽，然又继之以初夏将临，弃夹罗于箧中，而换上了轻盈单绡的夏服。冰肌玉骨，环佩琤琤，仍自有一份伶仃凄寒之意在，春去难留，一切追寻，已是惘然，时至今日，东风亦不胜惆怅，唯有含恨化作幽光而从此长逝西海矣。此哀伤惨痛之状，惟令人徒唤奈何。这种情感从春风骀荡、生意盎然的追寻开始，最后结束于长宵欲曙，烛泪啼红，生命中所有深情的追寻都在这一片泣血深哀中归于幻灭。至此，我们发现这组作于义山早年的诗歌，仿佛已经为诗人一生不遇的悲凉投下了浓重的宿命阴影。

每于绝望之中生出希望，而希望终归幻灭。正是这样一种循环的心灵结构构成了这组诗内在的情感驱动力。由此，我们把李商隐归入主观型诗人。他的创造力不仅反映在对自然景物或世事兴衰的描摹上，更重要的是，在诗人独特的抒情灵视中，主观的心灵世界和自然图景得到了浑然的统一。

三、虚词之使用及其他

我们已经感受到了这组诗强烈的抒情表征和感性修辞。另外，考察这组诗中虚词的使用对于深入理解这组诗尤为重要。在古代汉语中，词常被划分为虚、实两类，虚词与实词相对应。也有学者将这两类词划分为“功能词”和“实义词”两大类。所谓虚词，相对“实义词”来说，即通常不在句中作主语和谓语的词，副词、连词、介词、感叹词和语助词都可归入此类。一般说来，虚词的使用不足以构成实在意象，它缺乏实在语义内容，其主要作用在于结构或整合上下语意单元，增强语义节奏的连续性，使诗句的表达更具灵活性，富于变化之美，同时也大大增强了诗的情感表现力。这组诗中，典型的虚词使用如：“夜半行郎空柘弹”，一个“空”字，乃为徒然落空之意。那些尚在韶龄的少年，虽姿仪丰美，持有美好柘木做成的弹弓，然夜半出行，直如锦衣夜行，著一“空”字，道出了虽有美质却无人知赏之落寞。“直教银汉堕怀中，未遣星妃镇来去”，“直教”与“未遣”呈现出一种劲直激切的主观情态，仿佛直面天空的诉说。“终日相思却相怨”，“却”字又活化了恋人间那种思怨参半的微妙情态。情若不深，怎会相怨？正思念已极反生怨怼矣。“歌唇一世衔雨看，可惜馨香手中故”，此言诗中女子零泪如雨永世把玩这珍贵的明珰和尺素，可惜手中爱情的馨香却随时光流逝而消歇了。“可惜”二字，乃有无可挽回之怅恨寓于其中，虽人世代谢，物迁境移而绵邈不绝，亦足令闻者伤心。“安得薄雾起缃裙，手接云軿呼太君”，“安得”二字隐含了不可冀求之悲伤憾恨。

读此诗，我们时时可以感受到这种绝望的情感诉求，我们单挑出其中表示否定的虚词来看一看：几日娇魂寻不得；不见长河水清浅；玉树未怜亡国人；研丹擘石天不知；今日东风自不胜；云屏不动掩孤嚬；前隔雨帘愁不卷；清溪白石不相望；风车雨马不持去。以上诗句，诗人运用了如此之多的否定词，这对表达一种怨断绝望的情绪，起到了至关重要的作用。盖诗人始终对这种追寻保持着痛苦的觉解，明知一切深情苦想者皆是惘然，也终归幻灭，于是乃用“不”字表达一种绝望断然之意，这种语气亦令读者陷入一种全无指靠的绝望中。这组诗里，我们看到诗歌意象按照四时节序匆忙有序地变幻，而诗人的精神则与自然物象之间始终处于一种紧张的对峙状态，那自然的春花秋月，没有澄静诗人的内心，反而加重了紧张迷乱的意绪。

除了痛苦断然的否定语气，还有一种不断质疑的口吻：雄龙雌凤杳何许？蜀魂寂寞有伴未？浊水清波何异源？以上皆用十分强烈的反问语气，事实上，这种追问亦是徒劳的，因为答案早已指向否定。雄龙雌凤杳然无寻，蜀魂原本孤寂孤苦，浊水清波同源异势，一切不过空劳痴想。

以上这类虚字之使用，随处可见，限于篇幅，不再一一分析，读者在阅读讽诵中，自可有深切感受。这种情态虚字的使用，不仅强烈地表现了个体的情感愿望，而且直接地表现了这种情感诉求与求而不得的尖锐对峙，它使全诗处于一种强烈紧张的情感控制中，诗中竟出现了“研丹擘石天不知，愿得天牢锁冤魄”这样泣血乖戾的呼告。

随着诗艺的成熟与自觉，作于诗人晚年的《锦瑟》中的虚词显然运用得更加纯熟：锦瑟无端五十弦。此一无端，劈空而来，实际上它是这句诗情感力量之所系，甚至承担了这首诗的终极意义指向：人生所在的一切，就像这无端的五十弦一样令人疑惑，它潜藏了一种人生境遇的不适与困惑之感，一切皆是无端如此，毫无缘故，却又拥有命运般猝不及防的力量。类似虚字的使用俯拾皆是，义山在诗中运用了如此之多的情绪性词汇，保持了极为个人化的情感强度，它们使得义山诗经过一般具象化的抒情以后，在超越的形式上回到了纯粹的抒情状态：一个精心构筑的哀感顽艳、绝望茫然的情感世界就此形成。

另外，这组诗特殊的音韵声响及重言叠词的使用，对于增强其传情达意的表现力，也起到了十分重要的作用。对于抒情诗来说，仅诵其诗即能唤起情感，格律声情，此诗之内美之托于形者也，所以为诗词曲所特重。这组诗虽于诗境上偏于奇僻，但其音律和婉，作者有意重复一些重要词语，从而收到了一种回音壁般此呼彼应、流美婉转的效果，例如：高鬟立共桃鬟齐；济河水清黄河浑；月浪衡天天宇湿；欲织相思花寄远，终日相思却相怨；唤起南云绕云梦；天东日出天西下；桃叶桃根双姊妹。此外，这组诗里叠词使用也很多：风光冉冉东西陌；香肌冷衬琤琤佩；后堂芳树阴阴见；嫣薰兰破轻轻语；瑶琴愔愔藏楚弄；双珰丁丁联尺素。在一组诗中，出现如此多的重言叠词，并非偶然现象，诗人是有意为之。除了加以强调，更重要的是，这些字眼此呼彼应，收到了一种圆美流转如弹丸般的音韵效果。因此，此诗的朗朗上口不仅表现于句末韵脚，甚至作者在诗句中间也有意营造一种按节奏押韵的效果。如“唤起南云绕云梦”一句，使用了两个“云”字，“南云”与“云梦”相互缠绕，确给人以梦中梦般惝恍迷离之感。

余论

在文章的最后我们要略略提到义山诗的读者。这样一组新鲜特异的诗歌，必然需要气质相近的读者来解读。李商隐在读者中有多少爱赏，就有多少误解。要想对其作品有着清晰的理解，必然需要一个与之相接近的心灵，才能破解其梦幻心灵的诗意。以上分析无关个人经历也无关政治隐喻。虽然我们并不排除诗人将身世之感寓于诗中的可能性，但过于坐实的理解在缺乏有力证据的情况下都是经不住推敲的。

《燕台》四首令人讶异者还在于，这组诗中充溢着一种敏感早慧的气质。古今诗人，大多经由时光磨砺，其诗艺才渐趋成熟，而李商隐如此年轻的时候在诗艺上就有了这样精妙成熟的表现，这足以令人惊叹，古今天才的诗人，大多如此。换句话说，李商隐诗歌的卓异品格在其早年作品中已得以充分呈现，后来的写作只不过丰富拓展了早期的音域而已。

最后，我们回视一下这组诗的诗题“燕台”，唐人惯以之言幕府。相传战国时代，燕昭王为罗致人才，筑台于易水之旁，上置黄金，宴请天下名士，于是四方贤良纷然归燕。此事被传为千古美谈，历代文人歌咏不绝。“燕台”遂成尊贤、用贤之象征。但这四首诗全然与尊贤毫无关涉。这该如何解释？我们推测，所谓《燕台》之总名，有题亦是无题，这正像义山那些诗艺纯熟而无法命题的《无题》诗一样，《燕台》这个名字，只不过是在四首技术纯熟、美轮美奂的诗歌完成之后，被年轻的李商隐最后加上去的一个题目。盖义山早年辗转幕府间，而此诗恰好作于幕府间隙而未可知——或许它仅仅是为了纪念这组诗的创作地点。这组诗给了我们丰富多元的美感和想象空间，它所给予我们的感受，正近于宇文所安所言，它“唤起了我们心中渴望迷失的那一部分”[①]。

①宇文所安《迷楼——诗与欲望的迷宫》，程章灿译，生活·读书·新知三联出版社2003年版，第7页。

幽独花影入横幅

骤然惊春在眼。此时，窗外街衢在一片明光中融化成新的问候。无论如何，已是柏绿椒红，事事皆新，隔篱灯影，贺年之人。“诗鬓无端又一春”固使人怅惘，而“清词丽句必为邻”总是可喜。说起来，这真是一个巧合，旧年陆续写了些诗词随笔，首篇便是姜白石的《暗香》，现在，春色惊心又一年，眼前所写的，是其姊妹篇《疏影》，词云：

苔枝缀玉，有翠禽小小，枝上同宿。客里相逢，篱角黄昏，无言自倚修竹。昭君不惯胡沙远，但暗忆、江南江北。想佩环、月夜归来，化作此花幽独。　　犹记深宫旧事，那人正睡里，飞近蛾绿。莫似春风，不管盈盈，早与安排金屋。还教一片随波去，又却怨、玉龙哀曲。等恁时、重觅幽香，已入小窗横幅。（姜夔《疏影》）

此词与《暗香》同作于宋光宗绍熙二年（1191）。关于作词的缘起，《暗香》小序云：“辛亥之冬，予载雪诣石湖。止既月，授简索句，且征新声，作此两曲，石湖把玩不已，使工妓隶习之，音节谐婉，乃名之曰《暗香》《疏影》。”

时姜夔约36岁左右的年纪，一场大雪来得及时，因思故人，于是冒雪访友人范成大。这情境令人想起王子猷访戴安道事，同样是四望皎然的大雪之夜，令人起了彷徨之思。忽忆友人，乘船经宿方至，却又造门不前而返。人问其故，王曰："吾本乘兴而行，兴尽而返，何必见戴？"

真是清奇之人，清奇之事。白石体貌清莹，"望之若神仙中人"，"性孤僻，尝遇溪山清绝处，纵情深诣，人莫知其所入，或夜深星月满垂，朗吟独步，每寒涛朔吹，凛凛迫人，夷犹自若也。"[①]诗人在石湖庄园住了月余，石湖授简索句，于是便有了《暗香》《疏影》二曲，又使家中乐工歌伎习之，音节谐婉美听。

此二首真乃千古词人咏梅绝调，也是白石词作中征引频率最高、最受推崇的作品。合起来看，二词清虚骚雅，自成馨逸，又极尽低回往复、幽隐缠绵之致。

当然，细绎之，二词虽作于同时，词旨和写法又各有分别。《暗香》抒情气质较浓，带有较强烈的个人情感印迹。《疏影》则更加幽独冷寂，又在尺幅之间高密度缩合了与梅花有关的典故，词句里的时空结构急速腾挪变幻，终将梅花意象炼成一片奇光。

用林顺夫的话来说："《疏影》运用历史故实与文本典故的独特之处，在于从一个时空向度向另一个时空向度、从抒情的当下向层层交融的过去的迅速转移。通过将不同的时空向度并置于同一页面，《疏影》创造了一个铸模（空间）的形式。"[②]

且来细读一番。这首自度曲押入声韵，一屋、三沃、十三职通用，共九个韵脚，每韵皆以典故驱动词意。而"文学之所以贵用事者，一则以简驭繁，可情事愈显；二则即彼知此，而义旨益明"（沈祖棻），洵为知言。典故在诗词中，不仅能够以简驭繁，还有"秘响旁通，伏采潜发"（《文心雕龙》）之用。而将这首词的典故读懂读透，是理解这首梅花词的关键，否则难免会有"格调虽高，然无一语道着"（王国维）之叹。首二韵为：

①张羽《白石道人传》，见贾文昭编《姜夔资料汇编》，中华书局2011年版，第87页。
②孙康宜，宇文所安主编《剑桥中国文学史》（上卷，1375年之前），生活·读书·新知三联书店2013年版，第580页。

苔枝缀玉，有翠禽小小，枝上同宿。

“苔枝缀玉”，先点题面。布满苔藓的梅枝上，点缀着莹洁如玉的花朵。此种梅花，平生稀见，所贵珍异。范成大《范村梅谱》里记此种古梅“会稽最多，四明、吴兴亦间有之。其枝樛曲万状，苍藓鳞皴，封满花身。又有苔须垂于枝间，或长数寸，风至，绿丝飘飘，可玩。”周密《武林旧事》亦载：“苔梅有二种，宜兴张公洞者，苔藓甚厚，花极香。一种出越土，苔如绿丝，长尺余。”原来苔梅乃是年深日久的古梅，枝上苔藓甚厚，封固了花叶之眼，“惟罅隙间始能发花，花虽稀而气之所钟，丰腴妙绝，苔剥落者，则花发仍多，与常梅同。”

古老苍藓的梅树上，一双小小翠鸟，枝上同宿，十分可爱的构图，也暗含一个奇妙的典故。宋人曾慥《类说》卷十二引《异人录》载：隋代赵师雄调任广东罗浮，于天寒日暮中遇一美人，于是共至酒店欢饮，有一绿衣童子在旁起舞助兴。师雄醉中沉沉睡去，醒来天已破晓，起视梅花树上，有翠羽刺嘈相顾，所见盖花神，美人即梅花所化，而绿衣童子则翠鸟所化，转瞬月落参横，惟惆怅而已。

“翠禽”一韵，先给人闲逸清雅之感，而与花神的相遇，则既有对饮时的惬意欢乐，又有醒来时美人不见、只见枝头翠鸟的落寞寂寥。读来自有一种惆怅。接下来：

客里相逢，篱角黄昏，无言自倚修竹。

此处化用杜甫《佳人》诗：“天寒翠袖薄，日暮倚修竹。”杜诗所写的，乃是一个遭逢战乱、零落无依的绝代佳人，凄清孤寂又洁身自好，复有“世情恶衰歇，万事随转烛”之叹。这正是梅花高洁幽独形象的拟人写照：客居他乡时，梅花如一位绝代佳人，默然静立于篱角黄昏夕阳中，独倚翠绿修竹。怅惘、凄清、伶俜、幽独、迟暮、遗世……皆不足以状其孤洁与泠然。

昭君不惯胡沙远，但暗忆、江南江北。想佩环、月夜归来，化作此花幽独。

此二韵皆指昭君事。以美女喻花，在古典诗词中极为常见。而昭君这个语码，在汉语语境里也同时象征了美貌、冷遇、失志，以及滞留北方边塞沙漠之地的荒凉、哀怨、去国、乡思。那么昭君典故是怎样与梅花在更深语义层次上发生联系的呢？刘永济云：“考唐王建《塞上咏梅》诗曰：‘天山路边一株梅，年年花发黄云下。昭君已殁汉使回，前后征人谁系马。’白石词意当本此。”[①]此处当用了王建诗的典故，当年出塞和番的昭君已经死去，汉朝的使者也已回去，只留下一棵孤寂的梅花树摇曳在塞外黄云之下。

而昭君既为汉族女子，自然不习惯北方胡沙之地。胡沙，亦非仅指一片沙漠，还象征胡地“春风不度玉门关”式的荒蛮与文明的未开化。由汉入胡，对于华夏民族来讲，不仅意味着去国离乡，同时也意味着水土、习俗、人情、命运的流放，从更深意义上来看，更不啻文明之换血。

“佩环”句化用杜甫《咏怀古迹》中“环佩空归月夜魂”之句，它像一个符码，一键启动并拖曳出整首诗带来的千古遗恨，以及月夜归魂的不散精诚与缠绵忠爱：“群山万壑赴荆门，生长明妃尚有村。一去紫台连朔漠，独留青冢向黄昏。画图省识春风面，环佩空归夜月魂。千载琵琶作胡语，分明怨恨曲中论。”

那群山万壑波涛一样奔赴荆门，昭君生长的村落至今留存。从紫台皇宫一去直通向塞外胡沙，荒郊青冢独对着黄昏。她早已香消玉殒，只凭借画像来依稀识别她的春风容颜，月夜里环佩伶仃分明是她的归魂。而现在只能听见那悲凉的音乐，千载琵琶一直弹奏胡地的乐调，曲中抒发的分明是昭君遗恨。

诸多词评家对此二句的解释颇有差异。如张惠言、陈廷焯、陈匪石等皆认为抒发的是徽、钦二帝遗恨。刘永济更认为此词显为徽、钦二帝作：“昭君”二句，明用徽宗《眼儿媚》词语。徽宗词有故国之思，故曰“暗忆江南江北”。其云：“玉京曾忆昔繁华，万里帝王家。琼林玉殿，朝喧弦管，暮列笙琶。花城人去今萧索，春梦绕胡沙。家山何处，忍听羌笛，

①刘永济《微睇堂说词》，见吴熊和主编《唐宋词汇评》（第三册），浙江教育出版社2004年版，第2789页。

吹彻梅花。”“暗忆”句即“春梦绕胡沙，家山何在”也。也即“玉京曾忆旧繁华”也。“又却怨、玉龙哀曲”亦即“忍听羌管，吹彻梅花”也。[①]

此说有一定道理，这两首词的语汇与手法确有相似之处。但却不能坐实，只能说作者未必有此意，读者又何妨作此想。王建之诗使昭君、胡沙、梅花三个意象聚合，《眼儿媚》则聚合了胡沙与梅花（此指笛曲《梅花落》），侧重写徽宗北徙“曾忆昔繁华”的盛衰对比与切肤之痛。因而梅花之精魂，在事典凝聚时空的作用力之下，不仅融入了昭君的荣辱之命，又象征了一代天子由至尊到囚徒，一个朝代由强盛转衰颓的遗恨与悲苦。

犹记深宫旧事，那人正睡里，飞近蛾绿。

下阕换头另起。从语感上来看，虽亦用典，但词气明显开始变得轻盈流转。另外，这种轻逸还源自于典故的变化，昭君家国伦理之恨换成了公主宫女争妍斗艳的逸闻，词笔开始变得唯美。

“深宫旧事”，见《太平御览》引《杂五行书》载：“宋武帝女寿阳公主，人日卧于含章殿下，梅花落公主额上，成五出花，拂之不去。皇后留之，看得几时，经三日，洗之乃落。宫女奇其异，竞效之，今‘梅花妆’是也。”蛾绿，眉黛也。人日，也即正月初七，自晋朝开始就有剪彩为花或镂金箔为人的习俗，用来戴在头发上或贴在屏风上，寿阳公主很有可能是因为节日风习引发了妙想，有意将梅花贴在额上。

当然也有可能是香汗淋漓时娇嫩的花瓣恰好落在额上，天机凑泊，成此美妆。顺便说一句，寿阳公主在史料上没有留下太多记载，其知名度远不及宋武帝刘骏的另一位女儿，以淫荡风骚闻名的山阴公主刘楚玉。寿阳公主的名字主要流传在暗香浮动的梅花界，像极了一位花神。到了唐朝，梅花妆由昭仪上官婉儿推陈出新，用箔纸剪成梅花形，贴于眉心更为美观。

莫似春风，不管盈盈，早与安排金屋。

---

①刘永济《唐五代两宋词简释》《微睇堂说词》，见吴熊和主编《唐宋词汇评》（第三册），浙江教育出版社2004年版，第2788、2789页。

还教一片随波去，又却怨、玉龙哀曲。

不要像无情春风，不管梅花如此美丽轻盈，依旧将她雨打风吹去。应早早安排金屋，让她有一个好的归宿。可是，这只是徒劳的心意，她最终还是一片片地随波流逝。安排金屋，《汉武故事》载武帝少时对姑母说："若得阿娇作妇，当作金屋贮之也。"

玉龙，笛名，玉龙哀曲，指笛曲《梅花落》。李白《与史郎中饮听黄鹤楼上吹笛》诗云："黄鹤楼中吹玉笛，江城五月落梅花"之句。李白《观胡人吹笛》诗云："胡人吹玉笛，一半是秦声。十月吴山晓，梅花落敬亭。"皮日休《夜会问答十》诗云："霜中笛，落梅一曲瑶华滴。不知青女是何人，三奏未终头已白。"韩偓《梅花》："龙笛远吹胡地月，梅花初试汉宫妆。"由这些诗来看，《梅花落》乃是一种极为苍凉激越的曲调，三奏未终头已白，闻之令人顿生孤臣孽子之感。当然，从词笔来看，其实也与前面提到的徽宗"忍听羌管，吹彻梅花"的亡国之哀浑茫一片。

等恁时、重觅幽香，已入小窗横幅。

最后一句，梅花已入小窗横幅，唯存幻影。崔橹《梅花诗》云："初开已入雕梁画，未落先愁玉笛吹。"陈与义《水墨梅》诗："晴窗画出横斜影，绝胜前村夜雪时。"此当翻用其意。

读完结句，一片惘然，画里看花，徒存空影，仿佛消逝的只有春梦、胡沙与黄昏。现在，这些由典故带来的沉重阴影早已全部掩映在梅花身上，当然，这些招魂式的阴影也像是暗中的光亮，让我们看清她实际的形象早已模糊不堪，变得高度象征化。

随着更多典故"秘响旁通"式的介入，她的形象越发抽象化，直至幻入小窗横幅。最后，词中常见的发话者彻底退出了，而由一个物化的客体来充当复杂情感的凝聚体。

偏是这梅花细蕊，消却万古才人词笔。这词中看似极为寻常的语汇都包含了复杂的典故，而每个典故都是传统积淀深厚的语码或文化符号，它们之间又形成了一种多层次复杂交错的语义结构。林顺夫有言："在这类作品里，作者从以直接表现其自身经验为表述核心的立场抽离出来，进入一个对该表述核心进行凝视的观察者位置，虽然那个表述核心仍是他自身复杂的内在状态。宋末出现的这个咏物词的新模式，代表了之前直抒情志的中国抒情传统内部一个意义重大的转变。"①

其实这转变从北宋末周邦彦的词就已经开始了，到宋末登峰造极。比姜夔更年轻的词人如史达祖、吴文英、周密、王沂孙、张炎等人，他们的作品都呈现出类似的倾向。兹以梦窗《花犯·郭希道送水仙索赋》为例：

> 小娉婷，清铅素靥，蜂黄暗偷晕。翠翘欹鬓。昨夜冷中庭，月下相认。睡浓更苦凄风紧。惊回心未稳。送晓色、一壶葱茜，才知花梦准。　　湘娥化作此幽芳，凌波路，古岸云沙遗恨。临砌影，寒香乱、冻梅藏韵。熏炉畔、旋移傍枕，还又见、玉人垂绀鬓。料唤赏、清华池馆，台杯须满引。

此词章法全从《疏影》脱换而来，尤其是过片"湘娥化作此幽芳"数句。总体说来，词人所咏之物，小梅花，这若隐若现的幽独花朵，借助典故之身，完成了几次还魂式再现。这种再现由苔梅缀玉开始，再由昭君环佩空归月夜魂，化作此花幽独，到最后幻入小窗横幅，词笔运掉空灵，虚实相间，其中梅花形象几度蝉蜕，在飞速腾挪变幻中归于高度象征化的冷寂与幽隐。

最后，笙歌散尽，由《暗香》中旧时月色起始的清辉照耀，到梅边吹笛引起的家国之恨，以及无名的相思爱恋，一切都归于寂灭：所有找寻都静止在一幅画里。迟来者只看见这梅花图与春风词笔，又仿佛一无所见。

不由感慨，多么精妙的结构，交给了莫测的词语；何其谐婉的音节，落向未知的吟哦。过年期间，微茫之我又一次陷落在古老的音节里，在爆竹、春阳和娇儿的嬉闹中断断续续写下此文，献给新年和友人：愿一同啜饮这诗意之杯里精妙的典故与隐喻之水。

①孙康宜，宇文所安主编《剑桥中国文学史》（上卷，1375年之前），生活·读书·新知三联书店2013年版，第579页。

梦为远别啼难唤

在文学类诸多课程中，古典诗词的讲解赏读是一个难点。撇开诸多因素不论，古时的环境、名物，乃至人事、心境都与现代人大不相同，故讲解时难免有俞平伯先生所言“昔贤往矣，心事幽微，强作解人，毋乃好事”[①]之感。阅读时，每欣然会意，或可以“好读书，不求甚解”为自解之辞，然讲解时又必须“求甚解”以令人信服。然文心之细，细于牛毛，余也何人，敢于一试。我们且以晚唐诗人李商隐《无题·来是空言去绝踪》一诗的解读为例，其诗云：

来是空言去绝踪，月斜楼上五更钟。
梦为远别啼难唤，书被催成墨未浓。
蜡照半笼金翡翠，麝熏微度绣芙蓉。
刘郎已恨蓬山远，更隔蓬山一万重。

此诗深情绵邈，沉博绝丽，诗境极尽惝恍之致，其文辞又有许多难解之处，读来真有隔雾看花之恨。对其诗意题旨及文辞内容究竟如何理解，

①俞平伯《读词偶得 清真词释》，江苏文艺出版社2010年版，第4页。

历来即有很多说法。由此而凸显了诗中的诸多疑点：既然所想之人没来，又怎会“去绝踪”？又怎会有“啼难唤”之一幕？此外，啼哭者为谁？这封墨迹未浓的书信究竟出自谁的手笔？“金翡翠”与“绣芙蓉”是指被褥还是帷帐？刘郎所指为汉武帝刘彻还是刘晨？……历来笺释者众说纷纭，聚讼不休，颇令人迷乱。我们且以文本细读的方法，从对前人评价的观照开始，深入这首诗，来对其内容情意进行一番考察。

从内容旨要来看，刘学锴、余恕诚《李商隐诗歌集解》中将诸家说法加以胪列，归纳起来，大致有如下几种说法：首先，有学者认为此诗盖恨令狐绹不省义山陈情而作，吴乔、徐德泓、冯浩、姜炳璋、张采田等皆从此立论。其次，感慨身世之作，如程梦星认为此诗为李商隐“已入王茂元幕府时感叹之作”[①]。再次，艳情之作，如何焯认为“此等只是艳诗”[②]。以上诸论，陈情说不免武断穿凿，幕府感叹说亦病在坐实，已有学者对此加以辨证。而将其视为一般艳作，又恐埋没了作者的一番深情。薛雪谓“此是一副不遇血泪，双手掬出，何尝是艳作”[③]，所论极是。一般认为，此诗当是写男性叙述者对所恋慕女子的相思之情。具体说来，如赵臣瑗谓“幽期虽在、良会难成种种情事，真有不觉其望之切而怨之深者”[④]，刘学锴、余恕诚谓“首章写所思远隔，会合无期……‘梦为远别’四字，一篇眼目”[⑤]等，皆此之谓也。当然，至于此诗背后的本事究竟为何，这终究太过隐晦与私人化，在没有确证的情况下，还是不强作解人为好。

首句“来是空言去绝踪”破空而来，似给人突兀之感。其中关于所思之人是否来过，就有多种说法。有人认为她实际上没来，要来只是“空言”而已；有人认为确实来过，但来过一次就再无踪迹；也有人认为只是在梦中来过，诗中出现的抵牾乖违之语，正证明了梦境之破碎迷离。这几

①刘学锴、余恕诚《李商隐诗歌集解》（增订重排本第四册），中华书局1988年版，第1642页。
②刘学锴、余恕诚《李商隐诗歌集解》（增订重排本第四册），中华书局1988年版，第1639页。
③刘学锴、余恕诚《李商隐诗歌集解》（增订重排本第四册），中华书局1988年版，第1644页。
④刘学锴、余恕诚《李商隐诗歌集解》（增订重排本第四册），中华书局1988年版，第1640页。
⑤刘学锴、余恕诚《李商隐诗歌集解》（增订重排本第四册），中华书局1988年版，第1649页。

种说法，究竟哪一种更为准确呢？其实，依个人之见，来与不来，这并不重要，此诗带给人的惊奇与诗性魅力在于，无论何种可能性，都可以解释得通，而且同样富于美感。诚如宇文所安云："在这首有关话语、书信及难于阅读的重要痕迹的诗中，推论的情境被优美地重现出来。……这种展示给读者的不确定再现了叙述者的不确定。"[1]

第二句"月斜楼上五更钟"，我们从叙述者的角度可知，明月西斜，外面已响起报晓的五更钟声。一种解释认为，这暗示了他整夜无眠，苦苦等待，直至月斜钟尽。晏殊词"斜光到晓穿朱户"，晏几道词"斜月半窗还少睡"，皆是此意。另一种解释则认为，他在梦中，梦到了与女子的别离聚散，然而这梦境却被五更的钟声惊醒，醒来时发现月已西斜。笔者倾向于前一种解释，因为，如果女子说过要来，他却睡着了，这显得不够深情。当然，也可能是他彻夜等待，女子不来，后来倦极而梦，复为钟声惊醒。"梦为远别啼难唤"一句，点出了梦中远别，他感梦而泣，而女子一旦别离，再也难以唤回。接下来，我们看到了一封匆忙写就的信，写完后他才发现，因急迫中研磨未浓，字迹显得太过浅淡。此诗的语言就像这漶漫不清的字迹一样，我们知道它记录了一段非同寻常的情事，但却无法清晰无碍地阅读其字句。

关于此四句，姜炳章谓："（来是句）写梦。（月斜句）梦之时。（梦为二句），梦中之景，点出梦，统贯上下，以清意旨，针线极细。"[2]汪辟疆认为："首章前四句写梦中，后四句写梦觉。来去既不常，故言曰空言，踪曰绝踪，已非醒眼时境界，从古诗'既来不须臾，又不处重帏'脱化出也。次句点时地，入梦之时地也。三四梦中之情事，极恍惚迷离之境，绝非果有其事。"[3]以上说法极富启发性，但也存在一些疑问，如前四句，笔者认为并非皆写"梦中"之境，至少"月斜楼上五更钟"，当是叙述者清醒时的所见所听，"书被催成墨未浓"，也是一个具有清醒知觉的人，同时也细腻锐感的人，才会注意到墨迹浓淡这样的细节。

①宇文所安《晚唐》，贾晋华、钱彦译，三联书店2011年版，第395页。
②刘学锴、余恕诚《李商隐诗歌集解》（增订重排本第四册），中华书局1988年版，第1645页。
③刘学锴、余恕诚《李商隐诗歌集解》（增订重排本第四册），中华书局1988年版，第1647页。

当然，我们再次审视这四句诗，还是无法判定，对于叙述者来说，他究竟真的做了一个凄切的别离之梦，还是事实上他们之间有过真正的别离，现在回忆起来这次别离像一个恍惚的梦境，这两者无疑都解释得通。

接下来，我们看到像丝织品一样绮丽的颈联："蜡照半笼金翡翠，麝熏微度绣芙蓉。"在这两句当中，围绕"金翡翠""绣芙蓉"有很多论争，有说为屏障，有说是帷帐，还有人认为是被褥或者灯罩。一般说来，翡翠鸟与芙蓉花都是古代常见的图案，可绣在帷帐、被褥或者灯罩上。私意以为，"金翡翠"当指被褥，盖烛台应在案上，烛光必由上而下始有"笼"意；而"绣芙蓉"则应当是指床上的帷帐，因其材质必如床帷般轻透者，才有麝熏微"度"之说。但是，我们凝视这张在诗句中浮现的床，会产生一个疑问：这究竟出自想象，还是实景？有人认为此景出自想象，如徐德泓云："五六二句，想象华显之地"①，姚培谦云："遥想翡翠灯笼，芙蓉帏幙，所谓'其室则迩，其人甚远'，纵复沥血刳肠，谁知我耶？"②也有人认为实有，如程梦星云："五六又追忆秘书省之情事。宿直紫禁，亲见翡翠金屏；身近御炉，香度芙蓉绣带，何其乐也！"③冯浩云："五六言留宿。蓬山，唐人每以比翰林仙署，怨恨之至，故言更隔万重也。若误认艳体，则翡翠被中，芙蓉褥上，既已惠然肯来，岂尚徒托空言而有梦别催书之情事哉？"④依上之说，程梦星指为追忆值宿秘书省之事，而冯氏认为五六两句是写在令狐绹家"留宿"所见。汪辟疆批评了这种指实的牵强附会之说，且云："'来是空言'一首前人所笺或以艳情，或以为令狐绹来见，其说之不可信，可于本诗证之。如为艳遇之作，则既于深夜翩然肯来，而又翡翠被中、芙蓉褥上既极燕妮之欢，何又忽云蓬山远隔，则前后之不合也。如为子直来见，无论子直贵官，不常下顾，即感念故人亲来存问，又何为待至五更深夜月斜楼上之时乎？冯氏自知不可通，

①刘学锴、余恕诚《李商隐诗歌集解》（增订重排本第四册），中华书局1988年版，第1641页。
②刘学锴、余恕诚《李商隐诗歌集解》（增订重排本第四册），中华书局1988年版，第1642页。
③刘学锴、余恕诚《李商隐诗歌集解》（增订重排本第四册），中华书局1988年版，第1643页。
④刘学锴、余恕诚《李商隐诗歌集解》（增订重排本第四册），中华书局1988年版，第1644页。

则谓令狐为内职，此句点入朝之时，牵强附会而不知为瞽说也。惟解为梦中梦觉两层，则通体圆融，诗味深远。”[①]笔者赞同此说，但此诗中究竟哪句是梦中，哪句又是梦觉，还当仔细推敲。汪氏以为，“五六则为梦醒之景况，故云半笼，云微度，即为梦醒时在枕上重理梦境之感觉”，但从诗意来看，诗人只是在“梦为远别”一句中点醒梦境，其余各句展示的乃是梦后情境，五六句中翡翠被褥与芙蓉床帷应当是梦醒后叙述者目睹伤情之物。当然，麝香氤氲的气息极富于暗示，以至于也令人联想到，这很可能也是所思之人遗留下来的气味。

最后，我们看尾联“刘郎已恨蓬山远，更隔蓬山一万重”，此处所指“刘郎”，究竟是谁？清初笺注家，有人谓是汉武帝者，如朱鹤龄、程梦星、冯浩皆持此说。然何义门则认为刘郎宜指刘晨，此说影响甚远。后来笺注者注释义山此诗，或曰“刘郎”便是刘晨，或者是刘晨、汉武帝两说并存。如喻守真《唐诗三百首详析》云：“《幽明录》：‘汉刘晨阮肇，共入天台山，溪边有二女子，资质妙绝，遂留半年而归。’一说刘郎指汉武帝信方士言，东至海上冀遇蓬莱事。”[②]金性尧《唐诗三百首新注》云：“刘郎，相传东汉时刘晨、阮肇一同入山采药，遇二女子，邀至家，留半年乃还乡。见《太平广记》引录。后也以此典喻‘艳遇’。”[③]刘若愚亦认为是刘晨，而周策纵则云：“此诗似大受《汉武故事》及《李夫人传》中所述武帝命李少翁求李夫人故事之影响。古今来诸家注此诗，多谓其蓬莱求仙，而不及李夫人与少翁事。实则此诗与求仙事无关，不可不辨也。”[④]周氏此说，极富启发意义。查《幽明录》中刘晨、阮肇事，我们会发现，刘阮所去乃“天台山”，与此诗中“蓬山”并无联系。再者，刘阮与仙女之邂逅艳遇，与该诗中深情苦恨之语，其情调也大不相类。此刘郎当指汉武帝，《史记·孝武本纪》中曾载汉武帝入海寻找蓬莱仙山事：“天子即已封禅泰山，无风雨菑，而方士更言蓬莱诸神山若将可得，于是

①刘学锴、余恕诚《李商隐诗歌集解》（增订重排本第四册），中华书局1988年版，第1648页。
②喻守真《唐诗三百首详析》，中华书局1985年版，第307页。
③金性尧《唐诗三百首新注》，上海古籍出版社1993年版，第294页。
④周策纵《读诗小札——与刘若愚教授论李商隐〈无题〉诗书》，载《大陆杂志》，41卷2期，1971年10月号。

上欣然庶几遇之，乃复东至海上望，冀遇蓬莱焉。”[①]又载：“今上封禅，其后十二岁而还，偏于五岳、四渎矣。而方士之候祠神人，入海求蓬莱，终无有验。”[②]此外，《汉书·外戚传》中云：“上思念李夫人不已，方士齐人少翁言能致其神。乃夜张灯烛，设帷帐，陈酒肉，而令上居他帐，遥望见好女如李夫人之貌，还幄坐而步。又不得就视，上愈益相思悲感，为作诗曰：‘是邪，非邪？立而望之，偏何姗姗其来迟！’”[③]后来武帝命少翁求李夫人事又有所演绎，在《汉武故事》中，更言少翁能“升天然后可至蓬莱”，又“令上居他帐中，遥见李夫人”[④]，后来“汉武帝”、“李夫人”、“蓬莱山”等意象就绾合在一起，由是可知，“刘郎已恨蓬山，更隔蓬山一万重”，其意即汉武帝思念李夫人，即便蓬山遥远，但仍可遣方士“升天入地求之遍”，然而所思之人呢？相会已然遥遥无期，就像那万重山峰的阻隔。

读完此诗，我们发现，尽管已尽力厘清诗句的确切意思，但该诗还是给人一种晦涩浑茫之感，如同李义山的其他诗篇一样，它包蕴着多重意旨，具有多重的审美效应。梁启超在谈到李商隐的诗时曾云：“我理会不着，拆开来一句一句叫我解释，我连文义也解不出来，但我觉得它美，读起来令我精神上得一种新鲜的愉快。须知美是多方面的，美是含有神秘性的。”[⑤]此说良是。这是一首真实与梦境浑茫一片的诗，同时，从阅读感受来说，也是一首阻碍重重、充满徒劳与不确定之美的诗。此诗强烈而迷人的抒情气质，令我们深陷其中。在阅读中，我们只发现密码般难以解释的痕迹，包括令人困惑的梦境、钟声、淡淡墨迹，被烛光照亮一半的床（另一半隐没在黑暗中），若隐若现的麝香气味，以及万重山峰的阻隔。

①司马迁《史记·孝武本纪》（第十二），中华书局2011年版，第402页。
②司马迁《史记·孝武本纪》（第十二），中华书局2011年版，第409页。
③班固撰，颜师古注《汉书·外戚传》（卷九十七上），中华书局2012年版，第3382页。
④徐震堮《汉魏六朝小说选》，上海古籍出版社1955年版，第14 页。
⑤梁启超《中国韵文内所表现的情感》，载《饮冰室文集》之三十七，《饮冰室合集》（第四册），中华书局1989年版，第119—120页。

冷熏沁骨悲乡远

早起翻梦窗词集，第一首便是《琐窗寒·玉兰》，词云：

绀缕堆云，清腮润玉，记人初见。蛮腥未洗，海谷一怀凄婉。渺征槎、去乘阆风，占香上国幽心展。□[1]遗芳掩色，真姿凝澹，返魂骚畹。　　一盼。千金换。又笑伴鸱夷，共归吴苑。离烟恨水，梦杳南天秋晚。比来时、瘦肌更消，冷熏沁骨悲乡远。最伤情、送客咸阳，佩结西风怨。

这词中芬芳娇美的植物，连同离烟恨水中氤氲漶漫的惊鸿之影，使人顿觉早春的空气都变得幽深起来。当然，在新年，我还是努力想和这股幽冷之气保持一点疏离，葆有自己读诗的温热脉搏。

词中所咏玉兰，非今之俗谓玉兰花。今之玉兰，花大如盌，乃是早春庭院中一种理想的观花树木。我们校园里一教楼前即是，早春盛开时，白光片片，浓香沁人。不过这白肥皂片式的花朵虽然朴拙可爱，枝疏条畅，但终觉得少了那种细草幽花的精致与耐看。

①原文佚字，以□代之。

此令人联想到楚辞里那些馥郁芬芳的香草。楚辞《离骚》云："扈江离与薜芷兮，纫秋兰以为佩。"毫无疑问，这些馥郁的香草具有人格道德方面的暗示和象征，透过她们婆娑的影子，我们看到了一个品德高洁、既有"内美"又重"修能"的贤人君子形象。

这种对于香草以及一切芳洁事物的特殊迷恋，以及将它们作为文士道德的客观对应物的思维方式，在中国古典诗词中有着源远流长的传统，应该说，中国传统文人擅长在自然观察中找到与自身道德同构的事物。

那么此秋兰究竟何谓也？其实古人所言可佩纫膏浴之兰，乃是一种花叶俱香的植物，可用作香料，并非后世质弱易萎之兰蕙。《本草纲目》所记详尽，其卷一四云："兰草与泽兰同类。故陆机言兰似泽兰，但广而长节。《离骚》言其绿叶紫茎素枝，可纫、可佩、可藉、可膏、可浴。《郑诗》言士女秉蕳。应劭《风俗通》言尚书奏事怀香握兰。《礼记》言诸侯贽熏，大夫贽兰。《汉书》言兰以香自烧也。若夫兰花有叶无枝，可玩而不可纫。可佩、藉浴、秉握、膏焚，故朱子《离骚辨证》言：古之香草，必花叶俱香，而燥湿不变，故可刈佩。今之兰蕙但花香，而叶乃无气，质弱易萎，不可刈佩，必非古人所指，甚明。"

此外，翻检《全宋诗》还找到一个佐证，宋代诗人方回作有《秋日古兰花》诗十首，其一云："绿叶梢头紫粟攒，《离骚》经里古秋兰。时人误唤孩儿菊，惟有诗翁解细看。"其八云："雪丝松细紫围乐，今代无人识古兰。本草图经川续断，今人误作古兰看。"可见到了宋代，很多人已经不认识这种古兰了，而称其为孩儿菊。

这种佩兰我在南方幽谷之地见过，紫茎绿叶，花如紫粟，幽独可爱，方回谓其"远闻香淡近闻浓，紫穗丝丝吐雪茸"，十分形象。"不待花开着囊贮，紫茎绿叶可熏衣"，然而初见此花，并未想过要采之以佩，只是小激动地拍了些照片而已。

绕远了，且来回看这首玉兰词。这是一首典型的南宋咏物词，其特点在于将词人主体情感深隐于物象背后，或曰用一个客观物象来表达词人精微复杂的情感世界。此种手法，在周邦彦的词作中即有精彩呈现，到了南宋词人姜夔等人的咏物词中，此种主体情感的高度物化与象征化，已被推向了极致，因而这类词作，如不经过沉吟细读，便会觉得茫然无从。

“绀缕堆云，清腮润玉，记人初见。”词一开始，自是咏物的惯例，先描摹一番玉兰的外部形态。绀缕，鬓云也。玉兰花叶，参差披拂，初见之时，像极了一位云鬓缭绕、玉颜清润的女子。云与玉，皆蕴含多重意蕴且富于隐喻意味。虽说花与佳人之间的比拟极为常见，但难得的是在整首词中，这两重意象在每一句中都彼此绾合，互为隐喻。

需说明的是，“记人初见”，此句参考了孙虹教授《梦窗词集校笺》校勘成果。她认为：诸本从杜本之疑改作“汜人”已误。“汜人”印刷体形似“氾人”。杨笺再误作“氾人”。校曰：“高潜子毓澎曰：‘氾’是《诗》‘江有氾’之‘氾’，纪文达诗‘无复江中见氾人’，正用此事。”古籍中并无“氾人”典（仅《太平广记》中一处“氾人”为形误），今之笺说者多从其再误，并失旧文。此说辨明源流，甚有道理。[①]

梦窗咏物词数用“汜人”之典。这典故见于沈亚之《湘中怨解》，讲的是唐武后垂拱年中，有郑生乘晓月渡洛桥，见桥下一美女蒙袖痛哭，问之，则诉受嫂虐待，不堪忍受，拟赴水而死。郑生慰之并带其回家，取名“汜人”。能诵楚人之书。居数载，女谓生曰：“我湘中鲛宫之娣也，谪而从君。今岁满，无以久留居所，欲为诀耳。”于是涕泣而去。这故事颇有意思，属于典型中国式人神道殊的故事，但在这首词里，似无版本依据，录之于兹，只当灵异故事听听好了。

“蛮腥未洗，海谷一怀凄婉。”据孙虹教授《梦窗词集校笺》，“海客”为“梅谷”，但分析诸本综合来看，梦窗虽惯用夏承焘先生所总结的“倒、揉、碎”三法铸辞造语，但仍觉“梅谷”殊不可解，接下文“渺征槎”而成“梅槎”一词仍觉勉强。这里是说，兰花生于南方蛮腥之地，在幽谷中如一怀凄婉之佳人。这里的“海谷”，主要承“腥”字联想而来，花草有腥气，如梦窗词《八声甘州·灵岩陪庾幕诸公游》中即有“箭径酸风射眼，腻水染花腥”之句。另外南方近海，海水也有腥气，海谷，又言兰花生长之地幽深如海。当然，此说还需要进一步证实。

“渺征槎、去乘阆风，占香上国幽心展。”此用了张华《博物志》浮

①孙虹·谭学纯《梦窗词集校笺》（第一册），中华书局出版社2014年版，第3页。

槎典故，这故事幽渺有趣，可以助人飘飘逸气的想象，梦窗词中屡见之，不妨赘言几句：据说天上银河与人间大海相通，近世有人居海渚者，年年八月，乘浮槎来往于大海银河之间，从不失期。某人忽发奇想，立下奇志，于槎上建一飞阁，又多赍粮，乘槎而去。

某人就这样芒芒忽忽，不觉昼夜地随槎漂流。在旅途中，他亲眼看到了日月星辰的流转。走了十多日，到了一处城郭，屋舍俨然。他遥望宫中有很多织女，又看到一个男子在水边饮牛，饮牛人惊问曰："何由至此？"此人见说来意，并问此是何处。饮牛人答曰："您回到蜀都以后，访一个叫严君平的人，就会知道了。"最终某人如期返回，至蜀问君平。严君平回答说："某年月日，有客星犯牵牛宿。"一算年月，正是此人到天河的时间。

当然，在这首词里，词人熟事虚用，意指兰花如幽渺仙子般乘仙风随浮槎，更好地展现国色天香的一片幽心，那欢愉仙旅也让花朵（佳人）更加美艳芬芳。"返魂骚畹"数句，兰花遗芳掩色，真姿凝澹，此时此刻，多么盼望她的仙魂能够返回百亩兰畹中。"骚畹"化用屈原《离骚》："余既滋兰之九畹兮，又树蕙之百亩。"传说古有返魂之香，闻之可使人复活，文人多以花枝新发来比喻美人返魂归来，苏轼《次韵杨公济奉议梅花》（十首之四）："盐春结绮荒荆棘，谁信幽香是返魂。"

"一盼。千金换。又笑伴鸱夷，共归吴苑。"花朵（佳人）的顾盼美姿，千金不换。"笑伴鸱夷"，化用范蠡典故，鸱夷子皮，是范蠡之号，他曾助越王勾践灭吴，后来不受封赏，与西施泛舟五湖。词的换头处增强了漂流与远游之意，笑伴鸱夷之后，词情又转入了离烟恨水的凄凉情调：佳人已去，即使梦中也难寻觅，更何况已是楚天秋晚的时节。

"比来时、瘦肌更消，冷熏沁骨悲乡远。最伤情、送客咸阳，佩结西风怨。"因远离故乡，因离恨而更加消瘦，凉风沁入骨髓。结句又逆笔追忆昔日离别，最伤情之时，乃是昔年送客咸阳，秋风阵阵，佩兰相赠，哀怨伤情。当然，末句的衰兰意象，自然是化用李贺诗《金铜仙人辞汉歌》"衰兰送客咸阳道，天若有情天亦老"来渲染离愁别恨。

其实，若从咏物来看，词中兰花所指惝恍迷离，又因其时空之腾挪变幻而显得支离破碎。无怪乎胡适《词选》云：这一大串的套语与古典，堆砌起来，中间又没有什么“诗的情绪”或“诗的意境”做个纲领；我们只见他时而说人，时而说花，一会儿说蛮腥和吴苑，一会儿又在咸阳送客了！原来他说的是“玉兰花”！其实，胡适对词的鉴赏水平，实在并不高明。根本不能以客观物象的描摹是否精准来衡量和读赏这首词，或者说，词人写作的重心根本不在玉兰客观物象如何，而是侧重其象征意义的精心编织，以呈现如兰佳人为鹄的，复用凄婉迷离之笔写了一个朦胧幽约、线索断续的爱情故事。

后来笺注者，如杨铁夫等人认定此篇为“琴客小传”，其实并无实在证据。琴客，此典出自唐人顾况《宜城放琴客歌序》：“柳浑，封宜城县伯。琴客，宜城爱妾也。宜城请老，爱妾出嫁。”后来便以“琴客”代指那些因主人年老而放归再嫁的姬妾。

但是，这个在物象中构筑的精致微茫的诗意世界很快就被打破。因为精致，所以颓废。颓废与精致简直是互文文本。吴文英去世以后，南宋江山很快断送于蒙元铁骑之下。1279年，崖山海战，南宋灭亡。词人周密、王沂孙等14位词人秘密结社，分咏龙涎香、白莲、莼、蟹、蝉等，哀帝后之殇，以寄破国亡家、寒蝉身世之哀。由此来看，这种具有比兴之义，托喻之思的咏物词顺理成章提高了词的价值与地位。

这样的词读来精致微茫，好比灵魂出窍，又如魂归离恨天，其中的象征意义早已和具体的物象分离开来。而吴文英是这些词人当中的佼佼者，他将这种分离推向了极致，这使得读这类作品时，若掩去标题，会觉得像是在猜一个难解之谜。

同时，这样的词，也是一段历史行将终结时最敏感悲哀的音节，早已透露出深隐危机与沁骨悲凉。

人间山水有心期

唐人孟浩然历来被誉为盛唐山水田园诗派的代表人物。他终生未仕，倾情于山水田园之间，乃盛世隐者的典型。其《江上寄山阴崔少府国辅》诗云："春堤杨柳发，忆与故人期。草木本无意，荣枯自有时。山阴定远近，江上日相思。不及兰亭会，空吟祓禊诗。"此诗清旷冲澹，语淡味醇，诗意又遥契当年兰亭之会。所谓兰亭之会，乃是一次以祓禊雅集为契机的大规模山水文化活动，兰亭也因此成为山水文化圣地之一。东晋穆帝永和九年（352）三月三日那天，王羲之偕清流名士雅集于会稽山阴之兰亭，修祓禊之礼。时值暮春之初，天朗气清，惠风和畅，少长咸集。此地有崇山峻岭，茂林修竹，溪流激湍，怡人心目。据说春秋时越王曾在此处种兰，后人建亭以志，遂名曰兰亭。至于修禊之俗，则要追溯到战国时代，传说秦昭王三月初三置酒河曲，忽见一金人，自东而出，奉上水心之剑，口中道："此剑令君制有西夏。"秦昭王以为神明显灵，遂恭敬受之，其后强秦果然雄霸天下。自此，每年三月三日，人们临水之曲，修禊洗沐，消灾祈福，相沿成习。所谓曲水流觞，即于水边建亭引流，刻石为槽，宛转亭下，杯浮流水上，客乃举杯酌酒，围坐宴饮，吟咏赋诗，欢尽而散。由是可观，古往今来，诗人与山水之邂逅，产生了无数精妙的诗篇与动人的佳话。

探幽览胜，陶冶性灵

山水诗，顾名思义，其以山川风物、江河湖海、风露花鸟、鸟兽虫鱼等为吟咏对象，不惟写山水之形胜，并传山水之性情，兼得山水之精神。古之作者，皆以极大的热情探幽赏胜，放情山水，流连光景，陶冶性灵，故山水诗历来蔚为大观。如刘勰《文心雕龙·物色》中所云："是以诗人感物，联类不穷，流连万象之际，沉吟视听之区；写气图貌，既随物以宛转；属采附声，亦与心而徘徊。"如此，诗人创作俊得江山之助，那些壮丽的山水也化为了美妙的纸上烟霞。山水与诗人之间，亦彼此产生了奇妙的相互影响。

祖国山河壮丽，风光旖旎，名山大川入于诗词者，何其多也。而盛唐诗兴象玲珑，如羚羊挂角、无迹可求的艺术风貌，很大程度上缘于此期山水诗的天然秀逸、雄浑壮丽。如诗仙李白，其一生皆在游历名山胜水中度过，其志趣、豪情、才华，皆与名山大川结下了不解之缘。据李白诗文中记载，他一生足迹遍布巴蜀、越中、皖南以及长江黄河流域。共去过二百余州县，登过八十余座山，游览过六十余江河川溪及二十余湖潭。李白25岁时，即开始了"仗剑去国，辞亲远游，南穷苍梧，东涉溟海"的壮游之旅。其《登峨眉山》诗云："蜀国多仙山，峨眉邈难匹。周流试登览，绝怪安可悉？青冥倚天开，彩错疑画出。泠然紫霞赏，果得锦囊术。云间吟琼箫，石上弄宝瑟。平生有微尚，欢笑自此毕。烟容如在颜，尘累忽相失。倘逢骑羊子，携手凌白日。"峨眉山，在四川峨眉市城西南，因山势逶迤如螓首蛾眉而得名。东汉时已建官观、寺庙，初流行道教，唐宋以后佛教日趋兴盛，明清臻于极盛，大小寺庙琳琅，为佛教普贤道场。唐时仙风尤盛，故有"蜀国多仙山，峨眉邈难匹"之盛誉。那天，李白登上这座仙山，他看到青冥深邃的山脉倚天而开，色彩斑斓仿佛直接取自图画。少年时代游仙学道的往事在心中激荡，恍惚间，他有飘然之思，仿佛已修得仙道秘术，登上峰顶吟赏烟霞。于云间吟吹琼箫，在石上抚弄宝瑟。在泠然的幻觉中，他的脸上似有烟霞之气，尘世之累霍然顿失。

诗中所写骑羊子，乃传说中的神仙葛由。《搜神记》中载，前周葛由，蜀羌人也。周成王时，好刻木作羊卖之。一旦，乘木羊入蜀中，蜀中王侯贵人追之，上绥山。绥山多桃，在峨眉山西南，高无极也。随之者不复还，皆得仙道。故里谚曰："得绥山一桃，虽不能仙，亦足以豪。"山下立祠数十处。当然，峨眉山的传说不至于此，还有吕洞宾的传说，以及孙思邈在牛心岭隐居的故事。白云苍狗，数百年之后，还有寺院之人声称见到过他。这样的奇幻之旅，实景与梦语交错期间，真给人才气横决一世，非学可及之感。

不惟唐诗，宋词中的山水妙趣亦多。唐诗山水兴象玲珑，开朗阔大；宋词山水要眇宜修，幽秀深长。二者皆有传世名篇，南宋词人周密《闻鹊喜·吴山观涛》即是一首著名的山水词。其云："天水碧，染就一江秋色。鳌戴雪山龙起蛰，快风吹海立。　　数点烟鬟青滴，一杼霞绡红湿。白鸟明边帆影直，隔江闻夜笛。"其中所写为著名的钱塘潮，在今浙江杭州钱塘江流域。钱塘江入海口阔大而江干细，潮涌受狭窄江岸沙坎之阻拦，波涛前推后阻，遂成"鳌戴雪山龙起蛰，快风吹海立"般的玉城雪岭景观。观赏钱塘秋潮，早在汉魏六朝时即已蔚成风气，唐宋时期此风更盛。相传农历8月18日乃海神生日，故潮锋最高。南宋朝廷尝于此日在钱塘江上校阅水师，其后相沿成习，此日遂成观潮节。这一天，八方宾客荟萃此地，争睹其碧浪排空之盛况。苏轼《观浙江涛》诗云："八月十八潮，壮观天下无。鲲鹏水击三千里，组练长驱十万夫。"以形象之笔写出了潮水的惊心动魄。周密《武林旧事》中云："浙江之潮，天下之伟观也，自既望以至十八日为最盛。方其远出海门，仅如银经，既而渐近，则玉城雪岭，际天而来，大声如雷霆，震撼激射，吞天沃日，势极雄豪。"可为此词注脚。而词中所写，又是在吴山观潮，吴山在杭州境内，北拥西湖，南临钱塘，此一登临，江湖尽览。春秋时，吴越两国隔江对峙，吴山便是吴南之界山。山上有祠堂，是为纪念伍子胥之忠义而建。当年吴越争霸，范蠡选西施以献吴王夫差，伍子胥死谏，夫差竟令其自尽。当年词人周密在吴山观涛，亦应引起他对古代忠臣的伤悼之情吧。而那时候，已是南宋末年，周密在宋亡后隐居不仕，他的山水词作，在今天看来，比唐代山水诗作更多了一份残山剩水的悲哀。

山水之美，因诗而彰

智者乐水，仁者乐山；山水之美，古来共谈。历代文人墨客，登山则情满于山，观海则意溢于海，由是舒卷风云之色，吐纳珠玉之声，山水诗之佳作由此而成。千百年来，在时光的长河中，它们如余霞成绮，辉映百代。不唯如此，它们还丰富了其所咏叹的名胜古迹的文化内涵。如柳宗元所言："夫美不自美，因人而彰。"古来多少灵山丽水，若无诗人传彩之笔，自将芜没湮沉于尘土中矣。

唐朝安史之乱后，诗人张继游历苏州时，夜半泊舟于枫桥渡口。那个秋夜，霜风渐起，关河冷落。月落乌啼，江枫渔火，引起了羁旅游子的万般客愁。正恁凝愁间，忽听寒山寺一带传来钟声，如暮鼓般回响在无眠之人心上，于是诗人写下了《枫桥夜泊》这首千古名作。枫桥，古名封桥，位于枫桥古镇寒山寺旁，乃跨古运河支流。这里原为古代水陆交通要道，每当漕粮北运经此，便封锁河道，禁止其他船只通行，遂名"封桥"。自唐张继作《枫桥夜泊》诗后，遂以"枫桥"之名传扬天下。南宋范成大《吴郡志》云："枫桥自古有名，南北往来之客经由，未有不憩此桥而题咏者。"明代诗人高启有"画桥三百映江城，诗里枫桥独有名"之句。

枫桥南边不远就是寒山寺，相传建于南朝梁天监年间，因唐时诗僧寒山尝来此住持，后更名为寒山寺。寒山诗风格独特，信手拈来，机趣横溢，俚语俱趣，拙语亦巧。其早年为富家子弟，后来却落拓为贫士。据说他总是桦帽褛衣，形容枯悴，于国清寺乞食，并作诙谐谩骂之状，寺中有一名为拾得的和尚怜悯他，经常收些残羹冷炙给他吃。寒山寺尝毁于兵燹之灾，几度兴废。近人薛福成《庸庵笔记》里也记载过这里发生的一件幽怪之事。清代道光年间，寺院中共一百四十余人，忽一日尽死院中，乡保为之报县。县令前来相验，发现一厨工死而复苏，于是问诸僧所食何物。厨工对曰：面食。又云今日值方丈和尚生日，特设素面以供诸僧。适见后园中有蕈二枚，紫色鲜艳，其大径尺，因撷以调羹浇面。但觉其香味鲜美异常，未及亲尝，忽然头晕倒地，不省人事。今甫醒始知诸僧食面死矣，不知何故。县令使导至后园采蕈处，则复见有蕈二枚，其大如扇，鲜艳无匹。命役摘蕈，蕈下有两大穴。县令复集夫役，持锹镢，循其穴而发掘之。丈余以下，见有赤练蛇大小数百尾，有长至数丈者，有头大如巨碗者。盖两穴口为众蛇出入之所，蕈乃蛇之毒气所嘘，以自蔽其穴者。诸僧既皆食之，故无一生。厨工仅嗅其香味，故幸而复苏。县令乃命储火种，发鸟枪，一举焚之，蛇之种类灭尽，而寒山寺由此亦废。

如此枫桥，如此寒山寺，经过诗人张继的点石成金之手，形成了一个凝固在历史文化时空里的永恒典故。这诗中的流风余韵，应之者不绝，多年以后，宋代诗人陆游夜宿枫桥时也写下这样的诗句："七年不到枫桥寺，客枕依然半夜钟。风月未须轻感慨，巴山此去尚千重。"明代诗人高启亦写诗云："画桥三百映江城，诗里枫桥独有名。"诗人沈周亦言："风流张继忆当年，一夜留题百世传。"这都说明了枫桥因张继此诗而享誉的盛况。

晚唐诗人杜牧也有很多山水诗佳作，这些作品，将自然景观、风俗时令等人文内涵很好地绾合在一起，给自然山水增添了幽微细腻的审美意味。如其《九日齐山登高》，这是杜牧山水诗中极有影响的一首，诗云："江涵秋影雁初飞，与客携壶上翠微。尘世难逢开口笑，菊花须插满头归。但将酩酊酬佳节，不用登临恨落晖。古往今来只如此，牛山何必独沾衣。"此诗系杜牧在会昌五年（公元845）九月九日重阳节登上齐山而作。重阳节素来有登高望远，赏菊饮酒，佩戴茱萸之风习。杜甫《九日》诗云："重阳独酌杯中酒，抱病起登江上台。"虽是孤独忧患之身，但仍要登台饮酒，可见重阳节颇受古人重视。那齐山，正在安徽贵池东南不远处，据《九华山录》载："池州齐山，山脚插入清溪，石色青苍可画，洞穴半出水中，清溪直接大江，眼界豁然。又其旁，落拔起数峰，奇甚。谓之小九华，皆齐山最胜处也。又其上，即翠微亭，是为山颠。杜牧之云

‘江涵秋形雁初飞’，此地此时也。”可见首联诗句并非泛泛而来，乃实写其境。齐山之名由来有二，一说山有十余峰，峰峰等齐，故名齐山，一说唐贞元年间，齐映任池州刺史，政声卓著，且常登此山，故名为齐山。齐山林壑优美，蓊郁深秀，其景观可与九华、武夷、雁荡争胜。“江涵秋影雁初飞”，山水之妙尽在其中矣。那一天，杜牧和他的好友，晚唐诗人张祜登上了齐山，齐山九顶洞南隅有亭翼然，名为翠微亭。他们在亭下饮酒，欣赏秋景。张祜亦纵酒任侠之辈，比杜牧年长，诗名早著。二子皆性喜山水，好尚相同。

“尘世难逢开口笑”等四句，言不必忧生伤逝，直须纵饮消忧之意。时诗人出任池州，正是其一生困顿侘傺之时。又生逢晚唐多事之秋，在齐山的冉冉落辉中，一个时代已然日暮途穷。《庄子·盗跖》云：“今吾告子以人之情，目欲视色，耳欲听声，口欲察味，志气欲盈。人上寿百岁，中寿八十，下寿六十，除病瘦、死丧、忧患，其中开口而笑音，一月之中不过四五日而已矣。”菊花满头，这放浪形骸中亦有茫然忧愤。诗的最后，古往今来的山水之慨浑然一片而近乎苍茫。登牛山而陨涕，此典出自《列子·力命》：“齐景公游于牛山，北临其国城而流涕曰：‘美哉国乎！郁郁芊芊，若何滴滴，去此国而死乎！’” 这喟叹中有极大的忧思：死生亦大矣，生命有尽，俯仰之间，已为陈迹，而疆土壮丽，山川永恒。

这首《九日齐山登高》景美情茂，抑郁之思以旷达出之，后之吟咏者络绎不绝，更有人对此诗心追手摹，履其踪迹重游齐山。如宋吴仲复《齐山》诗云：“却自牧之赋诗后，每逢秋至菊含情。”明喻壁《游齐山》诗云：“江涵秋影投壶处，千载人犹说牧之。”这些诗作，都给自然景致增添了意蕴丰富的人文内涵，并传达出不囿于一己之荣辱得失，而将个人情志与旷远广袤的天地融会观之的审美旨趣。

江山胜迹，怀古幽情

古人于登山临水之际，往往置酒言咏，吟对景之感怀，发思古之幽情。那些在登览行役中所见的山川风物，历史陈迹，无不与政治兴衰、人事代谢相联系。故山水诗之佳作，并非仅止于津津乐道嘉会美景，而是往往在其中表现个人襟怀，以及兴亡之慨。

宋孝宗乾道元年（1165），词人张孝祥任广南西路（今广西和广东西南一带）经略安抚使，治有声绩。次年被谗言落职后由桂林北归，过湖南洞庭湖时作了《念奴娇·过洞庭》这首词。该词用“吸江酌斗，宾客万象”来表示凌云气度与超尘之想，其坦荡襟怀与壮丽湖光浑然一片，在山水词作中是少有的超迈清旷之作。

《山海经》中记载：“洞庭乃沅、澧之交，潇湘之渊。夏秋水涨，方九百里。”《元和郡县图志》载：“洞庭湖，在县西南一里五十步。周回二百六十里。湖口有一洲，名曹公洲。巴丘湖，又名青草湖，在县南七十九里，周回二百六十五里，俗云古云梦泽也。”是知洞庭湖最初由若干个湖泊连绵而成，湖面颇广，浩无际涯。故八百里洞庭之说，洵非虚誉。唐人孟浩然《望洞庭湖赠张丞相》诗云：“八月湖水平，涵虚混太清。气蒸云梦泽，波撼岳阳城。”何其宏大！于兹可见洞庭湖之阔大壮伟，那湖水浑茫一片，直接太清。李白《陪族叔刑部侍郎晔及中书贾舍人至游洞庭》一气呵成五首，有“洞庭西望楚江分，水尽南天不见云。日落长沙秋色远，不知何处吊湘君”“南湖秋水夜无烟，耐可乘流直上天。且就洞庭赊月色，将船买酒白云边”“帝子潇湘去不还，空余秋草洞庭间。淡扫明湖开玉镜，丹青画出是君山”等名句。写完《念奴娇·过洞庭》一词三年后，张孝祥在乾道四年（1168）自漳州调知荆南（今湖北江陵）兼荆湖北路安抚使，赴任途中再过洞庭时，又填《浣溪沙》词：“行尽潇湘到洞庭，楚天阔处数峰青。旗梢不动晚波平。　红蓼一湾纹缬乱，白鱼双尾玉刀明。夜凉船影浸疏星。”楚天辽阔，江上数峰青。湖面平滑如镜，船头旌旗纹丝不动。水湾中红蓼如纷乱的丝织品，跃出水面的白鱼如玉刀一样明亮。何其鲜活幽静的景象，足见词人对洞庭湖的眷恋。

洞庭湖上还有小岛君山，宋代诗人黄庭坚诗云：“未到江南先一笑，岳阳楼上对君山”，君山原名湘山，后改名洞庭山。又因湘君葬此，或因秦始皇曾封此山，复更名“君山”。传说在远古时代，洞庭湖本无岛，每当风浪滔天之时，渔民便无处歇身，这引起水下72位螺丝姑娘的同情，她们蜕下螺壳，变成小岛连缀起来，故传君山有72螺峰。

此外，洞庭湖一带还流传着娥皇女英的故事。《述异记》云：“舜南巡，葬于苍梧之野，尧之二女娥皇、女英追之不及，相与恸哭，泪下沾竹，竹上文为之斑斑然。”李白名作《远别离》便取自这个故事：“远别离，古有皇英之二女，乃在洞庭之南，潇湘之浦。海水直下万里深，谁人不言此离苦？……苍梧山崩湘水绝，竹上之泪乃可灭。”在君山，还有远近闻名的柳毅井，故事取自唐传奇《柳毅传书》，那牧羊女本是洞庭龙君之女，在夫家倍受虐待，托柳毅传书于其父。后来二人结成百年之好。这故事是中国式的大团圆，颇引人遐思。此外，在君山东侧的石壁上，又有秦始皇的封山印。据说当年秦始皇南巡，在洞庭湖一带遇狂风恶浪，遂泊于君山。始皇问曰：“此何地？”对曰：“君山。”始皇大怒曰：“普天之下，唯我是君，难怪湖中恶浪滔天！”遂命三千刑徒伐光君山树木，并刻印封山，但如今湖水依然时时“波撼岳阳城”。

游山览水，常令人有物我两忘、遗世独立的超逸之思。“尽挹西江，细斟北斗，万象为宾客”，这神奇的出尘之想中，观照的是词人“肝肺皆冰雪”的澄澈襟怀。故中国古代山水诗人的审美追求，从来都不仅止于模山范水，巧言切状，而是要在其中呈现人格襟怀与主观性灵。

谁会伤春无限意

叶申芗《本事词》卷上载：子瞻在惠州，朝云侍坐。维时青女（神话传说中的霜雪之神）初降，落木萧萧，凄然有宋玉之悲。因命朝云捧觞，唱“花褪残红”词以遣愁。朝云珠喉将转，粉泪满襟。子瞻诘其故，答曰：“奴所不能歌，是‘枝上柳绵吹又少，天涯何处无芳草’也。”子瞻大笑，曰：“我正悲秋，汝又伤春矣！”遂罢。未几，朝云殁，子瞻为之终身不复闻此词。

秋日以其萧瑟衰落引发了诗人的穷愁没落之感，而在春天，杂花生树，草长莺飞，采采流水，蓬蓬远春，何以又生愁恨之思？多年以前，我在一篇散文里面写道：“春天已然来到窗前。天空中飘浮着几只风筝，像是湛蓝天空的补丁。三月是放风筝的时节，孩子们兴奋得小脸通红。天空之上，大气稀薄，那种蔚蓝让人觉得空无。空气里时时可以闻到一种衰朽之味，无名者老去，温度在升高，万物新鲜而明朗，唯独你一人瑟缩在幽襟、镜子与往事中。”一位诗人说过：“我们所阅尽的人间春色，无不是圣人的遗产。”检点汉语遗产中的春天，同样给人一种阴性感伤之意。《文心雕龙·物色》有云：

春秋代序，阴阳惨舒，物色之动，心亦摇焉。盖阳气萌而玄驹步，阴律凝而丹鸟羞，微虫犹或入感，四时之动物深矣。若夫珪璋挺其惠心，英华秀其清气，物色相召，人谁获安？是以献岁发春，悦豫之情畅；滔滔孟夏，郁陶之心凝；天高气清，阴沉之志远；霰雪无垠，矜肃之虑深；岁有其物，物有其容；情以物迁，辞以情发。一叶且或迎意，虫声有足引心。况清风与明月同夜，白日与春林共朝哉。

这段话写得情采飞扬。在这清风明月的春夜，人的内心忽然生出了一种温柔绵长的意绪以及一种正在复苏的若有所失的茫然意绪。

《诗经·召南·镖有梅》写了女子坦率无忌的“求我庶士”之愿。《周南·桃夭》和《召南·棠棣之华》渲染新娘出嫁时的热烈气氛，一切皆因物华之盛而起兴。而《小雅·小牟》中的被放逐者在一片春天的美景中，却无心观赏，皆因“心之忧矣，不遑假寐”。《小雅·采薇》用春日“杨柳依依”的美景来衬托远离家乡之人的悲凉心情。《豳风·七月》：“春日迟迟，采繁祁祁。女心伤悲，殆及公子同归。”钱锺书认为这是中国最早的伤春诗，其《管锥篇》云：“吾国咏‘伤春’之词章者莫古于斯。”《传》曰：“春，女悲；秋，士悲；感其物化也。”《淮南子·缪称训》中亦有“春女思，秋士悲，而知物化也”的说法。在春天，女孩们看到了自然界的植物逐渐繁茂的过程，她们也表现出一种对容貌、年龄的特殊敏感，这其中已蕴含了韶华易逝以及生命中春天行将流逝的惶恐，这当是伤春最初的意蕴。从《诗经》以后，男女情爱中的伤春之情在宫体诗中进一步扩展，伤春显然不只是女子的情感，男子又何尝不曾感春情而伤怀呢？所谓“男女之志同”，在春气的感召下，男子往往也会被淡淡春愁所遣，从而发出悠长喟叹。不过也正因为受到女伤春传统的影响，男性在伤春时往往会自觉或不自觉地借女子口吻或摹写女子来抒情。如刘希夷《春女行》：“愁心伴杨柳，春尽乱如丝。”王昌龄《闺怨》：“忽见陌头杨柳色，悔教夫婿觅封侯。”女性伤春之诗更加凄凉，春恨越来越成为一个具有阴性特质的主题。

春天也似有欢乐的意绪。唐人于良史《春山夜月》诗云：“春山多胜事，赏玩夜忘归。掬水月在手，弄花香满衣。”春天的夜晚，他在山里游玩，只看见欢乐的月亮和馨香的花朵。然而对于锐感之人，良辰美景却更易触动他们心底哀伤的琴弦。邱迟的《与陈伯之书》中言：“暮春三月，江南草长，杂花生树，群莺乱飞。见故国之旗鼓，感生平于畴昔，抚弦登陴，岂不怆悢！”那些生动的草木和飞舞的群莺，只是加重了诗人的故国之思和生平之恨。无论风和景明的春天，还是落木萧萧的秋日，唯有离乡宦游之人，对异地物候始有惊新之意。杜审言《和晋陵陆丞相早春游望》诗云：

独有宦游人，偏惊物候新。
云霞出海曙，梅柳渡江春。
淑气催黄鸟，晴光转绿萍。
忽闻歌古调，归思欲沾巾。

诗一开始就呈现了这样的情境：春天猝不及防地来到眼前，它耀眼的强光瞬间惊醒了沉浸在宦游梦境中的人。一个“惊”字，表明这种遭遇发生得如此迅疾，让人惊讶万分。那灿烂辉映的云霞，新枝绿芽的树木，婉转啼鸣的黄鸟，都沉浸在早春江南的明媚光线里。春意渐渐深入，不经意间打碎了墨绿的容器，她用和淑春气催动黄莺歌唱，又洒下晴暖阳光使绿萍颜色转深。忽然听到了古朴的曲调，刹那间勾起了归思的情怀。围绕一个“归”字，在春天，那些被流放在阴影中的人，如何才能循着一支熟悉的曲调，重回故园？那些不断蔓延的春草，它们散发出强烈的绿光，让所有的归途和沉浸于悲伤阴影中的人们黯然失色。公元一千多年前的杜甫，当他滞留在被安史乱军攻陷的长安城中的时候，春天的盎然景象亦加重了他内心的创痛：

国破山河在，城春草木深。
感时花溅泪，恨别鸟惊心。
烽火连三月，家书抵万金。

白头搔更短，浑欲不胜簪。

随着国家的残破，那些经历了战乱兵燹的城阙山河，此时此刻，它们正和春天的草木一起沦陷。感伤时事艰难，人见春花而溅泪；怅恨离别，人闻鸟鸣亦惊心。花似有知，感时溅泪；怅恨离别，鸟亦惊心。在这样荒草萋萋的春日，烽火苦教乡音断，一纸家书抵万金。念远方惨戚之象，见眼前颓败之景，不觉于百无聊赖之际，搔首踟蹰，令人悲伤的结句：他稀疏的白发，几乎已经不能承受发簪的重量。一切都如这散乱稀疏的白发一样不可收拾，山河残破，生命的春天更是一去不回。

如果说在唐诗时代，春天的哀愁尚且有源可循，那么在宋词时代，春天，简直成了无端悲伤的海洋，那么多细小闲愁像春天的杨花和落红一样充斥了词人的深深庭院。在春天，一元复始，万象欣荣，而天地自然的勃勃生机却像一道刺眼的强光令人惆怅。在宋词里，“春愁”“春怨”“春思”“春恨”“春病”一类的“伤春”意绪像流感一样肆意滋生，让人恍惚间觉得春天和疾病密不可分。“每到春来，惆怅还依旧”（冯延巳《鹊踏枝》），“伫倚危楼风细细，望极春愁，黯黯生天际”（柳永《凤栖梧》），“芳草年年惹恨幽，想前事悠悠，伤春伤别几时休”（石延年《燕归梁》），“日边清梦断，镜里朱颜改。春去也，飞红万点愁如海”（秦观《千秋岁》）。春天，来去匆匆，花朵转瞬寂灭：“风迟日媚烟光好，绿树依依芳意早。年华容易即凋零，春色只宜常恨少。”（欧阳修《玉楼春》）“细草愁烟，幽花怯露，凭栏总是销魂处。日高深院静无人，时时海燕双飞去。　带缓罗衣，香残蕙炷，天长不禁迢迢路。垂杨只解惹春风，何曾系得行人住？”（晏殊《踏莎行》）这些伤春之词，根本无需刻意找寻，只要翻开全宋词，便俯拾皆是，即便清雄放旷如苏辛，其词中也不免有这样的句子：

蝶懒莺慵春过半。花落狂风，小院残红满。午醉未醒红日晚。黄昏帘幕无人卷。（苏轼《蝶恋花》）

不恨此花飞尽，恨西园、落红难缀。晓来雨过，遗踪何在。一池

萍碎，春色三分，二分尘土，一分流水。细看来，不是杨花，点点是离人泪。（苏轼《水龙吟》）

更能消几番风雨。匆匆春又归去。惜春长怕花开早，何况落红无数。春且住。见说道，天涯芳草无归路。怨春不语。算只有殷勤，画檐蛛网，尽日惹飞絮。（辛弃疾《摸鱼儿》）

这些细弱的春风，带着无知的疲乏，吹来了一些迷雾般的杨花，诗人梦见了自己：他看见青春的容颜正在镜中流失，这个时候，绯红的落花袭来，像无数细小的浪花包围着悲愁的岛屿。诗人借落花咏叹伤春之情：

风横雨狂三月暮。门掩黄昏，无计留春住。泪眼问花花不语，乱红飞过秋千去。（欧阳修《蝶恋花》）

无可奈何花落去，似曾相识燕归来，小园香径独徘徊。（晏殊《浣溪沙》）

水调数声持酒听。午醉醒来愁愁未醒。送春春去几时回，临晚镜，伤流景，往事后期空记醒。

沙上并禽池上冥。云破月来花弄影。重重帘幕密遮灯，风不定，人初静，明日落红应满径。（张先《天仙子》）

落红铺径水平地，弄晴小雨霏霏。杏园憔悴杜鹃啼，无奈春归。（秦观《画堂春》）

自在飞花轻似梦，无边丝雨细如愁，宝帘闲挂小银钩。（秦观《浣溪沙》）

留春不住，费尽莺儿语。满地残红宫锦污，昨夜南园风雨。（王安石《清平乐》）

风定落花深，帘外拥红堆雪。长记海棠开后，正是伤春时节。（李清照《好事近》）

这种伤春之情，每到末世，随着民族覆亡疟疾一般泛滥，发为迷惘凄厉之音。宋末词人张炎《高阳台》词云：

接叶巢莺，平波卷絮，断桥斜日归船。能几番游，看花又是明年。东风且伴蔷薇住，到蔷薇、春已堪怜。更凄然。万绿西泠，一抹荒烟。

当年燕子知何处，但苔深韦曲，草暗斜川。见说新愁，如今也到鸥边。无心再续笙歌梦，掩重门、浅醉闲眠。莫开帘。怕见飞花，怕听啼鹃。

此词情调悲伤凄苦，意态更见消沉。在暮春时节，诗人所见者唯有巢莺、柳絮、断桥、斜日、归船、荒烟这些暮气沉沉的景象。这时节，花事已了，开到蔷薇，春光已然少得可怜。“拍手笑沙鸥，一身都是愁”，曾经自由自在的海鸥，如今也沾惹了愁绪。往昔欢乐的笙歌管弦声，一切已经远了。春光兀自好，我却为春愁，只有将重重门窗关闭起来，在浅醉闲眠中打发时光。最后，似是提醒，也是警示：莫开帘。怕见飞花，怕听啼鹃。因为一不小心，那些飞花、啼鹃就会让人深陷无计可施伤感中。

这些亲历的春秋，已然像一枚枚细小木叶那样融入时间的光影一去不回。然而，诗人与山川日月、节候风物之间的奥秘依然无法穷尽。古人认为，不萃取天地清气，何以抒其性情？这些月露风云，春花秋月转瞬寂灭，只有诗人能让它凝聚不散，使之融入永恒的诗篇中。

登临我亦悲秋者

一年四季，冬冷夏热，只有春秋令人安适。然而盛极必衰，秋天也是百花凋残，众芳芜秽的时节。诗人在冰凉的雨夜叹老嗟卑，那滴沥三更的雨水，声声入耳，打在不眠不休的人心上。诗人都自封为自我精神领域的君王，诗人杨炼曾经写下这样的句子："这个朕想废就废掉的一生，妩媚啊。"何其婉转的叹息，丝绸般柔软。夏日炎炎，心绪不宁，而在这个季节，花朵已经凋残，绚烂的一切归入沉寂。我曾在秋日登高望远，看见漫山红叶，在霜色的浸润中越发颜丽，仿佛经过了时间红酒的浸染，最后在风中飘摇，带着一种静美凝重的风度。

言及悲秋，生于屈原之后的宋玉应是千古悲秋之父，这个战国后期的楚国辞赋家，他基本奠定了萧瑟秋天时，与其文士身份相应的优雅感伤的抒情范式。这个抒情范式成为后世诸多文士纷纷效仿的对象。多年以后，杜甫在一首赞美宋玉的诗里说："摇落深知宋玉悲，风流儒雅亦吾师。怅望千秋一洒泪，萧条异代不同时。"（《咏怀古迹·其二》）面对这暮秋时节的萧瑟景象，杜甫如此孤独而敏感，这凄凉意绪被萧条异代的宋玉深思锐感过，并在老杜身上刹那间复活。

当然，尽管宋玉被誉为悲秋之父，但悲秋传统并非始自宋玉。在人类咿呀学唱，还在像鸟类练习飞翔般研习诗歌艺术的《诗经》时代，我们就早已接触了这股悲伤的秋风。《小雅·四月》云："秋日凄凄，百卉具腓。乱离瘼矣，爰其适归？"这首诗在秋日凄凉里夹杂着被放逐臣子的乱离之感。作为过渡，秋天被置于"四月维夏，六月徂暑"和"冬日烈烈，飘风发发"中间，作为抒发构祸南谪之哀的季节背景。《秦风·蒹葭》云："蒹葭苍苍，白露为霜。"秋日苍茫的水草和露水连成一片，构成了人类思念中幽微杳渺的一部分。

《九章·抽思》云："心郁郁之忧思兮，独永叹乎增伤。思蹇产之不释兮，曼遭夜之方长。悲秋风之动容兮，何回极之浮浮！数惟荪之多怒兮，伤余心之忧忧。"《九歌·湘夫人》云："帝子降兮北渚，目眇眇兮愁予。袅袅兮秋风，洞庭波兮木叶下。"骚体文学摇曳参差的语言与凄清杳渺的秋意，构成了一种不可思议的优美唱和。深秋凉意和萧索情怀融为一体，又极为生动地渲染出湘君久候湘夫人不至而引起的凄迷哀婉的情调，明代胡应麟称之为"千古言秋之祖"（胡应麟《诗薮》内编卷一）。戴震云："写水波、写木叶、写秋风，皆所以写神不来，冷韵凄然"（《屈原赋注》）。孙矿云："赋得洞庭一句，遂令一篇生色，可见《楚辞》写景妙"（《楚辞评林》引）。林沅更云："开篇'嫋嫋秋风'二句，是写情之妙。其中皆有情景相生，意中会得，口中说不得之妙。人知'山有木兮木有枝，心悦君兮君不知'犹'沅有芷'二句起兴之例，而不知'不尽长江滚滚来'，实以'嫋嫋秋风'二句作蓝本也。"（《楚辞灯》引）毋庸置疑，这种情景相生、寄情于景的写法，对中国古典诗词影响极大。唐代李白《远离别》诗云："帝子泣兮绿云间，随风波兮去无还。恸哭兮远望，见苍梧之深山。苍梧山崩湘水绝，竹上之泪乃可灭。"从语感神韵来看，与《湘夫人》多有相似。这首祭祀湘水女神的诗，有跌宕回旋的形式节奏，开后人无数奇句，值得再三沉吟。

在《湘夫人》中，悲秋意象还没有全景式地展开，它仅仅是作为一种思慕哀怨的悲剧底色而存在。在中国文学史上，真正将悲秋推向全景式描写的经典之作当推宋玉《九辩》：

悲哉秋之为气也!
萧瑟兮草木摇落而变衰,
憭栗兮若在远行,
登山临水兮送将归,
泬寥兮天高而气清;
宋廖兮收潦而水清,
憯悽增欷兮薄寒之中人;
怆怳懭悢兮,去故而就新,
坎廪兮贫士失职而志不平,
廓落兮羁旅而无友生。
惆怅兮而私自怜。
燕翩翩其辞归兮,蝉宋漠而无声。
雁廱廱而南游兮,鹍鸡啁哳而悲鸣。
独申旦而不寐兮,哀蟋蟀之宵征。
时亹亹而过中兮,蹇淹留而无成。

诗一开始就将万木摇落、山川萧瑟的秋景,与失意巡游、心绪飘浮的悲怆结合起来,使得全篇郁结着一股排遣不去、缠绵往复的气息,勾起人们对自然变化、人事兴废的感喟。千载之下,犹具深切的兴发感动之力。秋天似乎具有一种让人敬畏的力量,诗一开始就大声呼告:“悲哉!秋之为气也。萧瑟兮草木摇落而变衰。憭慄兮若在远行,登山临水兮送将归。”一声呼喊,无限凄怆。眼见得大地萧瑟,草木摇落,离家远行,为客他乡,登山临水,送别情伤。寒蝉凄切,大雁悲鸣。若天高气清,百川明净,清明丽景,反增伤悲。秋风秋气,伤我颜色,仕途偃蹇,中情怅惘。贫士失志,志哀气促,仿佛世间一切词语声响都在诠释悲凉二字。

仿佛身处悲痛中的人,脚步踉跄零乱,内心空茫悲戚。这种零乱失序的语言,感性而破碎,阴柔而怅惘,与整饬鲜明、热力澎湃的阳性语言形成了鲜明对照。里尔克诗中的秋日则更多了静穆与神秘:

主啊！是时候了。夏日曾经很盛大。
把你的阴影落在日晷上，
让秋风刮过田野。

让最后的果实长得丰满，
再给它们两天南方的气候，
迫使它们成熟，
把最后的甘甜酿入浓酒。

谁这时没有房屋，就不必建筑，
谁这时孤独，就永远孤独，
就醒着，读着，写着长信，
在林荫道上来回
不安地游荡，当着落叶纷飞。
（冯至　译）

这首《秋日》广为人知。它于1902年在巴黎写就，那年里尔克27岁。先是以跟上帝对话的口吻宣告：主啊，是时候了。夏日曾经很盛大，而秋日已经到来。它让果实更加饱满，在这一季节，该得到的早已得到，该丧失的早已丧失。在这宿命的秋天，我们停止了所有的劳作，在飞舞落叶中陷入了永恒的孤独。“谁此时没有房子，就不必建造／谁此时孤独，就永远孤独”，此二句几乎概括了诗人一生写作的主题：此生此世，注定孤独，注定永远寻找故乡。

里尔克曾在一封信中写道：“您知道吗？倘若我假装已在其他什么地方找到了家园和故乡，那就是不忠诚。我不能有小屋，不能安居，我要做的就是漫游的等待。”诗的最后：醒着，阅读着，写作着，游荡着。生命的纬度就在这四端中展开，最后以景结情，又回归落叶纷飞、疏离孤独的秋日。

这是一首杰作，诗句内省节制，体现了诗人直面生存困境的巨大勇气和深沉智慧。当然，在阅读时，我们也由此获得了内心的静谧与安详。它的内在气质是不容置疑的，深沉坚定的。然而《九辩》却是犹疑的，内心的疑惧和求证显现为语言的回环往复，伴随着痛苦呼告与究天问理的声音，在这点上它秉承了《离骚》的传统，其诗又云：

皇天平分四时兮，窃独悲此廪秋。
白露既下百草兮，奄离披此梧楸。
去白日之昭昭兮，袭长夜之悠悠。
离芳蔼之方壮兮，余萎约而悲愁。
秋既先戒以白露兮，冬又申之以严霜。
收恢台之孟夏兮，然欿傺而沉藏。
叶菸邑而无色兮，枝烦挐而交横。
颜淫溢而将罢兮，柯仿佛而萎黄。
萷櫹椮之可哀兮，形销铄而瘀伤。
惟其纷糅而将落兮，恨其失时而无当。
擥騑辔而下节兮，聊逍遥以相佯。
岁忽忽而遒尽兮，恐余寿之弗将。
悼余生之不时兮，逢此世之俇攘。
澹容与而独倚兮，蟋蟀鸣此西堂。
心怵惕而震荡兮，何所忧之多方。
卬明月而太息兮，步列星而极明。

上天既已平分四时，为何偏偏为此寒冷秋天悲伤？白日昭昭，长夜悠悠，百草千花因风刀霜剑、白露严霜而失去了往昔美丽的颜色，枝柯萎黄，形迹销铄，令人无计可施。岁月忽已晚，又将奈之何？由此引发了身世之叹，悲慨生不逢时，漫长黑夜就要来临：“岁忽忽而遒尽兮，恐余寿之弗将。”《九辩》之悲秋，已与此前言秋之作大不相同，秋天已不仅是节序背景，而是与人的命运情感浑然一体，荣衰与共。《九辨》之秋，好像穿在身上的一件旧衣裳，以露水严霜为履历，而里尔克的秋日则像有关命运的永恒预言，令人联想到星辰、苍穹与大海。

后世悲秋之作，引人注目者，还有曹丕的乐府诗《燕歌行》，其诗云：

秋风萧瑟天气凉，草木摇落露为霜，群燕辞归雁南翔。
念君客游思断肠，慊慊思归恋故乡，君何淹留寄他方？
贱妾茕茕守空房，忧来思君不敢忘，不觉泪下沾衣裳。
援琴鸣弦发清商，短歌微吟不能长。
明月皎皎照我床，星汉西流夜未央。

此诗抒情大致不出《九辩》樊篱。先以秋景入题，述节序代换，秋风萧瑟，草木摇落，群燕辞归，大雁南翔，流年暗换之意。然与《九辩》抒情口吻颇不相同，前者系“失职而志不平”的落魄贫士，后者则化身为闺中思妇；前者多述失志哀感，后者则抒缠绵思念。前者忧从中来，不可排遣；后者则有寄托，发为歌吟。前者怨愤郁结，凄凉哀伤；后者则温柔敦厚，哀而不伤。

至此，悲秋之作，在秋士易感的失志悲吟中，又增加了思妇闺怨的恻怛哀语。也许男性本来羞于自言失志被弃之感，于是那个在诗中痛苦呼号的形象由此隐匿起来，发为女性声吻，这是一种颇有意味的转换。

最后，我们简单说说杜甫的悲秋之诗，他作有著名的《秋兴》八首。其《登高》诗云：

风急天高猿啸哀，渚清沙白鸟飞回。
无边落木萧萧下，不尽长江滚滚来。
万里悲秋常作客，百年多病独登台。
艰难苦恨繁霜鬓，潦倒新停浊酒杯。

此诗前四句描摹秋景，意象密集紧凑而富锤炼之功，以至于每个词语单元都像是简洁有力的重锤。如果将前人的悲秋之作喻为诗歌练习簿，那么杜甫似欲以千钧之力来对悲秋诗艺来一次彻底总结。在秋天，令人悲伤的元素已经一览无余：劲疾的风、高远天空、哀厉猿鸣、清冷洲渚、无边落木、奔流江水，南下的鸟群，这充斥天地的无限秋景与这孤独的灵魂形成了沉重压迫与对峙。况且这又是怎样垂垂老矣的病弱之躯：老病穷愁、艰难苦恨、潦倒江湖、白发丛生而独在异乡。古人对此已经有着精细的洞察："万里，地辽远也。悲秋，时凄惨也。作客，羁旅也。常作客，久旅也。百年，暮齿也。多病，衰疾也。台，高迥处也。独登台，无亲朋也。十四字之间有八意"。（仇兆鳌《杜诗详注》）十四字间已有八重意味，所谓笔底波澜，胸中丘壑，无过于此。

第二辑

风物相思

衣上酒痕诗里字

醉别西楼醒不记，春梦秋云，聚散真容易。斜月半窗还少睡，画屏闲展吴山翠。

衣上酒痕诗里字，点点行行，总是凄凉意。红烛自怜无好计，夜寒空替人垂泪。

（[宋]晏几道《蝶恋花》）

此词出自北宋词人晏几道之手，也是家弦户诵、广为流传的宋词名作。他的艳词，颇有借诗酒风流以自遣的意味，其中流露出很强的盛衰今昔之感，且再现了中国古典文学中最经典的母题——追忆。

对此，宇文所安曾说："中国的古典诗把它自己直接同生活的外在世界连接在一起。但是，这是一首词，词是在内部世界中，在一间屋子里或者在人的心里，才感到最为自在。当他的主题是回忆时，词作者会感到特别舒服，因为回忆提供了取自生活世界的形象和景象的断片，这些形象同人的感情是不可分割的，它们根据感情的内在世界的规律，又重新被组织起来。"[①]

①宇文所安《追忆》，郑学勤译，生活・读书・新知三联书店2004年版，第135页。

此种追忆，节奏顿挫，动摇人心，它唤起了一种哀感顽艳又徒劳空幻的美感。就像辞章末尾的蜡烛，清光盈盈，却踌躇无计，只有在寒冷的夜晚替人垂泪。著一“空”字，一切复又如幻如电，如昨梦前尘耳。

唉，又是古典世界里似曾相识的镜像。多年以后，历代诗人们写过的镜子纷纷来到我的手上，而我本身即镜子的表妹。那些诗词被梦中的传彩之笔写在纸上，飞扬向上，幻作楼台侧畔的杨花，或者帘幕中间的燕子。它唤起了一种轻柔锐感的情思。

叶芝诗云：噢，世上有病的孩儿们，所有一切变动的事物中，按克罗诺斯的陈腔滥调令人厌倦地旋舞而去，唯有辞章真正美丽。词人说，醉别西楼醒不记。西楼，乃当时欢宴之地。醉中一别，醒后全忘，果真如此健忘吗？还是刻意要让自己忘记呢？然而这世上聚散，皆无凭无定，竟如春梦秋云。

就像在一个瑰丽的好梦中醒来，发现漫天的云锦正在消散。当时你追逐梦境，事后你被梦境追逐——回忆总是这样虚幻不堪。

聚散之感怅触于怀，以至斜月半窗，仍未入梦，唯见床前屏风，它正悠闲地将一片碧绿的吴山展现在无眠之人面前。古典诗词里的碧绿，虽给人葱翠蓊蔚的生机，却也给人以寒冷无情之感。如“平林漠漠烟如织，寒山一带伤心碧”，世上可有“伤心碧”这种颜色？杜甫《佳人》诗里，荏苒零落的岂止草木，还有“天寒翠袖薄”的美人，以及“万事随转烛”的世情。

欢宴胜游已不可再，检点旧物，唯见“衣上酒痕诗里字”。点点酒痕，每一点似乎都是当时西楼欢宴的陈迹。空中似乎还氤氲着一丝酒意，恍惚间回忆起来的笑容，是莲、鸿、苹、云中的哪一位？“诗里字”，即昔之狂篇醉句。而篇末，即连红烛都为我凄凉哀叹，则我之深悲沉恨亦可想见。当然，它也是从杜牧诗“蜡烛有心还惜别，替人垂泪到天明”中化出，但显然青出于蓝。

晏几道晚年为自己的词集曾作过一篇小序，其云：“始时，沈十二廉叔、陈十君龙家，有莲、鸿、苹、云，品清讴娱客，每得一解，即以草授诸儿，吾三人持酒听之，为一笑乐。已而君龙疾废卧家，廉叔下世。昔之狂篇醉句，遂与两家歌儿酒使，俱流转于人间。……追惟往昔过从饮酒之人，或垅木已长，或病不偶，考其篇中所记悲欢合离之事，如幻如电，如昨梦前尘，但能掩卷怃然，感光阴之易迁，叹境缘之无实也。”

以上文字真是凄美的诗篇。有那么一瞬间，词人和他的朋友们正在春风沉醉的亭台楼阁间欢宴，一些以植物为名的美丽女子正在浅斟低唱，而死亡与疾病却透过琐窗朱户在窥伺他们。

他们浑然不觉，依旧言笑晏晏。直到一切都变化了，朋友们全部都改变了：有的死去，有的病倒。他们的笑容像云朵般刚刚舒展开，却旋即被冻僵。无常像石块一样击中了他们。

只有那凄凉的管弦还在方才即席而就的狂篇醉句上空回响。

一点词心属少游

春路雨添花，花动一山春色。行到小溪深处，有黄鹂千百。
飞云当面化龙蛇，夭矫转空碧。醉卧古藤阴下，了不知南北。

（[宋]秦观《好事近·梦中作》）

少游词清丽柔婉，辞情两胜，读来回肠荡气，自是词中上品。清人冯煦说得好，“他人之词，词才也；少游，词心也。得之于内，不可以传。”那么，何谓词心呢？吾昔有见于中而口未能言，今读少游之词，始知何谓词心也。王国维《人间词话》有言：“词之为体，要眇宜修，能言诗之所不能言，而不能尽言诗之所能言。诗之境阔，词之言长。”大体说来，诗拥抱了一个广阔的世界，举凡山水、田园、边塞、言情、送别、乐舞、咏物、怀古等，皆在表现之列，词则不然，它的生命由一些轻柔敏感的意象构成，如细雨、飞花、落叶、梧桐、庭院……在这个深狭细美的梦境中，所有事物都锐感易碎，唯美悠长，仿佛疏云淡月，流风回雪。

少游之词，有时并无深沉寄托，也无高远理想，就是一份本色的敏锐精微的词人感觉。“吾听风雨，吾览江山，常觉风雨江山外有万不得已者在。此万不得已者，即词心也。而能以吾言写吾心，即吾词也。”（况周颐《蕙风词话》）他写漠漠轻寒的春天：“晓阴无赖似穷秋，淡烟流水画屏幽。自在飞花轻似梦，无边丝雨细如愁”；他回忆往昔：“忆昔西池会，鹓鹭同飞盖。携手处，今谁在？日边清梦断，镜里朱颜改。春去也，飞红万点愁如海”，繁花飘落的春天，竟成了悲愁之海；他写相思离别，怆然暗惊：“无端天与娉婷。夜月一帘幽梦，春风十里柔情。怎奈向、欢娱渐随流水，素弦声断，翠绡香减，那堪片片飞花弄晚，濛濛残雨笼晴。正销凝，黄鹂又啼数声。”他写离别之景，字字珠玑：“山抹微云，天粘衰草，画角声断谯门。暂停征棹，聊共引离尊。多少蓬莱旧事，空回首、烟霭纷纷。斜阳外，寒鸦万点，流水绕孤村。”他回忆青春年代，芳思难收：“金谷俊游，铜驼巷陌，新晴细履平沙。长记误随车。正絮翻蝶舞，芳思交加。柳下桃蹊，乱分春色到人家。”可是转瞬之间，即有盛衰今昔之哀：“兰苑未空，行人渐老，重来是事堪嗟。烟暝酒旗斜。但倚楼极目，时见栖鸦。无奈归心，暗随流水到天涯。”他写十年旧梦，屈指堪惊：“多情，行乐处，珠钿翠盖，玉辔红缨。渐酒空金植，花困蓬瀛。豆蔻梢头旧恨……凭阑久，疏烟淡日，寂寞下芜城。”

然而，“尘世难逢开口笑”，少游一生，仕途蹭蹬，怀抱百忧，真古之伤心人也，所作多凄迷哀婉之思，诚可深惜。据胡仔《苕溪渔隐丛话》（前集卷五十）引《冷斋夜话》，这首《好事近·梦中作》即作于绍圣二年（1095）词人贬监处州酒税时。

这词里所写的，在恍惚中，让人看见一个好梦。一山春色，溪水深处，千百黄鹂，错综起来像一天云锦，而又千变万化，宛如龙蛇飞动，在碧空之中，化为无穷。

短短一首小词，动词得力，使词意飞动有致。先是走在春天里，雨水“添”花，一方面是说雨水滋养万物，山花次第开放。另一方面，雨水转瞬幻成花朵，何其迅疾，令人可喜，复指梦境。花“动”一山春色，遂将花朵与春色炼成一片奇光，生机勃勃，纷落摇溶之态毕现。行至溪水深处，而又见黄鹂千百，此令人想到王维诗“行到水穷处，坐看云起时”，皆可见妙境之无穷，有一片化机之妙。

自然，这千百黄鹂也是春光之要素，黄鹂本来羽色艳丽，鸣声悦耳，有视觉与音响的双重美感，更何况群鸟汇集，嘤咛和鸣。转瞬间，飞云化龙蛇，夭矫转空碧。夭矫，屈伸貌，复有纵恣之态。郭璞《江赋》：“抚凌波而凫跃，吸翠霞而夭矫。”这奇异的云朵，先是幻为龙蛇，后来又慢慢隐去，待寻觅时，人间一切色相皆空，惟余一天晴碧。在梦中，醉卧古藤阴下，全然不知南北东西。

此词笔势飞动，造语奇丽，词境一片空明澄澈，绝不似少游寻常手笔。颇令人想到佛陀成道时，在菩提树下夜睹明星、朗然大悟时所现的华严境界。只是冥冥中似有天意，回首其平生万事，谁会料到这首词竟成了檃括少游一生的谶语？《宋史·文苑传》谓其“少豪隽，慷慨溢于文词。举进士，不中。强志盛气，好大而见奇。读兵家书，与己意合”。可见其少年时代乃是志气豪隽之士，后见苏轼于徐州，为赋黄楼，苏轼以为其有屈宋之才。又介其诗于王安石，安石亦谓清新似鲍照谢朓。苏轼勉励他以应举为养亲，始登第，调定海主簿、蔡州教授。元祐初，苏轼又以贤良方正荐之于朝，除太学博士，校正秘书省书籍。迁正字，而复为兼国史院编修官，上日有砚墨器币之赐。

可是宦海波澜，岂能预兆。绍圣初年，少游坐党籍，被贬为杭州通判。御史刘拯告他重修《神宗实录》随意增损，诋毁先帝，又贬监处州酒税。可是，那些小人怎肯善罢甘休，他们“承风望指，候伺过失，既而无所得，则以谒告写佛书为罪，削秩徙郴州，继编管横州，又徙雷州。”徽宗立，少游起复宣德郎，放还途中，至滕州，出游华光亭，为客道这首梦中所得之词。忽觉口渴，索水欲饮，水至，少游笑视之而卒。

呜呼，少游真古之伤心人也。其以“绝尘之才，早与胜流，不可一世，而一谪南荒，遽丧灵宝。故所为词，寄慨身世，闲雅有情思，酒边花下，一往而深，而怨悱不乱，悄乎得《小雅》之遗，后主而后，一人而已”（冯煦语），今观少游《自作挽词》，凄凉怨断，语意甚哀，真令人泪下：

婴衅徙穷荒，茹哀与世辞。
官来录我橐，吏来验我尸。

藤束木皮棺，槁葬路傍陂。
家乡在万里，妻子天一涯。
孤魂不敢归，惴惴犹在兹。
昔忝柱下史，通籍黄金闺。
奇祸一朝作，飘零至于斯。
弱孤未堪事，返骨定何时。
修途缭山海，岂免从阉维。
荼毒复荼毒，彼苍那得知。
岁冕瘴江急，鸟兽鸣声悲。
空蒙寒雨零，惨淡阴风吹。
殡宫生苍藓，纸钱挂空枝。
无人设薄奠，谁与饭黄缁。
亦无挽歌者，空有挽歌辞。

诗前有小序云“昔鲍照、陶潜自作哀挽，其词哀。读予此章，乃知前作之未哀也”。苏轼《书秦少游挽词后》：“庚辰岁（元符三年）六月二十五日，余与少游相别于海康，意色自若，与平日不少异，但自作挽词一篇，人或怪之。余以谓少游齐生死，了物我，戏出此语，无足怪者。已而北归，至滕州，以八月十二日卒于光化亭上。呜呼，岂亦自知当然者耶？乃录其诗云。”

唉，这诗写死后凄凉与孤魂无依之状，其中流露出令人惊恐的死亡讯息，完全是一个原本活泼诗意的心灵彻底陷入绝望的哀绝之音啊，可是苏轼这样旷观豪迈的人，竟还以为是少游“齐生死，了物我，戏出此语，无足怪者”，岂真知少游者？东坡之词，乃是诗人之词，少游则纯乎词人之词也。二人的气质类型也差异太大，东坡乐观旷达，较为理性，少游则锐感精微，感性之至。

少游一生，与东坡最为亲厚。东坡对他的帮助，可谓尽心尽力。东坡亦绝赏少游之才，曾将其《踏莎行》尾句“郴江幸自绕郴山，为谁流下潇湘去？”书于扇面，且云：“少游已矣，虽万人何赎！”高山流水之悲，千载而下，令人叹息。

及少游死，苏轼闻之叹曰：“少游不幸死道路，哀哉！世岂复有斯人乎？”只是少游何以在死前独独想起了这首梦词？真是难解之谜。其以事谪滕州，竟死于滕，此词其谶乎？果然是，对景伤前事，怀才误此身。满世界都是镜子，诗也是，梦中的词语涌入其中，预先照见了写作者的命运。

冬衣初染远山青

冬衣初染远山青。双丝云雁绫。夜寒袖湿欲成冰。都缘珠泪零。
情黯黯，闷腾腾。身如秋后蝇。若教随马逐郎行。不辞多少程。

（[宋]周邦彦《醉桃源》）

这首词引起我的惊异，乃是因为，像周邦彦这样以秋后之蝇写女子衷怀的，大约在宋词中是绝无仅有的例子。中国古典诗词，其中绝少一本正经的厌世感，这不由令人惋惜。譬如这诗中的女子，即使已经身如秋后之蝇，漫想熏风的好时节已过，却仍旧只是俗套与宿命般痴情。

“冬衣初染远山青”，令人想到何逊诗，“天暮远山青，潮去遥沙出”。在岁暮，那傥莽的青山，有一种远意。冬衣初成，青黛如远山。触摸起来应是沁人的凉意，然而比之黄仲则“寒甚更无修竹倚，愁多思买白杨栽。全家都在风声里，九月衣裳未剪裁”，还是要熨帖温润得多。旧说赵飞燕为薄眉，号远山黛，乃晴明远山之色也。

“双丝云雁绫”，字面的意思，是指用双丝在绫缎上织成云中秋雁的图案。当我们的目光透过这鸳绫凤锦的丝线，会发现其绮恨罗愁、相思怀远的底色：唯有秋雁可以传递尺素，“丝”又谐“思”。

罗兰·巴特尝言，文即织物。若以清真词为例，这真是惬心贵当之言，一部清真词，真是文抽丽锦，如刺组绣。江弱水说清真填词凭的是染织的手段，洵为知言。“宝扇轻圆浅画缯”（《浣沙溪》）“慢摇纨扇诉花笺”（《鹤冲天》）“研绫小字夜来封”（《虞美人》）“冷绡缄泪倩谁将”（《琴调相思引》）之类是也。

此词亦如是，先染后织，染为青山色，织为云雁绫，何其美丽。当然，要说织染的手段，温庭筠词里亦常见：“凤凰相对盘金缕”（《菩萨蛮》）“金雁一双飞，泪痕沾绣衣”（《菩萨蛮》）“新贴绣罗襦，双双金鹧鸪”（《菩萨蛮》）……不过，温词错彩镂金，周词则淡墨远山。温词炫目直观，周词则婉曲深隐。

“夜寒袖湿欲成冰。都缘珠泪零”，零泪成冰，似乎无甚新鲜意思。但我想到古时女泪的两则轶闻，说来也很有趣。东晋王嘉《拾遗记》里载，魏文帝所爱美人薛灵芸被选入宫，灵芸闻别父母，嘘唏累日，泪下沾衣。至车就路之日，以玉唾壶承泪，壶则红色。既发常山，及至京师，壶中泪凝如血。五代王仁裕《开元天宝遗事》中载，杨贵妃初承恩诏，与父母相别，泣涕登车，时天寒，泪结为红冰。

这两个故事的创意很特别，我曾戏谑地觉得，凝泪如血，又是美人之泪，简直是个恐怖片的好镜头。大约非常之人，非常之事，古典诗词里的美人又善哭不善笑，有人动辄伤心死去，所以泪成血冰，非但不美，简直阴惨。譬如周幽王为褒姒一笑，烽火戏诸侯，竟至于亡国。美女果然惊心动魄，个个都是狠角色。

“情黯黯，闷腾腾。身如秋后蝇。若教随马逐郎行。不辞多少程。”这里原是蝇附骥尾之意，极陈之语，却用得新鲜。苍蝇本来可恶，但用来描摹闺中女子，实在贴切。秋后之蝇，身体闷钝，飞动时的轻捷感已经消失，极似闺中情思昏昏、讷言懒动的女子。行也不得，坐也不得，情愿自己化成苍蝇，不辞山遥水远，逐郎马而行。

废名似乎很欣赏这个意思，还加上了“此时大约拿鞭子挥也挥不去，而自己也理应知道不该逐这匹马矣。……看起来那么闹哄哄的，实在闺中之情写得寂寞不过，同时路上这匹马儿也写得好，写得安静不过，在寂寞的闺中矣。”他的想象，实在细腻，真是诗人的灵心。

写蝇佳作，诗中亦有。如杜甫：“常愁夜来皆是蝎，况乃秋后转多蝇。”（《早秋苦热堆案相仍》）韩愈：“默坐念语笑，痴如遇寒蝇。”（《送侯参谋赴河中幕》）欧阳修：“自是少年豪横过，而今痴钝若寒蝇。”（《病告中怀子华原父》）陆游：“昔如架上九秋鹰，今似窗间十月蝇。”（《杭湖夜归》）等，但以苍蝇写女子相思之衷怀，在宋词中似仅见于此。

这幅细腻的织染画终于完工，它像帷帐一样悬在半空，如羚羊挂角，无迹可求，有情还似无情。我们在这幅图上看见了青山远黛，云雁丝绫，身影单薄的女子鬓发不乱，泪水盈盈，忙于在古典世界中演绎离魂记与变形记。她伸出双臂，向我们展示衣袖中的冰凉，以及永恒的痴情与悲伤。

文章信美知何用

古城阴，有官梅几许，红萼未宜簪。池面冰胶，墙腰雪老，云意还又沉沉。翠藤共、闲穿径竹，渐笑语、惊起卧沙禽。野老林泉，故王台榭，呼唤登临。

南去北来何事？荡湘云楚水，目极伤心。朱户黏鸡，金盘簇燕，空叹时序侵寻。记曾共、西楼雅集，想垂杨、还袅万丝金。待得归鞍到时，只怕春深。

（[宋]姜夔《一萼红》）

岁华零落，在冬天，时光别有一番删繁就简、寒峭刻削的风度。仿佛一次成长，只是为了彻底的零落。

寒冷的天气，我时常窝在床上随意看点诗词，所读的，无非白石与梦窗。叶芝诗云：“我在阳光下抖掉我的枝叶花朵；现在我可以枯萎而进入真理。”然而在这样的岁杪，于我而言，如此深稳静好毕竟少有，内心更多的乃是“心之忧矣，如匪浣衣”的意绪。

抑或是且喜且惧的复杂况味。陶渊明有诗云：“忆我少壮时，无乐自欣豫。猛志逸四海，骞翮思远翥。荏苒岁月颓，此心稍已去。值欢无复娱，每每多忧虑。气力渐衰损，转觉日不如。壑舟无须臾，引我不得住。前途当几许，未知止泊处。古人惜寸阴，念此使人惧。”这样的诗，与姜夔这首词一样，读之真令人且喜且惧。可是，此一“惧”字又当何解？这情形，又仿佛如废名所言，有时古人只是无心的一笔罢，但我触动了，或许真是所谓风声鹤唳。

这是怎样的风声鹤唳，它不仅来自于荏苒时光，更来自于此词空隙中升腾起来的一小股明镜般的悲风。又好似明镜本身，有一颗怵惕于尘垢的深心。它的好处，清虚骚雅，伊郁蕴藉，如镂冰刻箸，洁净冷峭，却又有逆挽拗折之美。关于此点，前人评论已有很多，有“瘦石孤花，清笙幽磬”，又有“野云孤飞，去留无迹”等语。又如废名言，这样的字与字，句与句，互相生长，有如梦之不可捉摸。然而一个人只能做他自己的梦，所以虽是无心，而是有因。

这首词原本的小序也极为美丽：“丙午人日，予客长沙别驾之观政堂。堂下曲沼，沼西负古垣，有卢橘幽篁，一径深曲。穿径而南，官梅数十株，如椒、如菽，或红破白露，枝影扶疏。着屐苍苔细石间，野兴横生。亟命驾登定王台，乱湘流入麓山，湘云低昂，湘波容与，兴尽悲来，醉吟成调。”

时词人三十余岁，跟我相仿的年纪，又是在羁旅漫游中。这令我想到某年与W一起去他老家，那是南方的一个小镇，一路长亭连短亭，青山隐隐水迢迢，终于到了，在如碎纸般迷惘的大雪中，惊喜地发现江心小洲边上有数十株梅花，枝影扶疏，冷香沁人。W摘下一朵递与我，花瓣尚小，未宜强簪。那大约是2007年的冬天，我人比花低，于花树之下，徘徊久之，不忍离去。

罢了，十里扬州，三生杜牧，前事休说。所到之处，无非清晨在红楼，傍晚在西游。无数的聚会、诗酒，到头来只剩下些冷落的余欢与旧梦。

多少世间儿女，有白首如新，亦有倾盖如故。“文章信美知何用？漫赢得天涯羁旅”，就像这寂然开放的梅枝，可惜这一树春光尽为花，并不结果，只是萎落而已。

红衣绿叶共低昂

枕簟邀凉，琴书换日，睡余无力。细洒冰泉，并刀破甘碧。墙头唤酒，谁问讯、城南诗客。岑寂，高柳晚蝉，说西风消息。

虹梁水陌，鱼浪吹香，红衣半狼藉。维舟试望，故国眇天北。可惜渚边沙外，不共美人游历。问甚时同赋，三十六陂秋色？

（[宋]姜夔《惜红衣·吴兴荷花》）

白石词清空杳邈，梦窗词幽邃密丽，此二家词，我已写过数次，今日清词丽句闲重检，仍忍不住选了这首《惜红衣》。这词里心不在焉的慵倦让人沉迷，漫长暑期，没有枕簟邀凉，琴书换日，我亦每天睡余无力。此刻，窗外更无风丝一点，云朵瞬息万变，雨水眼看就要升起，似欲将这炎热召回。

姜夔词好用小序，清人周济认为白石小序甚为可观，惜其“苦与词复”，并认为“若序其缘起，不犯词境，斯为两美已”。而我以为这说法有些吹毛求疵，白石文章圣手也，于序中可见一斑。此二者，文心词笔，如花开两朵，槛内镜中，隐秘呼应，又何尝与词境相犯。

由该序可知作词缘起。吴兴，今浙江湖州，其境内有苕溪、雪溪，水清如镜，楼台、夜月倒影其中，人称水晶宫。吴曾《能改斋漫录》卷九：“杨汉公守湖州，赋诗云：‘溪上玉楼楼上月，清光合作水晶宫。’其后遂以湖州为水晶宫。”

简斋，指宋代诗人陈与义，号简斋，宋绍兴五年（1135），托病辞去湖州知州任，卜居湖州南之青墩镇，秋后出游，其《虞美人》词下片云：“去年长恨拏舟晚，空见残荷满。今年何以报君恩，一路繁花相送到青墩。”宋淳熙十四年（1187）夏，词人姜夔依萧德藻寓居吴兴，游弁山之千岩，数往来红香中，缘情触绪，百端交集，因“自度此曲，以无射宫歌之”。

总之，此词与荷花相关。说起来，北京七八月份，正是荷花当季之时，圆明园、颐和园、紫竹院、玉渊潭都是夏日赏荷的好去处。颐和园昆明湖的荷花，有莲红缀雨之美名，我还未及去看，只去了圆明园，那万顷碧波亲切得教人战栗。

在古今物候学知识中，二十四番花信风乃是常见的说法，南宋程大昌《演繁露》卷一云：“花信风，三月花开时风，名花信风。初而观之，则似谓此风来报花之消息而耳。按《吕氏春秋》曰，春之得风，风不信则其花不成，乃知花信风者，风应花期，其来有信也。（徐锴《岁时记·春日》）”。

风应花期，其来有信。一年四季的花事，如天下所有美好之事，皆可以在期待之中：“春寒复尽复未尽，二十番花信风”，“一千里色江南岸，二十四番花信风”。谓之花信风，大抵梅花风最先，楝花风最后。

这轮番的花信之风，一路风亭月榭，自古迤逦至今，吹醒了一池荷花。你看，这醉人的风信里好像含有花与酒的气息。

“相看未用伤迟暮，别有池塘一种幽”。那天正午，几乎是北京最燠热的时节，似乎能在空气中闻到一股焦糊之味。园子太大了，我又有些摸不清方向，迷花倚石，睡意沉沉，只记得在园中看了些断桥残垣，颇有今昔兴废之叹。

那些美丽的名字，金堂五所，玉楼十二，九州清晏，上下天光，曾经美如蜃景，灿若绮霞，却在野蛮的劫掠中一病而亡，只剩下些伶仃无主的幽灵。

后来不知不觉到了乘船处。小舟行至海岳开襟处，有清风霎然而至，定睛一望，只见莲花香洁，鸟鸣雅音，万柄红荷，摇荡绿波，眼前一切，皆是净土世界的幽远。如此皎洁静谧的风景，人在其中，只觉惊枝未稳，既不相宜，又且不安，像是误入了一个惬意的清梦中。

她们表情皎洁，团团如玉，像是集体在做一个绿之梦。或许从更远的高空来看，这些荷叶不过是一粒粒绿色的小尘埃，一些半透明的红色尘埃点缀其上。

那些无休止的找寻是为了什么？停止，即唯一的地址。我也许曾经心如暮鼓，此刻也感慨全无。就像这词里，即使是夏日闲居的景象，也句句透着冷落与疏离：枕簟邀凉，琴书换日，细洒冰泉，刀破甘碧——避暑追凉，寂寥谁语？这刀刃里也闪着炎热中的凛冽之光。

拱桥如虹，游鱼出没，吹来清香，红衣荷花已半是狼藉。乡关之思，故国之意，一切登高怀远，皆如废弃空址，只承载怀念，却无法回归。旧约扁舟，心事早已成非："可惜渚边沙外，不共美人游历"。这感慨像是亘古的俗套，却始终魂牵梦萦：一池风荷，让人想起家乡，想起还有情事未了。那些敏感区域的荷花与镜子，始终无法取代她。

"问甚时同赋，三十六陂秋色？"这真是无主的发问，声音空洞而萧索，能回答的人远在天外。三十六陂春水，白头想见江南，杜甫说"清风左右至，客意已惊秋"，何况岑寂之后，已是高柳晚蝉，说西风消息。

红萼无言耿相忆

旧时月色，算几番照我，梅边吹笛。唤起玉人，不管清寒与攀摘。何逊而今渐老，都忘却春风词笔，但怪得竹外疏花，香冷入瑶席。

江国，正寂寂。叹寄与路遥，夜雪初积。翠尊易泣，红萼无言耿相忆。长记曾携手处，千树压、西湖寒碧。又片片、吹尽也，几时见得？

（[宋]姜夔《暗香》）

时在盛夏，天气燠热，书不能读，论文亦进展缓慢。于我而言，仿佛时光仅仅是在蹉跎容与中度过。况又值暑期，更觉得要过一种清空而非忙乱的生活，因而更加心疏志废，不知要怎样才好。面对我最爱的姜夔词，阵阵恍惚，竟像是要破坏离析一件精美既成的艺术品，不知该从哪里下笔去写。黑手还是毒手，这是个问题。于是常作无根游荡，好像花粉在做布朗运动。此中滋味，又如张爱玲所云大考的早晨，于迷雾中遥望罗马大军布阵，那是最恐怖的一幕，因为全是等待。

然而在我们年龄的雾霾中，多数等待已成惘然。又常常对此庸常的日子生出暴虐横绝的念头，分分钟想要画地为牢，仿佛眼前风物皆为蜃景，于此身想然不相干。但在重新翻检这首熟悉的旧词之时，终不免在词语的旧时月色里浸照一会儿，想想那些孤竹空桑的情事，以及暗香疏影中的花朵。张枣《镜中》“只要想起一生中后悔的事，梅花便落了下来”，真与此词情味相契。我于这样的诗词，一往情深，如晋人桓子野每闻清歌，辄唤奈何。但是斯人已远游至“河的另一岸”，她的身影宿命般消失不见，清风之下，空气中徒劳地流布着一些神秘的气味和声响。

在回忆的镜中，梅花已然成为寻绎词人旧日情事的密码。旧时月色，幽寂冷照，如同薄夜之衣，穿在身上。那时候，梅边月下，笛曲悠扬，唤起如玉佳人，无论天气多么凛冽，我们都要犯寒摘花。此情此境，令人想到《碧岩录》里南泉指庭前花，召大大云：“时人见此 枝花，如梦相似。”多年以后，我去西湖孤山访梅，“漫向孤山山下觅盈盈”（姜夔《鬲溪梅令·好花不与殢香人》），见此梅花，真有如梦相似之感。

然而镜清禅师亦曰：“众生颠倒，迷己逐物。”暗想白石的灵心锐感，他是在幽寂的花枝下迷失了自己吗？如此娟洁的光影里他追逐的又是何物呢？“庄生晓梦迷蝴蝶，望帝春心托杜鹃”（李商隐《锦瑟》），我在西湖看着这圣人遗产般的梅花，真觉得与这花叶相亲，如对知音。

万物皆是一理，宇宙圆融流转，我与世人有多少迷梦与春心，就有多少迷己与逐物。

如此迷己逐物亦带来词韵之顿挫流转。盛时如此，衰时如此，如今我已像何逊那样衰老，旧日春风词笔，全都已经忘记。唯有竹外疏花，她幽隐的香气，被吹送于华筵之上，真令人惊心。流年暗换，我今惟托梅花以酬寄相思，可叹路途遥远，音信乖隔。长记旧日携手俊游之地，我们每每像婴孩初来世上，看到西湖边大片的梅林，红色的花萼在空气中洁净地绽放。而湖水寒碧，宛若新生。

“又片片、吹尽也，几时见得？”人间别久，遂类冥顽耳，正如：“春未绿，鬓先丝，人间别久不成悲。谁教岁岁红莲夜，两处沉吟各自知。”意极沉痛，如瓶落井，然而只出之以红萼无言。古典诗人之艺术节制力，盖在于此。

我偶影独游，欣慨交心：为何世间所有美好事物，一边予人以不可再得之美，又皆在无常萎败中？同样灵心锐感的词人秦少游也说：“春去也，飞红万点愁如海。”（《千秋岁·水边沙外》）行文至此，不由凄然，然而废名说：“此地是妆台，不可有悲哀。”（《妆台》）

人间离别易多时

人间离别易多时。见梅枝，忽相思。几度小窗，幽梦手同携。今夜梦中无觅处，漫徘徊。寒侵被，尚未知。

湿红恨墨浅封题。宝筝空、无雁飞。俊游巷陌，算空有、古木斜晖。旧约扁舟，心事已成非。歌罢淮南春草赋，又萋萋。漂零客，泪满衣。

（[宋]姜夔《江梅引》）

今晨读到这首熟悉的旧词，无端觉得四壁虚白，周身寒冷。这词里的小梅花，在凛冽清空的词语中，冉冉递给我一串冷翡翠。

而今，它栖身的寒枝究竟在何处？日暮乡关，那往昔诗歌的荣耀不见了踪影。而一再延迟的黄金时代，使我们陷入虚无。在宋词的风亭月榭里，岂能怠慢了可爱的小梅花？当你耽溺其中的时候，那岁杪的寒冷暂时退避一旁。

全词写冬留梁溪，诣淮不得，因梦述志。然而，何以见梅枝，忽相思呢？这大约是从卢仝的诗《有所思》中“相思一夜梅花发，忽到窗前疑是君”化用而来。此外，白石词中屡见梅花，其《暗香》《疏影》《小重山令》（人绕湘皋月坠时）、《一萼红》（古城阴）、《探春慢》（衰草愁烟）、《浣溪沙》（春点疏梅雨后知）、《莺声绕红楼》（十亩梅花作雪飞）、《鹧鸪天》（忆昨天街预赏时）等篇皆有梅花之疏影。他的词中，梅花可随时启动相思之密码。

词中两次提到梦境。难道梦见，即等于所见？没错，对那些敏感深情的精神病患者而言，梦见即所见，大抵如此。今夜，将有无数美丽深情的精神病患者，徘徊于梦境之外。而几度小窗幽梦里，我们曾携手同行。

然而，这一春幽事有谁知？东风冷，那些幽冷的香气已然远去，唯有旧日子带给我们幸福。“梦为远别啼难唤，书被催成墨未浓”，离别之难，相思之苦，似应度日如年矣。而此词以拗折之笔，将这情怀写得千回百转。人已离别，又言“易多时”，是一次拗转。既离别已久，则人间别久不成悲，遂类冥顽耳，而见此梅花，又“忽相思”，是又一拗转。见梅枝，忽相思，似乎是见此花始怀人之意，但又说“几度小窗幽梦手同携”，可知此情未尝一日稍忘也，此又一拗转。偏偏今夜梦中无觅处，复又一拗转。

张爱玲谈及《小团圆》时云：“这是一个热情故事，我想表达出爱情的万转千回，完全幻灭了之后也还有点什么东西在。”秦观词亦云：“天涯旧恨，独自凄凉人不问。欲见回肠，断尽金炉小篆香。”

故欲知晓这千回百转的情怀，且看看那断尽的金炉小篆香。虽则一寸相思一寸灰，但这灰烬之中，亦尚有余温在焉。

此刻，我仿佛看见了云图里那一线滚烫的灰烬。而这词中的小梅花，像雪人，唯有寒冷才能让她感到安适。

谁教岁岁红莲夜

肥水东流无尽期，当初不合种相思。梦中未比丹青见，暗里忽惊山鸟啼。

春未绿，鬓先丝，人间别久不成悲。谁教岁岁红莲夜，两处沉吟各自知。

（[宋]姜夔《鹧鸪天·元夕有所梦》）

也许在漆黑的夜晚正有人梦到这一幕：那浩荡冰凉的秋水，日夜东流，永无歇时。仿佛去岁的秋天，我也是读着这样的诗。那些词语，依然芬芳清晰，连同这悔意，都出之以悲凉连绵的韵律。

纵有温情，也已是岁暮的飘零了。谢朓诗云："寒槐渐如束，秋菊行当把。"这凭空的感慨与爱抚，令人无从追问，也不必追问。

此首元夕感梦而作，起句便觉沉痛："肥水东流无尽期，当初不合种相思"，如同"自是人生长恨水常东"。水流无尽，一犹恨无尽期；因恨而悔，翻悔前种相思之误。别久会难，唯有求之梦寐。

而梦境依稀，尚不如丹青所见之真。况此依稀之梦境，偏不能久驻，复为山鸟所惊。"画图中，旧识春风面。谁知道，自到瑶台畔。眷恋雨润云温，苦惊风吹散。”

一些水，一些往事，眼前的丹青小像，以及山鸟的鸣啼。这几乎令人绝望了：目力所及，往昔只剩下一幅画，悬挂于空空的墙壁。而今未及芳时，难成欢会，人却垂垂老去，鬓已星星。

人间别久不成悲？人在天涯，羁旅已久。沈祖棻说，夫“黯然销魂者，惟别而已矣”，而竟至“不成悲”，盖缘饱经创痛，遂类冥顽耳。

果真已麻木冥顽了吗？然而当每岁红莲之夜，依然触目伤怀。“亦余心之所善兮，虽九死其犹未悔”，一念袭来，九死其犹未悔，“惟两心各自知之，故一息尚存，终相印也。”

缱绻之情，却出之以峭劲之笔，姜白石尤长于此道，“淮南皓月冷千山，冥冥归去无人管”，可与此比观。

也许，在漆黑的夜里正有人梦见这一幕：一些水，一些往事，应和着悲凉连绵的韵律，在它自己的河床里呜咽。鸟鸣之声曝光了梦境，并使凉风微微倾斜。

断红一任风吹起

钗燕拢云睡起时。隔墙折得杏花枝。青春半面妆如画，细雨三更花又飞。

轻爱别，旧相知。断肠青冢几斜晖。断红一任风吹起，结习空时不点衣。

（[宋]吴文英《思佳客·赋半面女髑髅》）

世人言词，必称北宋。然而，词至南宋始穷工极变，其中尤以姜白石、吴梦窗最为特出。此二家词，前者以清空峭拔见长，后者则以幽邃密丽见胜，皆是我的极爱。

好个“映梦窗，零乱碧”。吴文英自号“梦窗”，晚年则易其号为“觉翁”，这其中大有深意。“梦”字在他存世的近350首词中竟然出现了170余次，真是一个人写什么，即会陷入怎样的命运中。张炎说吴文英的词如“七宝楼台，碎拆下来，不成片断”，此语大有问题，七宝楼台，碎拆下来，应该只成片断才对，如何说不成片断呢？

故余所见所感之梦窗词，乃是一座秾华繁彩、炫人眼目的七宝楼台，一扇扇明灭不定的梦幻窗口镶嵌其中，颇令人目迷五色。

梦窗之词，虽都是感旧怀人的老路子，却都写得绸缋绵密，情致缠绵；才情蹀躞，尽态极妍。推开每扇梦窗，都会进入一个以“追忆”为母题的、同时有多重时空错综穿插的盗梦空间。在他之前，从未有一个词人能把梦境写得如此扑朔迷离，却又绾合了不同时空的各种感官印象。

此种写法，技术难度太高了，只有把自己作死或者把“词”这种文体作死的两种命运。当然，死作终究会以作死来偃旗息鼓，二者乃是互文文本。

这首词其实不算特别典型的凝涩晦昧之梦窗词。它引起我的注意，实因其所咏对象之特别：半面女骷髅。骷髅者，死人头骨也。虽则中国文学咏物的传统极其源远流长，到了萧统《文选》的时代，包括自然万象、风云草木、山川河海、都城宫苑、鱼虫禽兽及至各种工艺制品如镜灯屏风在内的种种器物，未被吟咏入赋之物象已所剩无几。到了词这种文体中，更是变本加厉，《乐府补题》里什么龙涎香、莼、蟹、白莲、蝉都被密码似的写了一遍，其寓意之幽微，造语之密丽，几乎可以整死一大批笺注者。也许我们早已谙习某些现代派作品摹写死生无常与荒诞，但在十三世纪的宋代，这样的词仍令人惊叹。

“钗燕拢云睡起时，隔墙折得杏花枝”，“钗燕”，玉钗也。相传汉武帝元鼎元年，宫中起造招仙阁，有神女以玉钗赠汉武帝，帝赐予赵婕妤。后来宫人欲毁之，开匣之时，玉钗化白燕飞去，故玉钗又称钗燕。美人睡起，一只燕形的发钗拢在她云朵般的秀发上，那发钗翔然欲飞。

接着，类似蒙太奇的镜头：佳人隔墙折得一枝杏花嬉弄玩赏。这看似寻常之笔，却散发着强烈的暗示意味，且已酿就了更深的胁迫：发钗会燕子般飞走，杏花终会陨落，就像这鲜活美丽的生命。“大都好物不坚牢，彩云易散琉璃脆”，转瞬间，青春只余半面，即使妆成如画，又怎奈三更细雨之摧折呢。

半面妆之典故，源自《南史·梁元帝徐妃传》，徐妃乃南朝梁元帝萧绎的妃子，萧绎虽才华横溢，博综群书，但“秉性猜忌，不隔疏近，御下无术，履冰弗惧，故凤阙伺晨之功，火无内照之美。”其人“初生患眼，高祖自下意治之，遂盲一目”，自从成了独眼龙，性格也愈发敏感猜忌。

而徐妃更像是一个让人摸不着头脑的热力澎湃的女神经。史载“徐妃以帝眇一目，每知帝将至，必为半面妆以俟，帝见则大怒而出”，且“性嗜酒，多洪醉，帝还房，必吐衣中”，这个因为梁元帝是独眼，就只化半面妆的创意，比阮籍的绝活青白眼猛烈多了，简直超一流行为艺术家。

徐妃还超级颜控，徐娘半老，犹尚多情，只倾慕那些仪表堂堂、俊逸多才的男性，勾引过朝中大臣暨季江，著名诗人贺徽等人，勾搭方式也极为文艺：在“白角枕”上赋诗送给贺徽。当然，死作之人都不得善终，《梁书·列传第一》载：“太清三年五月，被谴死，葬江陵瓦官寺……世祖徐妃之无行，自致歼灭，宜哉。”李商隐《南朝》诗“地险悠悠天险长，金陵王气应瑶光。休夸此地分天下，只得徐妃半面妆”，正此之谓也。

你好，小骷髅！这精美的小头骨，在过去，也曾是青春妙丽的佳人。而红粉佳人，终化为骷髅青冢；酒宴歌席，不过是洗骨之宴。冯至诗云：“那些乌发朱唇／常常潜伏着死的预感。”余话音未落，历史上怨毒的徐妃们就开始一齐大笑起来。她们皆死于梦想过度。

“断红一任风吹起，结习空时不点衣”，《维摩诘经》中言，天女以鲜花散诸菩萨，即皆堕落，至大弟子，便著不堕。天女曰：“结习未尽，故花著身；结习尽者，花不著身。”

众生结习已尽，六根清净，在花朵缓缓的飘落中，他们的衣裳像清光盈盈的琉璃，洁净得令人吃惊。

而零余者，一些清凉的小溪流模糊了他的眼睛。明镜的孤独中，我们在他身上窥见了自己的一生：只能眼睁睁看着那些落花像青苔一样附着在身上，像一个个锈迹斑斑的隐喻，那是经年不愈的痼疾。

如斯才貌如斯苦

午寒偏准，早疟意来初，碧衫添衬。宿髻慵梳，乱裹帕罗齐鬓。忙中素裙未浣，褶痕边、断丝双损。玉腕近看如茧，可香腮还嫩。

算一生凄楚也拼忍，变化粉成灰，嫁时先忖。锦思花情，敢被爨烟熏尽！东菑却嫌饷缓，冷潮回、热潮谁问？归去将棉晒取，又晚炊相近。

（[清]贺双卿《孤鸾·病中》）

女词人贺双卿的记载最早出于清乾隆年间史震林的《西青散记》。史震林原是双卿夫家佃主张梦乩之好友兼座上客。《西青散记》原是一本笔记小说，里面不乏仙鸾幽怪之事，故有学者认为贺双卿不过是些穷酸才子白日臆想出来的绝代佳人兼才女。然而，无论如何，贺双卿留下的十四阕词总是真的。这些作品，情真语挚，幽深窈曲，怨而不怒，直承《诗三百》之旨，真乃女性文学中独树一帜的罕有之作，与史震林之作判然有别，我宁愿相信实有其人。《西青散记》中这样记述双卿其人：

双卿者，绡山女子也，世农家。双卿生有夙慧，闻书声即喜笑。十余学习女红，异巧。其舅为塾师，邻其室，听之悉暗记。以女红易诗词诵习之。学小楷，点画端妍，能于一桂叶写《心经》。有邻女嫁书生，笑其生农家，不能识书生面也。雍正十年，双卿年十八，山中人无有知其才者，第啧啧艳其容。以是秋嫁周姓农家子。其姑乳媪也。赁梦觇舍，佃其田；见田主，称官人。其夫长双卿十余岁，看时宪书，强记“月”、“大”、“小”字耳。

绡山老人告余曰：双卿性潇洒而意温密，飘飘有凌云气，无女郎琐窄纤昵态。以才情自晦。往来双卿家者，不见其笔墨痕也。嫁村夫，贫陋颇极，舅姑又劳苦之，不相恤。双卿事之善，意虽弗欢，见夫未尝无愉色，饥倦忧悴，言笑犹晏晏也。

以上文字为我们摹写出一个劳苦忧瘁的农家才女形象。一年四季，春种秋收，汲水种瓜，忍烟炊黍。虽体质羸弱，仍要忍病劳作：

双卿疟益苦，寒热沉眩，面杀然而黄。其始愈益督勒，应稍迟，极大诟。午后，寒甚而颤，忍之强起，袭重缊，手持禾秉，茎穗皆颤。热至，著单襦，面赤大喘。渴，无所得沸水，则下场掬河水饮之。其姑侧目冷言相诋，双卿含笑不敢有言，唯诺。敏给争先，任劳苦，不敢以诿其姑。与姑落禾穗于场，姑数十秉，双卿已数百秉。

这首词便记述了一个病中农妇劳苦的一天，农忙时节，寸时寸金，岂能容人闲愁万种。上午疟疾发作时浑身发冷，强撑病体去场上打谷，双手磨起了茧子；做好午饭，赶忙给丈夫送饭，还被责骂送饭太迟；下午发起高烧，回家去晒棉花，紧接着马上又要做晚饭了。——执爨、饷田、晒棉、摘棉、晚炊，这川流不息的农活家务令人眩晕，还时不时受到婆婆丈夫的诟谇虐待：

一日，双卿舂谷，喘，抱杵而立，夫疑其惰，推之，仆臼旁，杵压于腰，有声；忍痛起，复舂，夫瞋目视之……炊粥半，而疟作，火烈粥溢，双卿急沃之以水，姑大诟，掣其耳环曰：“出！”耳裂环脱，血流及肩，掩之而泣。姑举杓拟之，曰：“哭！”乃拭血。炊毕，夫以其溢也，禁不与午餐，双卿乃含笑舂谷于旁。

双卿遭受如此暴虐，仍要含笑舂谷于旁，读了令人叹息：“可怜金玉质，终陷淖泥中。”这种被打了左脸，还要即刻奉上右脸的温柔敦厚，令我只能长长叹息。

当然，当我们凝视古代才女的词作时，不难发现其情感意象之凄凉。幽居深闺之无聊，暗无天日之幽闭以及无可诉说之忧伤，构成了她们词作表达的主体。在词这种“要眇宜修”的文体中，女性的病态情感体验得到了更加突出的体现。我们从中甚至看到了一种有伤温柔敦厚之旨的迸发性情感倾泻方式，那是令人窒息的哀绝之音。对于旧时代的女性而言，才华实为毒药，它没有使生命更加丰盈美好，而是使她们的履历呈现时乖命蹇之残酷。双卿此词还让我想到朱淑真的《减字木兰花》：

独行独坐，独倡独酬还独卧。伫立伤神。无奈轻寒著摸人。
此情谁见？泪洗残妆无一半。愁病相仍，剔尽寒灯梦不成。

对于词中女性而言，这首词几乎是一个梦魇，而深陷其中的人难以自拔。生命如此漫长，一整天，幽居窗外的光影在日晷上渐渐移动，她的形象变化了数次：行走的她，静坐的她，给自己写诗并且自我唱和的她。最后在寒冷的夜里，彻夜无眠的她。

做这些事情的时候，她的眼神似乎是空洞的，但时刻不能忘情于这样一个事实：无论做什么，自己仍是孤独的，哪怕在夜晚，劳顿了一天的神经想要歇息的时候，她仍旧一人独眠。

她伫立伤神，在空房间里无声地站了一会儿。“无奈轻寒著摸人”，很无奈，她感觉到一双手在触摸她的身体，而这唯一感受到的触摸，是一双由轻寒虚拟而成的手。

她在这寒气中倍加哀伤自怜，但是已经不抱有与人交流内心隐秘体验的幻想：此情谁见？谁人知晓？知音渺不可寻，黑暗遮蔽了她的面容，还有臆想中人。

最后，陪伴她的只有这几样东西：愁苦、疾病、寒灯、残梦，还有眼泪：它冲洗了白天的妆容，让夜晚的孤独之我更真实地显现。

时至今日，我仍然对这些被凄凉梦境所裹挟的写作女性抱有热烈的共情与关注。但是，我们要警惕这种旧时才女式的感伤、自怜以及自我塑造的倾向。

人间总被思量误

山寺微茫背夕曛，鸟飞不到半山昏，上方孤磬定行云。

试上高峰窥皓月，偶开天眼觑红尘，可怜身是眼中人。

（王国维《浣溪沙》）

王国维在我心目中是位谨肃渊默的大学者。他的全集，一直未及通读。在我蒙昧无知虚耗热情的年代里，无端寻愁觅恨，镇日无心镇日闲，尚不知他的词也这么厉害。那时候，我每天在校园里小范围地徜徉，读书，写论文。年华逝水，仿佛盐溶于水一般了无痕迹。

曾记得有那么一段时间，每天都要走过冷肃寂寥的街道，迎着峭利寒风疾入国图馆内。文津馆的雕花木门镇日长闭，玻璃里面映出一个匆忙的形象。我又是这样疲惫，连日闷在善本阅览室里抄书，室内灯光不明，真有黄卷青灯之感，整个人似乎也恹恹的像一页纸了。

就在彼时，间歇地读《人间词》，他的词让我有溺水般悲凉绝望的心境，教人无可慰藉，有不知如何是好，唯令人徒唤奈何之感。

这微茫无辜的白银般的生命，思之令人心痛：人间一切良辰美景皆不能阻止它的冰冻，以及走向自我删刈，直至于死亡而朽腐。——那是暮春时节的一个傍晚，读完词集，我合上书，走出宿舍，窗外恰是“一片花飞减却春，风飘万点正愁人”的时刻，我痴呆一般觉得天地有如此静穆，那些无端发笑的人群令人厌倦。

起句“山寺微茫背夕曛”，便令人有高举远慕之思。那山寺，乃在一个溟濛微茫、幽微杳渺，却又崚嶒峻伟的所在，在它的背面，落日的余光隐隐透出。

什么？你道人间确有此山此寺？非也，此乃人心中象征之境，如同“雾失楼台，月迷津渡”一般，若要指实并找寻，盖在大荒山无稽崖青埂峰上离恨天外灌愁海中耳。那微茫山寺背后的，或是一抹灵光？然而一切都已经太迟了，日忽忽其将暮，多少欲说还休。“鸟飞不到半山昏”，重巘增起，偃蹇云覆，何等碓嵬高峻。

此又令人想到王氏《人间词话》里古今成大事业大学问者，必经过三种之境界。而成大事业大学问者不唯有超世之才，亦须有坚韧之志。可惜那理想之境太过于邈远，寻常人如我者便如这中途力竭之鸟，只能在茫然的飞翔中领悟绝望。“吾令羲和弭节兮，望崦嵫而勿迫；路漫漫其修远兮，吾将上下而求索”，此种上天入地的求索亦令人绝望。

“上方孤磬定行云”，警拔奇特的一句。那孤磬之声，缓穆地从云朵里传过来，这声音悠远苍茫，此中有极大的省思，仿佛能使纷扰的行云凝定下来，这真是一个莲界慈航般的世界。

于是“试上高峰窥皓月，偶开天眼觑红尘”，顾随先生说：“前句一字比一字向上，后句一字比一字向下。有此思想者不知填词，会填词者无此思想，有此思想能填词者，又无此修辞功夫。惟静安先生兼而有之。”洵为的论。这魄力与境界，远非常人所能及，而其中又包蕴了无限的悲悯：众生皆苦，可怜身是眼中人。天眼乃佛教所云五眼之一，能透视六道、远近、上下、前后、内外及未来等。

原本试上高峰，欲求得解脱之超越，却不想偶开天眼，即刻堕入万劫不复之境。读此一句，直如冷水浇背，真有堕入深渊般的彻骨悲凉与战栗感。那眼中人，是纷纭扰攘的劳苦众生？或是那离魂之眼所觑见的另一个自我？《红楼梦》里，那和尚见通灵宝玉在人间日渐混浊，便叹息道：青埂峰下，别来十五年矣，竟如此为贪嗔爱痴所困，你那本性光明何在也。真是当头棒喝。

静安尝云："余疲于哲学有日矣；哲学上之说，大抵可爱者不可信，可信者不可爱。知其可信而不能爱，觉其可爱而不能信，此近二三年中最大之烦闷也"。一叹，余知真理，又爱其谬误。世上怎会如此多美丽的谬误，像一个个黑洞，伺机等待我们沦陷。

故其"欲为哲学家则感情苦多而理性苦寡，欲为文学家则感情苦寡而理性苦多"，此一矛盾，唯有一死方可化解。须提及的是，静安词笔之腾挪调转处，意极沉痛有力："人间事事不堪凭，但除却无凭两字。""人间总是堪疑处，惟有兹疑不可疑。""最是人间留不住，朱颜辞镜花辞树。""已恨平芜随雁远，暝烟又界平芜断。"

罢了，"自是思量渠不与，人间总被思量误"，这釜底抽薪般的悲观几令人崩溃。伟大的文学作品，皆给人以瘟疫般的感染之力。那"从今不复梦承恩，且自簪花坐赏镜中人"的落寞与悲凉，唯有死亡可以化解这样的悲凉与决绝，而生命，不过是暂寄人间的一块顽石，死亡之手会将它慢慢腾空。

对面似怜人瘦损

昨夜梦中多少恨。细马香车，两两行相近。对面似怜人瘦损。众中不惜搴帷问。

陌上轻雷听隐辚。梦里难从，觉后那堪讯。蜡泪窗前堆一寸。人间只有相思分。

（王国维《蝶恋花》）

王国维乃近代著名学者。其学术成就之卓越，自不待言，陈寅恪言其著作“皆足以转移一时之风气而示来者以轨则”。在词的创作方面，《人间词》亦可谓自辟户牖，别开生面。其《静安文集续编》自序云：“余之于词虽所作尚不及百阕，然自南宋以后，除一二人外尚未有能及者，则平日所自信也。虽比之五代、北宋大词人余愧有所不如，然此等词人亦未始无不及余之处。”

在我看来，《人间词》之警拔超越处即在于，常自觉地表现一种哲理化情思境界，又能于其中阐发哲学、人生之深湛义理，令人颇有高举远慕之思。此于词史创作传统中颇难寻觅，偶尔有之，亦不过无心之流露，哪及《人间词》意深词苦，托兴深婉。

樊志厚《人间词甲稿序》云："及读君自所为词，则诚往复幽咽，动摇人心，快而能沉，直而能曲，不屑屑于言辞之末，而名句间出，殆往往度越前人。至其言近而指远，意决而辞婉，自永叔以后，殆未有工如君者也。君始为词时，亦不自意其至此，而卒至此者，天也，非人之所能为也。若夫观物之微，托兴之深，则又君诗词之特色。求之古代作者，罕有伦比。"洵为知言。或曰此序乃王国维自撰，而其命意实出于樊氏，亦足见静安先生于词之创作的自负。

在夜晚，一灯荧然，细读《人间词》，意决而词婉，满纸幽忆怨断。一年四季，一切仍是名副其实的徒劳，词语经纬上缩合的仍是永恒的无常与悲凉："阅尽天涯离别苦，不道归来，零落花如许"，"最是人间留不住，朱颜辞镜花辞树。""看花终古少年多，只恐少年非属我。""天末同云黯四垂，失行孤雁逆风飞，江湖寥落尔安归？""试上高峰窥皓月，偶开天眼觑红尘，可怜身是眼中人"，这些徒劳而美丽的句子，如铜镜般返照迷人的幽独之光，使我耽溺多年。

"昨夜梦中多少恨"，在一个沉恨幽渺的梦中，与所思之人的细马香车两两相近。"邂逅相遇，适我愿兮"，然而，又是"心之忧矣，如匪浣衣"。匆匆一瞥，即有照影惊心之慨。眼前人似有憔悴瘦损之态，于是毫不避讳地在众人中间搴帷相问，何等殷勤珍重！痴情意态宛在目前。

而此时，这依稀梦境忽被车马杂沓之声惊醒，不得久驻。梦中一见参差是，觉来幽恨：方才相遇，不过是个悲哀的梦境。醒来以后，人间仍是难以忍受的孤独。举目四望，唯有一支悲哀垂泪的蜡烛而已。蜡烛，在古典诗词里，历来给人凄凉之感。小晏词里有："红烛自怜无好计，夜寒空替人垂泪。"杜牧诗："蜡烛有心还惜别，替人垂泪到天明。"

唉，"蜡泪窗前堆一寸，人间只有相思分"，梦里搴帷之真切情暖，以及梦醒后烛冷蜡凝，皆归于人间永恒的思念：料得天涯异日，应思今夜凄凉。"不惜卷帘通一顾，怕君着眼未分明"，此悦己之形象如此飘渺难踪，亦昭示了苦心追慕之理想终成幻梦。

静安自言"体素羸弱，性复忧郁"，复云："余之性质，欲为哲学家则感情苦多，而知力苦寡；欲为诗人，则又苦感情寡而理性多。诗歌乎？

哲学乎？他日以何者终吾身，所不敢知，抑在二者之间乎？”《来日》诗中又道：“人生一大梦，未审觉何时。相逢梦中人，谁为析余疑？”这矛盾与疑问大约无人能析，唯有一死方可化解：因其悲凉与决绝如此彻头彻尾，活着永远是比死亡更严重的事态。

这词语的齑粉最终化作生铁般的死亡核心，他的遗书云：“五十之年，只欠一死。经此世变，义无再辱。”

第三辑

清镜幽匣

灵府超然物外轻

草庐寄穷巷，甘以辞华轩。正夏长风急，林室顿烧燔。
一宅无遗宇，舫舟荫门前。迢迢新秋夕，亭亭月将圆。
果菜始复生，惊鸟尚未还。中宵伫遥念，一盼周九天。
总发抱孤介，奄出四十年。形迹凭化往，灵府长独闲。
贞刚自有质，玉石乃非坚。仰想东户时，余粮宿中田。
鼓腹无所思，朝起暮归眠。既已不遇兹，且遂灌我园。

（[晋]陶渊明《戊申岁六月中遇火一首》）

京师五月，榴花照眼，艳如金烬，令人恍在镜中世界。算起来，我于2007年之夏卜居西山脚下，荏苒已是八年。庾子山《小园赋》谓：“若夫一枝之上，巢父得安巢之所；一壶之中，壶公有容身之地。”西山原是旧时士女遣玩消夏之地，寂寞人外，然而敝庐虽小，如蜗牛之角，蚊目之睫，又足以相容者也。

如此蜗角蚊睫之地，却时时令人想到庄子“大块载我以形，劳我以生”之慨，人生在世，宜乎与大块共荣枯，随中和而任放，焉能戚戚劳于忧畏，汲汲役于人间？故余颇好与古人为徒，常怀归与之想，盖亦人生一乐。

我爱嗜陶公诗文，不能释手，推想其人，恨不同时。靖节先生，世高其节，先儒谓其“任真”“固穷”者也。南宋曾纮评陶诗曰：“余尝评陶公诗，语造平澹而寓意深远，外若枯槁而中实敷腴，真诗人之冠冕也。”

余览陶公诗文，辞采虽未优，而往往有奇绝异语，孤迈放逸之致，寄托尤高。顾随先生认为，曹操乃英雄中的诗人，杜甫乃诗人中的英雄，而陶则是诗人中的哲人，洵为至论。在中国诗史上，陶诗对唐宋诗之价值与风格的形成影响甚巨，陶潜始终是中国诗史上一个超然独迈的特殊诗人。

每个入于陶诗中看似简单的生活场景，读来皆有一种强烈的自我意识，因而形成了一种与多重自我进行宽慰、对话、疏解、辩论的玄理化情思，此类诗作远远超越了那些研词炼句、精致修辞的同时代人诗作，兹以此诗为例浅浅说去。

此诗题为“戊申岁六月中遇火一首”，戊申，晋安帝义熙四年（408），渊明辞彭泽令归隐园田居之大后年即遇火，时年57岁。“草庐寄穷巷，甘以辞华轩。正夏长风急，林室顿烧燔”，草屋八九间，诗人甘心寄于陋巷之中，而与华贵轩车永远隔绝。

这其中包含一个痛苦的选择并与之和解的过程：诗人发现自己深陷贫穷之中，而这可能与其选择的栖居之所有关，那些权贵的华美轩车根本就无法进入这狭窄的巷道，因而他也就甘心弃绝了这种走出困窘的可能性。

“正夏长风急，林室顿烧燔”，即使他已经如此贫穷，还是被一场偶然的大火带入一无所有的境地。“一宅无遗宇，舫舟荫门前”，屋室尽烧，惟余柴门及门前舫舟。这大约能令人想到南朝张融事，武帝问融居何处，融答曰：“臣陆处无屋，舟居无水。”后上问其从兄绪，绪曰：“融近东出，未有居止，权牵小船于岸上住。”上大笑。

这个失去的过程被描写得如此简淡，令人惊讶。换作其他诗人，很有可能对这一失去的过程反复描摹，比如失火当天的情形，火焰腾空的景象，家人如何脱离险境……但诗人显然无意于此，他如何以诗的方式呈现此事的反思，才更见其峻洁品性。

“迢迢新秋夕，亭亭月将圆”，透过无遮拦的烧毁的屋顶，他看到迢迢星光，亭亭月影，眼前景象十分美丽，丝毫也没有预感到凄厉的秋风即将来临。按照自然之理，一切事物似乎都在火灾后重生：果菜始复生，惊鸟尚未还，那无知无觉的果菜开始复生，而在火中受到惊吓的鸟雀尚未回还。

中宵难寐，诗人开始沉浸于遐思中，秋夕明月，顾盼俯仰之间，已遍览九天八方："总发抱孤介，奄出四十年。形迹凭化往，灵府长独闲。贞刚自有质，玉石乃非坚。"回首平生，自总发成童之年即已怀抱孤绝之念，迄今已四十余年矣。

灵府者，精神之宅也。此四十余年中，人之形迹随大化迁移改变，而那心灵之府却不曾改变，毫无尘俗杂念。人谓贞刚自有质，而相形之下，玉石亦非为坚也？

写到此际，令我想到陆机诗："京洛多风尘，素衣化为淄。循身悼忧苦，感念同怀子。"废名亦有言："我是站在大街灰尘中的人，然而我的写生却是愁眉敛翠春烟薄。"

好吧，其实那些脆弱的庇护都不是必需的——房舍，名利，富贵，这些都像天边的浮云一样瞬息万变，惟有灵府还是那样闲静与持久。眼前的一切与其说是被烧毁了，还莫如说从未拥有过。

那么，与人之精神相比，玉石乃非坚，那么人的贞刚之质如何能够保持呢？这个问题似乎难以直接回答，诗人的思绪由此遁入远古时代：仰想东户时，余粮宿中田。

东户季子，古之人君也。那时候，个体的匮乏与失去根本不成其为问题，总是被集体的给予与慷慨所填充：余粮积于田中，任人自取也。人们无忧无虑，只须耕作。

面对人世之兴废无常，好诗真能调和这种精神上的危机感和局限感。人生而不自由，又时刻为外界之危机所胁迫，但灵府依然能够不为此危机胁迫所改变。何焯云："形骸犹外，而况华轩。所以遗宇都尽，而孤介一念炯炯独存，之死靡它也。"

唉，那理想的乌托邦时代已成绝响：既已不遇兹，且遂灌我园。这结尾真是单纯而伟大的回答，既无悲伤，亦无憧憬，惟简单而认真：既已不遇东户、赫胥氏，且让我躬耕灌溉田园吧。

此种平静乃是激烈痛苦之后的调和，仿佛"风与水搏，海水壁立，如银墙然"。所有繁复修辞的箭簇，都在这海水壁立的调和中屏住了呼吸。

死生往复还双美

欲识生死譬，且将冰水比。水结即成冰，冰消返成水。

已死必应生，出生还复死。冰水不相伤，生死还双美。

（[唐]寒山《欲识生死譬》）

寒山，生卒年不详，姓名亦不传，因其长期隐居于浙东天台山之翠屏山（又称寒岩、寒山），因而自称寒山或寒山子。其生平历来众说纷纭，一说寒山为初唐贞观时人，一说中唐大历时人。宋本《寒山子诗集》前有署名为“朝议大夫使节持节台州诸军事守刺史上柱国赐绯鱼袋闾丘胤撰”之序，序中自言受任台州刺史，临行前遇丰干禅师为治头痛，令见寒山、拾得事，后人对此信而不疑。近人余嘉锡则考证闾丘胤序为伪作，考证颇翔实，兹不赘述。

然而，伪中亦必有真，这其中大概羼杂了有关寒山的传说，此令我们约略可以想见这位狂士的形象：

详夫寒山子者，不知何许人也，自古老见之，皆谓贫人风狂之士。隐居天台唐兴县西七十里，号为寒岩，每于兹地时还国清寺，寺

> 有拾得知食堂，寻常收贮余残菜滓于竹筒内，寒山若来，即负而去。或长廊徐行，叫唤快活，独言独笑，时僧遂捉骂打趁，乃驻立抚掌，呵呵大笑，良久而去。且状如贫子，形貌枯瘁，一言一气，理合其意，沉而思之，隐况道情。凡所启言，洞该玄默。乃桦皮为冠，布裘破弊，木屐履地。是故至人遯迹，同类化物。或长廊歌詠，唯言咄哉咄哉，三界轮回。或于村墅与牧牛子而歌笑，或逆或顺，自乐其性，非哲者安可识之矣。

一个桦冠布裘、疯癫狂放的寒山形象跃然纸上。其自作《时人见寒山》诗云："时人见寒山，各谓是风颠。貌不起人目，身唯布裘缠。我语他不会，他语我不言。为报往来者，可来向寒山。"可见其狂狷。

相传寒山好为诗，每得一篇一句，辄题于树间石上，有好事者随而录之，凡三百余首。其内容"多述山林幽隐之兴，或讥讽时态，能警动流俗"。数年前大致翻过寒山诗，深觉其驳杂多样，有山林隐逸之禅悟，有悲悯时人之情怀，总之直抒胸臆，信手拈弄，庄谐并出，饶有机趣。魏子云所言"似儒非儒，非儒亦儒，似道非道，非道亦道；似僧非僧，非僧亦僧；似俗非俗，非俗亦俗"，大抵如此。

寒山，在唐诗中地位并不甚高，在日本和欧美却颇有崇仰者。美国诗人肯尼思·瑞克斯洛斯（Kenneth Rexroth，1905–1982），其中国名为王红公，即很崇仰寒山其人其诗。垮掉派诗人加里·斯奈德（Gary Snyder，1930–）也曾翻译过寒山诗。斯奈德曾于1958年在美国East Wind Printers出版社出版发行了一本寒山诗选，选诗24首，在此书（*Riprap&Cold Mountain Poems*）的序言中，他写道："他们（寒山与拾得）已经成仙了。但是，现在有些时候，在美国的穷街陋巷、果园中、流浪汉出没的丛林里和伐木营地里，你还会与他们不期而遇呢。"披头士乐队1967年的歌曲《The Fool On The Hill》据说所写即寒山：

> But nobody wants to know him,
> They can see that he's just a fool,

And he never gives an answer,
But the fool on the hill
Sees the sun going down,
And the eyes in his head,
See the world spinning around.

关于寒山的轶事已经说得太多，且回到诗本身，寒山诗中颇有一些佛禅之作，此首便是。“欲识生死譬，且将冰水比”，此以冰水之转化，譬喻死生之循环。

这譬喻乍读以为新警，但在释书中却是惯喻。如《楞严经》卷三：“始终相成，生灭相续，生死死生，生生死死，如旋火轮，未有休息。阿难，如水成冰，冰还成水。”取譬本乎《淮南子·俶真训》：“夫水向冬则凝而为冰，冰迎春则泮而为水，冰水移易于前后，若周员而趋，孰暇知其所苦乐乎？”王充《论衡·道虚》亦云：“人之生，其犹水也，水凝而为冰，气积而为人；冰极一冬而释，人竟百岁而死。”宋儒张载《正蒙·太和》第一：“气之聚散于太虚，犹冰之凝释于水”。

钱锺书《管锥编》中对此“冰水之譬”所论极详，其云：“……张载论“气”，喻诸冰水，如《淮南子》《论衡》及释书之一死生（the circle generation），其论“性”而复举此喻，则《淮南》《论衡》所未道，而如释氏之通妄于真、即迷为觉（the circle of cognition）。盖释氏取一事而两任也。僧肇《宝藏论·广照空有品》第一：“真冰释水，妄水结冰”；智顗《摩訶止观》卷一：“无明转即变为明，如融冰成水，更非远物，不余处来”，又卷六：“如为不识冰人，指水是冰，指冰是水，但有名字，宁复有二物相即耶？”；净觉《楞伽师资记》第三北齐惠可：“冰生于水而冰遏水，冰泮而水通，妄起于真而妄迷真，妄尽而真现”；宗密《禅源诸诠集都序》卷上之一：“法本称理互通，通即互顺，凝流皆水”；至明袾宏《竹窗随笔》仍云：“‘从真起妄，妄外无真，繇水结冰，冰外无水’体一而用常二也。”

以冰水譬喻众生与佛性之关系，释书中还有很多。《小室六门·悟性论》：“众生与菩提，亦如水之与冰。为三毒所烧，即名众生；为三解脱所净，即名菩提。为三冬所冻，即名为冰；为三夏所消，即名为水。若捨却冰，即无别水；若弃却众生，即无别菩提。明知冰性即是水性，众生性者即菩提性也。”《楞伽师资记序》：“故知众生与佛性，本来共同。以冰况水，体有何异？冰由质碍，喻众生之系缚；水性虚通，等佛性之圆净。”《祖堂集》卷三《慧忠国师》：“譬如寒月，结水为冰；及至暖时，释冰为水。众生迷时，结性成心；众生悟时，释心诚性。”《景德传灯录》卷一三《终南山圭峰宗密禅师》：“识冰池而全水，藉阳气而镕消；悟凡夫而即真，资法力而休习。冰消而水流润，方呈涤溉之功；妄尽则心灵通，始发通光之应。修心之外，别无行门。”

“冰水不相伤，生死还双美”，冰水互转，如死生轮回，却两不相碍。冰水不相伤，推而广之，亦可谓清浊不相伤，阴阳不相伤，喜乐不相伤，今昔不相伤，情理不相伤。人与天地万物之间，总是逍遥容与，相谐相生，生死并成了双美。

《诗经》里亦有“士如归妻，迨冰未泮”之句。今天解读这诗，读了太多禅宗里冰水之喻的句子，我愿意把脑袋放在冰里休眠一冬，待来年随便拿出来融化一下，又是一轮崭新的我。

泪眼问花花不语

莫以今时宠，能忘旧日恩。
看花满眼泪，不共楚王言。

（[唐]王维《息夫人》）

此诗题为《息夫人》，诗仅四句，其背后的故事却殊为凄婉。唐人孟棨《本事诗》里载有此诗本事，其云：

宁王曼贵盛，宠妓数十人，皆绝艺上色。宅左有卖饼者妻，纤白明媚。王一见属目，厚遗其夫，取之，宠惜逾等。环岁，因问之："汝复忆饼师否？"默然不对。王召饼师，使见之，其妻注视，双泪垂颊，若不胜情。时王座客十余人，皆当时文士，无不凄异。王命赋诗。王右丞维诗先成："莫以今时宠，宁忘昔日恩。看花满眼泪，不共楚王言。"

此中所言宁王，乃唐睿宗李旦长子，因其弟诛韦后有功，遂让太子位于李隆基。史料称其人恭谨自守，不妄交结，不预朝政，为玄宗所重，追谥为让皇帝。

此外，宁王还雅好声乐，实乃风流蕴藉之人。五代王仁裕《开元天宝遗事》卷一中载其两则逸事。其一云："天宝初，宁王日侍，好声乐，风流蕴藉，诸王弗如也。至春时于后园中纫红丝为绳，密缀金铃，系于花梢之上。每有鸟鹊翔集，则令园吏制铃索以惊之，盖惜花之故也。诸宫皆效之。"好个闲逸的富贵之人，因怕鸟鹊损折花朵，竟命人在花枝上密缀金铃以惊之，倒也难为此人有如此怜花惜玉之心。

其二云："宁王好声色，有人献烛百炬，似腊而腻，似脂而硬，不知何物所造也。每至夜筵，宾妓间坐，酒酣作狂，其烛则昏昏然如物所掩，罢则复明矣，莫测其怪也。"真是神秘莫测的罕有之物。此烛似有通灵之力，否则怎么会在人们夜筵狂欢时昏昧沉沉，而到宴会结束之时却明光焰焰呢。

如此沉湎声色之人，本已有绝色宠妓数十人，却偏偏看中了邻居卖饼者妻。想来这人妻应该温柔美貌，纤白明媚，绝然不同于那些恃宠而骄的女人们。

宁王给了饼师一大笔钱，顺理成章地得到了饼师妻子。时光荏苒，很快一年过去了。宁王对她异常宠爱，但她在想些什么呢？其内心可有挣扎与犹疑，伤感与失落？这些都无从想见。

在那个文人墨客雅集的宴会中，她很惊讶地见到了前夫。想必她内心翻江倒海，欣慨交集，她想问问眼前人过得还好吗？他是否已经续娶了新人？新人和他是否恩爱？她注视着他，一语未发，却双泪垂颊，若不胜情。

宁王为什么要安排这样的聚会？难道一个女人的痛苦应该这样被公开观瞻和冒犯？在场的文士们，看到她脸上的泪水，无不感到凄然。而宁王却将此视为绝好的诗题，特意邀请他们来即席赋诗。

年仅20岁的王维率先而成《息夫人》："莫以今时宠，能忘旧日恩。看花满眼泪，不共楚王言。"

王维到底诗才敏捷，这诗好比双面锦绣，绾合了两个女子的故事。从字面意思来看，讲述的是息夫人的故事。春秋时，楚文王灭息国，虏息侯夫人归，生二子，但息夫人却从不与楚王说话。这些女子，在故纸堆里，从来都是哑默的存在。纵使活着，那不过是带着一颗铅心勉强活下去罢了。

宋计有功《唐诗纪事》卷十三、清赵殿成《王右丞集笺注》卷十三《息夫人》诗注引，后文有：“做客无敢继者，王乃归饼师，以终其志。”但我疑心这不过是想象之辞，因《本事诗》里并无这样的记载。

对于这首小诗而言，归不归去，已不重要，反而是开放式结局更引人遐想。它并非叙事诗，却抓住了这个故事中意涵至为丰富的刹那，来烛照一个女性的内心世界，委婉含蓄却又饱含最敏感的同情心——这点尽得中国古典诗词温柔敦厚之旨。近来颇见到一些诗作，一味怪力乱神，狂悖乖张，虽自以为喜，到底于身不亲，哪及这类诗“此中有真意，欲辨已忘言”。

谁谓无生真可学

独坐悲双鬓，空堂欲二更。
雨中山果落，灯下草虫鸣。
白发终难变，黄金不可成。
欲知除老病，唯有学无生。

（[唐]王维《秋夜独坐》）

前阵子去京郊玩。山色如画，晚照宜人，又刚下过雨，那沁凉不像初夏，倒是恍若秋天，颇有白石词“西山外，晚来还卷，一帘秋霁”之境。夜宿灵山脚下某院落，窗外有两棵大树，对面有双扇之门，由一把生锈铁锁扃闭起来，小儿嘟嘟曾好奇地向里面觑望。

这真让我心生欢喜，亦深味了古人“青琐对芳菲”的妙处。唉，我这人是那样的，对人世间很多关系都颇漠然，且人多易生厌倦，新鲜愈见腐朽，唯喜自己一个人随意走走。当然，还要带上小嘟娃。

夜半大风，风呜呜呜，似有轻微落地之响。清晨起来一看，遍地树上落下的柔荑花序，大有王维“雨中山果落”之妙谛。我待在树下看了很久，院子里很是寂静，这景象仿佛旧时相识，大有“似曾相识燕归来”之感。

又仿佛一生总置身于这样的清晨，永远没有斜阳与暮色，我的哀愁也永远是年少的哀愁吧。

扯远了，因了那样的情境，我惦记着回来要写这首诗。此诗盖王维天宝末年居辋川时所作。“雨中山果落，灯下草虫鸣”，真是安静，但绝非死寂，里面仍有天地自然的声响和气息。佛语之“寂灭”，非“断灭”，顾随认为佛讲寂灭，既非世俗盲动，又非外教断灭，“雨中山果落”二句即然。王维诗中禅意佛理甚深，真是蕴藉含蓄，仿佛云朵空无所有，又瞬息万变，包含了万相。

那深山里有这样一间屋，有人于屋中独坐，发白皤然，空堂已二更。夜晚的雨声霎然而至，窗外树上的果子被雨水一打，扑扑掉落下来。草际诸多鸣虫，与雨声、落果之声浑茫一片，声声入耳，独坐之人在静穆中听到了这自然声响。

这二句读来，真有佛语“无住无着”之意。那欢喜并非欢喜，伤心亦非伤心，仿佛“寒波澹澹起，白鸟悠悠下”的无我之境，全然没有憎恨，也就无从赞美。

可惜在我已非年少的时代，这诗读来仍有一种凄凉。《列仙传》里载，稷丘君朱璜入浮阳山八十余年，白发尽黑。然而仙人毕竟与我此生无缘，即便有麻姑三见，沧海桑田，遗憾终究还留在世上人间。义山诗里“欲就麻姑买沧海，一杯春露冷如冰”，“愿得勾芒索青女，不教容易损年华”，仍不过是诗人抱憾的奇想，然而这奇想中的春露冷光真是美妙。

“白发终难变，黄金不可成”，这句本江淹《从建平王游纪南城》“丹沙信难学，黄金不可成”。世传丹砂可化为黄金，不过以丹作金之说盖本于《史记·孝武本纪》。武帝冀长生不老，希鬼神赐福，对李少君、齐人少翁、栾大、公孙卿等方士尊礼封赏，深信不疑，结果却无一灵验，仍“羁靡弗绝，冀遇其真”。

方士李少君曾对武帝说：“祠灶则致物，致物而丹砂可化为黄金，黄金成，以为饮食器则益寿，益寿而海中蓬莱仙者可见，见之以封禅则不死，黄帝是也。”又绘形绘色描述了自己游历于海上见到仙者安期生之事，安食之枣，枣大如瓜，合则见人，不合则隐。武帝于是数遣方士入海求蓬莱安期生之属，而事化丹砂诸药为黄金矣。

那安期生又是何人？不妨赘言几句。皇甫谧《高士传》载：安期生者，琅琊人也，受学河上丈人，卖药海边，老而不仕，时人谓之千岁公。秦始皇东游，请与语三日三夜，赐金璧直数千万。秦始皇离去后，安期生弃金不顾，留书始皇曰：后数年求我于蓬莱山。始皇得信，遣使者徐市、卢生等数百人入海。未至蓬莱山，辄遇风波而还。

这故事颇令我着迷。那些方士们不过是白日梦幻想家，好道采药，善弄玄虚，修绝谷全身之术，炼三寸不烂之舌，竦则凌天，伏入无间。总之，神仙之道便是要"海阔天宽迷处所"，好比曹子建笔下神光离合的洛神，似有人见过，却终难指实。若要找寻，空余惘然。

佛教以生老病死为四苦，《释迦谱》云："以畏老病生死之苦，故于五欲不敢爱着。"所谓"无生"，意即"无灭"，那是生命的大寂静，如涅槃。《仁王经》云："一切法性真实空，不来不去，无生无灭"。

是知无生是实，生本虚妄。如能参透无生之理，也即破除了生灭之恼。而那冥顽如我者，还漂溺在死生困局中。

单从诗之表现来看，杜甫诗沉着有力，排山倒海，心系苍生社稷；李白诗神通飘逸，驾凤乘槎，永在神仙世界。相形之下，王维诗则高妙静穆，不动声色，尽得禅悦法喜。

姚鼐谓右丞诗有三十二相，实则一相，即无相也。真令人可悟"心外无物，物外无心"之境。而我还要啰唆一句，于我而言，那些佛学禅宗之书，又何尝教人明心见性，淡泊无为，它们幽邃地融合了生之悲哀与生之喜悦，不过让人细中见细，愈益精进而已。

惜哉识得此意时，鬓已星星矣。

登此几人忘百忧

高标跨苍穹，烈风无时休。自非旷士怀，登兹翻百忧。
方知象教力，足可追冥搜。仰穿龙蛇窟，始出枝撑幽。
七星在北户，河汉声西流。羲和鞭白日，少昊行清秋。
秦山忽破碎，泾渭不可求。俯视但一气，焉能辨皇州。
回首叫虞舜，苍梧云正愁。惜哉瑶池饮，日晏昆仑丘。
黄鹄去不息，哀鸣何所投。君看随阳雁，各有稻粱谋。

（[唐]杜甫《同诸公登慈恩寺塔》）

天气燠热，写东西效率越来越低，真想住在一个轩窗掩映、凉爽宜人的幽房曲室里，竟日不出。遂想到唐传奇《迷楼记》里的治躁之术。入夏，帝烦躁，日饮数百杯而渴不止。太医莫君锡进献方剂治疗，那方法荒唐而奇妙：在皇帝面前置一冰盘，让其日夕朝望之。从此院中美人都去买冰以为盘，自此冰价飞涨，藏冰之家，皆获千金。

这故事幽默至极，也很诗意，令我想到李义山的"若是晓珠明又定，一生长对水晶盘"，皆是东方式的智慧与谵妄。那隋炀帝荡思不止，心脉烦盛，真元太虚，即使把冰盘看化了又有何益。然而这东方式的巧思很有趣，各种相互牵制的巧妙之力，无所不能的治愈，多大的神经分裂也能弥合，就像望梅也能止渴，即使清晓露珠也能如宝珠般明而坚定，奉在水晶盘里永对一生。

我有了冰盘的这番想象，也觉得清凉许多，可以正襟危坐写老杜了。老杜是个伟大的诗人，不能怠慢。杜诗嵯峨萧森，气象万千；沉厚有力，雄深雅健，令人每起繁赜之叹。

天宝十一载（752）秋，杜甫、高适、薛据、岑参、储光羲同登长安城东南慈恩寺塔。这五位诗人，皆诗坛俊杰，他们驰骋才思，抒发胸臆，同题共作，一时莫及。这大概是文学史上最著名的登塔事件之一，余每思高、岑、杜诸公衮衮登塔，总恨不能厕身其间。

当然，即使厕身其间也没有任何意义，和杜甫同时登塔并同题作诗，既是幸事，也是不幸，有谁能比他更擅长作这类忧思之诗呢？在前代沉重的文学遗产面前，如何继承并创新，真是每个时代诗人的宿命。

此前一年，天宝十载（751），杜甫四十岁。陆游《题少陵画像》云："长安落叶纷可扫，九陌北风吹马倒。杜公四十不成名，袖里空余三赋草。车声马声喧客梦，三百青铜市楼饮。杯残炙冷正悲辛，仗内斗鸡催赐锦。"当时玄宗将行三大礼祭，杜甫献《三大礼赋》，帝奇之，使待制集贤院，命宰相试文章。这一代士人曾受开元礼乐之薰沐，制礼作乐也是开元政治清明的象征，然而在李林甫的主持下，杜甫再次被黜落。彼时唐帝国已危机四伏，走投无路是这一代士人的共同命运。

慈恩寺建于唐太宗贞观二十一年（647），唐高宗永徽三年（652）玄奘在寺中建塔，又名大雁塔。"高标跨苍穹，烈风无时休。自非旷士怀，登兹翻百忧"，古人高标竖木以为标记，木之上端称为标，兹指高塔。该诗全在大雁塔高处立意，登高必能望远，忧思与高度成正比，登之愈高，忧思弥深。浦起龙《读杜心解》云："乱源已兆，忧患填胸，触境即动。只一凭眺间，觉河山无恙，尘昏满目。"

唉，这是忧思满怀的时刻，他费力登上塔顶，高塔迥立向苍茫。烈风阵阵，似乎要将这单薄之躯吹走。他四处一看，这视野既辽远又抽象，大有"前不见古人，后不见来者"之孤独感。我并非旷达之士，心中简直有百种忧虑同时油煎翻滚。

“方知象教力，足可追冥搜。仰穿龙蛇窟，始出枝撑幽”。象教，即佛教，因佛教以佛像教化世人，故名。冥搜，探幽也。方知佛教威力之大，足可探寻幽境。仰面穿过弯曲的磴道，如穿龙蛇之窟，终于走出枝木交错的幽暗，登上了顶层明处。

“七星在北户，河汉声西流。羲和鞭白日，少昊行清秋。”接下来的诗句体现了典型的杜诗特点，感觉敏锐，情绪热切，且在语言上避熟就生。夜晚仰观天象，北斗七星在塔之北窗，听到了银河水声向西流动。这银河流动之水声如在耳畔，亦开启了李贺“银浦流云学水声”之妙想。

白日仰视苍穹，羲和鞭御六龙日车迅速西行，少昊秋神亦于暗中运行清秋。这令人想到《楚辞》中“日月忽其不淹兮，春与秋其代序”，“吾令羲和弭节兮，望崦嵫而勿迫”，大有众芳芜秽，时不我待之慨。

如果让李白来写，会高蹈飞升，驾凤乘鸾，恍惚间进入“永结无情游，相期邈云汉”的神仙世界。李商隐则会进入沧海月明、蓝田日暖之朦胧梦境中，而杜甫即已如此迥立苍茫之外，还是会直面真实的人间世界。

在向下的视域中，他满心忧虑地看到：终南诸山忽焉破碎，泾渭之水也难分清浊。俯视人间，焉能辨我都城长安？回头呼唤明君虞舜，但见虞舜寝陵苍梧之地正起愁云。当年周穆王与西王母会饮瑶池之上，直到日晏昆仑山。

“秦山忽破碎，泾渭不可求”，读来惊心动魄。在诗人居高俯瞰，不辨山川的视觉印象中，竟寄托了山河破碎的敏锐预感。彼时大唐帝国已隐隐走向衰亡，天宝六载（746）李邕、裴敦复等名贤被李林甫陷害致死，即已昭示了天宝政治之腐朽暗黑。其后杨国忠擅权、安禄山得志、杨贵妃专宠，朝廷政治一败涂地，天宝十四载（755）终于爆发安史之乱。

这忧思不绝，浩瀚澒洄，何时可辍。最后“百忧”归于天际飞鸟。《韩诗外传》：“夫黄鹄一举千里，止君园池，啄君稻粱，君犹贵之，以其从来远也。故臣将去君，黄鹄举矣。”在古代典籍中，黄鹄历来被喻为一飞千里的贤士。这哀鸣无所投的黄鹄正是贤士失志的象征，而那些趋炎附势的小人只如随阳之雁，各自怀取稻粱私利的营谋之心。钱谦益评此末幅“另开眼界，独辟思议，力量百倍于人”，全诗“格法严整，气象峥嵘，音节悲壮，而俯仰高深之景，盱衡今古之识，感慨身世之怀，莫不曲尽篇中，真足压倒群贤，雄视千古矣！”再附上其他三位的诗作：

同诸公登慈恩寺塔

高适

香界混群有，浮图岂诸相？
登临骇孤高，披拂欣大壮。
言是羽翼生，迥出虚空上。
顿疑身世别，乃觉形神王。
宫阙皆户前，山河尽檐向。
秋风昨夜至，秦塞多清旷。
千里何苍苍，五陵郁相望。
盛时惭阮步，末宦知周防。
输效独无因，斯焉可游放。

与高适薛据登慈恩寺浮图

岑参

塔势如涌出，孤高耸天宫。
登临出世界，磴道盘虚空。
突兀压神州，峥嵘如鬼工。
四角碍白日，七层摩苍穹。
下窥指高鸟，俯听闻惊风。
连山若波涛，奔凑似朝东。
青槐夹驰道，宫馆何玲珑。
秋色从西来，苍然满关中。
五陵北原上，万古青蒙蒙。
净理了可悟，胜因夙所宗。
誓将挂冠去，觉道资无穷。

同诸公登慈恩寺塔

储光羲

金祠起真宇，直上青云垂。
地静我亦闻，登之清秋时。
苍芜宜春苑，片碧昆明池。
谁道天汉高，逍遥方在兹。
虚形宾大极，携手行翠微。
雷雨傍杳冥，鬼神中躨跜。
灵变在倏忽，莫能穷天涯。
冠上阊阖开，履下鸿雁飞。
宫室低逦迤，群山小参差。
俯仰宇宙空，庶随了义归。
崱屴非大厦，久居亦以危。

不难看出，岑参、储光羲二诗旗鼓相当，皆着力写浮屠高耸，景象开阖，并以此来衬托佛教法力之高，在危机四伏的世界中，他们期望皈依佛门，“誓将挂冠去，觉道资无穷”，“俯仰宇宙空，庶随了义归”，皆是此意。高适诗略有不同，诗虽有用世之志，“盛时惭阮步，末宦知周防。输效独无因，斯焉可游放”，未见基于真实的忧思。在慈恩寺塔上，当高岑还在“觉道资无穷”，高适“盛时惭阮步”时，杜甫已然“登兹翻百忧”，产生了河山破碎的预感。

“秦山忽破碎，泾渭不可求”，这感觉真是方死方生，方生方死。好比海市蜃楼，方寸之间，顷刻镜花水月，顷刻灰飞烟灭。

查文献，唐人题咏大雁塔者极多，不可计数，如果展开，估计可以讲一学期。值得一提的是，多年以后，在这片干燥无神的土地上，有人这样写《有关大雁塔》（韩东）：“有关大雁塔 / 我们又能知道些什么 / 有很多人从远方赶来 / 为了爬上去 / 做一次英雄 / 也有的还来做第二次 / 或者更多 / 那些不得意的人们 / 那些发福的人们 / 统统爬上去 / 做一做英雄 / 然后下来 / 走进这条大街 / 转眼不见了 / 也有有种的往下跳在台阶上开一朵红花／那就真的成了英雄／当代英雄／有关大雁塔／我们又能知道什么／我们爬上去／看看四周的风景／然后再下来”。

初读此诗大约是在高中时代，我被诗中清冽的残忍所感动。面对历史与传统的阴影，表达即挣扎，失忆即逃逸。人间春色，圣人遗产，往者不可谏，来者毋须追，仿佛随时都可以从这永劫回归似的文化链条中跳脱出来，“好了，一切都已过去／生活永远不会重复”（韩东《瞬间》）。

果真可以如此吗？所有反记忆无非为了忘却的纪念。或许，“我们的一生／就是桃花源和它的敌人”（朱朱《小城》）。

一片花飞减却春

一片花飞减却春，风飘万点正愁人。
且看欲尽花经眼，莫厌伤多酒入唇。
江上小堂巢翡翠，苑边高冢卧麒麟。
细推物理须行乐，何用浮名绊此身？

（[唐]杜甫《曲江》二首其一）

四月真是残忍之月，一霎清明雨过后，满眼游丝兼落絮，又是东风暗换年华。司空图《二十四诗品》云：“采采流水，蓬蓬远春。窈窕深谷，时见美人。碧桃满树，风日水滨。柳阴路曲，流莺比邻。乘之愈往，识之愈真。如将不尽，与古为新。”

如此春天，世界真切而新鲜，却又心不在焉地慵倦，真是妙处难与君说。

此诗乃杜甫回长安后，翌年（758）暮春重游曲江而作。诗原有七律二首，此其一。同题第二首诗也是传颂千古的名句：“穿花蛱蝶深深见，点水蜻蜓款款飞。传语风光共流转，暂时相赏莫相违。”蛱蝶深深而见，蜻蜓款款而飞，全是知赏万物的天真愉悦。“莫相违”之“莫”，否定副词，带有对眼前美好风光稍纵即逝的警觉意味，可叹已是人生七十古来稀，这对历经丧乱之人来说，尤为可贵。就像整个四月，我很多次坐在电影院里，像一个山洞居民，这里的黑暗让人感到惬意，光线腼腆而吝啬，我惊讶于那些布景竟然能够这样在镜头前呈现。

“一片花飞减却春”，这句子不由让人醒悟：春光实由万点花瓣襞积而成，一旦被风吹去，这春光自然也就折减了一层。苏轼《水龙吟》咏杨花词里有：“春色三分，二分尘土，一分流水。”好吧，风飘万点，愁煞人也，一个逐渐失去花朵的春天，就像逐渐失去光明的盲人。

寻常的惜春之意被写得这样惊心动魄，每天都以近乎绝望的吝啬心情计算折减的春光。每片将要落尽的花都要一一经过诗人之眼，为化解这无尽春愁，不惧伤酒入唇。晏殊词云“一曲新词酒一杯”，这里则有一片落花酒一杯之意，可叹春光惜乎不多也。如此折减春光的落花，与王维“涧户寂无人，纷纷开且落”的辛夷花大为不同，王诗更像是雪窦禅师颂“曹溪镜里绝尘埃”式的寂然。

“江上小堂巢翡翠，苑边高冢卧麒麟”，这真是警拔之句，极为耐读。字面来看是诗人感慨曲江一带人事兴废的荒凉。江边明堂，有翡翠鸟筑巢梁上；芙蓉苑边，有石麒麟卧于墓道。这青春之鸟的美丽娇小与石麒麟的阴沉庞大，构成了鲜明的对照，葛晓音老师说这“清晰地昭示了青春的短暂可爱和死亡的冷酷永恒”，此说实在精彩。

当然，仔细推求这永恒的“物理”：万物兴废无常，这是自然之理，多少帝王宫苑亦不免成为荒坟高冢，所谓富贵功名不过是人间尘土罢了。用一句很鸡汤的话来说，不为浮名羁绊，及时享乐才不辜负有限人生。

行文至此，说到“细推物理须行乐”，真是满面惭惶。回首皆是辛苦茫然，人世的活泼热闹仿佛很远，又每每梦见险境，仿佛“一路行遍天下，无人识得，尽皆起谤”。

罢了，叶芝说过：“一行诗常常得花几小时，要它读来不像神来之笔，再修修补补也总是无益。”诗尚且如此，荐诗语写那么冗长更觉无聊。总之这时节“须行乐”才是重点。愿天下有情人皆及时行乐，我只感到深深的倦意。最后贴首几年前我写的早春登塔诗来送别今春，已矣哉！伏惟尚飨：

早春登塔

这是百忧煎沸的时刻，她登上塔顶，感到隐喻般的
烈风阵阵袭来。河汉西流，银浦流云亦谙习这水声
她定睛一看：这些面瘫般沉寂的洞窟，怎能在幽冥中
感化众生？而在遥远的深山大泽，有关龙蛇的传说

早已远逝，一切惟余春寒野阴，雾中蜃景。唉，春天陈腐不堪
木兰花发，我心不悦，永夜都有裂帛之声婆娑，令人头痛欲裂
困居此地，如何才能绕过那些幽房曲室，以及葳蕤相生的
青琐阑干？而书籍如镜，映出素练旋舞的你，枯坐叹息的你

以及慵妆临镜的你。“一定有什么在幽冥中运转物候与星辰
否则怎么会方寸之地，顷刻楼台，顷刻灭尽？”很可惜
能见度太低，在俯视中仅看到：破碎的山体，混浊的水系
如果你喊叫一个名字，云朵便立即蹙紧愁眉。且看这塔尖

如何指向春风未绿之处，皓月又是怎样摄取汪洋之心？
整个世界都在破碎中，而她是这瞬间的发现者？难以解释
为什么每个破碎的瞬间都有默念谶语的诵经人默立身旁
为我解释这空心塔下至少有一半人缺乏控制，曾经清澈的

智力悬停于雾霾中？我已集中精力，看到了胶囊似的
人心，即使履于薄冰之上，也不愿触及痛苦的鳞片
你让我注意，已有新芽从断枝中长出。去年的残雪
和小红灯笼装饰其上。在塔顶，我听见有人呼唤自己：
这镜中永恒的冗余者。暮云合璧，我们随手抛掷的松枝
荏苒化为银桥，待回眸时，那神迹却如银桥随步而灭

晚节渐于诗律细

江浦雷声喧昨夜，春城雨色动微寒。
黄鹂并坐交愁湿，白鹭群飞太剧干。
晚节渐于诗律细，谁家数去酒杯宽。
惟君最爱清狂客，百遍相过意未阑。

（[唐]杜甫《遣闷戏呈路十九曹长》）

今日霾雪交并，枯坐窗前，感觉出门是一件极困难的事。午饭后在图书馆乱翻书，忽然发现，我写老杜真是太少。杜诗情感丰沛，笔力横绝，而我却经常处于“不知筋力衰多少，但觉新来懒上楼”的衰惫状态，于是常怀转轴拨弦，调校自己之心，以期配得上老杜沉郁顿挫的诗笔。

要之，读诗总要有一支配得上作者诗心的笔才好，否则文思枯涩，萧索如牖下风，徒具奔腾之貌而已。还好，这首诗乃戏作，貌似称颂路十九之好客，而细绎之，词意近于索饮，还有一股旷怀豪兴的天真之气。

杜甫大历元年春至夔州，此诗盖作于大历二年之春。“江浦雷声喧昨夜，春城雨色动微寒”，夜经雷雨，旦必微寒，说起来大约是春天寻常的景象。雷声喧夜，雨动微寒。此一“动”字，真令人可喜。

我曾在春雨的傍晚，走在无名的深巷里，一棵树在高墙里露出它的枝叶来。废名的《桥》里小林说："'我最爱春草。'说着这东西就动了绿意，而且仿佛让这一阵之雨下完，雨滴绿，不一定是那一块儿，——普天之下一定都在那里下雨才行！"春草动绿意，和雨色动微寒一样玄妙又真实。在诗里，一个有力的动词简直胜过无数错彩镂金的形容词。

"黄鹂并坐交愁湿，白鹭群飞太剧干"，老杜非常爱写黄鹂与白鹭啊，这简直是古典诗词里天造地设的一对好基友。黄鹂，平平；白鹭，仄仄；黄对白，鹂对鹭，太精工了，大自然必然不会让黄鹂单独存在，也不会让白鹭凭空而来，所以必然是"两个黄鹂鸣翠柳，一行白鹭上青天。"这精妙令人想到王荆公之"含风鸭绿粼粼起，弄日鹅黄袅袅垂"。

当然，这也是在说，黄鹂畏雨而坐，若交愁其湿；白鹭乘雨而飞，喜羽毛得干。黄鹂怕雨，宜于林木之间；白鹭喜水，宜于江浦之上。金圣叹评云："此二句寓二种意在。若依黄鸟，只好坐在家里。若依白鹭，又好走出门去。先生一心要到路十九家去，写来不觉直如戏语。诗到此，岂非化境。"

老杜做诗尝云："老去诗篇浑漫与"，此言"晚节渐于诗律细"，何也？律细，言诗心之精密，两意未尝不合。如此精妙诗律，谁能懂得？老杜过去给李白写诗说："何时一樽酒，重与细论文"，现在李白不知所踪，人家吃酒任侠游仙，从来就木有寂寞过。现在我老杜弥望人间，惟有您路十九家酒杯宽洪，甚合吾意，今天吃酒大醉，相与细论诗律，非路十九莫属！

是你，是你，就是你。老杜我要遣闷，除路十九，更到谁家？路十九不仅爱我，还爱我诗律之细！哼哼，诗好，就是任性。这哪里是夸人，简直就是在索饮嘛。

金圣叹云："诗律细，酒杯宽。用一路逼法逼到路十九身上去。路十九爱先生，是爱其律之细也，却偏以清狂二字替之，妙绝。不然便是以诗为酒杯地也。今之酒杯宽者，算来只有一个路十九，故曰惟君，今我要遣闷，除路十九，更到谁家？百遍相过者，我两脚只思走到君家。不顾有雨无雨。一遍不止，两遍不休，即至百来遍亦无不可。何以故？度君爱我之意正未阑也。路十九家，真是追闷之地，是日雨中性急要去。语语作相逼之势，是为戏呈也。”真乃解人也。

路十九看到这诗压力好大，汗。这诗如此情真意切，老杜在茫茫人海中选中了我，如果我不请他来吃酒论诗，简直太不像话了。

每位诗人都应有一位适得其所的路十九。这诗读来像陌上拾得旧花钿，意念中，君家已是千万遍地来过，仍是百遍相过意未阑。寂寞愈深，赞美愈烈，清狂中有惆怅。

清凉堪老镜中鸾

丁丁海女弄金环，雀钗翘揭双翅关。
六宫不语一生闲，高悬银牓照青山。
长眉凝绿几千年，清凉堪老镜中鸾。
秋肌稍觉玉衣寒，空光帖妥水如天。

（[唐]李贺《贝宫夫人》）

李贺是中唐韩孟诗派成员之一，他的部分诗明显受到孟郊的影响。然而，李贺诗虚荒诞幻、腾天潜渊的艺术创造力却远远超越了韩愈圈子的其他诗人。李贺20岁那年，本已通过河南府试，即赴长安应进士试，却无考试机会铩羽而归。

天意从来高难问，这原因在今天看来真是莫名其妙：与李贺争名者毁之，曰进士之“进”字与贺父名“晋肃”之“晋”音同，举进士乃犯父讳，因此认为李贺不举进士为是，劝之举者为非。韩愈是李贺参加省试时的考官，他曾经为李贺作了著名的辩护之文《讳辩》，文中韩愈发问道：“父名晋肃，子不得举进士，若父名仁，子不得为人乎？”韩愈亦颇称赞其诗：

云烟绵联，不足为其态也；水之迢迢，不足为其情也；春之盎盎，不足为其和也；秋之明洁，不足为其格也；风樯阵马，不足为其勇也；瓦棺篆鼎，不足为其古也；时花美女，不足为其色也；荒国陊殿，梗莽邱垄，不足为其恨怨悲愁也；鲸呿鳌掷，牛鬼蛇神，不足为其虚荒诞幻也。

这虽是印象式的描述，却是有关李贺诗的最好评价，它道出了李贺诗作中那令人痴迷的质地：一个由巫术、幽灵、神女、梦魇构成的阴凄世界。钱锺书《谈艺录》云："自楚辞《山鬼》《招魂》以下，至乾嘉胜流题罗两峰《鬼趣图》之作，或极诡诞，或托嘲讽，而若求长吉之意境阴凄，悚人毛骨者，无闻焉尔。"自然，长吉颇好古代楚地诗歌，他对神灵世界的书写与《楚辞》传统密切相关。

那些神祇的形象，虽然脱化于古老的传统，但在颇富创造力的诗人笔下，却带着新生的美丽，仿佛刚刚诞生于昨日。这完全不同于我们司空见惯的那类神祇，也与李贺同时代一些诗人惯将神灵世俗化的写作潮流相背离——他笔下的神灵，散发着凄冷冰凝的气息，与人间烟火凡夫俗子保持着绝对高冷的疏离。如其《湘妃》：

筠竹千年老不死，长伴秦娥盖湘水。
蛮娘吟弄满寒空，九山静绿泪花红。
离鸾别凤烟梧中，巫云蜀雨遥相通。
幽愁秋气上青枫，凉夜波间吟古龙。

这首诗在一种潮湿空寒、艳丽荒寂的氛围中展开，包含了令人迷乱的巫云蜀雨，离鸾别凤，以及千年不死的怨灵。西晋时，精通方术者张华编撰的神话志怪集《博物志》里，记载了这个古老的悲剧与传说：尧之二女、舜之二妃曰湘夫人。舜崩，二妃啼，以泪挥竹，竹尽斑。

二妃挥泪之后，始有此种斑竹，它们已经存在了数千年之久，其精魂相传不绝，长伴二妃之灵，盖映在湘江之畔。那蛮族的女巫吟弄着满空寒气，仿佛要将舜之精魂召唤归来。

那九嶷山，《山海经·海内经》里载：南方苍梧之邱，苍梧之渊，其中有九嶷山，舜之所葬，在长沙零陵界中。郭璞注：山今在零陵营道县南，其山九峰皆相似，故曰“九疑”，古者总名其地为苍梧也。在这葬舜之地，惟有蛮女讴吟，声遍山谷；九峰静绿，红花点缀。这凄迷的红色花朵，仿佛为湘妃泪血所染，则此暌隔之幽恨可以想见。

绿竹摇曳，或低昂，或鸣翔，有如离鸾别风在烟梧中。舜葬苍梧，妃死湘水，神灵道殊，虽相去不远，仅可因巫云蜀雨遥相通达而已，终不能会合。

在这凄凉的秋季，妃思舜而不得见，那股幽怨的气息，自下而上吹拂于青枫之间。悲哉，秋之为气也，草木摇落而变衰，夜如何其？永夜都有沧波之间蛟龙吟啸的声音，长久地回荡在耳际。

……这诗令人联想到，在中国浩大的江河、湖泊与溪流中，繁衍了诸多水下神女，她们或许拥有如人类一般炙热情感，但在李贺的笔下却散发着冰冷美丽的梦幻色彩，她们数千年都隐没在幽冥世界中，只偶尔在一池寒碧的水镜，变频离合的冷光，超自然的雾气中显现。

这首《贝宫夫人》亦如此。贝宫夫人，未知何神。或曰龙女，或曰海神，盖俱从“贝宫海女”四字推测。南朝梁任昉《述异记》记载有贝宫夫人庙，云在太乙山下，是怀元工大人庙，即其基。未知即此神否？

总之，这个在古典诗词中十分罕见的神女，竟日无事可做，只是用手指拨弄金环，那金环发出清脆冷寂的铮铮之声。她的头饰是雀钗，像一只冷然欲飞的鸟。她所住的宫殿，连闲言碎语都无，门有银牓，镜子般映照出亘古静态的青山。

她的连娟长眉，似已凝绿数千年之久了。神女本身就是永生长寿的，她在镜中省视自己，亦无动于衷。昔日孤鸾睹镜中之影，哀鸣而死；今神女以清净为心，无有情欲，镜中鸾影常存，可神女却从未有任何改变。

“南风吹山作平地，帝遣天吴移海水。王母桃花千遍红，彭祖巫咸几回死”，风吹千年，人间世界，依旧十指连心，可神女将永生于寂然的镜中世界。

“秋肌稍觉玉衣寒，空光帖妥水如天”，这让人联想到白色清冷的死亡世界。神女身着玉衣，秋天的肌肤感觉到了冰冷，像玻璃，也像梦中之冰。

她所在的天空呈现出冰冷的天光，如深渊般一片寒碧。唉，转瞬之间，已是“山头老桂吹古香，雌龙怨吟寒水光”。神的冷风一吹，九节菖蒲已死于石上。

然而，我不知道眷恋这些哀感顽艳的神女诗，究竟还有什么意义，尽管它给予了我炎炎夏日的冰凉之心。此刻，阅读即哀悼，我在一片古籍的尘土中起身，合上书，结束这篇文字，恭步行走在神女们冰凉的白光和尸体间，那烟霭中的翠袖纷纷褪下，镜中鸾影也渐渐消失。

凉馆闻弦惊病客

别浦云归桂花渚，蜀国弦中双凤语。
芙蓉叶落秋鸾离，越王夜起游天姥。
暗珮清臣敲水玉，渡海蛾眉牵白鹿。
谁看挟剑赴长桥，谁看浸发题春竹。
竺僧前立当吾门，梵宫真相眉棱尊。
古琴大轸长八尺，峄阳老树非桐孙。
凉馆闻弦惊病客，药囊暂别龙须席。
请歌直请卿相歌，奉礼官卑复何益。

（[唐]李贺《听颖师琴歌》）

多年以前，就很喜欢李贺的诗。他的诗，长于空际转身，读来真有壮彩奇思，腾天潜渊之感。最重要的是，某些人的诗，也许能够印证“我知故我在”，而李贺的诗，却是纯然地道的“我感故我在”。那是一个纯粹由感觉构筑的浑茫世界，如此诗笔汪洋恣肆地摹写“眼耳鼻舌身意”的多重感觉，那强悍的感性修辞，对于像我这样感性的人构成了强大的吸引力。

阅读中，你无须记得所为何来，只全身心感性地耽溺其中即可领会其美感。钱锺书曾云，长吉好用代字，不肯直说物名。诗人偏好用那些直接表达感觉的词，不言秋花，而说“冷红”；不言春草，而说“寒绿”；不言新竹，而说“玉青”；不言荷花，而说“鲜红”。如此诗中，不言寓所，而说“凉馆”，不言女仙，而说“渡海蛾眉”，不言声如环佩，而说“暗珮清臣敲水玉”，不言酣醉狂草，而说“浸发题春竹”……读其诗，经常会有露冷梦寒之感。

即使那热烈到绚烂的金色，在他的笔下也是凉入骨髓的：“露重金泥冷”，“金凤刺衣著体寒”，“深帷金鸭冷”。冷得教人直打哆嗦，但这种冷，也并非“郊寒岛瘦”那种捉襟见肘的寒乞之冷。

此外，该诗文字华丽到浪费，想象诡谲到窒息，通篇都是感性的修辞。若以亚里斯多德的感觉五分法（视觉、听觉、嗅觉、味觉、触觉）来看，在描摹乐声时，几乎每句都由感觉性语汇构成，其中又混合了视觉、听觉与触觉，而这浑茫一体的感觉最终构筑了一个凄清悲凉的世界。

那一天，在清寂的客舍之中，空气里氤氲着一股久病不愈的草药味。经年衰病的诗人惊讶地听到了这样高妙清绝的琴声。他的精神为之一振，不觉为之坐起，竟有霍然病已之感。

如此精湛的琴艺，它出自一个僧人之手，此人名颖，自天竺来到长安，人们尊称他为颖师。在这首诗，我们依稀可以看到诗人眼中颖师的样貌，那眉眼，竟与佛堂宫殿中所供奉的古佛罗汉大为相似。就这样，颖师带着传说中峄阳梧桐制成的名贵古琴，来到了诗人的寓所。

宋人朱长文《琴史·论音》云：“音之声，本于人情而已矣。……善治乐者，犹治诗也，亦以意逆志，则得之矣。夫八音之中，惟丝声于人情易见。”嵇康也云：“众器之中，琴德最优。”这是一种美好的遇合，仿佛千百年来高山流水遇知音的再度演绎。

且听那琴声，它开始像流水一样缓缓溢出。始时，如别浦流云，幽隐莫测。俄而，又如双凤和鸣，和缓沉着。霎时之间，声情骤变，激楚萧瑟如西风愁起，菡萏香销；浩荡飘渺如越王夜起，梦游天姥。细绎之，这琴声，时而如清臣佩玉，娟洁肃穆；时而又如渡海蛾眉，仙骨姗姗……

闻此琴声，也许世间一切原本可惊可喜之事，在这样亦真亦幻的琴声里，皆无足观矣。这样的感觉，真有嵇康《琴赋》所谓“王豹辍讴，狄牙丧味”之意味了。相传，王豹为古时“十二音神”之一，善讴。而狄牙为春秋时极善于烹调者。这样技艺惊绝的、洞悉某些事物最高艺术的人，在颖师的琴声里，竟已落下乘。

一曲终了，诗人还沉浸在音乐带来的神奇想象当中。颖师则欲倩人做歌以美之，然而这寻常的要求，却触及了诗人内心的隐痛：“先生请诗，当请那些位高权重的卿相为之，若我则仅一卑微奉礼郎耳，何能为颖师增价呢？”

也许，人生之美便如这奇崛而绚丽的琴声，由此而唤起的苦楚与微茫感亦紧随其后。哈姆雷特曾说过这苦楚的数端——人世的鞭挞和讥嘲、压迫者的凌辱、傲慢者的冷眼、被轻蔑的爱情的惨痛、法律的迁延、官吏的横暴和费尽心机换来的小人的鄙视。

这个在瑰丽唐朝只活了27岁的鬼才诗人，他的外貌行止皆给人以死亡与诗谶的双重联想：体质羸弱，身体细瘦，通眉，长指爪，常苦吟疾书。每日出去，恒从小奚奴，骑驴，背一古旧锦囊，遇有所得，即书投囊中。其呕心沥血之状，令人心疼。在诗人20岁那年，本已经通过河南府试即赴长安应进士试，却受到其父名“晋肃”，举进士乃犯父讳之诽谤而铩羽而归。

然而诗人至死都对功名有着极为热切的向往，他曾写诗道：“少年心事当拏云，谁念幽寒坐呜呃。”避讳事件的第二年，也即元和六年，21岁的诗人又赴长安，得奉礼郎之职。然而，依此诗来看，这样一个卑微的九品小官，并没有给诗人带来任何喜悦。而此时，距离他生命的终点仅有六年光景了。

对于生命短暂的人来说，一出生便意味着年华老去。终其一生，都是在死亡的加速度中度过。此种死亡的加速度，使得某些诗作保持了相当的强度与热力。太密集了！他的诗里毫无中年那种臃肿倦怠的气息。

诗人李商隐为其所作的小传中言，长吉将死时，忽梦见一绯衣人，驾赤虬，言天帝成一白玉楼，立召长吉上天为记。少之，长吉气绝。其所居窗中，勃勃有烟气升腾，且有行车嘒管之声。其母急止人哭，待之，如炊五斗黍许时，长吉竟死。呜呼，天意从来高难问，其间“亦宜有人物文彩愈此世者，何独番番于长吉而使其不寿耶！”

然而，死生存亡，祸福寿夭，我纵言之将何补。依然是神秘的命运与血液带来的不幸，它的居心变幻莫测。

此刻，在某个神秘之所，它隐隐梦见了你，你突然变得苍白沉默，在这“高树多悲风，海水扬其波”的十月。那流光中的罅隙，已耗尽了所有的白驹。

茶烟轻飏落花风

觥船一棹百分空，十岁青春不负公。
今日鬓丝禅榻畔，茶烟轻飏落花风。

（[唐]杜牧《题禅院》）

论晚唐诗自应首推小李杜。联类比照，义山诗沉博绝丽，深情绵邈；樊川诗则气俊思活，雄姿英发。义山诗如“百宝流苏，千丝铁网”，樊川诗则如“铜丸走坂，骏马注坡”。如果说义山诗是纯然的晚唐气质，樊川诗则兼有盛唐兴会跌宕与晚唐沉思内省的气质。

姚莹《中复堂全集》中诗云：“十里扬州落魄时，春风豆蔻写相思。谁从绛蜡银筝底，别识谈兵杜牧之。”道出了杜诗俊爽清丽、风华流美的特点。葛晓音老师亦尝云：“杜牧作为这一代优秀诗人之一，在暮霭沉沉的晚唐诗坛上投下了最后一道理想的光辉。如果说李商隐诗的感伤色彩反映了唐亡以前人们所普遍感到的没落情绪，那么杜牧的豪壮气概则反映了唐亡前夕回光返照阶段某些有志之士企图挽回国运的幻想和努力。”

于我而言，在那些依红偎翠、绮罗香泽的宋词中耽溺久之，转读杜牧诗，方觉其如荷叶新发，清俊可爱。向之所读，未免柔弱纤靡，锋棱尽倒。

此诗盖作于杜牧晚年，《全唐诗》卷五二二校：“一作《醉后题僧院》”，总之所题非僧院即禅院，一个虚静的所在。“十岁青春不负公”，又一个十年过去了。“十年一觉扬州梦，赢得青楼薄幸名”（杜牧《遣怀》），“十载西湖，傍柳系马，趁娇尘软雾”（吴文英《莺啼序》），“桃李春风一杯酒，江湖夜雨十年灯”（黄庭坚《寄黄几复》）……

一切皆仿佛在十年的光阴里落定，“尘世难逢开口笑，菊花须插满头归”，如果干戈早已化为玉帛，又何不在玉帛之上绣满未曾辜负的好年华。

这令人联想到杜牧的《九日齐山登高》：“江涵秋影雁初飞，与客携壶上翠微。但将酩酊酬佳节，不用登临恨落晖。古往今来只如此，牛山何必独沾衣。”时诗人出任池州，正是其一生困顿侘傺之时，又生逢晚唐多事之秋，在齐山的冉冉落辉中，一个时代已然日暮途穷。

然而何以解忧，惟有酒公。“觥船一棹百分空”，此处化用《晋书·毕卓传》的典故，晋毕卓好饮酒，曾云：“得酒满数百斛船，四时甘味置两头，右手持酒杯，左手持蟹螯，拍浮酒船中，便足了一生矣。”觥船，一说海量酒器，一说满酒之船。这酒船之桨轻轻一漾，杯空之际，万事皆虚。

亦如此刻之我，这是糟糕而头痛的时刻，当你上完了一节课，面对一些陌生的面孔，只听见自己的声音在教室上空虚弱地流布开来，像一朵云，一小根痛针在其中款款穿行。

你终于看到：那些空亭与晚照皆归于虚无，唯有一缕酒香或许真实，摸着那些飘渺的歧路，或许可以回到醉乡，或青春时代。

而青春毕竟虚幻，在这清寂院落的禅榻边，只感觉到落花微风的吹拂，以及茶烟轻飏，散似秋云无觅处。这令人想到诗人柏桦的《往事》：“我已集中精力看到了 / 中午的清风 / 它吹拂相遇的眼神 / 这伤感 / 这坦开的仁慈 / 这纯属旧时代的风流韵事。”

写到此际，我不堪其忧，只好长长叹息。北京今夜大风，窗外树枝风声鹤唳，友人的明信片就在手边，言及只身游荡于某小岛，叶子红了吗？雪落了吗？仿佛陌生的呢喃，牵动那陌生愁绪的火车，不见首尾。

唉，诗鬓无端又一年，我的日历却仿佛空虚的小驼背，没有一样盖棺论定之事。在一无所获的光影里，你独自荣枯，无诗可赋。

第四辑

真珠密字

锦鳞绣羽暗伤怀

花房与蜜脾，蜂雄蛱蝶雌。同时不同类，那复更相思。
本是丁香树，春条结始生。玉作弹棋局，中心亦不平。
嘉瓜引蔓长，碧玉冰寒浆。东陵虽五色，不忍值牙香。
柳枝井上蟠，莲叶浦中干。锦鳞与绣羽，水陆有伤残。
画屏绣步障，物物自成双。如何湖上望，只是见鸳鸯？

（[唐]李商隐《柳枝五首》）

义山之诗，幽微要眇，辞隐事难。后评者谓其诗如“百宝流苏，千丝铁网，绮密环妍，要非适用之具”。斯言信哉，诗人最擅长的，恐怕就是这类徒劳无用而又深情绵邈的诗篇了。然而，世间也许并无真正无用之物，那些无用之用，或许正是众用所基。

此种风格和白居易那种亲切唠叨的诗风，简直形成了诗歌写作范式里悖反的两极。当然，白居易也并非不能写作那种藻丽繁缛的诗篇，他的长篇排律就是这种能力的极好证明。只不过，他是一个对自己亲切平易的诗风感到自豪并有意发展这种诗风的诗人罢了。

自然，人总想成为他人，写作中的得陇望蜀乃是常态。《唐才子传》

中载，李商隐成名时，乐天已老退，极喜商隐文章。喜欢到了什么程度呢，白居易说：我死后，要能托生为你儿子就心满意足了。汗，如此热切忠诚的粉丝真令人涕泪交零。白死数年，李义山生子，遂名之曰“白老”以示对前辈的敬意，可惜这儿子却有些愚钝平庸。温飞卿乃绮语笑言人，和李义山、段成式“各以秾致相夸，号三十六体”。《小学绀珠》说：“此三人皆行十六，故曰‘三十六体’”。他开玩笑说：你小子要是侍郎后身，不亦忝乎？后义山又得子，就是唤作衮师，极为聪俊的那一位。李商隐曾写诗云：衮师我骄儿，英秀乃无匹。此儿或为乐天后身也？哈哈。（其实这材料根本靠不住，但很有趣呢。）

既然已经写过《燕台四首》《河阳诗》，又怎能不去写写《柳枝五首》呢。这组诗非常特殊，在李商隐多数绝难考知本事的诗篇中，它罕见地留下了篇幅长达二百六十字的诗序，且笔法颇似唐传奇，为我们了解诗人热烈秾挚的情感经历以及《燕台诗》《柳枝五首》这样晦涩繁缛诗作的传播和影响，提供了非常珍贵的资料。原文太美，若稍用现代汉语串释一下便会味道全无，故录原诗序如下：

> 柳枝，洛中里娘也。父饶好贾，风波死湖上。其母不念他儿子，独念柳枝。生十七年，涂妆绾髻。未尝竟，已复起去。吹叶嚼蕊，调丝擫管，作天海风涛之曲，幽忆怨断之音。居其旁，与其家接故往来者，闻十年尚相与，疑其醉眠梦物断不娉。余从昆让山，比柳枝居为近。他日春曾阴，让山下马柳枝南柳下，咏余《燕台诗》。柳枝惊问：“谁人有此？谁人为是？”让山谓曰：“此吾里中少年叔耳。”柳枝手断长带，结让山为赠叔乞诗。明日，余比马出其巷，柳枝丫鬟毕妆，抱立扇下，风障一袖，指曰：“若叔是？后三日，邻当去溅裙水上，以博山香待，与郎俱过。”余诺之。会所友有偕当诣京师者，戏盗余卧装以先，不果留。雪中让山至，且曰：“东诸侯取去矣。”明年，让山复东，相背于戏上，因寓诗以墨其故处云。

序中寥寥数语，义山知音少女柳枝的形象即跃然而现：其气质之梦寐惝恍，其性情之率真绝俗，令人惊讶且浮想联翩矣。在柳枝的青春岁月中，她所过的乃是“吹叶嚼蕊，调丝擫管”的诗歌一般优美的艺术生活；所作的乃是“天海风涛之曲，幽忆怨断之音”，这种艺术趣味也与一般闺阁少女大为不同。

这样一位气质特异的少女，盖因整日沉湎于歌诗梦幻聊以自遣，竟被疑为“醉眠梦物”而未婚娉，其青春岁月之寥落，亦可想见。在其醉眠梦游般的生活中，忽有一日听见诗人堂兄吟诵义山之诗，瞬间即被这些美妙的诗句深深打动，她用一种极为惊喜促迫的口吻来询问：“谁人有此？谁人为是？”

她瞬间被这诗惊醒了：谁有这样的情怀？谁写了这样的诗篇？这语气中对诗人才华的倾慕之意，自是显现无遗。同时，我们也注意到这样一个细节：这组由让山吟出的诗歌，几乎在瞬间就引起了柳枝的惊叹。柳枝乃商人之女，虽有多情锐感之天性，敏妙颖慧的感悟力，但并非一个拥有成熟诗艺的诗人，也与些满腹经纶的诗评家殊相径庭。这些饱学的评论家倾向于从繁琐注释、诗学理论来阐释这首诗，而柳枝仅仅就其吟诵瞬间之语调声情，即对其卓异迥绝的诗境颇有会心，这一现象说明了什么？

这组气质卓异的诗，在声情上拥有一种让人瞬间沦陷的魔力，这也是古典诗词声律的特有魅力。庸常的诗歌语言并不具有引人惊叹的表现力，它们多数只如过耳浮云一般不能予人深刻之陶醉。或许柳枝仅从声情来加以欣赏，那复沓连环的音节之美，依稀惝恍的梦寐之感即足以引起柳枝的惊讶叹赏。

这故事读来惊情绝艳，亦令人浮想联翩却又语焉不详。读罢，我脑中浮现了铁网珊瑚般挂一漏万的问题：这个序言是否真实？少女柳枝是否真的存在？她的气质为何如此任性特别？在常人眼中，她为何被视为“醉眠梦物”？这个迷离惝恍的形象到底出自诗人的虚构，还是源自柳枝戏剧化的自我塑造？

这故事唤起了一种迷楼般“迷失的渴望”（宇文所安语），它让我想到了博尔赫斯那些迷宫式的小说。当然，它的底色还是中国式的蕴藉深情，和那种猫逐尾巴式的智力游戏大为不同。

最后，这故事的结局，也是哀感顽艳的传奇模式：柳枝听诗以后，手断长带，请让山为赠乞诗，且主动和诗人订立了三日以后的约会。但是，一位相约去长安的朋友却戏盗了诗人的行李先走了（怎么会有这样的促狭鬼？戏盗别人卧装何为？）致使诗何人未能如约与柳枝相会。不久，柳枝即被一位东诸侯强娶而去，这段浪漫机缘未及萌发就夭折了。

唉，大概晚唐藩镇割据时代，这故事也包含了悲剧性的必然吧。《柳枝》五首，通盘比兴、谐音双关，着意摹仿南朝乐府民歌《子夜歌》等，但又并非乐府民歌的流丽天然，冯浩谓其“从生涩中见姿态”，盖亦效长吉笔意之作。在春天，花房与蜜脾，蜂雄与雌蝶，皆寻常所见，这令人想到《燕台》诗“蜜房羽客类芳心”，以及《闺情》“红露花房白蜜脾，黄蜂紫蝶两参差”之句，“两参差”，谓非类而不相合，即同时不同类，那复更相思。钱锺书《谈艺录》谓此喻“盖汉人旧说。《左传》僖公四年：‘风马牛不相及。’服虔注：‘牝牡相诱谓之风。’《列女传》卷四《齐孤逐女传》：‘夫牛鸣而马不应者，异类故也。’……义山一点换而精彩十倍”。

第二首：“本是丁香树，春条结始生。玉作弹棊局，中心亦不平”。杜甫《江头五咏》之一：“丁香体柔弱，乱结枝犹垫。”春天的丁香树，花枝如结，隐含了“芭蕉不展丁香结，同向春风各自愁”之意。后二句《无题·照梁初有情》中有“莫近弹棊局，中心最不平”之句。古弹棊局方二尺，中心高如覆盂，其巅为小壶，四角隆起，中心不平，谓其中隆起，亦双关绾合了自己心中的不平。

其下：“嘉瓜引蔓长，碧玉冰寒浆。东陵虽五色，不忍值牙香。”此谓嘉瓜色如美玉，冰似寒浆。乐府诗《情人碧玉歌》云：碧玉破瓜时，郎为情颠倒。破瓜，旧时文人拆“瓜”字为二八以纪年，谓女子十六岁也，正情窦初开之年龄。寒水冰镇的嘉瓜可口，一如柳枝的美好年龄。秦东陵侯召平种瓜于长安城东，瓜美，世谓东陵瓜。闻名于世的东陵瓜，虽然五色秀美，自己却再也无心品尝而使齿颊留香。

接下来说“柳枝井上蟠”，乃言其托身不得其所，“莲叶浦中干”，喻憔悴瘦损之貌。“锦鳞与绣羽，水陆有伤残”，如水中锦鳞和陆地绣羽，诗人与柳枝各有其伤，举目亦堪伤：画屏与锦绣步障上的禽鸟，皆成双成对，举目四望，唯见湖上鸳鸯，戏于水中。为何自己却形单影只，永不能与意中人谐合呢？

这组诗真是五绝中的别调，唐人所作五绝，多尚天然明丽，飘逸高妙，这首却读来却有涩塞之感，可见诗人心意之郁结难言。

昔贤往矣，心事幽微，我又怎能强作解人，在这里絮叨个没完呢，已经写得太长了，我时刻有废稿的冲动。那暗中的好言语，带着一种幽微要眇的音节，像一个风的织布机，也像走马灯，端坐在纸纤维上，源源不断输送新的一天，新的故事，新的牢笼。

故事的结尾，我们知道李商隐请让山把《柳枝五首》写在柳枝原来的旧宅里，虽然此时柳枝早已离开。许多年以后，当柳枝重回故园的时候，会看见这组诗，年深日久，它们早已涣漫不清。

柳枝，这不过是唐时最寻常的女性名字之一。她渐渐化身为传奇世界中的拾翠人，当垆人，解佩人，金谷人，结绮人，桃源人，窃香人，槛内人，烟波人，金屋人，步莲人……她们都有一个共同的名字：梦中人。

一春梦雨常飘瓦

白石岩扉碧藓滋，上清沦谪得归迟。
一春梦雨常飘瓦，尽日灵风不满旗。
萼绿华来无定所，杜兰香去未移时。
玉郎会此通仙籍，忆向天阶问紫芝。

（[唐]李商隐《重过圣女祠》）

义山诗绝似我梦中乌有之乡的一涓灵感清流。每当诗思匮乏时，便会乞灵于他。在岁暮，你历经又一轮盈缺，重读这样的旧诗，那词语的帷幕次第拉开，只觉字字明心见性，直指诗心，令人讶异。

这讶异，恍若置身于镜中世界，又仿佛与另一空间的己身相逢，如三生石上旧精魂。

而生命之灵台原本清明，何来阴翳与尘埃？那些细密编织的人声，本该归于寂静。近来颇觉得，读诗有时大约近似一种秘而不宣的自我催眠术以及词语致幻术。如同阅读此诗，在一片冥蒙的灵视幻觉中，置身幽寂的圣女祠前。

在此诗之前，诗人已经写过《圣女祠》五律、七律各一首。圣女祠，有说为圣女神之祠庙，亦有说为女道士所居道观。那是怎样的形象呢？“无质易迷三里雾，不寒长着五铢衣”，但见这神帷中的圣女，令人迷惘的三里雾轻笼宛若无质的身体，又身着极轻的五铢仙衣，仿佛不知寒冷为何物。

是耶？非耶？我从前也在某地祠堂见过圣女神像，那木塑泥胎，望之森然，只觉可望而不可亲，焉能令人有义山诗中私昵灵幻的非非之想，大约这圣女身上隐约有某女冠的影子罢。

但是，无论如何，一切都已经太迟了。“白石岩扉碧藓滋，上清沦谪得归迟”，这位自上清仙境沦谪人间的仙女久滞人间，迟迟未能回归天上。君不见圣女祠的白石门扉边，已长满了碧绿苔藓。艾米莉·狄金森诗里有：“我们隔墙谈天，／直到青苔爬到了唇际，／将我们的名字遮掩。”我想象这久无人迹的幽独，直到青苔爬上唇际，或白石岩扉。

“一春梦雨常飘瓦，尽日灵风不满旗”，这一春的梦雨若隐若现，梦幻般飘于屋瓦之上。那些细小的灵风微弱得像叹息，甚至不能飘满祠前滞重的旗幡。

然而这虚无飘渺中亦有热切的希望，虽则“绝望之为虚妄，正与希望相同”，一切心事已成非，好风迟迟不来。这些雨水，已耗尽了她内心所有的云朵。

而那些女仙们，都是过去的相识，她们依旧行踪缥缈，来去阴晴不定，无一能够倚靠。萼绿华降临人间，本无固定居所；杜兰香升天而去，更是不久前的事。何以我独独长期沦谪不归？怅恨之余，犹忆往昔，那掌管仙官薄箓的玉郎曾在此与我相会，正是他助我登上了仙籍，我才得以临天阶而求取传说中的紫芝。

道书《真诰》说，萼绿华自云南山人，年约二十，上下青衣，颜色绝整。以晋穆帝升平三年夜降于羊权家。自此往来，一月之内，六过羊权家。据《墉城仙录》载，杜兰香本是渔父在湘江岸边收养的弃婴，大后有青童自天而降，携其升天而去。兰香临上天前尝对渔父说：“我仙女也，有过谪人间，今去矣。”

然而如今呢？真真“碧海青天夜夜心”，早知如此，又何必登此仙籍。一切遇合皆如梦幻，“人间事事不堪凭，但除却无凭两字”（王国维《鹊桥仙》）。

此诗虽作缥缈幽冥之语，却绾合了诗人沦谪无凭之慨，与纯粹幻想之作异趣。“一春梦雨常飘瓦，尽日灵风不满旗”，这大概是中国式阒寂祠堂的一个寻常的景象，却写得如此神秘幽缈，令人想到南唐中主之“细雨梦回鸡塞远，小楼吹彻玉笙寒”，皆令人惆怅而可喜。

如果能将这诗里的词语在显微镜下放大，再把镜头拉远，隔着更远的距离，我们只看到一座空空的祠庙，早已被神灵废弃，又被灵风梦雨细密地封缄起来。

终古垂杨有暮鸦

紫泉宫殿锁烟霞，欲取芜城作帝家。
玉玺不缘归日角，锦帆应是到天涯。
于今腐草无萤火，终古垂杨有暮鸦。
地下若逢陈后主，岂宜重问后庭花？

（[唐]李商隐《隋宫》）

每至岁杪，就陷入必然性的忙碌，仿佛不忙碌就对不起整整一年。此番我选了李义山一首语气貌似毒舌、实则似怜似谑的咏史诗，以兹证明义山诗颇有腹连慷慨、着意经国的一面，绝非醉心风月、惟逞章句之辈。

李义山之咏史诗，大体仍不过以古鉴今、托古讽今的路数。通过这种路径，历史成了一面不合时宜的镜子，镶嵌在纷落摇溶的今天，发出婉转微妙的讽喻之光。

然而，有时我看着这些修辞精妙的诗篇，会产生深深的疑惑：它们总结着历史上兴亡成败的教训，但同时也描摹了一种声色大开、令人心醉神迷的奢侈。于是乎，欲讽反励，这类诗篇的讽喻惩劝之意，早已被迷人的声色修辞深深消解了。

然而，“红妆万户镜中春，碧树一声天下晓”，世间之事，道理仍不过是道理，坐破蒲团亦未证圆觉罢了，哪及那红妆万户的镜里春秋，这镜中的偷觑才刚刚开始：

“紫泉宫殿锁烟霞，欲取芜城作帝家”，诗一开始，就向我们描摹了南方的危险。南方，关乎丝绸，盆景，园林，瓷器，月光，迷楼……南方，是冲突，是干戈，也是欲望之喻。去往南方，也即弃绝了责任、权力，拥抱了危险之途。芜城，隋之江都也。紫泉，紫渊也，长安水名，唐人避高祖讳，故渊作泉。炀帝乃北方人，却要步陈叔宝之后尘，去往南方，故其灭亡，势所难免。

这旅程从出游江都始，荡漾的水波里隐含一种危险。长安宫殿，嵯峨高耸，烟霞萦绕，然如此壮丽宫阙，乃皆空锁不住，而欲别下扬州，再建宫殿。荒淫之主，流连声色，纵心败度，无有底极矣。

唐宋传奇集里载，炀帝游木兰庭时，观殿壁上有《广陵图》，见其山水及人烟村落寺宇，历历皆如目前，因思旧游处，遂下令开河入广陵。时宫女半不随驾，争泣留帝。乃至于攀车留惜，指血染鞅。而帝意不回，还在绢帛上戏题了四句诗赐予留守宫女：“我梦江南好，征辽亦偶然。但存颜色在，离别只今年。”自然，这是小说家言，其叙述零乱失实，唯其文笔明丽，情致绰约，颇有可观览者。

“玉玺不缘归日角，锦帆应是到天涯”，日角乃是指额骨隆起如日者，此代指唐高祖李渊，李氏起兵反隋前，有唐俭者，爽迈少检，见隋政浸乱，阴说秦王建大计，言李渊“日角龙庭，姓协图谶，系天下望久矣”。这玉玺若非到了李渊手中，那么隋炀帝的锦帆龙舟，早已畅游到天涯了吧。

这当然是违反事实之辞，但在诗里不乏这种推理和想象，如杜牧《赤壁》：“折戟沉沙铁未销，自将磨洗认前朝。东风不与周郎便，铜雀春深锁二乔。”赤壁之战，周瑜以火反攻，曹操全军覆没，否则曹操很可能成功入侵吴国，掳走二乔。待死之后，和曹操众多女人一样，二乔会被无望地幽禁于铜雀台。历史上那些未及发生的偶然事件，何其引人遐想。

当然，所有覆亡的历史里都有质地清晰的名物。《周礼·地官·大司徒》："辨其山林、川泽、丘陵、坟衍、原隰之名物。"郑玄注："名物者，十等之名与所生之物。"它们记载了王朝更迭，江山兴废。先是玉玺，后是锦帆。锦帆事又见李义山《隋宫》："乘兴南游不戒严，九重谁省谏书函？春风举国裁宫锦，半作障泥半作帆。"宫锦，这来自蜀地的贡品，尝被用作皇室的货币，用来奖赏文武百官。在这里，却成了无限奢靡的象征：春风骀荡，举国上下细裁宫锦，却是为帝王乘兴南游而备，这华丽珍贵的丝织品，一半做了障泥之板，另一半则成了船帆。

查隋炀帝下江都材料，诸家所论，未尽实录，唐人杜宝《大业杂记》所记最详（以下材料皆出于此），其中大业元年（605）九月游幸江都极尽恢丽浩荡。此次出游，随从有二十余万众：隋炀帝御龙舟，龙舟高四十五尺，阔五十尺，长二百尺。四重，上一重有正殿、内殿、东西朝堂，周以轩廊。中二重有一百六十房，皆饰以丹粉，装以金碧朱翠，雕镂奇丽，缀以流芳羽葆、朱丝网络。皇后御翔螭舟，制度差小，而装饰无异。诸嫔妃所乘，名浮景舟，并三重，朱丝网络。又有大朱航三十六艘，名漾彩舟，并两重，贵人、美人及十六夫人所乘。又有朱鸟航、苍螭航、白虎航、玄武航各二十四艘，两重高。并飞羽舫六十艘、青凫舸十艘，五楼船五十二艘，诸王、公主及三品以上坐，三楼船一百二十艘，四品官人及四道场、玄坛僧尼、道士坐。二楼船二百五十艘，五品以上及诸国番官乘。板榻二百艘，载羽仪服饰、百官供奉之物，黄篾舫二千艘，六品以下、九品以上徙官并及五品以上家口坐。又有平乘五百艘，青龙五百艘，艨艟五百艘，艚艓五百艘，八擢舸二百艘，舴艋舸二百艘，并十二卫兵所乘，并载兵器帐幕……

这大概是中国历史上最奢侈浩荡的水上出游，船队"发洛口，部五十日乃尽，舳舻相继二百余里，照耀川陆。骑兵翊两岸二十余万，旌旗蔽野。每行次诸部界，五百里之内，兢造食献，多者一州百舁，极水陆珍奇。后宫厌饫，将发之际，多弃埋之。……文武百司并从，别有步骑十余万，夹雨岸翊舟而行。大驾羽卫有行漏车、钟车、鼓车。"

这极目的繁华中隐含着物盛则衰的危险，如同日中则移，月满则亏一样，世代兴亡，皆非偶然也。隋炀帝最后一次游江都，是在大业十二年七月，直到十四年三月，部下宇文化及发动兵变，最终身死国灭。

“于今腐草无萤火，终古垂杨有暮鸦”，此暗指隋炀帝生前逸乐事。据《隋书》，“大业末，天下已盗起，帝于景华宫征求萤火数斛，夜出游山放之，光照山谷”。读此一片华润，心生感慨，此君虽说心肝全无，但在逸乐之事上却极有想象力。

每念及“生年不满百”，便怀千岁之忧，昼短苦夜，浮生若梦，为欢几何？无论秉烛，放萤，还是遨游，喝酒，其实都源此忧惧。为乐当及时，何能待来兹？忽而想到《迷楼记》里，隋炀帝在那幽房曲室里经月不出，罄竭其力，有矮人王义者上奏谏之，炀帝于是出迷楼，寻静室居之，居二日便忿然而出曰：“安能悒悒居此乎？若此，虽寿千万岁，将安用也！”乃复入迷楼。

“伤心秦汉经行处，宫阙万间都做了土”，昔日锦帆相接，何等显赫，如今隋堤却只见垂杨暮鸦，即连腐草间，亦不复生萤。衰柳掩映，暮鸦聒噪，何等凄凉。数游江都的隋炀帝有南方情结，他重现了绚烂繁盛的南朝，也在此诗中与南朝陈后主的身影合而为一：地下若逢陈后主，岂宜重问后庭花？

这个结句，其情境令人想到传奇小说《隋遗录》。鲁迅在《中国小说史略》中曾说：“不知何人作者有《大业拾遗记》二卷，题唐颜师古撰，亦名《隋遗录》，跋言会昌年间得于上元瓦棺寺阁上，本名《南部烟花录》，乃《隋书》遗稿，惜多缺落，因补以传；末无名，盖与造本文者出一手。……其叙述颇陵乱，多失实，而文笔明丽，情致亦时有绰约可观览者。”

时光飞快地回溯到无名氏撰写《南部烟花录》的时刻，幻觉在不断滋长，不知他的灵感是受自天启，还是阅读史料，或曰根据传说，总之，他撰写了隋炀帝夜梦陈后主的情境，那文笔像是来自太虚幻境，极有风致，我在这里只是实录而已：

炀帝深深沉湎于声色之中，往往被妖魅邪祟所迷惑。他曾游吴公宅鸡台，恍惚间与陈后主相遇，后主对炀帝还以“殿下”相称。陈后主戴青纱乌巾，黑色宽袖，长长的衣裙，绿锦滚边的紫纹方平履。舞女数十名，环侍左右。内中一名舞女特别漂亮，炀帝频频打量她。后主说：“殿下不认识这个人吗？她就是张丽华呀！我常常回忆起在桃叶山前乘战舰与此人北渡时的情景。那时丽华最遗憾了，她正靠着临窗阁试用紫毫笔，在光滑的红笺上写诗来和答江令的璧月句。可是诗词尚未写完，就看见韩擒虎骑着青骢马，在万余铁甲的簇拥下直冲过来，逃奔的归顺的一概不曾放过，就这样到了今天。”

后主随后便用绿色斑纹的测海螺壳，斟上高粱新酿之酒，劝炀帝饮。炀帝喝了酒很高兴，于是再三请丽华舞一曲《玉树后庭花》。丽华推辞说自己许久不跳，打从井中出来以后，腰肢便不灵活了，不复有昔日的舞姿。炀帝再三苦求，丽华才缓缓起身，舞了一曲。后主问炀帝说：“萧妃比丽华何如？”炀帝说：“春兰秋菊，各一时之秀也。”后主又写了十几首诗，炀帝都不记得了，只是喜欢《小窗》诗及《寄侍儿碧玉》诗。

后来，丽华向炀帝拜礼，求诗一首。炀帝推辞说写不出来，勉强提笔写了一首诗道：“见面无多事，闻名亦许时。坐来生百媚，实个好相知。”丽华捧读此诗，颦然不乐。后主又问炀帝：“乘龙舟游玩开心吗？起先我以为殿下治理国家在尧舜之上，今天却又如此安逸游乐，大抵人生在世，都是各图快乐，过去为什么对我罪之深呢？你的那三十六封信，至今使我怏怏不乐。”

帝忽悟，便呵斥后主曰：“为什么今天还目我为殿下，又拿过去的事来追问我呢？”随着这声呵斥，炀帝猛然惊醒，那些人也一下子都不见了。

好吧，写完这些文字，也像做了一个长长的梦，我在镜中窥见了萤火，锦帆，垂杨，暮鸦，美人……现在，一天的云锦都恍然惊散了，唯觉时之枕席，失向来之烟霞。

我是梦中传彩笔

锦帏初卷卫夫人，绣被犹堆越鄂君。
垂手乱翻雕玉佩，折腰争舞郁金裙。
石家蜡烛何曾剪，荀令香炉可待熏。
我是梦中传彩笔，欲书花叶寄朝云。

（[唐]李商隐《牡丹》）

近来读李义山诗，也许这时节花盛的原因，尤耽溺集中那些花草风物类作品。虽说浮生长恨欢娱少，但看花总是令人陶醉。春秋佳日，好花清景，总是令人感慨系之。人往风微，开卷闲读，深觉《牡丹》这样的诗非常耐读。

此诗乃典型的七律平起式，属上平声十二文韵。该诗用典密度极高，八句八典，乍看真有獭祭之感。然而如果谙熟其中的典故，会发现一个高妙的诗人在驱驰典故时，并不止于钻故纸堆，而是可以化獭祭故实为幻美云烟，此正与《文心雕龙·隐秀》中所言“义生文外，秘响旁通”之境相合。

有时我觉得，诗中典故，就如连接邈远时空之“虫洞”（Wormhole），透过它，我们可以瞥见另一重太虚幻境。如同刘晨阮肇入天台山，诗人写下每句诗的瞬间，或亲历典故虫洞的刹那，便是我们在语言的故乡里度过的岁岁年年。

首句“锦帏初卷卫夫人”，此典出自《典略》：“孔子返卫，卫夫人南子使人谓之曰：‘四方君子之来者，必见寡小君。’孔子不得已见之。夫人在锦帷中，孔子北面稽首，夫人自帷中再拜，环佩之声璆然。”此言初见牡丹花，惊讶于她的明艳，如锦帷初卷之卫夫人。当然，仅止于此的想象是万万不够的。锦帷，这恰如其分的丝织品的两端令人浮想联翩，也给人止乎礼义的节制之感：施礼者北面稽首，屈膝跪地。这其中有对美的服膺？亦有不敢仰视的不安？不得而知。空气好像凝固了一般，唯余环佩之声璆然。

次句“绣被犹堆越鄂君”，见于刘向《说苑·善说》：“君独不闻夫鄂君子皙之泛舟于新波之中也？乘青翰之舟，张翠盖而检犀尾。会钟鼓之音毕，榜枻越人拥楫而歌：‘今夕何夕兮，搴舟中流？今日何日兮，得与王子同舟？蒙羞被好兮，不訾诟耻。心几烦而不绝兮，知得王子。山有木兮木有枝，心悦君兮君不知。’于是鄂君子皙乃揄修袂，行而拥之，举绣被而覆之。”这真是层层叠叠满满开放的好花，好比绣被堆叠。无论榜枻越人还是鄂君子皙，皆知情解意的妙人儿，他们一派光风霁月，抵死缠绵的样子，令人肃然起敬。诗人马雁曾说：“总有一天，我们会隔着鬼门关这样相思，或者同在鬼门关的一侧仍只是这样的相思。而相思，本来就是不知。”（《两相思，两不知》）话说回来，虽言抵死缠绵，但在某些时刻，缠绵方可抵死。

三四句：“垂手乱翻雕玉佩，折腰争舞郁金裙。”徐陵《玉台新咏》卷七载梁简文帝诗《赋乐府得大垂手》：“垂手忽苕苕，飞燕掌中娇。罗衣恣风引，轻带任情摇。讵似长沙地，促舞不回腰。”《小垂手》：“舞女出西秦，蹑影舞阳春。且复小垂手，广袖拂红尘。折腰应两袖，顿足转双巾。蛾眉与曼脸，见此空愁人。”由上可知，“垂手”“折腰”皆为舞名，据说戚夫人就长于翘袖折腰之舞，诗句以舞者舞容喻牡丹风中摇曳之动态。此句言花光声色，质地如郁金裙，声响若雕玉佩，真是工丽到CRY。

五六句“石家蜡烛何曾剪，荀令香炉可待熏”，分别用《世说新语》石季伦用蜡烛作炊，及《襄阳记》“荀令至人家，坐处三日香气不歇”之典故，极言牡丹之光彩与香气。那一片花朵的光焰，好像燃烧的蜡烛，欧阳修有词“晴日催花暖欲燃”，正此之谓也。牡丹流光溢彩，何须修剪；芳香天成，岂待烘熏。

尾联：“我是梦中传彩笔，欲书花叶寄朝云。”前句乃江郎才尽之典故，见于《江淹传》：“（江淹）尝宿于冶亭，梦一丈夫自称郭璞，谓淹曰：‘吾有笔在卿处多年，可以见还。’淹乃探怀中得五色笔一以授之。尔后为诗绝无美句，时人谓之才尽。”后句无疑是朝云暮雨之典故，出于宋玉《高唐赋》：“昔者先王尝游高唐，怠而昼寝，梦见一妇人曰：‘妾，巫山之女也。为高唐之客，闻君游高唐，愿荐枕席。’王因幸之。去而辞曰：‘妾在巫山之阳，高丘之阻，旦为朝云，暮为行雨，朝朝暮暮，阳台之下。’旦朝视之，如言。故为立庙，号曰‘朝云’。”

当然，这乃是典型的累积典故以成诗的路数。但这精致而繁复的典故，却在最后化成了一片幻美的云烟和梦境：如此传彩妙笔，欲将题于这缤纷的花叶之上，寄给叫作朝云的美人。废名《桥》中云：“今天的花实在很灿烂，——李义山咏牡丹诗有两句我很喜欢：‘我是梦中传彩笔，欲书花叶寄朝云。’你想，红花绿叶，其实在夜里都布置好了，——朝云一刹那见。”……“我的灿烂的花开之中，实有那盲人的一见。”《新诗问答》里废名又云：“‘我是梦中传彩笔，欲书花叶寄朝云’，我想这真当得起西洋批评家所说的Grand Style，他大约想象这些好看的花朵，虽然是黑夜之中，而颜色自在，好比就是诗人画就的寄给明日的朝阳。”朝云乃是人名，书亦并非画。然而这文字虽是美丽的误解，却也实在配得上李义山的诗心。

“你的天地就是我的天地／你的春秋叫我忘记花叶／如此我迁入你的寿命和积习／与你浑然一体，歌舞营营／听梦中的情侣唏嘘”（张枣），另有诗人如是说。嘘——且看那花与人交叠时的幻影：我心固匪石，君情定何如?

真珠密字芙蓉篇

黄河摇溶天上来，玉楼影近中天台。
龙头泻酒客寿杯，主人浅笑红玫瑰。
梓泽东来七十里，长沟复堑埋云子。
可惜秋眸一脔光，汉陵走马黄尘起。
南浦老鱼腥古涎，真珠密字芙蓉篇。
湘中寄到梦不到，衰容自去抛凉天。
忆得蛟丝裁小卓，蛱蝶飞回木棉薄。
绿绣笙囊不见人，一口红霞夜深嚼。
幽兰泣露新香死，画图浅缥松溪水。
楚丝微觉竹枝高，半曲新辞写绵纸。
巴陵夜市红守宫，后房点臂斑斑红。
堤南渴雁自飞久，芦花一夜吹西风。
晓帘串断蜻蜓翼，罗屏但有空青色。
玉湾不钓三千年，莲房暗被蛟龙惜。
湿银注镜井口平，鸾钗映月寒铮铮。
不知桂树在何处，仙人不下双金茎。

百尺相风插重屋，侧近嫣红伴柔绿。
伯劳不识对月郎，湘竹千条为一束。

（[唐]李商隐《河阳诗》）

在李商隐诸多爱情诗中，《河阳诗》《燕台诗》辞采秾丽，情致凄迷，幽忆满纸，颇费思力。有时，清夜沉沉，我沉浸在这些诗行谜语般的幽趣中，颇觉欣慨交心，妙意有在。

令人惊叹的是，这些诗大约创造了中国诗史上最有限的知音群体，它神秘到在这个广大的世界中，也许只有诗人自己，以及另外一个幽约迷离的身影能听懂其中隐秘的音韵和回响，这大概也是诗人命运之弦上最美妙也最具魅力的音节。

如宇文所安所云，只要诗人知道一个更广大的群体可能有机会阅读到这些诗歌，他同时也就知道这些诗歌顶戴的“秘密”光环正是其魅力所在。这些诗的诗意完全不在于寻找开启秘密的“钥匙”，而在于建构秘密本身。

是的，对于这样充分抒写了爱之绝望的神秘诗篇来说，破解与阐释亦属徒劳，而且在逻辑论证上陷入循环论证的圈套，若反其道行之，如果充分地理解了这诗是如何建构秘密的，反而会对理解诗意有所帮助。

多年来，即使在最虚无疲惫的时刻，我对这些诗词亦耿耿难忘，但是它们，同时也给我酿就了更深的胁迫与虚无：我谛听着世间最遥远神秘的音响，却苦于不能把它们说得芬芳清晰。明镜的孤独中，我成了一个喑哑失语的影子。这古典诗意的箭镞，在一千多年前就已经离弦，却少有接继，仿佛坠入了茫茫太虚幻境。

此诗题为“河阳”，注家多以李商隐岳父王茂元曾任河阳节度使，而断其为悼念亡妻之作，真添蔀障矣。清代学者冯浩点示此诗与《燕台诗》词意多相类似，我初读此诗时，亦觉两诗有暗合之处，恍如镜中鸾影。如《河阳诗》：“湘中寄到梦不到”，《燕台诗》：“双珰丁丁联尺素，内记湘川相识处。”所用地理皆湖湘一带，则批评家们大致认为，诗人所慕之人，大有湖湘之迹。篇中又多引仙道之事，盖为学仙玉阳东所恋女冠而作，根据诗意推测，那女冠离开宫观后被某贵人取去，后随之南下荆湘，最终遭遇变故，流落以死。

然而，这都是言之不足的推测，并无诗作以外的实在证据。而且此种阐释明显都是以交代背景情节的方式来阐释诗意，并且在诗人生平仕履中按图索骥地找寻其艳情或政治所指。但是，可以肯定的是，李商隐同时代人也不会比后来的读者更清楚诗中确指。如曼德尔施塔姆所云：出色的诗句乘着有力的翅膀飞向潜在的交谈者，作为一个整体的诗歌永远是朝向一个或远或近总在未来的、未知的接收者，而写信的诗人不可以怀疑这样接收者的存在。

当然，这诗中情感之真挚与强烈令人信而不疑。与之形成强烈反差的是，诗中所有场景和意象的不确定性与跳跃性。“黄河摇溶天上来，玉楼影近中天台。龙头泻酒客寿杯，主人浅笑红玫瑰。”诗一落笔，便展开了一幅天上人间，壮阔无极的景象：黄河从天际摇溶而来，玉楼高耸，几乎上接神话里的中天之台。接着从全景转入近景：龙头酒器泻出醇香美酒，众人举杯祝寿，而那女子的微笑有如玫瑰美玉。这句式令人想到李贺诗：“龙头泻酒邀酒星，金槽琵琶夜枨枨。”

诗一开始就令人不知所指：Where? when? who? 只依稀觉得这场景不类人间所有。“梓泽东来七十里，长沟复堑埋云子。可惜秋眸一脔光，汉陵走马黄尘起。”四句方知此前全是追忆，不仅时间场景再次改换，情感氛围亦令人生盛衰今昔之感：昔日之芳馨暖融，霎时转入苍凉死寂：自梓泽东来，所行七十余里，沿途长沟复堑中所埋葬的皆是如云女子的尸骨。戴延之《西征记》：“梓泽去洛阳六十里。梓泽，金谷也，中朝贤达所集，赋诗犹存，是石崇居处。”唉，可惜那秋眸灵光的女子，如今亦长埋地下，所见皆汉陵走马，尘土飞扬而已。

“南浦老鱼腥古涎，真珠密字芙蓉篇。湘中寄到梦不到，衰容自去抛凉天”，依然是追忆当年，感旧怀人之辞：“南浦”暗示伤别，“老鱼”指鱼传书信之事。在感性的气息描述——老鱼腥味流涎之后，出现了真珠密字，芙蓉篇什，被寄出的信，无法抵达的梦境，衰弱憔悴的容貌……这究竟是一个真实的梦，还是曾经发生的真实情事，现在回忆起来像梦境一般虚幻？这书信究竟出自诗人自己？还是所思之人？无疑，何种答案都能解释得通，推论的情境被优美地呈现出来。

接下来，由“忆得”领起，时空继续上溯。这些永恒的丝织品，在回忆的时空里熠熠发光：当年她在小桌上剪裁刺绣，绣出蛱蝶双飞和木棉花的图案。她居所的墙上挂着绿绣笙囊，一口红霞在深夜咀嚼。这红霞夜嚼，指的是《云笈七签》里“咀风吸露，呼嚼岚霞”，道家之服气诀？还是那娇娜无限的情事，如李煜《一斛珠》里“烂嚼红茸，笑向檀郎唾”？

接着，幽兰泣露，芳心萎绝，这暗示了对方的凋陨或亡故，盖与《燕台诗·冬》：“冻壁霜华交隐起，芳根中断香心死”同意。“楚丝”二句写她无法遣愁，惟借弹琴寄愁，写词忆旧？还是说诗人思念无极，唯有画图、调丝、写诗以寄哀思？

以下“巴陵”四句，对面设想之辞。一方是斑斑红迹，守宫点臂的后房旷冷生涯。《汉书》：“守宫，蛊名。术家云：以器养之，食以丹砂，满七斤，祷治万杵，以点女人体，终身不灭。若有房室之事，即脱。言可防闲淫逸，故谓之守宫。”另一方则如渴雁久飞，却被一夜西风阻断，无法相会。

此诗最后的句子呈现了一座空冷的旧居：惟见晓帘串断蜻蜓之翼，罗屏但呈空青之色。玉湾溪头，无人垂钓，水中莲花暗被蛟龙所惜。这是否又暗示了她已遭遇不幸？

而这些仙道意象，似又暗示了她只是回归天上或者水中。眼前的事物无不昭示着凄凉：镜光鸾钗，寒光铮铮，月中桂树，何处可攀，仙人杳然，不下金茎。《汉武故事》载：“帝作金茎，擎玉杯，承云表露，和玉屑服之以求仙。”

唉，重屋百层，连阁周漫，相风之竿，依旧高标：嫣红柔绿，已属惘然：黄泉月殿，两处茫茫。那伯劳鸟哪里懂得我对月悲思之情，而这愁肠已像那千条湘竹，在痛楚中攒成了一束。

末句由李贺“肠攒非束竹”句化出，这诗里处处可以看到李贺诗的影响，李商隐真是李贺诗歌最重要的继承者，但同时又给这类诗篇赋予了一种高浓度的抒情特质。

此类诗虽然在李商隐的全部诗作中只占不多的部分，但在中国诗史上却非常重要，如此沉博绝丽，微妙精致，有如真珠密字、芙蓉锦绣般的诗篇将人类捆缚于永恒的命运旋涡：它完全昭示又同时消泯了人与神、爱与死、缱绻与决绝、时间与空间、真实与梦境之间的距离。这大概也是中国古典诗词中最美丽也最绝望的作品之一：让人于极致缱绻中见凄凉，于满目锦绣中见徒劳，“于一切眼中看见无所有；于无所希望中得救。”

若是晓珠明又定

碧城十二曲阑干，犀辟尘埃玉辟寒。
阆苑有书多附鹤，女床无树不栖鸾。
星沉海底当窗见，雨过河源隔座看。
若是晓珠明又定，一生长对水晶盘。

（[唐]李商隐《碧城三首》其一）

中秋已过，眼看一年将尽，一切仍是名副其实的徒劳。还好，一切如常。今天早上，望着窗外霰粉一样的雾霾渐渐褪去，事物渐渐显示出它本来的样子，而我一年的心事，却未见端倪。内心的徒劳与灾难依然并存，每天都有无数自我在崩溃与重建，就算用尽所有的辩证法也不能将其化解。

那么读诗是否能化解心灵危机呢？其实诗歌也不能提供实在的庇护，否则我心里怎么会总凄惨地回响着一首茅屋为秋风所破歌？此外，选诗并品鉴这事其实挺棘手。面对一首好诗喋喋不休地说它哪里好，为啥好，这里好，那里好，多少有点傻气，非好事者不能为之也。扯远了，回到诗本身吧。

“碧城十二曲阑干，犀辟尘埃玉辟寒”，步入诗中碧城，那曲折回旋的，迷宫一样的阑干，竟让人忘记了这究竟是几维空间。凡深隐美好处，皆有忘路之远近，幽径独行的迷乱。如武陵人误入桃花源，贾宝玉神游太虚幻境，爱丽丝掉进了兔子洞。恍惚间，只觉得这是一个温煦洁净的所在。

《述异记》中云，有海兽名为却尘犀，燃其角可辟尘。致之于座，尘埃不入。而玉性温润，可以辟寒。“犀辟尘埃玉辟寒”，只字片语，便不寻常，碧城乃仙人所居，诗人每言其高寒冷落，但在这首诗里却散发着一股温馨迷惘的气息。

原本这样的所在，我们会联想到如月宫劳模吴刚疯狂砍斫桂花树之类的行为艺术，却不想却看到了越禁忌越美的一幕：“阆苑有书多附鹤，女床无树不栖鸾。”鲁迅《一觉》中有段妙文：“缥缈的名园中，奇花盛开着，红颜的静女正在超然无事的逍遥，鹤唳一声，白云郁然而起……”，阆苑仙居，有鹤传书；女床之山，鸾鸟栖焉。女床，刘学楷、余恕诚注中指其含义双关，既是传说中山名，又谓女床之上，双栖双宿，雨意云情。

此种景象自然是奇异且令人神往的吧，然而在碧城，人们对此已经视若无睹，像呼吸空气一般寻常。

读到这里好像产生了幻觉：那些雨润云温的枝柯，是鸾鸟压痛了夜之花影，伴随着低声不明的音响。一面镜子惊讶地看见了晚唐时代幻美而颓废的鹤影。

然而欢娱的形象远远不够，离别之美已提前准备好。幽欢既毕，天将破晓，离别前她想说些什么，然而惟见星沉海底，雨过河源，一切触手可及，仿佛可以当窗隔座而看。

镜子被打碎，露珠在消殒，枕上精致的南柯一梦已化为云烟……然而在这云散月明之中仍有热烈纯真的痴想：所爱之人，就如这清晓的露珠一样脆弱，若能像宝珠一般明而又定，那么便可以将其奉在水晶盘里永对一生了。

这些陌生而又熟稔的词汇，被梦中的传彩之笔化成了锦绣。新的黎明，新的问候，如此繁文缛节，怎及昨夜那单纯的欢娱。“直道相思了无益，未妨惆怅是清狂”，一切情缘，不过如露如电，如昨梦前尘，但能掩卷怃然，感光阴之易迁，叹境缘之无实也。

从此诗氤氲的梦中起身，已是秋天。很快，我们将用另外一些诗来赓续梦境。

十八年来堕世间

十八年来堕世间，瑶池归梦碧桃闲。
如何汉殿穿针夜，又向窗中觑阿环？

（[唐] 李商隐《曼倩辞》）

此诗题为《曼倩辞》，曼倩指西汉辞赋家东方朔。其人言词敏捷，滑稽多智，但一直被视为俳优之徒。记得从前，颇喜欢《太平广记》故事里那些神仙故事，女神们皆容眸流盼，神姿清发，忽然之间，或驾龙虎，或乘白麟，或乘白鹤，如白云起，郁然而来。这些故事曾助人飘飘逸气的灵幻想象，仿佛唯有此时，唯美的敏感神经才压倒了一本正经的诗教观念。

"十八年来堕世间"，这是曼倩自道之辞，其中确乎有大感慨。《东方朔别传》中有小故事云：朔谓同舍郎曰："天下人无能知朔，知朔者惟太王公耳。"朔卒后，武帝召太王公问之曰："尔知东方朔乎？"公曰："不知。""公何所能？"曰："颇善星历。"帝问诸星具在否，曰："具在，独不见岁星十八年，今复见耳。"帝叹曰："东方朔在朕旁十八年，而不知是岁星哉！"惨然不乐。

这故事令人戚然。东方朔以为太王公知己，然公曰不知；东方朔在汉武帝旁十八年，乃岁星下凡，武帝亦不知。真是“人生不相见，动若参与商”，大有寂寞的深衷。然而，言谈之间，东方朔已化为岁星，重返寥寞天界。他若听到人间这番对话，恐会哑然失笑。

十八年来堕世间，又仿佛《红楼梦》里，通灵宝玉亦如此堕入人间。后来，那和尚见通灵宝玉日渐混浊，渐丧灵宝，便叹息道：青梗峰下，别来十五年矣，竟如此为贪嗔爱痴所困，你那本性光明何在也。闻此，真令人掩泣。然此一堕入，多少万不得已者在焉。如吾听风雨，吾览江山，常觉风雨江山外有万不得已者在。

于是午夜梦回，梦见瑶池依旧，梦见“灵风正满碧桃枝”。一春的梦雨飘拂在云朵之上，那些细小的灵风甚至不能飘满眼前滞重的旗幡。

然而又何以在汉殿微凉的七夕之夜，在窗牖中窥觑世上的女子呢？这其中杂糅了好几个典故。张华《博物志》中载：七月七日夜七刻，王母降于九华殿。王母索七桃，以五枚与帝，母食二枚。惟母与帝对坐，其从者皆不得进。时东方朔窃从殿南厢朱鸟牖中窥母，母顾之，谓帝曰：“此窥牖小儿，尝三来盗我桃。”

《太平广记》卷三引《汉武内传》中对西王母会武帝事，描摹极详赡。汉武帝好仙道，七月七日夜七刻，王母乘紫云车至九华殿，与帝食鲜桃。那仙桃三千年一生实，大如鸭卵，形圆青色，味极甘美，口有盈味。其中还有诸神作乐之场景，王母命侍女董双成吹云和之笙，石公子击昆庭之金，许飞琼鼓震灵之簧，婉凌华拊五灵之石，范成君击湘阴之磬，段安香作九天之钧。于是众声澈朗，灵音骇空。又命法婴歌玄灵之曲。由是可观，中国的礼乐文明，何其丰盈富丽。

《汉武内传》中又载：七月七日，西王母降于宫中，遣侍女郭密香与上元夫人相问，上元夫人又遣一侍女答问，曰：“阿环再拜，上问起居。”俄而夫人至，年可二十余，天姿精耀，灵眸绝朗，向王母拜，王母呼同坐北向。母敕帝曰：“此真元之母，尊贵之神，女当起拜。”帝拜问寒温。

是知东方朔觑阿环，也即上元夫人，此事未知所本，注本说，“盖东方朔既窥王母，则亦觑阿环矣。”这便是诗人在驱驰典故时，逸出文本的想象之辞了。

世人都道神仙好，然而神仙却执着于人间。此诗由人间而及天上，又由天上堕入人间，这抛物线的微尘中，是一颗执着于人间情爱的深心。“嫦娥应悔偷灵药，碧海青天夜夜心”，可与此诗联类比观。

古典诗词里用仙道典故者不少，有些诗不过徒取其高贵芬芳之意耳，其中富于幻想的细节并不多。而李义山则不同，他笔下的神仙典故，有情节有质感，诗中的神女，读来亦等闲若邻家女子，有近乎人情之美。

我写至此，意思已尽。然而废名又说：“大凡理想的诗人，乃因为他凡人的感觉美，说着瑶池归梦，便真个碧桃闲静矣。说着嫦娥夜夜，便真个月夜的天，月夜的海，所谓‘沧海月明珠有泪’，也无非是一番描写罢了。最难是此夜月明人尽望，他却从沧海取一蚌蛤。”这样说诗，真能得古人之心。大约惟有诗可以赏诗，如此方能自在不隔。

空携破镜望红尘

乐昌公主

诗曰

金陵往昔帝王州，乐昌主第最风流。
一朝隋兵到江上，共抱凄凄去国愁。
越公万骑鸣笳鼓，剑拥玉人天上去。
空携破镜望红尘，千古江枫笼辇路。

曲子

辇路，江枫古，楼上吹箫人在否？菱花半壁香尘污，往日繁华何处？旧欢新爱谁是主，啼笑两难分付。

（[宋]秦观《调笑令》十首并诗选一）

立春以后，整个城市虽依旧笼于雾霾中，阳光却似乎亮烈了很多。放假在家，忙于每天川流不息的吃饭，好个“锦情花思，都被爨烟熏尽”。偶尔动笔写篇小文字，也不过几句枝叶之言，虚应风景罢了。废名大约说过，倘我真有“志”可言，那“志”其实就庶几乎“无言之志”。今天在家随手翻淮海居士长短句，有《调笑令》十首并诗，诗虽不及词之柔婉精微，但其本事却足以令人浮想联翩矣。

此种诗词合体的《调笑令》，形式似乎挺新鲜，但实际上，这是以北宋“转踏”的形式撰写的。王国维《宋元戏曲史》中云：“北宋之转踏，恒以一曲连续歌之。每一首咏一事，共若干首，则咏若干事”，故前面的诗，是唱《调笑令》曲子前所念的“致语”，相当于引子，用以交代故事梗概。“致语”重写实，而其后之词则重抒情。细绎之，这也符合诗词体式之特性，“诗庄词媚”；“诗之境阔，词之言长”，对此，前人已经说得太多。此外，诗词顶针相继，“千古江枫笼辇路——辇路，江枫古”，十首皆如此，在形式亦颇有巧思。

这首《调笑令》所咏的乃是乐昌公主破镜重圆的故事，余痴迷古镜久矣，凡与古镜相关的事典皆令我两眼放光，此故事盖源自唐末孟棨的《本事诗》：

> 陈太子舍人徐德言之妻，后主叔宝之妹，封乐昌公主，才色冠绝。时陈政方乱，德言知不相保，谓其妻曰：“以君之才容，国亡必入权豪之家，斯永绝矣。倘情缘未断，犹冀相见，宜有以信之。”乃破一镜，人执其半，约曰：“他日，必以正月望日，卖于都市。我当在，即以是日访之。”
>
> 及陈亡，其妻果入越公杨素之家，宠嬖殊厚。德言流离辛苦，仅能至京，遂以正月望日访于都市。有苍头卖半镜者，大高其价，人皆笑之。德言直引至其居，设食，具言其故，出半镜以合之，仍题诗曰：“镜与人俱去，镜归人不归。无复嫦娥影，空留明月辉。”陈氏得诗，涕泣不食。素知之，怆然改容，即召德言，还其妻，仍厚遗之。闻者无不感叹。仍与德言、陈氏偕饮，令陈氏为诗曰：“今日何迁次，新官对旧官。笑啼俱不敢，方验做人难。”遂与德言归江南，竟以终老。

这故事颇令人想到白居易《长恨歌》“钗留一股合一赡，钗擘黄金合分钿。但教心似金钿坚，天上人间会相见”，杜牧《送人》“明鉴半边钗一股，此生何处不相逢”等诗句。但这情节似乎太过传奇，令人不免怀疑其真实性。

此外，我曾在各地的博物馆见过种类繁多的古镜，多由青铜冶铸，极为坚固，徐德言如何破镜，颇令人费解。《管锥编》里钱锺书认为非有削金铁如泥之利器不办，还将家中旧藏古镜十数枚，尝戏一一掷诸地，了无损裂。另外，长安之大，市有多处，徐德言又如何得与苍头相遇？

然而我宁愿相信实有其事。草木成衰，天地兴亡，那样天崩地坼的乱离中，英雄美人的愿望不过是世上人家朴素的“小团圆”而已，何以竟不能成全他们。这陈后主本是贪花恋酒，不恤政事，心肝全无之人，亡国自然可期。徐德言有鉴于此，未雨绸缪早作计，与妻破镜相约正月望日卖于都市。元宵节人流如织，这增加了见面概率；苍头既卖半镜，复又大高其价，人皆以为笑谈，这又是极好的广告。

故世间之事，看似偶然，其实包含了真实的必然。帕斯捷尔纳克《二月》诗云：“越是偶然，就越真实。并被痛哭着编成诗章。”

我爱这中国式花好月圆故事里的运气，于乱世中保全家人的智慧，还有那期待相逢的信念，它像一束光，照亮了黑暗中风雨兼程，最终合契的两面镜子。汉代东方朔所著《神异经》里也有一则镜子的故事：

> 昔有夫妇将别，破镜，人执半以为信。其妻与人通，其镜化鹊飞至夫前，其夫乃知之。后人因铸镜，为鹊安背上，自此始也。

镜台本耀首之物，镜圆如满月婵娟，镜残则夫妻分飞，这大约是破镜故事的暗黑版，此破镜者显然没有徐德言的好运气，但我很喜欢明镜化鹊这个典故的缱绻与逍遥，好比庄周梦蝶。至于镜子何时与鸾鸟联系在一起的，那就不得而知了。庾信《镜赋》云：

> 镜台银带，本出魏宫。能横却月，巧挂回风。龙垂匣外，凤倚花中。镜乃照胆照心，难逢难值。镂五色之盘龙，刻千年之古字。山鸡看而独舞，海鸟见而孤鸣。临水则池中月出，照日则壁上菱生。

庾信是南北朝骈文大家，此《镜赋》对仗精美绝伦，几乎句句用镜典，“山鸡看而独舞，海鸟见而孤鸣”就是用了鸾镜之典：

山鸡爱其毛羽，映水而飞。魏武时，南方献之。公子苍舒令置大镜其前，鸡鉴形而舞，不知止，遂乏死。韦仲将为之赋其事。

（刘敬叔《异苑》）

昔罽宾王结置峻祁之山，获一鸾鸟。王甚爱之，欲其鸣而不能致也。乃饰以金樊，飨以珍馐，对之愈戚，三年不鸣。其夫人曰：“尝闻鸟见其类而后鸣，何不悬镜以映之？”王从其言，鸾睹形感契，慨然悲鸣，哀响中霄，一奋而绝。

（范泰《鸾鸟诗序》）

唉，“琴前镜里，孤鸾别鹤之哀；竹死城崩，杞妇湘妃之怨”，古典诗词里到处是这样凄凉惨异的句子，然而这似乎更接近伤离怨别的真实，也与秦观此诗中“空携破镜望红尘，千古江枫笼辇路”之境相合。

江枫，望秋而先陨，枫落吴江冷，这是设想乐昌公主辇路北行时所见。流亡之路上，这半枚破镜与江枫一样凄楚。相形之下，词更饶情致，大约是以乐昌公主声吻道来的缘故。“菱花半璧香尘污，往日繁华何处？旧欢新爱谁是主，啼笑两难分付”，悲喜交集之态毕现，恰可与《本事诗》里“笑啼俱不敢，方验做人难”相映证。

今天下笔不能自休，一口气写了很多有关镜子的事典，其实“明镜本清静，何处染尘埃”，最后以我很喜欢的废名《镜铭》作结吧：

我还怀一个有用之情，
因为我明净，
我不见不净，
但我还是沉默，
我惕于我有垢尘。

五月十六日

人间清景重西湖

一峰一高人，两人相与语。此地有西湖，勾留不肯去。（两峰插云）
湖气冷如冰，月光淡于雪。肯弃与三潭，杭人不看月。（三潭印月）
高柳荫长堤，疏疏漏残月。蹩躠步松沙，恍疑是踏雪。（断桥残雪）
夜气滃南屏，轻岚薄如纸。钟声出上方，夜渡空江水。（南屏晚钟）

（[明]张岱《西湖十景》选四）

这里所录的《西湖十景》诗，是明人张岱（号陶庵）所作。清人王雨谦称张陶庵盘礴西湖四十余年，水尾山头，无处不到。湖中典故，有世居西湖之人所不能识者，而陶庵识之独详；湖中景物，有日在西湖而不能道者，而陶庵道之独悉。

诗中字句并不难解，诗也未必好。然而于我，却如故人觌面，俯仰流连间，皆有一番亲切之意，而不必有惊艳之感。

此番重游西湖，青青子衿，悠悠我心，好比芳洲拾翠。当然不似朝花夕拾，那毕竟更多垂暮之意。十余年前，为学生时，曾去过那里。此后西湖一直入我梦中，而梦中西湖，亦未尝真正别余也。时光星移物换，命运转轴拨弦，方得此机缘重拾旧梦。然行至湖边，虽仍细草葱茏，弱柳毵毵，昔日歌楼舞榭却早被雨打风吹去。今之所见，反不如梦中所见。而所记文字，仍是夙习未除，梦中说梦耳。

西湖四季，佳景无时，殊堪游赏。而我每到湖山胜丽之处，反而感慨全无，因所见似皆前代风雅之士的遗产。我却没有这样风雅，此行只为家人放松高兴。我们过西泠印社并不饮茶，过苏小小墓也不感悼。只沿着苏堤白堤随意走走，或者乘游船到湖中小洲上去看看三潭映月。

那烟波画桥，高柳长堤，清风如酒，波纹若绫，都笼罩在一片溟濛烟霭中。单如此，即已如在仙境。我与西湖，真如亲人相对，不必有痴情浓意。有次行至花港观鱼处，看见水中鱼群，熙熙攘攘，匹匹大如拱猪，嘟娃大喊：妈妈看大鱼！还有次日暮，在白堤上散步，但见一种极好看的鸟雀飞过，平生稀见，形影轻捷迅疾，若风中之烛，翩然而去，又仿佛从未来过。

在西湖，虽也想到一些前代的诗词，却根本无暇沉吟细想，只感到所见一切都像图画，被镶嵌在来世的梦中。片刻之虚空也有，但这虚空，要远远小于那些细草幽花，以及空亭晚照。

惟有楼前流水，应念我终日凝眸。当年作《西湖梦寻》的张岱也曾如此。其人与我萧条异代不同时，却风流儒雅亦吾师。张岱生于诗书世家，然其一生却坎坷不遇，屡踬场屋。其早年乃锦衣玉食的贵介公子，然至48岁时，历经破国亡家之变，世家子弟由此落入寒饥之境。其《自为墓志铭》曰：“蜀人张岱，陶庵其号也。少为纨绔子弟，极爱繁华，好精舍，好美婢，好娈童，好鲜衣，好美食，好骏马，好华灯，好烟火，好梨园，好鼓吹，好古董，好花鸟，兼以茶淫橘虐，书蠹诗魔，劳碌半生，皆成梦幻。年至五十，国破家亡，避迹山居，所存者破床碎几，折鼎病琴，与残书数帙，缺砚一方而已。布衣蔬食，常至断炊。回首三十年前，真如隔世。”

这“十二好”公子常自评之，又有“七不可解”者：“向以韦布而上拟公侯，今以世家而下同乞丐，如此则贵贱紊矣，不可解一；产不及中人，而欺齐驱金谷，世颇多捷径，而独株守於陵，如此则贫富舛矣，不可解二；以书生而践戎马之场，以将军而翻文章之府，如此则文武错矣，不可解三；上陪玉帝而不谄，下陪悲田院乞儿而不骄，如此则尊卑溷矣，不可解四；弱则唾面而肯自干，强则单骑而能赴敌，如此则宽猛背矣，不可解五；争利夺名甘居人后，现场游戏肯让人先，如此则缓急谬矣，不可解六；博弈摴蒱则不知胜负，啜茶尝水则能辨渑淄，如此则智愚杂矣，不可解七。有此七不可解，自且不解，安望人解？故称之以富贵人可，称之以贫贱人亦可；称之以智慧人可，称之以愚蠢人亦可；称之以强项人可，称之以柔弱人亦可；称之以卞急人可，称之以懒散人亦可。学书不成，学剑不成，学节义不成，学文章不成，学仙、学佛、学农、学圃俱不成，任世人呼之为败家子、为废物、为顽民、为钝秀才、为瞌睡汉、为死老魅也已矣。"

好个贵贱紊、贫富舛、文武错、尊卑溷、宽猛背、缓急谬、智愚杂的零余人，陶庵真乃古之伤心人也。求之两宋词人，淮海、小山亦其类也。文艺世界，多此类玄心洞见妙赏深情却又百无一用的零余人。

罢了，眼看这世上一切都在更大的崩坏中，我们亦在尘网缧绁中独酌无相亲。《维摩诘经》里舍利弗有问：汝于何没？而来生此？这一问使人惊心。于某些人而言，歧途才是正信，如此，那就更偏执地令自己多余吧。

九年面壁成空相

春雨楼头尺八箫，何时归看浙江潮。
芒鞋破钵无人识，踏过樱花第几桥？

九年面壁成空相，持锡归来悔晤卿。
我本负人今已矣，任他人作乐中筝。

（苏曼殊《本事诗》十首选二）

前阵子出去开会，居羊城某大学附近。北国天风冷峭，凛凛迫人，南国却地气湿暖，芳景如故。那些日子，皆冻云黯淡天气，雨水淅沥未止。朝云推窗，暮雨卷帘，固然颇有意趣，但已是年序将谢，岁云暮矣。开会余暇，随意走走，惟见碧草葱茏，落英满城。珠江之上，烟雨茫茫，一时颇多感咽之思，想那隔江之人，应与我同在雨声之中。

会后参观了陈芳故居等，夜宿珠海，遂想要去苏曼殊故居看看，终未得见。没见也好，见又如何？如今所有故居都已非原貌。风吹衣襟，江流无尽，倒不如给未来留个故地重游的念想。不意翌日在某纪念馆中，竟于昏昧灯光下撞见他的一尊蜡像，貌癯神清，栩栩如生，不由悚然一惊，匆匆退避出来。

苏曼殊，近代史上的奇人，亦绝代之人。其天才清逸，性灵超旷，惜其生于叔季，身世杌陧。他的诗，凄恻绵邈，幽艳独绝，燕婉幽怀，令人心恻。柳亚子云："君好为小诗，多绮语，有如昔人所谓'却扇一顾，倾城无色'者。"陈独秀谓其聪明绝顶之天才，作诗从不费力经营，初学诗时连平仄和押韵都不大懂得，倏忽之间，其清艳明秀之诗风即已令南社诸公倾倒。

曼殊本清幽绝俗之人，世人谓其痴狂玩世，惯作绮艳风月之语，但他于人情世故，非不透彻，不过佯狂以避世耳。人道其好吃花酒，其实不过热闹一场，他的心思不在花亦不在酒。至于其饕餮暴食，人皆以为传奇笑谈，那其实不过是酷烈的厌世，以胡吃海塞的方式求得速死。郁达夫谓苏曼殊为才子，奇人，有天才，有灵性，有浪漫的气质，惜少独创性，雄伟气。他的译诗比自作的诗好，诗比画好，画比小说好，而"他的浪漫气质，由这一种浪漫气质而来的行动风度，比他的一切都要好"，洵为知言。

这组本事诗乃苏曼殊1909年上半年居日本时所作。此题十首，由八云筝始，至尺八结束，以清丽之词，写幽忆怨断之音。八云筝，据文芷所藏《曼殊上人诗册》原注："日本古史相传，有神名'须佐之男命'者，降出云国，为斩妖龙，而娶其国美女'稻田姬'。妖龙八首化云飞起，后人因以八云为乐器之名云。"尺八，曼殊《燕子龛随笔》："日本'尺八'，状类中土洞箫，闻传自金人。其曲有名《春雨》，阴深凄惘。"

柳无忌《苏曼殊及其友人》云："曼殊的《本事诗十章》，全为百助而作。"其时，苏曼殊于东京遇调筝艺伎百助枫子，遂作此诗。世间儿女，邂逅相遇，情感奔流，利如掣电。然而又无时不在佛法与情感之间煎熬："吾证法身久，辱命奈何？""还卿一钵无情泪，恨不相逢未鬄时"，"忏尽情禅空色相，是色是空本无殊"，"九年面壁成空相，持锡归来悔晤卿"。春雨楼头，尺八声中，樱花梦醒，满纸幽恨："芒鞋破钵无人识，踏过樱花第几桥？"何等哀感顽艳。

在凄惘的乐声中，词语陈列令人惊讶的凶兆：那弹筝女子，桃腮檀口，肌肤似雪，身世与诗人一样凄凉。在这镇日歌舞的欢场中，她却慵妆高阁，等闲而坐。而诗人呢？纵有才华如江似海，又怎抵命若琴弦。一切僧侣生涯，不过是虚无空相。那些相怜的病骨，已化作蝴蝶，直入罗浮万里云霄。“还卿一钵无情泪，恨不相逢未鬀时”，“我本负人今已矣，任他人作乐中筝”。

这苏氏玄瑛，落魄三郎，薄命情僧，不过是暂寄人间的未亡人。天无四壁，地绝八荒，汝将于何地措足耶？此身合是诗人耶？僧人耶？革命者？负心人？无论革命、恋爱还是参禅，最终不过在心底筑起一座虚无茫然的寺庙：“九年面壁成空相，万里归来一病身。”

生未落实，死时也空，何其酷烈的厌世者！对待自己直如死尸，把每天都过成了末日，每首诗都写成了绝命诗。生而为人，何其羞愧，不如在欢饮和饕餮中，从善如流地归去。

《断鸿零雁记》乃苏曼殊自叙传性质的哀情小说，于中可窥见其出家受戒之经过：

> 计余居此，忽忽三旬，今日可下山面吾师。后此扫叶焚香，送我流年，亦复何憾！如是思维，不觉坠泪，叹曰：“人皆谓我无母，我岂真无母耶？否否。余自养父见背，虽茕茕一身，然常于风动树梢，零雨连绵，百静之中，隐约微闻慈母唤我之声。顾声从何来，余心且不自明，恒结轖凝想耳。”继又叹曰：“吾母生我，胡弗使我一见？亦知儿身世飘零，至于斯极耶？”
>
> 此时晴波旷邈，光景奇丽。余遂披袈裟，随同戒者三十六人，双手捧香鱼贯而行。升大殿已，鹄立左右。四山长老云集。《香赞》既阕，万籁无声。
>
> 少顷，有尊证阇黎以悲紧之音唱曰：“求戒行人，向天三拜，以报父母养育之恩。”
>
> 余斯时泪如绠縻，莫能仰视，同戒者亦哽咽不能止。既而礼毕，诸长老一一来相劝勉曰：“善哉大德，慧根深厚，愿力壮严。此去谨侍亲师，异日灵山会上，拈花相笑。”
>
> 余聆其音，慈悲哀愍，遂顶礼受牒，收泪拜辞诸长老，徐徐下

山。夹道枯柯，已无宿叶，悲凉境地，惟见樵夫出没，然彼焉知方外之人，亦有难言之恫？”

此皆纪实之语，读之令人泪下。王德钟云：“曼殊天才绝人，早岁悟禅悦，并邃欧罗巴文字，于书无不窥，襟怀洒落，不为物役，淘古所云遗世独立之佳人者。所为诗倩丽绵眇，其神则搴裳湘渚，幽幽兰馨；其韵则天外云璈，如往而复；极其神化之境，盖如羚羊挂角而弗可迹也。旷观海内，清艳明隽之才，若虽殊者，殊未有匹焉。”

唉，那些在人世的欢饮和饕餮中，从善如流的逝者。

第五辑

剪灯心事

红楼隔雨相望冷

我再次见到Q的时候，深深感到此君身上某种神光离合的东西已经消失了。我感到惋惜，此种离合的神光，与那清峻的少年之气，也许是往昔雾霾弥天时我自带的一种幻觉？唉，总有一些细小的迷宫与镜子，引领我走上迢递的歧路，而在当时，天之苍苍，其正色耶？生物之以息相吹，我很乐意地隐没在这片迷雾中，根本来不及看清彼何人斯。

我局促地感到镜中之光在折返，幻觉飞快地在缩小，变成了一个生锈的吃奶婴儿。它在咧嘴嬉笑。那是正午时分，Q心事重重，说起毕业后的茫然，课业之辛劳，还有情感生物链。其实我根本不明白什么这情感生物链所指为何，因为即便是那些以天地为逆旅的过客，无需永劫回归似的情感链条，我也能凭直觉辨识出其唯一特别之处，并且珍重相待。彼时想到卞之琳的诗：

> 窗子在等待嵌你的凭倚。
> 穿衣镜也怅望，何以安慰？
> 一室的沉默痴念着点金指

何以安慰？我却没有点金之指，让这一切重回神仙世界。

唉，“细雨湿流光，芳草年年与恨长”，风吹水皱，关卿何事；细雨芳草，于我何尤？是的，我们总是能在古典诗词里读到比喻般的闲愁，象征般的慵倦。就像义山《春雨》诗里的情味：“怅卧新春白袷衣，白门寥落意多违。红楼隔雨相望冷，珠箔飘灯独自归。”仿佛无数春天的雨夜都是这样百无聊赖，只能独自穿着白色袷衣和衣怅卧，过去欢会之红楼，那些院落和阁楼，都在一片凄凉中缄默，如冷月无声。

红楼，细雨，珠箔，飘灯……这些词像兀自沉浸在旧日空气里的鱼，经过它们时，我打了个冷颤。“远路应悲春晼晚，残宵犹得梦依稀”，晼晚，景昳也，日暮也，真是好词，吾将以之为题写首诗。一切都将在晼晚的暮光夕照中变得更美。《楚辞·九辩》：“白日晼晚其将入兮，明月销铄而减毁。”陆机《感时赋》：“夜緜邈其难终，日晼晚而易落。”贾曾《和宋之问下山歌》：“良游晼晚兮月呈光，锦路逶迤兮山路长。”陆机《叹逝赋》：“时飘忽其不再，老晼晚其将及。”景耀月《无题》：“晼晚年华总自悲，罗巾泪尽已如痴。”刘禹锡《百花行》：“时节易晼晚，清阴覆池阁。”

然而这阻隔又是双重的，雨帘兼珠帘，纷纷雨滴织就一帘屏障，在红楼前、在飘忽的灯前细密地飘落。与“清夜沉沉动春酌，灯前细雨檐花落”一样，皆有一种蕴藉的美感，但是李义山之细雨如此脆弱纤柔而显得更女性化。

李商隐写雨总能自成蹊径，那是纯然感性的修辞，仿佛每个神经细胞都浸润在雨丝风片中。“摵摵度瓜园，依依傍竹轩。秋池不自冷，风叶共成喧。”这是说秋池因雨平添凉意，风叶因雨而共成秋声，那风声、雨声与其吹洒树叶之声浑茫一片。“帷飘白玉堂，簟卷碧牙床。楚女当时意，萧萧发彩凉。”由细雨灵风之帘帷飘拂在白玉堂前，再及竹簟从碧牙床上卷起，进而联想到楚女新浴发丝之披拂。“初随林霭动，稍共夜凉分。窗迥侵灯冷，庭虚近水闻。”那微雨在薄暮时浑茫莫辨，入夜时凉意侵肤，方觉其为微雨。“一春梦雨常飘瓦，尽日灵风不满旗”，如此灵风梦雨飘拂着，溢满世间，使一切渐趋空幻。

那红楼高阁、珠帘灯影的旖旎风光都已归于寂静，“玉珰缄札何由达，万里云罗一雁飞”。而极目青天，万里云罗，只有一雁孤飞，纵有寄恨一尺素，含情双玉珰，恐怕也难以送达了吧。这结尾看似寻常，但依然是锦绣文心：云罗与春雨仍暗中绾合。

我想到此诗是在某树叶形小岛上，彼时正春雨绵绵。“衣上征尘杂酒痕，远游无处不销魂”，然而，那里风景其实也暂若寻常，无所谓销魂与否，我只如中学时代，既不寻愁也不觅恨，随意在山乡水驿中游荡一番。

在东海岸，好一片春潮荡漾，水光接天，颇令人想到太古洪荒时代，一片混沌鸿蒙，什么儿女私情，千回百转都太过狭促：

> 我明白海水洗得尽人间的烟火
> 白手绢至少可以包一些珊瑚吧，
> 你却更爱它月台上绿旗后的挥舞

卞之琳这首诗真好，我果真在台东见到了清凝如血的红珊瑚，且用它来象征月台上的挥舞吧。

昨天的木芙蓉之歌

（一）

凉爽的下午。我和H君、小Y喝茶。久未见面了，说起话来有些吃力。一群人见面的气氛很奇怪，我容易变得腼腆。对面街上走着很多师大的女生，看上去驯顺，其中有个粉嘴的女生，看上去很让人着迷。正盯着看，忽然又感到一阵腹痛。很快又好了。原来美是让人疼痛的。

我有个奇怪的习惯，喜欢研究人的面相。H君好像变瘦了一点，但他的五官中，我觉得他的眉毛最好看，浓淡相宜。造化这个人该多不容易啊，要给仔细地刷上这么一条好看的眉毛和挺直的鼻梁。这么想着，我用手在空中轻轻地画了几下。

还有略微的遗憾：他的嘴唇偏薄了一些。而这正像我莫名感觉的那样，嘴唇偏薄的人在感情上似乎缺乏耐心，很多都是爱自由的不羁之人。但他的眼睛很好看，恰到好处地分散了注意力。但H也并非别人传说的那样声名狼藉。我先前在异地的时候，曾听一个写诗的说起过此人，如何狂狷有才云云。但我素来对这些镶着绯红花边的逸事是以欣赏故事的态度来听的，只嫌不够活色生香，浑然没有顾惜到故事里细小女主角的低声哭泣。

为什么要哭泣呢？我能够理解却还沉浸在夏天的晚风里，想着那些曾经清秀美好的诗歌少年，一转眼他们也被时间迅速矿化，挺着圆如满月的肚子在楼梯上气喘吁吁。

然而H还好，眼前的他还是挺拔高挑的。我断定他这一生还要继续虚无下去，他的世界里还会交通阻塞，他还要继续练习爱这门手艺，继续打磨梦中的传彩之笔，写好缤纷的花叶寄给朝云。

当我脑子里为H可望而不可即的未来十年设计形象的时候，H突然问我，你想什么呢？我只是笑了笑。

看看窗外，夜深了。星空的渔网真美。瞬间，警车呼啸而过，向警察和小偷致敬。

（二）

那个时候，大约是在我二十岁的时候，我经常和强强、海东、老圈、或非、小伟、海杰、陈陈、索老爷等朋友聚在一起。

可是我们彼此不自知，每个人都有兀自沉醉的木芙蓉之歌。甚至也混蛋到互不相知，我们牛叉哄哄，彼此谁也看不起谁，我满眼看不上W的烂诗，还多次朝着他激烈地大声嚷嚷。海东那时候号称白眸，但在酒桌上，却能青眼聊因美酒横。还有老圈，我记得他有段时间头发很长，眼睛里闪烁着尼采的光芒，兀自在校园的操场上一圈一圈地流浪。陈陈优雅而沉静，她的风度成为我曾经刻意模仿的对象。

多年以后，我仍旧能感觉到她那种近乎热烈的沉寂，她冷若冰霜之下的面容似月轮般皎洁，却能不辞冰雪为卿热。或非和老圈一样，对于生活的荒诞有着灵敏的捕捉能力，她只是一次一次地在路上，我喜欢她机器猫一般的圆脸和细弱轻盈的身体，仿佛随时可以像小仙女一样飞起来，手中握着魔棒，停在半空。

是的，停在半空。仿佛时间可以静止。但是在镜中，我有些惊讶地看到了这样的诗句：从今不复梦承恩，且自簪花坐赏镜中人，我隐约看到了散发着孤寂芬芳的木芙蓉美人的幻象。

多年之前，那些细小的阴影和叶子紧紧相依，彼此却并不知道。多年之后，W这样称呼我：亲人。我偶尔看到他这样评价我20岁时候的诗：

> 这是晓辉的一首诗。我不知道她写于什么时候，以前我没读过。有时，我对亲人们的诗歌比对自己的都熟悉，我指的是对于他们的诗歌理路。如果诗歌有理路的话，它至少包括诗歌情绪的酝酿、沉淀和表出的整个过程。我知道他们的从哪里出发，又指向哪里，而对自己的作坊，我并不能很清楚地理出这条路经。这首诗，——《我所谙悉的那些幸福的人们》以前我并没有读到，但我知道它的主人，它的主人有时比晓辉更确切，——不知道谁曾经说过，我们是凭借一种莫名其妙嗅觉或者气味追忆故乡，或者回到或失去故乡——是的，有时间，我们只是固执地以为抓住一条并不存在的绳索，据说它通向天堂，我们就是依靠诗歌这条绳索，去确证、误解甚至捆绑和折磨自己。关于这首诗，我不准备去分析，分析难免是一种肢解，我们假装通过是盲人，搜集眼睛是眼睛、鼻子是鼻子来认识一个人，但我们也知道线在我们手中，而风筝在天上，这惊险的一跃，我们只能在心里完成。所以，我们需要的是读。然而，我们只能是假装很严密很逻辑地呈现出真，唯有呈现才能传达和流通。但这仅仅是识，重要的不是识，也不是与之对应的境，重要的是境界，我总认为境界比意境要重要得多。所以我认为，诗意比较暧昧，它至少不比上帝更清楚，因而，当我见到曾经有人写论诗意的文章，就知道对于这个问题的难度不亚于论证上帝的存在，而要论证，目的还是为了呈现，因为没有无缘无故的呈现，唯有拥有的呈现的能力，才是扩展一个人的世界图景。
>
> （《一个人的世界图景》）

这是我20岁时候写的诗，重读之下，竟有恍惚之感：

我所谙悉的那些幸福的人们

我所谙悉的那些幸福的人们
居住在传说永恒的村庄里
草一样茂盛的村庄里
升起他们暗如烟色的眼睛

当我看到他们的时候：山。水。石头。
一个破旧的月亮，饱满的谷穗
沐浴在尘土里。人们的手像潮湿的
木片晾晒在田野里

他们的歌声迷雾一样覆盖了大地
歌声散尽。有人突然在一棵树的注视中老去

他们的声音盖过夜晚的所有秘密
他们的飞翔得宜于天地滋养的空虚
甚至不用耕耘，不必收获
河流已谙悉他们一生的命运

而这一切竟被视为歌声的翅膀
乌有的泉水，从未得到而又永远遗失
爱上他们，你就成为他们。人间泉水
从镜中涌出，你会成为更多的镜子

他的评价还是那样既精彩又啰唆，仿佛他的人一样，既敏感又美妙，絮絮叨叨，对生活逆来顺受，他的名言：嫁鸡随鸡，嫁狗随狗。引来了我和或非的一阵大笑，那又有什么打紧呢？他依然热爱诗歌，已经顺利成为一个笑容可掬，和蔼可亲的胖子。

（三）

我和W从前为了一件小事大声争论到面红耳赤，当时我面目狰狞，唾沫乱溅，口干舌燥，怀着一决胜负的伟大决心，欲将W那猥琐的可笑的不值一提的傻帽观点批个落花流水抱头鼠窜。

多年以后想起这一幕，竟然有些恍惚，盯着那个愤怒中上下飞动的人，仿佛不曾谋面。然而当日，我何以会指责那些不曾愤怒的人都心肝全无？连带性情全无？仿佛是在寂寞中，看着一部久远的青春的电影，竟而泪水全无？很遗憾，一切正在失去。

事后竟觉得很无聊。可惜当时就似乎有这样无穷的心力去争论。大学的时候，很喜欢废名，据说废名跟熊十力一起讨论佛教问题，经常吵得不可开交，有一天，外面的人先是听到声音，突然哑默到没有任何声响，忙不迭冲进去，只见：两个人正缠在一起，互相猛烈地扼住对方的喉咙……但没有几天，又有人看到他去找熊十力讨论问题了。

当然我完全没有以这个故事自况的意思，可能在有些人看来，争执时那一口恶气，悠悠万事，兹事体大，非一争高下而不得释怀，无论双方曾经多么好的交情。愤怒有时让一个人变得夸张、勇敢，那的确是自我意识被擦亮的时刻。有时爱也能够，可惜在很多人那里，闪亮自己是很费力的事，不由自主会觉得难堪，所以很多人宁愿缩回到一团枯寂的幽独之影中去。

这样想，我确实明白了自己在想起某些人时的那种不适和眩晕感。一次又一次，在轻轻的崩溃中，我看到了那些麻木的脸。是的，世故而又麻木。此情此景，几乎要让我的每一个字上都沾染了这种不适之感，不停地陷入恍惚。

那么多褪色的窗户，在倾斜的细雨和绿色的枝桠下，为什么偏偏是我，偏偏我打开其中的一扇，遇见的是一个疲惫麻木的灵魂，已经提前透支了诗意，现在，几乎连温柔的哭泣都已经忘记啦。只好用千篇一律的口吻跟我谈论天气。这让我无所适从：难道世间的人，已经多衰老了吗？我已经轻松地测算出他衰落的后半生，可惜他得意扬扬，依旧向我展示他愚蠢而油腻的杰作：几个新鲜虏获的蘑菇小姑娘，或者几枚象征财富的金色徽章，上面还蠕动着一些苍老的头皮屑。

我的收音机一阵慌乱，我心爱的鼹鼠一阵鬼哭狼嚎。

几夜瘴花开木棉

这是北京阴郁多风的日子。这样的天气，让我起了思念之意。想到数年前的某个时候，我正在Z地教书。

那么黏腻阴凉的雨天，所有神经末梢的感觉像植物的根须那样在雨水中尽力舒展开来。我热爱和怀念这样的雨水天气，每天讲完课，靸着鞋，沿着清洁的石板路走到马路对面去吃一顿无可无不可的晚饭。

那时候，我的内心竟是那样荒凉和自由，仿佛平生未曾过上几天这样自由、疏离而又梦幻神游般的日子。想想手中忙碌的一切，竟也是些让人热烈到心灰的东西，什么读书，研究，美丽的衣裳，一晌的青春，还有一个P诗人所描摹的尘世彩绘的绣帷。想来清空如许的P诗人也是时时陷入荒诞幻想的。

这都是些多么可笑的障眼法和黑暗的小糖果啊，于我有什么相干呢。写下这些字的时候，我想要拥有一点把它们遗忘和蔑视到尘土里的刻薄。姜白石那样深情锐感的人，晚年看见人间嬉闹的景象：花满市，月侵衣。最后也不过是热闹过罢，在沙河塘上浅浅春寒中看罢游人缓缓归去。细细想来，我竟如何不愿贪恋这些美好诱人的东西了？

一念之来，犹自感伤。李商隐诗云：蜀魂寂寞有伴未？几夜瘴花开木棉。又忆起那样一个阴郁诡谲的地方，蛮烟瘴雨之地，终日雨帘不卷，偶尔找到一个停雨的间歇，又遍顾无人，唯有后堂芳树阴阴可见。

红色的木棉花热烈得让人伤心，那么高大，枝条看上去如此遒劲有力，Z曾戏言这是野蛮人的花朵。

木棉花开得这样野蛮恣肆，全然不顾我的伤心。难道是无理之怨吗？我至今也不明白为什么这一切到了最后只剩下怨恨，那股细弱的怨恨像流水一样绵绵不绝，至今在我回忆起来的时候都会不寒而栗，全身浸透于苦毒的草药里。今生今世，我宁可抱病也不愿再次尝到这种苦楚的滋味。这种细弱流水般的怨恨，像令人窒息的草药一样，一点点折磨我的神经，消泯了我的热情。

而我原本也是个痴愚的人，对很多事情惘然无觉。就如我的同学周周所说的那样，我给人以慵倦的印象，白天上课时总沉默地躲在一个角落里。对于别人的瞩目，我总感到惊讶和不可思议。可Z告诉我，我看上去凌厉果决，彬彬有礼。其实我只是一味惶恐，不知道该说些什么而已，只好矜持一些。然而辩解是徒劳的。在Z看来，我应该是个鲜明果决的人。

大概后来，我犹疑不定的个性已经显示了出来。可是也丝毫不被理解，甚至在这样不堪忍受的软弱感伤和自责羞愧中，也要遭到冰冷的责难。那痛楚，秋风一渡，十指连心。

深夜，清宵中立，耿耿不寐，念着这样的诗句，感到了同样的犹疑迷乱：雄龙雌凤杳何许？絮乱丝繁天亦迷。被这样细弱的怨恨不断冲刷着，我感到力不能胜，想要断然结束这种迷乱困惑的状态。

这种深陷迷雾的状态让我心力交瘁。这种漂浮感，让我生出对自己的怨恨。我还是喜欢在那些灵风细弱的晚上，安安静静地做一个影子的临摹者，闻见了白色花朵的清香，被一个通透美丽的瓶子装着，好像在蕊珠众香深处。

曾是寂寥金烬暗，断无消息石榴红。我一直都喜欢这种热烈凄凉的红色，在时间的灰烬过后，在断无消息之后。世上有一缕凄楚的红色，在我的生命中晕染出一抹暗淡的伤痕，消逝了。如今，我徘徊石榴树下，看着那些曾经热烈的花朵，一点一点开始颓败黯淡，虽萎绝亦何伤兮，哀众芳之芜秽。

石榴一树浸溪红，零落小桥东，五月凄凉心事，山雨打篷船。再见了，这是为了忘却的纪念。

灵犀

但凡写点东西的青年，都非常容易以文学的名义相遇。因了各自的孤寂和热肠，难免有谬托知己的毛病，然而我一直觉得我和D互为知己就像水到渠成那样简单。对我来说，与心仪之人不轻易见面，何况是在这样的大城。见面难免吃力，好像是在竭魂魄以交往，因为枯寂已久，要思考，要发问，交谈起来像对决。仿佛在巅峰时刻相见，若一时失手，就要跌下深谷，万劫难复，所以我精神太差的时候都不愿见到她。

况且我们都是个性鲜明的人，我容易偏锋，而她呢，又略有些暴烈而认真，像个执拗的孩子。我约略听她说过一个细节，在她还读中学时，曾为了某件事情在教室后面贴出过一个大红的横幅，上面写着“苏醒、自由、真理”之类的话。事隔多年以后，透过散发着血腥气味的青春和时光的毛玻璃，我仿佛看到了那个脸色苍白、在老师和众人面前哆哆嗦嗦的女孩子，她满腔悲愤，声音急促，竭力镇定地想要诉说一切，可是未能如愿。万物各得其所，可是在我的记忆中永远有这样一个苍白的女孩子，带着那种不为人知的，易受伤害的无助气质，站在那里，竭力想要解释什么。如果可能，我愿透过重重时光的帷幕去拥抱她单薄的肩膀，让她伏在我的肩头诉说并且痛哭。

这并非额外的想象，那么多往昔岁月中真实的细节和她的小说片断融合在一起，像幻灯投影轮流来到我的脑海当中。由此我想到，像她那样在一篇虚构的作品当中保存一些真实细节的小说家是快乐的，这些真实的细节和虚构的故事和她今后的生活构成了不可思议的唱和，有一天，我发现：她跟我随意聊天描述一个人的时候，所用的词汇和她的小说语言一模一样。我们这代人，生活过多地被文字塑造，这既是自由，也是牢笼。

在冬天，斜阳外，寒鸦万点，流水绕孤村，几片枯黄的叶子，我在冰冷的空气中做梦，捕捉流动的思想并试图把它们铸造成僵硬的文字。有一些事情被我忘记，还有一些事情像迷雾中的落叶那样被我重新捡拾了起来。我还记起那次在香山，那奇怪的月色，剧甜的大枣，窗外沉思的青草，鸟在云层里低低地飞，一切都被框在静止的玻璃里——那是一种很幽美的设计。

我绕过宫灯看鱼池，D打着手电筒游园看景。彼时电闪雷鸣，该有个女鬼含睇宜笑，被薜荔兮带女萝，折芳馨兮遗所思。我亦无所思，快乐和美就是无机心，一切都很好，沉浸在静谧的光辉里。后来D说我带你去看我小说里写的那个爬上了烟囱并且把自己的帽子扔了进去的人。我看见了那个有着很高鼻梁的小伙子，我一边回忆小说一边看着他的卷发和方脸，像一个可以打湿了倒过来的拖把。想到这个有趣的比喻，我乐不可支。

生命并非空虚的，它太密集了，这种密集有时源自于对浮生的关怀和热情，每次她身边的那些人都能让我惊讶。经年落魄的诗人，作家，高校教师，女诗人，博士，摇滚乐手，还有在大街上漂流的那些怀揣梦想、愤怒而又温情的人。我们梦想走在兰州荒凉的玉米地里，夜色有着无法形容的黑暗，在黑暗中我有点恐惧还有莫名其妙的窃喜。

然而她是小说语言的有力使用者，不断清除那些清谈的文艺青年身上的各种主义的痕迹，就像剔除那些用旧的词汇。在生活面前，永远是个坚定的怀疑论者，怀疑那些既定的陈规。在这点上，她显现出一个理科生的清爽和直截了当，从不黏腻枝蔓。就像她的小说，句子短，但是有力量，不会让众多绵软的形容词消解了活力。

当然，同为女性，我们都有生之焦虑。每当事冗人忙时，女孩子的天性就跑出来，认为生活不够圆满热闹；可当全天候都在生活中，写诗、观影、出游、笑乐，又会觉得多少有点不务正业，无端感到焦虑。她像春天一棵花树，每个枝条都磊落舒展，暗暗积蓄了力量，一夜之间，东风吹开一树花朵，引得行人纷纷来看，这大概就是生之意趣与烂漫吧。

有时，我会认为，文字即成败。即临酒筵歌席，笙歌楼台，但又有何胜利可言。就算足够努力，足够聪明，仍旧不能摆脱内心深重的危机感。此去经年，应是良辰好景虚设，你指着天空对我说，那颗小星星，带着浮肿的脸色。我们都曾体验到生之艰难，风雨如晦，无路可走。张爱玲说，这简直像"双手擘开生死路"那样沉重，所以我们对于物质，对于生命本身，能多一点明了与爱悦，也值得欣慰。

D重然诺，爱憎分明，慷慨有侠女之风。我去过她家，看过她白皙柔弱并且读诗的母亲，有着知识女性特有的美丽。夏天的时候她家的屋子略显得空荡，有风和地板上轻微尘土的气息。再后来的时候，添了漂亮的藤椅和颜色鲜艳的沙发。一个红色可以当作头盔的木质灯罩躺在上面，我试着戴过，很好玩。那天，我记得她穿牛仔裤很好看，站在桌旁给我们做寿司。她每包好一个，我们就迫不及待地抓过来吃掉，海苔奇异的腥气裹着米饭和鱼片，味道很鲜。不小心芥末蘸多了，感觉昏天黑地，一股气流直冲头顶，好像天灵盖给掀了过去。

还有一次我们去看表演，夜晚的来临启动了音乐，年轻的孩子在舞台上表演，这都是些相当糟糕而做作的表演，内容空洞而破碎，我们激烈地将它批评成一场模仿秀。看到中间我睡着了，竟然梦见我们在黑匣子里排演话剧。后来我很快醒来了，听见她和HD说话，我只是静静地听，一动也不动，为刚才的梦境感到莫名悲伤。

那样的一个黎明，我醒来，想象她，像清凉的泉水。我在幻想中以你取暖吧？我整夜都在读你的诗吧？并且大笑，直到惊动了阳台上的花朵。很长的时间里，我为她小说中那种无助的气息所震撼。好比溺水之人，行将气绝之时又转成希望。我每每在她的身上看到了自己的软弱和惶恐。歌声和记忆，"这长长的箭，从此一去不回头"，每个人都有自己的宿命，又怎能强求？该得到的早已得到，该丧失的永远丧失。

韶华逝水，流光容易把人抛。鲁迅先生曾说，那无论是僵坠的蝴蝶、杜鹃的啼血还是笑的渺茫、爱的翔舞，虽则悲凉缥缈，然而究竟是青春。然而现在何以如此寂寞？虽然茕茕孑立、形影相吊仍旧渴望更清晰坚定的力量。也希冀彼此点亮，汇成温暖的秋水。上善若水，彼此若能聚合且相互温暖，这令人振奋。

当然，我其实害怕自己成为那样的人，已经为穷尽烦琐的知识而耗尽了光明与活力。这世上很多人都像无助的孩子那样讨生活：小心翼翼地穿过马路，用一根细长的棍子在垃圾桶里翻捡。在薄如纸屑的风中张开嘴，用来对着空气徒劳地诉说。那都是些脆弱的嘴唇，像喇叭花一样寂然开放。或者就像今晨醒来第一眼看见的菖蒲花。“今日菖蒲花，明朝枫树老。”我由此得知菖蒲是一种容易迅速老去的花朵。其实所有的花朵都是如此。我惊讶地发现它们竟然老去得这么快，就像来不及诉说的嘴唇，阳光转瞬就晒褪了它们娇艳的颜色。我能为这些嘴唇曾有的真实而诉说吗？

后之视今，犹今之视昔。有一天我们的文学，乃至一切在尘世里徘徊的天光月影都要成为过去，然而眼前的相遇，我们应当是欢乐的。草木荣衰，天地成毁，难道我是这样执迷不悟，只愿我们相遇在繁花清明的春日？我亦多情，无奈酒阑时。有那么些时候，我们穿过街头，看见一群又一群人擦肩而过，她们在放声大笑。我开始怀疑很多事不像我想象的那样糟。此际秋天是这样美好，校园里种植了一些叶片金黄的植物，在秋风下旋舞。那些背着画夹的少女和在琴弦上练习手指的年轻人，短发并写诗的人，都如此可爱。

岁月忽已晚，何遣有涯之生？纵然彩凤折翼，灵犀失明，我们依旧会写下去，这是属于我们自己的今生今世与山河岁月。

鼹鼠生涯

据说，酸性体质是百病之源。要爱惜身体，从明天起锻炼，再也不熬夜了，长期熬夜的后果十分可怕。

从前在师大读博的时候，长期过着黑白颠倒的生活，感觉健康基本上已经毁了。当然，多数女博已经完全习惯了昼伏夜出的鼹鼠生活，一到晚上，登时暗换人间，每分每秒都变得光华绚烂，完全舍不得睡去。推门出去，很多人都色有欣然，论文的论文，看书的看书，约谈的约谈，看电影的看电影，哪个不需要夜色的衬托。

每到夜晚，不管月明星稀还是月黑风高，写起东西来总是文思泉涌，手到擒来。和白天的一筹莫展简直有云泥之别。即便是在毕业以后，我仍能回忆起当时同一楼层的女博士，白天寡淡平常，总是穿着睡衣慵倦地倚在门上跟我打招呼，一到晚上七点钟，就红妆济楚，施施然走下楼梯，高跟鞋有如环佩之声，叮咚悦耳。当然，不要胡思乱想，人家是去图书馆看书查资料了。很多次，当我像个野人一样直奔操场跑步时，我都会看见那些在E座女生公寓前早已翘首作“葵藿倾太阳”状的男生们。而我只是像野人一般朝操场奔去，把他们香艳的约会抛在脑后。

在夜晚校园的操场上奔跑，感觉很好。有次是在雨后，本以为会没有人去，没想到人反而更多。也许因为雨后空气很清新吧。就这样跑到汗水涔涔。回来爬楼梯，感觉很轻盈。后来开始写博士论文。时间很紧，跑步停了。

迄今为止，我已然经历过很长时间在别人看来极其孤独、枯燥、封闭的生活。每天查资料，阅读，构思，然后在电脑上敲敲打打。我的同学尽心曾戏言，其他一切可无，电脑不可无，电脑是亲人。我早已习惯，并且安之若素。我确实是缺乏弹性的人，已经没有什么枯燥单调、闷到极致的东西我不能忍受的。

当然，我也不能抑制自己反复分析内心的毛病。有些时候，我不能像W一样简单快乐，他非常适合那种纯色背景，良好的睡眠，奔跑在清朗的天气下，以及阅读如羚羊挂角，无迹可求的盛唐诗。那是少年气象。W对病态忧郁的非常态的东西几乎没有阐释能力，当我们在一起接触到这类电影、小说，或者文字的时候，我的心情像浸透了泪水的一块老海绵，拖着滞重鬼魅的影子艰难上岸的时候，而W却从来不为之所困，有时候这种反差造成了一种奇妙的互补。W最快意的时候，就是嘭嘭地拍着一个篮球，像一只轻捷的小豹子一样在篮球场上轻逸地炫耀他灵敏的球技。以及解决一些实实在在的问题，比如电灯坏了，比如电脑坏了，我的电脑系统数度因为莫名其妙的原因陷入瘫痪状态的时候，正当我歇斯底里，彷徨于无地，甚至开始怀疑人生的时候，W就如祥云一般迅速来到，并遮暗我上空的一小片空间，轻轻地，对我说："小问题，马上就好。"这对一个沦陷在论文水深火热的沼泽地里的女博来说，这多么令我感激涕零啊。

当然，长期把熬夜当成家常便饭的后果就是，多年以后，身体的很多零件早已不复当年健康愉悦、茁壮成长的状态。

昨天在家里看书，写了半个小时的字，竟然感觉肩周一阵子麻痹性疼痛，颈椎也痛，每到这时，我就会生出哥特式黑暗厌世情绪。闭上眼睛，恍然觉得脑袋瞬间硕大无朋，后脑勺麻木至极，好像是被水泥浇注起来似的，中间藏着一个已经超负荷的细小颈椎，楚楚可怜。完了，从此要对这根骨头爱护有加，我可是亲眼看到过很多知识分子垂垂老矣之后，颈椎不好的悲惨之状啊。锻炼！锻炼！从明天开始锻炼，雄心万丈，立志有恒。

要健康、积极地面对每一天。在这股精神的感召之下，生活仿佛瞬间开始大跃进了。现在区区一个小博，五年以后……十年以后……哈哈。五十岁功成身退，漫游世界，尽享天伦之乐。可是，可是现在颈椎真是痛啊，这简直让人怀疑一切不过是光华灿烂的虚空。满眼繁华，抵不过一阵疼痛的颈椎。

春色惊心又一年

转眼已是元宵节了，当节物的流转已化为一地狼藉的爆竹碎屑，我才想到要为即将流逝的虎年春节写点什么。

这世界上永远有两类人，一类生气勃勃地向前看，惯于揭示和发现，随后诉诸笔底的，都成了天边流美且瞬息万变的云朵。而另外一类人，则端赖追忆和白日梦与世界相联系，他们畏葸不前，惯于画地为牢，终其一生都在往事的绣帷之上重挑绣染。或如作家福克纳所言，永远在邮票大小的家乡叙写人世的喧哗与骚动。这么多年过去了，多少事往花委，春宽梦窄，我终究也没有成为最初希冀的前一类人。而倏忽之间，故人对酒且千里，春色惊心又一年。

今年过年，我和W都没有回去。年纪渐长，每次回家，长亭更短亭，日程兼夜路，一路辗转劳顿，最后捱来的，不过是片刻欣悦后冷落的余欢。世事便是如此，虽归故乡，然而四顾茫然，早已没有了家园。更多时候，我们不像归乡的游子，却似形迹可疑的过客。母亲告诉我，不回来也好，每次回来待不了几天就走了，还闪得我心里难受。索性年后接父母过来住一段时间。

我问远方之人何为？叮当一声，短信回说：又是刚喝完酒。盖此君仍像根老中药一般经年泡在酒里。年年岁岁，白日放歌，杯盏在手。看似快意，实则茫然。人道若有所思，实则若有所失。

这么多年了，已去过很多地方，可他仍淡淡地说这些年，去过穷苦的地方，也去过锦绣的地方，实际上，我们却是哪里都没有去，所有足履踏及之处，都是当初狂喜、疯魔和心如刀绞过的地方。这种感觉我曾经感同身受，也为我所厌倦，但是，犹如预言，越是努力挣扎，越是束手就擒。太阳底下无新事，生活不过是庸常的轮回。所谓崭新开始，可能是个自我安慰的笑话？这一切毕竟不会像抛弃一双旧手套那么容易。

可是浮生长恨欢娱少，何以连貌似的快意竟也不能？淮海词云："纵宝马嘶风，红尘拂面，也只寻常归去。"如此星辰如此夜，我们竟不能找到一个恰当的方式来犒赏自己。多数人仍是闭户家中，木鸡泥塑一般端坐在电视机前。

今宵的雪下得十分应景，天地间无端增添了纯白的颜色。远处的景色仿佛凝立在素白的宣纸之上。稀疏的烟火在天空绽放，为早春的天空增添了些许无辜的华丽。这让我想到鲁迅先生《祝福》里所描绘的，"旧历的年底毕竟最像年底，村镇上不必说，就在天空中也显出将到新年的气象来。灰白色的沉重的晚云中间时时发出闪光，接着一声钝响，是送灶的爆竹；近处燃放的可就更强烈了，震耳的大音还没有息，空气里已经散满了幽微的火药香。"这种黑与白式的冷峻声吻，还有峭刻的木刻画般的感觉，读来真是意味深长。

然而我对爆竹确是无甚好感，除了空中绚丽的焰火或能平添一点小资的诗意，聊且能佐助一点原本稀薄的节日之欢以外，真是乏善可陈。谁的童年不曾彪悍，我从小也曾飞扬跋扈神气活现地燃放爆竹，二踢脚、钻天猴之类的完全不在话下，更不用说以手挥五弦，目送归鸿般娴熟的手法点燃那些小鞭炮，然后信手扔出，嘶嘶燃烧的鞭炮犹如蛇信般在空中划出一道白烟，砰地炸响。长大以后，幼时哈利·波特般的魔幻勇气顿失，听见爆竹声响，直是心惊胆战。W童鞋也比我好不了多少，初五迎财神之日，我们傍晚游泳归家，在街头一路抱头鼠窜，回到校园，却顾所来，整座城池，恍若置身于世界大战的冲天战火和汪洋轰炸中。这令人苦苦思索：假若财神真滴存在，他凭什么就喜欢这些炮声呢？难道财神不该眷顾那些前世修福，行善积德之辈？这些噪音和污染如此厉害，显非善举哇。

可是，这样的春节，除了爆竹聊佐清欢之外，还有什么节日的气氛呢？所谓庙会，不过是熙来攘往的集贸市场，儿时吃过的那种糖果，循着气味和味蕾找回去，遍寻不获，却被告知糖厂已倒闭多时。还有各式各样的年货、年画、小甜饼、账房先生的算盘，放压岁钱的苏绣荷包，成对的布老虎，腊梅花的香冷之气，那些清幽迷离的光阴，都哪里去了？稼轩词中“东风夜放花千树，更吹落、星如雨。宝马雕车香满路。凤箫声动，玉壶光转，一夜玉龙舞”，这元夕的热闹繁华，更像是古典时代的镜花水月。

乡村也如此凋敝，了无生气，如果勉强要从现在的乡村寻找幼年的记忆，仍是名副其实的徒劳。同事玉琦曾无限感慨地说起听取一片蛙声的幼时，现在回去除了伐木丁丁所示的贪婪与疯狂，乡村是死一般的寂静。诚如诗人潘维《乡党》中所言：“即便你能把吉他弹奏出黄昏的形状，也不会有一根弦为你出生。在我们县衙贪婪的裙底，仍是发霉的官员在阵阵洗牌。”除了一颗渐入萎顿的心，还有仓皇到来的中年时代，我们还拥有什么？

开学了，学生们重返学校，原本沉寂的校园重新喧闹起来。周而复始地开始备课，上课，读书，写作。依旧沉浸在旧时月色的故纸堆里，偶尔发呆，日复一日地沉浸在柏拉图洞穴世界中，无法自拔。须得承认，这也许是另外一种形式的画地为牢，但我甘心情愿如此。

有那么一瞬间，凝视周遭的一切，依然沉重的悲怆——罕见的旱情侵袭了内地15省区，目前全国耕地受旱面积达七千万亩，千万人饮水困难。还有比戏剧还要黑色幽默的社会现实，经年不去的怪现状，依然天价的楼市，混迹官场的三聚氰胺，白领的陨落，黑领阶层冉冉升起……我想到王家新的诗《祝福》：

春节，“穷人的宗教”
父亲的咳嗽。一片无神的干燥土地
到处是尘埃的金色手艺与祝福，
泥土的酒与伪造的三五牌烟，一起

呛入你的灵魂……

“一片干燥无神土地，到处是尘埃的金色手艺与祝福”，好吧，强酬节物聊清酌，今岁屠苏自取疏。恍惚间，似乎又被“在近旁而极响的爆竹声所惊醒”，“我在朦胧中，又隐约听到远处的爆竹声连绵不断，似乎合成一天音响的浓云，夹着团团飞舞的雪花，拥抱了全市镇。我在这繁响的拥抱中，也懒散而且舒适，从白天以至初夜的疑虑，全给祝福的空气一扫而空了，只觉得天地圣众歆享了牲醴和香烟，都醉醺醺地在空中蹒跚，预备给鲁镇的人们以无限的幸福。”

殢人娇

每次见到莫耳的时候，我都怀疑她还处在青春期时代。她的语调，她描述事物的方式，以及她所痛恨与热爱的事物，永远那么新鲜到有些夸张。上一次，我在她说话的片段中捕捉到了麦克尤恩和黑塞的混合气味。这一次，她似乎又变成了王尔德式的反讽和讥诮，间歇地杂有西尔维亚·普拉斯式的灼热和尖叫。当然了，我其实觉得她其实也拥有毛姆式的世事洞明。

她的形象总是在暗中变换，孕育着一股可怕的躁动。有时，我会担心，她的下半生会因此会像一条向下的抛物线。因为像这样一意孤行，沿着自我之途，既蒙昧而又坚定地走下去的人可能不会太多。

我也沉寂很久了，但每一次都会被她的热情点燃和擦亮一小部分。沉默是我庸常的样子，但我会因为莫耳而变得滔滔不绝。

我们在雍和宫附近的一家咖啡馆见面。春节期间，帝都道路绝无拥堵，闪着梦幻般畅达的银光。这家咖啡馆，很奇怪地给我上世纪八十年代的感觉，幽暗晦涩得像中世纪。我能感受到这股经济萧条的气息，今冬只有几片雪花，淅淅沥沥的爆竹声，桌上新添了春节的尘埃。这令我无端想到陆机的诗“京洛多风尘，素衣化为缁”，每个坐在里面的人，都显得形迹可疑。

我找到一个靠墙的位置坐了下来，据说这是缺乏安全感的象征。当然了，缺乏安全感，这是一个蹩脚而俗滥的心理学解释之一。这种说法矫情得不亚于一个神情惨绿的少年带着文艺腔在回忆往事时说：“我们再也回不去了。”我一听到这种哀感顽艳的哭腔，就会产生一种愤怒的情绪。

我依墙而坐。斯沐和莫耳坐在我对面。当然，其实大昕也来了，但他那天最好的状态是，几乎就好像不存在一般。他面带微笑，温文尔雅地听我们说话。其实主要是我和莫耳在对话。我的状态不错，我听见自己的声音嘹亮，词语和表达滚滚向前，带着一种古怪的激情。很多次，都是这种向左的激情令我的生活出现跳跃，愤怒与波动。这股茫然的热情，它成就过我，也一次又一次地毁灭过我。

从莫耳的叙述中，我知道芒曼结婚了。莫耳说她去参加了婚礼。在广袤中国的某个小城，芒曼和元吉举行了一场婚礼，我一直在想象中体会这场中式婚礼的样子。芒曼坐在轿子里，她通体是红色的，因为举行在即的婚礼热泪盈眶。

元吉颇有古人之风，我对他印象颇好。有天晚上，我陷入一种可怕的崩溃情绪中。那个晚上，我在斯沐的家里，芒曼、元吉以及莫耳都来了。他们安慰着坐在地上痛哭的我。我承认，三个人都用自己的方式在劝说我。而我对元吉的劝说印象最深。他轻轻地说：其实这是一种选择的过程，我从前在学校的时候也有过这种错愕和迷乱。这句话十分有效地纾解了我泪水横流的羞愧感。我安静了下来，很快平息了内心深处的那种沮丧。

“我在豆瓣上写了几首诗，你有空去看看。”莫耳说。

“好的，我会认真去看的。”虽则如此，我们认识两年了，我也没有将莫耳的博客全部认真通读。要读的东西太多了，这让人无比绝望。所有的阅读都如酌蠡水于大海。因为这种奇特的焦虑感和绝望感，我甚至一度放弃了阅读，而转向了关注视觉。一次又一次，我坐在幽暗的电影院里，看了一场又一场幽独的电影。

莫耳说自己在读《伯罗奔尼撒战争》，以及马拉美。我的知识储备有限，但这场著名的战争我约略知道一点儿。浩浩荡荡的军队，执戟在晨雾中摆阵待战，这一场古代世界大战的最后，斯巴达获胜，但持续的时间太长，即便胜利也过于苦涩。

莫耳说："伯罗奔尼撒战争导致了西方古典文明的黄昏。"我感到惭愧，这样的东西我一般缺乏耐心去读。我的阅读一定是出了问题，长期阅读文学性太强的东西，我的口味已经变得十分挑剔，语言粗糙点儿的文字对我来说是种磨难。当然，幽暗神秘的马拉美是我所心仪的，我喜欢他的幽闭，一如喜欢他的晦涩。据说，曾有编辑极不耐烦地向他索要手稿时，马拉美用十分马拉美的句式回答编辑说："您至少要等我给它添加完一点儿幽暗。"

似乎真有一双神秘的时空之手在徘徊。我闭上眼睛，神游在马拉美的诗句里：

我感到太空
带着震惊的内疚在把我注视
我心空空。
……雾啊，升起来吧！

幻觉中的雾正在将我升腾起来。莫耳忽然大声问我："你怎么样？我们大约一年多没见面了。"

是啊，我的记忆力变得十分模糊，我真不知道这一年我在做些什么。经常会遇见一些令人晕厥甚至毁灭的事，但还是缓过来了。我在努力变成像黎希那样轻逸的享乐者（我们终其一生都在期望变成另外的人），可惜我骨子里时常奔突的一股暗流永远带给我滞重与阴影。作为一个写诗的女人，黎希很早就不注重容貌与形象了，她总是穿得乱糟糟的，总是在争分夺秒地抽烟和写作，哪怕是在等车的间隙，她也要抽空吸一支烟，或者拿出一本书来看上几页。我总担心她的肺会出问题。

关于肺病，我记起诗人柏桦写过："晚明的才女，她们脆弱而感伤，她们喜读《牡丹亭》，她们的肺部容易出问题。"

于是，我感慨道："多情锐感的人，总是肺部容易出问题。"最近接二连三的事情提醒我要注意健康。我很快提到一个同事冉雪的死亡。那些天，我周身都浸在冰冷的寒意里。

“我的同事冉雪，我和她其实并不熟悉。”我缓缓说道，“但是每当见到她的时候，她总是欢天喜地的样子，身体健硕，科研也做得极好。去年刚博士毕业，没想到正值盛年便去了，也是死于肺癌。”

我看着斯沐，显然她在认真听我说话。斯沐今天穿得很复古，卡其色的大衣，长及脚踝，有点英伦范儿，斯沐绝对适合白色古希腊式的图尼克长衫，她心力无穷，精力充沛。写诗，同时也是量子催眠师，和国家认证的二级心理咨询师。

我接着讲已经去世一个多月的冉雪。在冉雪开追悼会的前一天，我做了一个非常奇异的梦。梦见整个世界冰天雪地，变成了一个溜冰场，许多铅灰色的树枝和云朵在天空缓慢行走。一些雾气和霰雪萦绕在周围，我不小心吸入了一些，蓦地里变得忧心忡忡。

我走在溜冰场边缘，不由得加快了脚步，忽然被梅菲老师截住了去路。出去开会的间隙，我们一起玩过杀人游戏。梅菲非常聪明，很有判断力。她是那种脸庞精致、皮肤白皙的女人，说话略带一点东北音。我们很快来到了冉雪的医院，在梦中，冉雪传着一件肉灰色的与肤色非常接近的长羽绒服，她看见我们，就从床上起身，平静得好像什么也没有发生过。

在梦里，我大惊，我在心里说：“啊？冉雪还活着吗？你知道我们马上要去参加你的追悼会吗？”

冉雪好像读懂了我的心思，她还是那样微笑着，那是一种西北女人特有的笑容。粗粝，但是有热度。在梦里，我和梅菲起身和冉雪告别，她握了握我的手，她的手十分冰冷。

第二天，我醒来的时候，钟表指向7：00，因为怯懦，也因为这个令人战栗的梦境，我没有去参加冉雪的葬礼。为了纾解这种负疚感，我写了一首挽诗悼念她。

我接着对莫耳说：“童年的时候，最讨厌的就是玩丢沙包的游戏。我总是第一个被沙包打下去的人。别人酣战之时，我总是伤感地作壁上观。可是，除了打沙包，大家似乎找不到可玩的游戏，于是每天打沙包的时间，都是我的毁灭时间。”

大家一齐笑起来。莫耳笑嘻嘻说她总是灵巧地让人打不到。

“你肯定是这样的，我就不行，我不怎么会玩，也不知道躲避。这成了我的一个毛病，我由此而不喜欢一切需要左躲右闪的运动，这几乎成了一个定例，很多东西，你越躲避，它就会加速来到你身上”，我说，随即又感到自己所说的太文艺腔了，让人不好意思。

一切真实的感受，当它被语言所呈现的时候，就开始不自觉地走调。

又喝了一阵子，我开始觉得饿了。斯沐点了一盘蔬菜沙拉上来，我们开始咀嚼。在咀嚼当中，我感觉一股血液上升到脑顶，精神又好了点儿。咀嚼蔬菜的声音很清脆，我觉得自己变成了一只羊。好像是诗人卞之琳吧，我记不清楚了，他晚年喜欢吃炸薯条，纯粹喜欢听那咯吱咯吱的薯条破碎声。

斯沐好像在思考什么事情，整个下午，她话说得最少。我和莫耳问她为何不说话，斯沐说：“我是让你们不断地呈现，你看，我在认真地听。我觉得这样很好。”斯沐总是温和得让人无法辩驳。

我不断地注视着窗外，天色渐渐暗了下来。许多事情，都是黯淡下来，才开始变得软弱且美。

这家咖啡馆实在太萧条了，我们点餐，什么也没有。我们只好起身，出门去找吃的。看到一个云南菜馆，我们进去，小有情调。在一张木纹的桌子上，我们开始吃饭。好像点了黑三剁之类，有点辣，味道一般，可能因为春节期间吧，店里只有一伙貌似商务人士在打牌。

我坐的位置，正好对着窗外的烟花。吃饱了以后，我开始变得慵懒且舒适。我想到这是在春节期间，一派祝福的空气，天上的诸神都在准备给人间无限的幸福。

斯沐说：“你今天状态很好，说话又多又好。”

“是吗？我都是胡说八道吧。”我说。事实上，换了一个地方，气场也换了，我又开始变得腼腆。我惊讶地看到莫耳的眼睛里还闪着光。她谈到了豆瓣上的一个朋友钦若，因为一些事情，钦若很认真地和别人吵起来了。

我又开始回忆，多年以前，当我们一群人在诗社的时候，每天都有怨怼、争吵、决裂以及理所当然的和好。甚至很多次我们都激烈地宣布：此生此世，再也不会搭理某人，我们绝交了。但是过不了多久，又看到几个人在一起喝酒。

我们与其说是害怕被朋友抛弃，还不如说是害怕生活带给我们的孤独、枯燥与无常。

因此钦若明明知道应该远离，却一再地深陷。从这个意义上说，钦若比我固执。有的人疏离超越，有的人热情冥顽。这两种人，我更喜欢哪一种呢？我无端想到张枣的诗（又是一个死于肺癌者，奇怪的孔雀肺）：

他们改不了这样或那样的习惯
而我甚是苛求，其实我也知道孰能无过
念错一句热爱的话语又算什么？
只是习惯太深，他们甚至不会打量别人
秋声簌簌，更不会为别人的幸福而打动
为别人的泪花而奔赴约会。我不能
怎么也不能改变他们；明镜的孤独中
他们的固执成了我深深的梦寐

我累了，出来一天了，我去拜访了我的导师，大昕的导师，还有斯沐她们，因为大昕不爱说话，我一直在滔滔不绝地说，感觉自己已经倒空了。我又一次想到婚礼上的芒曼，“照花前后镜，花面交相映”，芒曼在镜中看到元吉在注视着她，她在笑。

出门的时候，我看见斯穆卡其色的大衣，还有莫耳黑色的羽绒服，她们手拉着手过街，让我想到电影《时时刻刻》中的一些镜头。冥思苦想的女作家伍尔夫在构思如何给《达洛维夫人》写开头，一个身穿睡衣，手握钢笔的女人，她内心恐惧，犹豫不定，虽略有天才却不知如何开头，写些什么。她拿起了笔写道：“达洛维说，她要自己去买花。”

我目送着她们，心却漂流在那部电影的音乐里，为何那位现代版的达洛维夫人，每次去看诗人理查德的时候，都像是从一个巨大的黑洞和漩涡里冉冉上升？伍尔夫构思《达洛维夫人》是想进行精神错乱和自杀的研究，通过神志清醒者和精神错乱者的眼睛同时看世界。那么，清醒与沉迷，错乱与正常，它们之间的边界在哪里呢？我感到困惑至极。

无论如何，我还记得《达洛维夫人》中那个宴会之前，客人布雷德医生迟到了，他解释说是因为有一个青年自杀了。达洛维夫人内心感到震动，她无法回避关于死亡和生命的思考：啊！她心想，死神闯进来了，闯进了宴会中间。

这样一位达洛维夫人，以及今天聚会的斯穆，莫耳，芒曼，包括已经去世的冉雪，全都是达洛维夫人，现在，她们孤独成癖，分散各处。

“无论如何，生命有一个至关紧要的中心，而在她的生命中，它却被无聊的闲淡磨损了，淹没了，每天都在腐败、谎言和闲聊中虚度。那青年却保持了生命的中心。死亡乃是挑战，死亡企图传递信息，人们却觉得难以接近那神秘的中心，它不可捉摸；亲密会变得疏远，狂欢会褪色，人是孤独的，死神反倒可以拥抱人。”我想到小说里这个片段，再回眸时，她们早已不见了踪影。

诗与往事的清明

想起了童年时代。暮春天气，空气清冽，细雨初寒，父亲教我记诵杜牧的《清明》。很快，我就能背诵了，父亲微笑着，甚表嘉许。

然而少年不识愁滋味，终日贪玩戏耍，哪里知道诗中路人欲断魂的迷离凄楚。在当时的心境中体会此诗，只觉出了雨水的欢快跳动，寻访酒家的意外惊喜，还有小小的牧童。他的眼神顾盼飞扬，或许还有悠扬婉转的笛声。类似我们在小人书里看到的，牧童有着天真的大眼睛，骑在牛背上。杨万里诗中曾有，“童子柳阴眠正着，一牛吃过柳阴西。”诗中这个可爱的小牧童，只顾贪睡，竟然让老牛吃得酣畅淋漓，几乎沉醉不知归路。只是在这首诗里，小牧童是沉默的，他的手指灵巧地一转，轻轻落在了杏花烟雨的远方。

岂止是告诉了我们杏花村的所在，简直指示了令人向往的人间胜境。

杏花村，单看字面，就已经极其美丽了。杜牡笔下的春景总是明朗真切的，其《江南春》诗有，“千里莺啼绿映红，水村山郭酒旗风。”这样明丽自然的春色，都衬在霏霏烟雨的底色里，更添了迷离之感。韦庄词有：“春日游，杏花吹满头。”可知杏花又是极其容易飘落的事物，它的美丽正是和落英缤纷的飘零之美联系在一起的。在雨水中依然开放的杏花，远远看起来，就像绯红的云朵一样柔和美丽。年轻的时候，感情总是细微敏感，直是热爱这自然的飘风骤雨与春花秋月。

那样一个漂浮在杏花疏影与醇香美酒的村落，不仅在诗歌中得到完美的呈现与赞叹，即连全部的古典中国的美感都显现无遗。

多年以后，当我重新站在往事屋檐下，又是这样春天的细雨，雨滴在窗下有节奏地敲打着。水一滴一滴流逝了，父亲也早已是满鬓的清霜繁雪。我感到时光不可抗拒的流逝。

在记忆中重温此诗，竟又有了一些重涩之感。有关清明的一切，气氛毕竟是有些沉重的。杜牧是灵心善感的诗人，如此春寒料峭，细雨空翠，旅途黯然，空气又如同凝固一般压抑郁塞，何不酒店小酌，一则驱寒避雨，二则纾解愁苦，破人愁闷。此诗的好处就在这里，虽然也有飘忽迷离的断魂之感，然而在诗末尾又添了几分清新自然，全诗的情绪并不显得愁绝哀惨，而是获得了一种微妙的平衡。

作诗之人，能感之与能写之的不在少数，可是能入不能出的诗人很多，所以入而能出尤为可贵。即如另外一个诗人高菊裥所写的，“南北山头多墓田，清明祭扫各纷然。纸灰化作白蝴蝶，泪血染成红杜鹃”，空中飞舞着宿命的白蝴蝶一样的纸灰，哭泣的人悲伤到绝望与惨烈的境地，血泪迸溅，杜宇声声，凄惨可怖。又有王维的《寒食汜上作》写道：“广武城边逢暮春，汶阳归客泪沾巾；落花寂寂啼山鸟，杨柳青青渡水人。”王维的气象平静醇厚，杨柳青青，落花寂寂，木犹如此，人何以堪！又有《寒食》诗：“春城无处不飞花，寒食东风御柳斜。日暮汉宫传蜡烛，轻烟散入五侯家。”又多了雍容和穆的气象。

然而无论哀伤愁苦，无论雍容平静，有关清明，那毕竟是一个怀念的日子。日常生活扰攘纷乱，每日竞逐于尘网中，而在这一天，我们重新回到一种怀念的清明纯粹中去。

通过仪式，我们的灵魂再次与亲人团聚。我们回忆起他们生前的面容，一片冰心在玉壶。当你洒扫坟墓、唏嘘酹酒时，他们的目光似乎就落在离你不远的地方。无论在古典诗意如何菡萏香消翠叶残，梦中的杏花村是否已经不堪寻访，它依旧掩藏在诗人笔下，给枯涩的眼睛带来清凉的慰藉。

第六辑

光影流年

《黄金时代》：与民国文艺女神之相遇

伴随着整个社会对民国时代持续不衰的怀想与热议，已有越来越多的民国女性，如张爱玲、林徽因等人的生平行止，被影视创作人士搬上荧幕。近日，由许鞍华执导，李檣编剧的电影《黄金时代》正热映中，该片引发了对作家萧红的情感历程、文学创作的热议，无疑给这股民国文艺女神热添上了浓墨重彩的一笔。

毫无疑问，这样的题材难度颇大。萧红一生，虽仅31岁，但仍有复杂多歧且语焉不详的部分。如其具体的出生时间，是否端午节那天，还比如与之有过交集的数位男性之间，其纠葛决裂之心路历程到底为何，及其作品之独特价值该如何被估量等问题，皆有待深入研究。面对这样一个中国现代文学版图上复杂独特的存在，既要考虑还原历史真相，又要兼顾电影语境之特有美感，其创作难度可想而知。应当说，电影一旦进入新的创作领域，就应以作品之艺术质量为第一要义，甚至不必太过强调是否符合历史真实，但问题也随之而来，那样的萧红，究竟在多大程度上，能为观众所接受呢？这些难题，几乎无解。

应当说，《黄金时代》以极具史诗感的镜头，向我们展示了萧红时代的全息镜像及其颠沛流离的一生。三个小时，却不觉冗长。影片的镜头调度、细节处理、节奏控制，既不煽情也不怯弱，有情怀，有诚意，且给人强烈的民国质感。女作家严寒冬日之冻馁饥饿等片断，给人以深刻印象。可以看出，主创人员用心良苦。这在中国当下粗制滥造缺乏积淀的电影产业当中，实属难得。

然而，剧本中无法解决的难题也反映在电影的镜像语言中。这使得该片试图承载的内容太庞杂丰富了，像一列密集沉重的火车，行路中，有犹疑处，有窒碍处，有歧解处，有悬而未明处。它无法做到行云流水般流畅，行于所当行，止于不可不止。譬如二萧分手之桥段，导演干脆拍了三种说法让我们去分拣判断。此外，其以模拟纪录片方式推衍剧情，大量文艺人士访谈展开的多重叙事结构，加上布莱希特式“间离效果”之运用，必然会给观众以庞杂无定、碎玉零玑之感。演员尽管极其卖力，但观众仍清醒感觉到：终归只是扮演历史而已，其声色形貌已不能复原如旧，其方凿圆枘之戏仿感还是太重了些。虽然，这可能是编剧为了加强电影的思辨性而有意为之。但此种手法吃力不讨好，庞杂的介入叙述把电影镜像挤压得无所作为，全程间离手法又把刚刚感性投入的观众硬生生从中推挤出来。

但导演编剧已然尽力而为。同样是民国女作家，张爱玲就比萧红的题材好处理得多。张爱玲一生行止，历历分明，如梅花映月，其文字又婉转多姿，在娱乐年代，无人比她更符合民国文艺女神之形象，以及视觉优雅之尺度。因此，《黄金时代》是一部对观众要求很高的电影，非真热爱萧红者，或对中国现代文学史有所了解的人，是不能完全理解那些密集庞杂的电影桥段的。

据说李樯在将近三年的时间里，足不出户，遍读左翼作家的回忆录及传记，即便如此，这些冗蔓纷纭的文字上方氤氲出来的萧红形象，仍给人以涣漫不清之感。这已然不是一部电影所能承载并解决的问题。无怪乎李樯曾说“我在写她的时候有很虚无的感觉，越想客观的写就越不客观”。影片固然尽量真实地刻画了动荡岁月里的冻馁苦难，但是，我们想看到的是，这些苦难是如何成就了萧红的文学才华？她的灵魂的特殊性究竟体现在哪里？她转烛飘蓬的岁月，时乖命蹇的一生，怎样产生了《呼兰河传》《生死场》《商市街》那样动人心魄的文字？电影中的她似乎是柔弱的，但她的文字既复杂多义又卓绝有力，有着庸常作家所不及的强悍敏感。

影片中，萧红最后病逝于香港，令人悲痛难抑：活着，无非是缓慢的失血。她梦想过度，死不瞑目。影片对其复杂破碎的生平并无粉饰遮掩，也并未过度夸张其情感戏剧性，已属难能可贵。但其精神世界之复杂性，及其绵长久远之文字生命力，还需要我们沉潜下来，认真进入其丰富多义的文学世界。如评论家张莉所言，去往她们的文学世界，与之进行精神对话——这才是与民国文艺女神的最好的相遇方式。

（《光明日报》2014年10月13日14版）

商业与艺术之共赢

近日，香港导演陈可辛指导的电影《中国合伙人》备受瞩目，颇获佳评。在当前国产电影持续打造中国梦想与怀旧风潮的情势下，这部“心灵鸡汤”式的励志电影成功地唤起了本土观众的情感共鸣，取得了良好的票房业绩。该剧引发了人们对于青春、梦想与成功的热议，同时，也让我们再次将目光聚焦于该片的导演陈可辛——这位华语影坛极具影响力的电影人，以及一系列电影票房奇迹的创造者。每当他长发银丝、侃侃而谈的形象出现在镜头前，我们都会不由自主地想要探寻这名头响亮的“陈氏制造”背后的成长轨迹和心灵秘密。

不断转变创新

毫无疑问，香港电影是华语电影的先驱者，香港是世界上最重要的电影工业基地之一，而陈可辛则是其中不可或缺的电影人之一。更重要的是，陈可辛真正让人欣羡之处在于，他是为数不多的、能让电影的商业票房与艺术效果实现互赢的导演之一。初见他在媒体上的形象，似给人以其貌不扬、平和淡泊之感，但他执导的电影作品，却像是不间断变化翻新的风景，或者多声部复调回旋的乐曲，始终保持了一种不断寻求转变与创新的可贵激情。

陈可辛电影生涯的开始，或许源自家庭的影响。他的父亲是一名电影编剧，葆有始终不渝的导演梦，但世事往往如此，父亲的梦想终于落空，而儿子就在这一地破碎的梦想中出发，赓续父亲当年未竟之梦。这个过程充满了不为人知的艰辛，也需要百折不挠的毅力。1980年，18岁的陈可辛赴美留学，21岁返港后协助吴宇森拍摄《英雄无泪》。其后，他一边监制电影，一边寻找更好的导演机会。20世纪90年代，陈可辛迎来了自身电影事业的高潮时期，他凭借导演处女作《双城故事》给当时影坛一个令人惊艳的亮相，其后又有《风尘三侠》《新难兄难弟》《金枝玉叶Ⅰ》相继问世。1996年的《甜蜜蜜》让陈可辛收获了更多闪光的荣誉和奖杯，该片获得了9项香港电影金像奖，并被《时代》杂志誉为当年十佳电影之一。

陈可辛的魅力即在于一种不断寻求变化的宽广视域，以及富有前瞻性的跨界思维。这或许和他不断漂泊的身世相关——在香港出生长大，后来迁居泰国，远赴美国念书，重返香港，如今北上京城。所以，我们看到陈可辛虽然强调自己的“香港导演”身份，但其工作方式和电影作品却始终倡导一种跨文化的多向度思维。1998年，陈可辛为斯皮尔伯格的梦工厂执导了自己首部好莱坞电影《情书》，2000年他成立了Applause Pictures，其旗下《春逝》《见鬼》系列、《三更Ⅰ》《三更Ⅱ》《金鸡Ⅰ》《金鸡Ⅱ》以及《春田花花同学会》等知名作品都表现出一种亚洲化甚至国际化的合作模式与影响力。

其后，这个商业嗅觉灵敏、脚步永远比别人快半拍的电影人，将新鲜的歌舞元素融入原本已经驾轻就熟的爱情时装片里，在2005年携《如果爱》进军内地电影市场，该片是“陈氏制造”本土化的标志性作品，全部取景于内地，成功营造出北京冬日凄迷的诗意氛围。其后或执导或监制的数部大片在内容情感和艺术表现上都各有突破，如《投名状》中之兄弟情义、酷烈战争，《十月围城》中之乱世儿女、流血革命，以及新近的《中国合伙人》之青春梦想、创业奋斗。这些电影也许并非完美，但每一部都有可圈可点之处，亦取得了令人惊艳的票房成绩。至此，“陈氏制造”成了口碑与票房的保障，陈可辛本人亦取得了令人咋舌的奖杯和荣誉，同时被誉为“最有价值的电影人”之一。

陈氏情感故事

不可否认，陈可辛虽然不断寻求电影类型上的突破和转变，但情感主题是他一以贯之，也最为得心应手的题材。在他所执导的十余部电影中，爱与被爱、漂泊与驻留、别离与重逢、选择与被选择、背叛与忠贞……这些表现丰富人性或喜或悲的情感故事，都折射出细腻动人的质地。

《双城故事》用清新质朴的手法讲述了二男一女志伟、阿伦和Olive三人的友谊与爱情。时光荏苒，真情永驻，剧中的张曼玉从眼角眉梢、一颦一笑都是戏，这年少爱过的容颜，经过时光的洗礼变成了优雅。《风尘三侠》则讲述了一个合租公寓中三个男人各自的爱情故事，浪漫幽默，颇具巧思。好莱坞拍摄的《情书》，则讲述一封匿名情书如何扰乱了小镇的宁静，电影突显了一种细碎平淡中的美好与温馨。此外，甚至在恐怖片《三更：回家》、历史战争片《投名状》中都穿插了男女情爱的元素。

尤值得一提的是深受国人喜爱的电影《甜蜜蜜》，该影片讲述了对从内地来港的青年男女之间跨度十年的爱情故事。这个故事依然采用了陈可辛擅长的开放式三角结构，除了黎小军和李翘这固定的两端，另外一端则随着剧情的需要加入了黎小军的未婚妻、豹哥，然而他们都如流水一般或隐或逝，岁月最终成全了黎李情缘。影片成功地将时代之感和儿女之情融合在一起，营造出一种如同邓丽君歌声般婉转飘忽、如梦似幻的诗意氛围。观看之时，真有“运命唯所遇，循环不可寻”之叹。说起来，也许这部电影是陈可辛作品里瑕疵最少、最流畅完整的一部，它带着一种驾轻就熟的圆融之感，就像影片的最后，镜头重新回到了十年前黎小军赴港的火车上——那似乎象征着命运循环的起点。相较之下，《如果爱》则带有更多滞重苍凉的悲情色彩。影片讲述的明星孙纳、林见东以及导演聂文之间的爱情纠葛，仍是典型的陈氏三角恋故事，但在形式上却颇费了一番巧思，增添了许多吸引人的元素：戏中戏、音乐剧以及典型百老汇风格的歌舞。电影的镜头不断在旧日北京三里屯和上海片场之间逆挽闪回，很巧妙的是，中间又隔着十年时空，十年之间，人事倥偬，爱恨茫茫。电影突显了爱情之痛，戏里戏外，全是爱而不得的无奈、挣扎与决绝。虽然该片有形式大于内涵之訾议，但那华丽诡谲、细腻伤感的影像语言仍给人留下了深刻的印象。

中国式合伙人

当然，“三人行”故事在国外电影中不胜枚举，如弗朗索瓦·特吕弗的名作《祖与占》、诺夫·舒贝尔的《布达佩斯之恋》、伍迪·艾伦的《午夜巴塞罗那》等。陈可辛之所以喜欢用这样的三角结构表现男女情爱纠葛与戏剧张力，实在是渊源有自。除此之外，在表现兄弟情谊时，依然有如定律一般存在的陈氏三角结构。

如新近上映的电影《中国合伙人》，与以往的男女三角故事不同的是，这次表现的是以梦想创业为基调的男人铁三角——成东青、孟晓骏和王阳的奋斗历程。这令人想到《投名状》这个故事里的两个三角结构：一个是庞青云、赵二虎和姜武阳，另外一个是庞青云、赵二虎和莲生，也许姜武阳竟像是另外一个女人？不得不说，《投名状》虽然硬伤颇多，里面有些阴森诡谲的场面也因用力过猛而显得矫揉造作，但在战争背景下表现生灵尽遭涂炭、人性极端扭曲等思想方面，仍有它闪光而独到的一面。

但这次的《中国合伙人》则在某种程度上意味着向中国式世俗理想价值的全面拥抱。这是一部有关青春、梦想与创业的电影，且不论它带给我们的那种岁月如歌的温馨感动——这本来就是陈氏一贯擅长表现的。单单这部电影中有关成功的价值观念就令人怀疑，所谓家国之梦、个人尊严，难道就是用财富的积累和金钱的获取来衡量的吗？不可否认，金钱与物质是当代成功学的重要标准之一，但如果它越来越成为一种单向度的准绳，那将是可怕的。电影的前半部分表现了在“美国梦”激励之下的三个年轻人的努力奋斗史，但后半部分明显没有建立起一个能与之相抗衡的“中国梦”，因而这个由成麻袋人民币构筑起来的成功梦境，因为没有相应令人信服的价值观的支撑，而显得苍白疲软。反观那些真正优秀的电影如《公民凯恩》、《了不起的盖茨比》等，它们对于世俗意义上成功人士的塑造，都有一种更接近复杂深广人性的揭示：任何成功都是相对的，你可以无限获取财富，但无法获得真正圆满的心灵慰藉。诚如里尔克的诗一样：“有何胜利可言？挺住意味着一切。”

尽管如此，这部电影里的旧日情怀还是感动了我。当我坐在影院里，听着熟悉的罗大佑老歌，看着屏幕上滑过的熟悉面孔，才惊觉：“流水它带走光阴的故事改变了一个人，就在那多愁善感而初次等待的青春。”祝福那些在岁月风声里逐渐静默的面孔，也期望导演能带给我们更多感动的电影作品。

（《光明日报》2013年06月07日 15 版）

人性与律法之间

在第68届威尼斯国际电影节上，意大利导演艾曼纽尔·克里亚勒斯执导的影片《内陆》获得了评委会颁发的特别奖。观此电影，令人值得深味的是人性、道德与律法之间的矛盾，以及在这样的冲突中，那些渴望改变自身命运的人们，他们最终是否真正抵达了心中理想的“内陆”？

“内陆”是电影表现的核心意象。在这个优美而闭塞的小岛上，海岛居民神往的“内陆”，是一个意味着美好未来、崭新的开始以及令人向往的存在。一家三代人对“内陆”世界的不同态度，可以看出他们对生活的不同理解和追求。爷爷埃内斯托是海岛土著,个性固执，恪守海洋公约，对于“内陆”从未想过要主动改变自己去适应那个陌生的世界。年轻一代的想法总是和父辈南辕北辙。埃内斯托的大儿媳朱丽叶激烈地想要改变现状，抓住拥抱“内陆”世界的契机。她希望儿子菲利普能够学些打鱼之外的技能，不要重蹈老一辈人的覆辙。二儿子尼诺极具生意头脑，是很早改变自己以适应新生活的人。这些亲人，都影响着家族中年纪最小的菲利普。人生的蓝图渐次展开，他会以怎样的方式成长，去拥抱那个远远发出召唤的“内陆”世界呢?

接下来，“内陆”的意象在片中因为偷渡事件的出现，而折射出丰富的多元性，把故事推向惊心动魄的风口浪尖。这段情节是道义与良知的检测，是法律与人性的纠结，也是义与利的抉择，更是推动男孩菲利普接近自己心中美好“内陆”的契机。成长即意味着选择，菲利普在这个过程中经历了艰难的抉择。选择救人，会触犯法律，家人面临被捕的危险。另外，非法移民的出现对海岛居民赖以生存的旅游业也是一种负面因素，这些代价使男孩左右为难。心理挣扎之间，竟打落了不断向船上攀爬的偷渡者的手臂。无论如何，救死扶伤是亘古不变的道德法则，但在无情的律法面前，多数人会退避三舍。令人欣慰的是，我们最终看到，原来那个懵懂的，有些懦弱胆小的男孩长大了，他像个真正的男人那样勇毅果敢地拆开了困住渔船的警戒线，这也象征温暖的人性战胜了冷漠律法的桎梏，他护送这对偷渡客母子和襁褓中的婴儿到达理想中的“内陆”。茫茫大海之上，我们看到夜幕中的小船划出一道美丽的航线，同时也点明了人心究竟该去往何处。

当然，影片虽然涉及了一些敏感的政治问题，如偷渡、非法移民、人权等，但给人浅尝辄止之感。总体说来，它还是以男孩的成长作为主要表现内容的。从这个角度，我们也理解了该片导演为什么说自己已经在电影里刻意回避了一些政治因素，将该片打造为一部属于意大利人的励志向上的电影。

（《光明日报》2012年05月04日15版）

国外“剩女”类影视剧解读

不再年轻的单身女性依然可以魅力四射，所谓的“滞销品”形象基本不存在。

近日小宋佳主演的电视连续剧《大女当嫁》取得了较好反响。该剧讲述了34岁的大学女教师姜大雁在亲朋好友的安排下多次相亲，遇到各色男士，每次恋情都回环曲折，但大雁始终乐观追寻真爱的故事。该剧引发了人们对于大龄女性的婚嫁问题的热议。综观国外影视剧，类似题材也有不少，其中折射出不同文化背景下，人们迥然不同的生活理念，以及人们对待这类女性的不同态度。

不完美女性的完美感情

也许我们都见过这样的女人：精力充沛、自信满满，在周遭略带疑惑或讥讽的白眼中依然面带微笑、花枝招展，就算青春不再却依然心无芥蒂、勇往直前。国外有很多类似题材的影视剧，以诙谐幽默的方式道出了一些自身条件并不完美的女“剩斗士”愈挫愈勇，最终找到情感归宿的故事。

这方面较有名的电影莫过于2001年上映的《BJ单身日记》，这部电影根据英国女作家海伦·菲尔丁同名小说改编，为我们讲述了一个年过三十的女人布丽奇特·琼斯的故事。此女身材较胖，烟不离手，酒不离口，见到帅哥浑身发抖，爱情之路动辄出糗，但琼斯为人诚恳，幽默开朗，善于自我解嘲。琼斯开始和她的上司，风流倜傥的丹尼尔产生纠葛，几经峰回路转，最后获得了成熟稳重的律师马克的爱情。这部电影中有很多精彩幽默的对白，对于那些并非天生丽质、资质平凡但却心地善良的女孩来说，无疑是极大的鼓励。

2005年热播的韩国电视剧《我叫金三顺》颇受好评。女主角金三顺并非传统意义上小鸟依人的温柔女性，而是个“美貌尚不足，肥肉颇有余”的大龄女。然而她凭着自身真诚勇敢的态度，最终让年轻帅气的餐厅老板玄真贤迷恋不已，后来他们的感情修成正果，拥有了童话般皆大欢喜的结局。

类似女性还有很多，如2005年日本电视剧《姐姐》中的野田奈央子，2009年台湾偶像剧《败犬女王》中的单无双，2010年韩国电视剧《还想结婚的女人》中的李新英，她们都是内心渴望婚姻，但却早已错过结婚黄金年龄的女性。这些女性为恋爱所苦恼，在按部就班的相亲流程和年轻男士的热情追求之间犹豫徘徊，但在历经波折之后，无一例外的是，在恋爱中本来并不完美的她们最终都交上了一份完美的爱情答卷。

寻找“Mr.Right”的焦虑心情

某种程度上，媒体舆论总在试图点燃大龄女性的焦虑心情。对于这些女性形象的叙述都是非此即彼的二元对立模式：不是年过三十在婚姻市场上迅速贬值的结婚狂，就是期望“Mr.Right”前来拯救的焦虑者。

美国电影《丑陋的真相》中，女主角艾比是一个成功的电视节目制片人，属于为工作放弃约会的事业型女强人。她的同事迈克认为艾比对爱情的看法大有问题，因此他以男性观点指导艾比收敛自己凌厉僵硬的强势性格，在约会时尽显温柔性感的女性特质，艾比果然成功约会，由此而发现了爱情中令人难堪的真相。

在电影《蹩脚英语》中，35岁的诺拉是曼哈顿一间高级酒店的客服主管。她干练利落，但感情生活寥落。诺拉有过不愉快的相亲经历，也试图同酒店客人明星尼克发展恋情，当她满怀憧憬之时，才发现对方不过是在积累生活经验。后来她遇到了法国人朱利安，二人相处惬意，朱利安回国在即，邀请诺拉一起去法国，屡受挫折的诺拉信心顿失，拒绝了他。故事的结局是，诺拉辞职来到巴黎，与朱利安邂逅重逢。故事结局固然温暖的，可是我们看到诺拉在与朱利安相处时，总处在神经质的焦虑中，而且这个故事也传达了一种观念：一个单身女性，必须在职业和情感生活中做出选择，职场生涯和水晶鞋、南瓜马车之间是不可兼得的。

类似电影还有很多，如《穿越时空爱上你》、《假结婚》、《27套礼服》等故事都宣扬所有受过教育的30岁上下的女人在工作中都得不到心灵的满足，只有异性之爱才是她们心底最渴望的。这类影视剧成功地催生出一种满怀希望的论调，它让人相信，只要你心怀梦想，并为此真诚地付出，最后都能赢来势不可挡的爱情春天。

绚烂多姿的单身生活

在传统观念中，一个女性到了适婚年龄，只有结婚才算完成了自己。波伏娃在《第二性》中写道：“对于女孩来说，婚姻是她进入社会的唯一方式，如果她们老是不结婚，按照社会化的眼光，这就是浪费。”但在生活方式高度追求个性与自由的今天，一个女人如果拥有足够的智慧和自信，即使没有步入婚姻殿堂，她的生活一样可以绚烂多姿。

早在1966年的美国电视剧《那个女郎》中，即出现了一个不愿为寻求经济支持或社会认可而结婚的都市女性。演员安·玛丽为追寻梦想来到纽约，她既美丽又时髦，对男性和女性都很有吸引力，对事业很有追求却从来不给人强势之感，全心爱她的男朋友唐纳德是她的保护者。连续剧的最后镜头是她带唐纳德去参加一个“妇女解放”聚会。该片在收视率上取得了很大成功，吸引了诸多女性观众，已婚女性对这种她们不曾经历过的生活尤为着迷。安·玛丽的扮演者马洛·托马斯甚至发表了激进的声明：“如果她的故事以结婚告终，女人们也许会认为这是获得幸福的唯一途径。”

1970年播出的美国电视剧《玛丽·泰勒·摩尔秀》强化了自由而迷人的单身职业女性形象。其中的玛丽·里查德年过三十，尚未结婚，不乏男人追求，对单身生活充满了乐观。这部电视剧告诉女性在纷繁多变的大都市如何珍爱自己。此剧和1998年至2004年热播的美国电视剧《欲望都市》有相像之处。该剧讲述了四位生活在纽约曼哈顿的单身女性的故事。她们性感靓丽、事业有成，同时也是深具独立自主意识的现代女性。该剧在大胆呈现都市单身女性的爱欲观的同时，也勾勒出绚丽多元的时尚、饮食、艺术等城市文化景观。四位女性尽管在感情上插曲不断，但只要在一起购物、聊天、健身或聚会，她们都会重新变得生气勃勃、光彩照人。

此剧颇有人缘，2008年的电影版更是吸引了无数人。电影赓续了电视剧最后一季的故事，四个女性间无所不谈的话题、随时流露的默契，实在令人动容。该片让我们看到，在光怪陆离的现代都市，无论异性间的感情如何纷繁多变，但一份来自同性间的牢靠友谊始终可以给你温暖的慰藉。一个女性，虽年轻不再，依旧可以魅力四射，那种认为单身女人是婚姻市场中可怜的滞销品，既不幸又绝望的观点，已基本被颠覆。

链接1：女性笔下的爱情梦幻

好莱坞制片人琳达·阿博斯特在《你好，他说谎了》中指出，好莱坞的许多女性编剧都没有结婚，所以她们会把婚姻当作一个美好的梦幻来描写。事实上，这些女人内心对于婚姻都是极为渴望的。阿博斯特说：“这些女性在夜晚大多时候是在家里，在床上拿着手稿，哀叹她们已经失去了依靠。不管这个女人是如何成功，经常是这个女人事业越成功，她对家庭的渴望就越强烈。”

的确，这些在我们看来塑造出极为成功的单身女性的作家或编剧，最后都放弃了她们的单身状态。2002年，单身女性的偶像，《欲望都市》的作者坎迪斯·布什奈尔步入了婚姻殿堂。已经43岁的布什奈尔嫁给了一个比她年轻10岁的芭蕾舞演员，他们相识不过两个月。从这件事不难看出单身女性对于孤独终老的恐惧。

塑造出布里奇特·琼斯的女作家海伦·菲尔丁也是如此。2003年，45岁的菲尔丁宣布她怀孕了，并决定结婚。但她对婚姻有着十分清醒的认识：“实际上，当你单身的时候，你不见得会真孤独。当你结了婚却只能一个人待着时，会更加孤独。”由此，我们不难联系到电影中布里奇特最大的恐惧是“孤独地死去，在三个星期后才被人发现”，这几乎是所有韶华不再的单身女性的噩梦。

像布什奈尔和菲尔丁一样，她们都曾成功地让自己的单身生活丰富多彩，但对于衰老和孤独的恐惧，这是所有女性难以克服的文化症候。结婚还是不婚，也许任何一种选择都有其必然要承担的痛苦。

链接2：单身女性都是消费大户

很多女性都用消费的方式来打发她们的闲暇时间，故单身女性往往是商家十分看重的消费群体。曾经主演了20世纪60年代电视剧《那个女郎》的主演马洛·托马斯。除了在剧中明星般的闪亮登场，据说马洛本人就有一个装满美丽衣饰的大衣橱，她的时尚品位一直都被好莱坞明星们赞赏。连她在电视剧里的发型和后70年代的装扮风格，都曾被人刻意模仿。

电影《欲望都市》更像一场华丽的广告大片。四个女主角，共用了三百多套品牌服装，各类时尚产品悉数登场，几乎每个镜头都充斥大牌产品。剧中主角告诉女士们这一季流行什么单品、衣服如何搭配。当凯莉每试一套婚纱，都有人叫出品牌名称，她佩戴的昂贵珠宝则由弗莱德·雷顿亲自设计。电影上映后，凯莉提着的施华洛世奇水晶铁塔包成了畅销款，而她那双迪奥的罗马凉鞋刚上市就卖断了货。

诸多产品或品牌及其代表性的视觉符号融入影剧中，它引发流行趋势，影响了人们的消费观念。商家们相信，凡是影片深入的地方，一定能销售更多的产品。植入式广告作为一种隐蔽性的广告形式，它的商业效应得到了普遍的认同。

（《世界新闻报》2010年5月11日18版）

台湾电影的黑道情结与青春记忆

> 这类影片表现了空虚惶惑的生存状态，隐含了青春为黑道所裹挟的忧思。

2010年春节贺岁档期间，由钮承泽执导的电影《艋舺》在台湾大热。除了创下颇为可观的票房业绩，同时也引发了社会各界的热议。导演钮承泽对此片的定位是“以黑道为背景的青春动作片”，该片的成功之处在于，主创人员在青春与黑帮题材之间找到了很好的契合点，这也是其获得票房成功的重要原因之一。

黑帮外衣下的青春故事

《艋舺》是一部融入了群殴、暴力、血腥等黑帮元素的青春电影，影片甚至具备任何商业化的偶像剧元素，清俊养眼的各色型男，血脉贲张的兄弟义气，身不由己的黑道生涯，暧昧青涩的情感戏码。该片像一个漫长而凄凉的青春梦魇，曾经歃血为盟的兄弟之情，转瞬之间风流云散，从梦中醒来，我们只看到冰冷街道上如樱花般凄凉谢幕的斑斑血迹。我们不妨套用下片中的一句台词：你以为你看的是黑道，你看的其实是友情，是义气。在其生猛喋血的黑帮外衣之下，讲述的是一个华丽绚烂又令人唏嘘感伤的青春故事。

在《艋舺》之前，钮承泽的电影似乎与血腥的暴力趣味相去甚远。2007年他执导了第一部电影《情非得已之生存之道》，讲述的是主角豆子某天与友人聚会，谈论起目前的台湾政局乱象，于是计划去拔立委的假发，开车冲撞总统府，并打算将此过程拍成纪录片。他雄心壮志地开始筹拍，孰料噩梦纷至沓来而来，面临爱情与事业的双重危机。本片以伪纪录片的方式，真实呈现了生命中诸多情非得已的挣扎，加之对台湾当代社会诸多社会政治怪现状的幽默嘲讽，给人坦诚真实之感，颇值得一看。

当然，细心的观众会注意到，在这部文艺气质浓郁的电影中有一个竹联帮老大赫然出场，豆导本人也声称混过黑道，在其演艺生涯中更是数度出演黑道中人，这渊源已久的黑道情结与文艺气质算是在《艋舺》中得到了双重释放。

青春年代的江湖梦

也许在血气方刚、极易冲动的青春年代，人人心中都有一个江湖梦。这也是血腥残酷的黑帮元素能够和细腻唯美的青春文艺片产生交集的重要原因。导演杨德昌曾经说过：台湾只有两类电影——青春片和非青春片。近年来，青春片在台湾大受欢迎，代表了台湾影坛主流发展趋势，成为台湾影坛近年来颇值得关注的现象。《艋舺》的监制李烈云：“一直以来，年轻人题材的影片在当地都很受欢迎。”她还说，观众喜欢这类电影，因为能较容易地感知这些角色以及他们的故事。

可以说，在《艋舺》这种融入了黑帮元素的青春片上映之前，已经有很多口碑不俗的青春片为此打下了良好的观众基础。2008年由魏德圣导演的青春文艺片《海角七号》，以超4.5亿新台币的票房业绩跻身于台湾电影票房史上最卖座电影的前三名，许多影评人认为此片奏响了台湾电影的回暖之声。影片充满了诗意的细节之美，盛夏的海滩，优美的音乐，缠绵的情书，清丽俊朗的男女主角。《艋舺》虽然以黑帮纷争为叙述框架，但其细节之唯美感人，完全不亚于这类纯粹的青春文艺片。

同样在2008年，《九降风》也赢得了不俗的口碑。林书宇的《九降风》讲述的是九个高中生的青春故事。新竹台地，九月狂风大作，数月不息，俗称九降风。我们看到，一缕清风在影片中吹拂始终，它掠过缱绻的窗帘、校服，拂动相遇的眼神，少年的短发……似乎暗示了青春时代无端的迷惘与躁动。影片虽未直接涉及黑帮，但我们看到，校园也可以是一个围墙之内的小“江湖”，里面有各色人等的矛盾与纷争，其中不乏旺盛的荷尔蒙所催发的暴力，以及由此而产生的纠结与隐痛。

某种意义上看，《艋舺》很像是一部黑道版的《九降风》，其内核仍是一曲青春的挽歌。往前追溯，从《蓝色大门》《盛夏光年》《不能说的秘密》《练习曲》，这些青春的影像，摹写了成长中那些重要的关键点，或如新生般美丽，或如彗星般陨落，这类电影带给我们的感动与痛惜，与黑道青春片乃是一致。这一切都如普希金所云“一切都是瞬息，一切都将过去，而那过去了的必将成为亲切的怀恋”。也许人类真正的伤感来源于时间的不可逆转性，而有关青春的影像不失为一种克服时光流逝带来的孤独恐惧的纪念方式。

台湾电影的黑帮情结

《艋舺》的成功，再次唤起了观众的黑帮电影情结。回顾影坛，黑帮题材一直炙手可热，如吴宇森的英雄系列、杜琪峰的黑社会系列、刘伟强的古惑仔系列，都拥有广大拥趸。曾志伟说《艋舺》令他联想到了吴宇森的《英雄本色》。这部名震江湖的香港黑帮电影，片中凌空飞舞的子弹、刀光、哭泣与喊叫，弥散的香烟，如罂粟般的文身，春梦秋云般的聚散、怨怼与杀戮，连同小马哥的双枪、墨镜、风衣与牙签，都成了我们萦绕不去的青春记忆。

《艋舺》也引发了我们追溯台湾黑帮影史的兴趣。1979年，欧阳俊执导《错误的第一步》，该片取材于真实案例，以台客马沙的自述展开剧情，影片着力渲染了马沙好勇斗狠的亡命生涯，但碍于新闻局尺度，最后以浪子回头的剧情作为结尾，上映后引起轰动。1987年后，黑道题材解禁。1988年，导演蔡扬名根据黑帮老大吴进成的真实经历拍成电影《大头仔》，万梓良因主演此片获金马影帝殊荣。片中几个江湖味十足的演员，如陈松勇、陈震雷、蔡岳勋、吴俊霖很长时间里都活跃于演艺圈。1989年侯孝贤导演的深具史诗风格的著名电影《悲情城市》，该片以台湾“二·二八事件”为背景，讲述了兄弟四人的遭际，成功地将身世之感、家族兴衰与历史隐痛交融在一起，其中不乏黑道斯混，流血仇杀的情节，颇能震撼人心。

20世纪八九十年代，台湾还出现了很多“涉黑”题材的青春片，如陈国富《国中女生》、《只要为你活一天》，徐小明《少年吔，安啦》、陈以文《果酱》等。最值得一提的是1991年杨德昌执导的《牯岭街少年杀人事件》，该片根据其校友茅武的真实事件改编，围绕“小公园帮”与“眷村帮”的矛盾纷争，将台湾20世纪60年代人与人之间的冷漠疏离，少年的懵懂情愫，时代的灰暗绝望，统摄在一种沉缓而富有张力的叙述格局中展开，最后随着小四刺死小明，我们突然意识到这是一次残酷青春的祭礼，而小四不过是被时代暴力推向极端的牺牲品。

世纪之交以来，台湾“涉黑”题材的电影有增无减。如张作骥执导的《黑暗之光》《美丽时光》《蝴蝶》，尹祺《黑狗来了》、潘志远《指尖的重量》等，这类影片都表现了一种空虚惶惑的生存状态，隐含了青春为黑道所裹挟的忧思。这些影片，质有高下，或宣传欠佳，或票房黯淡，都没有引起太大反响，直到《艋舺》的出现让我们眼前一亮，此片应当是近年来台湾电影复苏的呼声中的又一记响亮音符。

链接：电影内外的黑帮世界

电影《艋舺》以不无怀旧的镜头语言摹写出一幅台湾20世纪80年代的

“浮世绘”。故事集中展现了艋舺的两个角头——庙口与后壁厝之间的帮派纷争，一群年轻人最终成为利益之争的牺牲品。现实中的台湾黑道比电影里的表现有过之而无不及。据相关资料，现实中的台湾黑道人数难以计数，大小帮派林林总总，其中较有名的有竹联帮、四海帮与天道盟等。这些帮派主要分为大陆移民而来的外省帮和土生土长的本省帮，他们之间时常发生利益与地盘纷争。这种社会现象，在侯孝贤的电影《悲情城市》和杨德昌的《牯岭街少年杀人事件》中都有深入而艺术化的揭示。

随着时代发展，台湾黑帮活动更为隐秘，很多组织都开始向其他社会阶层如政界、影坛渗透。近日即有报道宣称，歌星周杰伦2007年曾露脸竹联帮龙头老大陈启礼的葬礼，更与“黑道公子”陈楚河是好友关系。据传谐星许不了成名后曾被黑道逼迫拍戏，林青霞也曾在专栏中写到当年被台湾黑帮胁迫拍片的情形。至于台湾的黑金政治，更是人尽皆知。1997年麦当雄执导的电影《黑金》曾对台湾的黑帮政治有所反映。现实世界永远比影像世界更残酷也更真实，这类黑帮电影也是真实社会状况的反映。当然，一个创作者如果能从他所熟悉的，哪怕是具有暗黑色彩的现实中汲取创作灵感，真诚而艺术地表现丰富多元的人世百态，这样的努力，在任何一个时代都具有不可替代的魅力与价值。

（《世界新闻报》2010年4月2日17版）

童话式恐怖电影的不同诠释

童话是人类的梦幻家园，它让人获得克服恐惧与孤独的勇气。

美国导演蒂姆·波顿素有“好莱坞鬼才”之誉。近日其3D奇幻新作《爱丽丝梦游奇境》在全球公映，其诡谲怪诞的风格再度引发影迷的关注。此片根据同名经典童话改编，也是原作的赓续——长至19岁的爱丽丝重游仙境，和她的朋友们一起推翻了“红桃皇后”暗黑统治。该片在一个幻游仙境的童话故事里融入了恐怖诡谲的情节，人物造型更是光怪陆离，如鬼魅般夸张恐怖。

童话原本给人以温馨美好之感，何以纯洁的童话会以恐怖的形式呈现？当电影导演伸手向童话索要灵感之时，不同的导演会用不同的方法来诠释，有的导演在哥特式鬼魅恐怖的表象之下演绎着另类的凄美童话，也有导演在童话故事中找到了令人毛骨悚然的暗黑成分，并对其进行夸张演绎。

“波顿式”恐怖下绽放的纯真童话

蒂姆·波顿的电影素来擅长演绎哥特式的恐怖与童话式的纯真，并在这两者极端的反差中给予人视觉和心灵的双重震撼。“波顿式”甚至成为一个术语，专用来描绘那些风格诡谲但具有童话温馨底色的电影。

1993年波顿监制的《圣诞夜惊魂》是动画电影史上第一部被列为R级的影片。影片讲述南瓜王杰克意欲装扮圣诞节，但却给孩子们带来了恐怖的万圣节礼物。从形象上看，杰克造型恐怖，是一具骷髅，手脚奇长，两眼是黑洞，但他温文尔雅，气质忧郁，俨然王子风度。其中还有很多如吸血鬼、狼人、科学怪人、楼梯怪物等恐怖形象，观众能在鬼怪们诡异的演唱中感受到狂怪有趣的体验。

在2005年推出的动画电影《僵尸新娘》中，男主角维克多一脸阴郁惨白，是波顿电影中男主角一贯的形象。女主角僵尸新娘艾米莉断裂的骷髅手，时而钻出虫子的眼睛，破烂的婚纱，脸上的窟窿，完全颠覆了传统动画的女性形象。维克多苦练婚誓的一幕更是惊悚：枯枝忽然变成骷髅手扭住维克多，带有死亡气息的鸦群被惊起，古墓中的僵尸新娘冉冉升起，维克多吓得落荒而逃。正当我们以为维克多会安全逃离之时，僵尸却蓦地现身其后。然而这阴森恐怖的表象背后是美好的，相较于人类世界的尔虞我诈，地下世界的骷髅鬼怪却纯真温情，当维克多心甘情愿饮下含有致命毒药的葡萄酒，想要放弃生命和僵尸新娘在一起时，艾米莉却选择了自我牺牲，成全了维克多与地上新娘的幸福。

2007年，波顿翻拍了百老汇歌剧《理发师陶德》，此片堪称血色弥漫的视觉芭蕾。黑灰的色调，狭长街道上鬼魅般的人影，阴霾的天空，主人公僵硬苍白的脸，二重唱下锋利的剃刀划过咽喉，泉水般喷溅的血液，如此大量哥特式元素的融入，让人不寒而栗。

除以上所论，蒂姆·波顿的电影中几乎全是怪诞恐怖的形象，长着剪刀手的爱德华、无头骑士、古怪外星人、爱上人类的猩猩、变成大鱼的父亲、幽灵狗、海盗、僵尸、骷髅、蝙蝠、乌鸦、蜘蛛……都拥有骇人的恐怖。他对童话进行了创造性的恐怖诠释，轻松游走在哥特式鬼魅与童话式的纯真之间，这两种迥然不同特质的并置，既让观众在恐怖中震撼，也同时在温情中感动。这类电影给人一种奇特的观影体验，观众一旦超越了这些恐怖元素带来的心理不适之感，就会体味到其童话般温馨的感动。换个角度，也许阳光灿烂但尔虞我诈的人间是名副其实的地狱，而鬼怪们虽然外形骇人，却成就了不折不扣的乐园。

恐怖片导演演绎恐怖童话

导演托米·维尔科拉，在完成了恐怖电影《死亡之雪》之后，一度灵感匮乏。最近他突然宣称在《格林童话》中家喻户晓的名篇——《亨舍尔和格莱特》中找到了兴奋点。这个故事原本讲述的是亨舍尔和格莱特兄妹被狠心的继母遗弃在大森林里，在迷途中身陷女巫的面包房子。女巫将汉斯闭置笼中，打算养肥以后吃掉，凭借机智与勇气，格莱特趁女巫不备，把她推进熊熊火炉，于是二人逃离魔窟。导演托米透露了他对该片的设想：故事发生在童话故事的15年后，兄妹已然长大成人，他们开始疯狂复仇，成为无情的女巫猎人。“影片充满了动作、冒险还有血腥，绝对是一部R级恐怖片，另外还有一些幽默的元素”，托米如是说。

同样借鉴了以上故事结构的同名韩国电影《亨舍尔和格莱特》讲述了一个东方式的恐怖童话。原著中是邪恶的巫婆把孩子们引诱到了秘林中的面包房子，而这部电影则是一些渴望关爱的孤儿们把林中迷途的大人们引进屋中，希望大人能对他们视如己出，但大人们在危机时刻多会自私地将孩子们弃之不顾。本片把那些不被关爱的孩子们的成长创痛用恐怖的意象传达出来，那些心怀叵测的大人与纯然渴望关爱的孩子们之间，形成了强烈的反差。当孩子纯真的感情被大人无情破坏后，他们爆发出令人心寒的愤怒。

韩国电影《卖火柴的小女孩》刺激十足，里面有令人惊心的杀戮场面。安徒生童话中原本善良卑微的小女孩化身为一个后现代感十足的形象。雪花飞舞，面容清纯的小女孩又冷又饿，在清冷的街道上无人问津，只好躺在街道上绝望地吞食汽油，由此开始疯狂决绝地报复世界，若有人不买打火机，转眼就是冲锋枪之下的杀戮与血流成河。

随着童心的逐渐消逝，天马行空的童话世界在成年人看来多少有些光怪陆离。童话世界里那些华美别致的事物，在孩子的梦幻眼光看来理所当然，而若以大人的现实眼光看去则会觉得毛骨悚然。彼得·潘的梦幻岛是也许是让人兴味盎然的乐园，却也可能是神秘莫测的梦魇。当童话被看来怪异恐怖的元素渗透时，也恰恰反映出大人与孩童看待世界的差异。

童话本身蕴藏恐怖元素

导演托米·维尔科拉并不认为自己的电影是在恶搞童话，他认为亨舍尔和格莱特的故事本来就很血腥："故事中又是吃人，又是火烧，充满杀戮。我的电影，只是放大了它的黑色因子。"这类童话式恐怖电影固然是导演重新演绎的结果，但如果深究，其所依据的童话本身不无暗黑成分。

如影响至巨的格林童话，继2000年前后"成人版"或"真实格林童话"炒作之后，海内外各大中文网站又有"原版格林童话"之说，这些帖子皆以不无噱头的字眼宣称原版格林童话充斥血腥、色情、乱伦等内容，是充满恐怖的成人童话。其实，这都不是真正的格林童话，它们都脱胎于桐生操（日本两位女作家的共同笔名）所著《令人战栗的格林童话》，是她们假借格林童话之名创作的成人童话。

所谓真正意义上的原始版是格林兄弟在1812 和1815年出版的两册德语《儿童与家庭童话》，而非书商炒作的所谓成人版。据说格林童话在德国初版时也曾遭受非议，后来经过反复七次修订，才呈现如今的样貌。它不断被改写和修饰，经历了一个从民间故事转向可供阅读的儿童文学的改写过程，是格林兄弟持之以恒加以润饰的结果。

客观地说，在今天格林童话通行本中，仍有一些令人毛骨悚然的内容。如《桧树》中继母用箱子盖截下小男孩的头，头颅咚的一声滚落在苹果堆里。继母又用白绫把脑袋缠在脖子上，让尸体坐在椅子上，手里还塞了个苹果道具，妹妹小马雷跑去找哥哥，一不小心打落了哥哥的脑袋，继母不动声色地将男孩剁成肉块扔进汤锅，父亲吃得津津有味，连汤带肉全吃了。哥哥的魂魄幻化成了一只漂亮的小鸟，不断吟唱着恐怖的歌谣，并设计用磨盘把继母砸成肉酱，最后高高兴兴回家吃饭。另外其中屡见血腥描写，诸如肢解人体，即使在恐怖灵异类电影中也仅仅是侧重氛围渲染而非正面表现，但作者竟能若无其事地加以描绘。如《强盗未婚夫》中描写强盗抓来少女肢解，先灌酒让其心脏炸裂，然后将之娇嫩的躯体剁成碎块，细细撒上盐。一个强盗要捋掉姑娘的戒指时，手起刀落，断指轻盈地飞起来，越过木桶，不偏不倚掉落在未婚妻怀中。还有《滑稽大哥》中肢解煮尸使人复活的描写，《两个旅行的人》中饥饿的裁缝为了交换面包，被挖出眼睛，类似血腥描写不一而足。这些极具后现代特质的哥特式暗黑笔法，读来完全少儿不宜，即使拍成恐怖片也绝对能满足那些重口味爱好者。

毕竟，格林童话并非单纯的讲给儿童的故事，某些血腥细节真实反映了德国民间的喜好。无论如何，无论是以恐怖形式呈现的童话电影，还是借着童话框架演绎恐怖的电影，这两种诠释都反映了成年人的喜好。童心是脆弱易逝的，我们应该给儿童保留纯真美好的想象空间，最重要的是，要让他们相信童年记忆中永恒的美好事物，由此而获得面对未来生活的勇气。而那些恐怖刺激、悲欢离合的影像只能属于成人世界。

链接：童话为疏导心灵之良药

美国诗人惠特曼在他的《有一个孩子向前走去》中写道：有一个孩子每天向前走去，他看见最初的东西，他就变成那东西，那东西就变成了他的一部分……如诗所云，童年的阅读经验往往构成一个人生命的底色。从心理学层面来看，童话之所以为儿童所喜爱，是因为它暗合了儿童与生俱来的某些意识。弗洛伊德认为童话犹如梦一样可帮助儿童宣泄不安、恐惧、仇恨等情感，其中暗黑成分的描写，无意识地暗合了儿童内心的“邪恶”冲动。但童话最根本的魅力在于惩恶扬善，对于邪恶残酷的成分都做了淡化处理。最终我们看到，儿童通过幻想来控制了心灵深处的“怪物”，同时其潜在的压力和破坏欲也得到了释放。

童话不仅对儿童心灵起到春风化雨般的塑成作用，它也是成年人疏解孤独、破除现实缧绁的白日梦。那些美好的童话，蒂姆·波顿作品中那些面目恐怖内心却敏感温柔的鬼魅，王尔德童话中心灵破碎的快乐王子，安徒生童话中化为缤纷泡沫的美人鱼，被熔炉焚化的锡兵，圣埃克絮佩里的一天之内看到43次日落的小王子，尽管都涉及了爱与悲伤的主题，但他们依然让我们相信在这个喧嚣不安的时代中存在爱、梦幻、纯真与奇迹。

（《世界新闻报》2010年3月16日17版）

电影美食烹出人间悲喜

银幕上的色香味告诉我们，世间所有美好的食物都是有灵魂的。

近日，索尼全新动画喜剧《天降美食》（Cloudy with a chance of meatballs）3D蓝光碟发行，观者只需相应技术手段，即可体会到一场绚烂精美的美食盛宴。近年来国内外出品了较多美食电影，这类电影不仅以各式美食触动了观者的视觉和味蕾，同时也呈现出饶有趣味的文化与伦理意味。

释放热情

古人云："饮食男女，人之大欲存焉。"此语道出了人类生活最本质的需求。饮食的历史，既透露出人类生活的变化，同时也折射出社会文明的演进，故很多电影都喜欢借助美食意象来传达人们对于幸福的本真渴望与热情追寻。

1987年上映的丹麦电影《巴贝特之宴》（Babette's Feast）堪称美食电影的经典之作。在19世纪丹麦东海岸一个遥远静僻的小村庄，牧师和他的两个女儿过着一种清教徒般的简朴生活，他们每日的饮食仅限于清水煮干鱼配面包糊。岁月流转，法国女人巴比特进入了姐妹俩的生活，这个幸运的女人获得了一笔意外之财，她决心以一顿丰盛的法国大餐来唤起人们对于美好生活的渴望。在电影镜头中，我们看到整整一船来自法国的各式食材：各种品牌的高档美酒，蔬菜菌菇，海鲜火腿，鹌鹑海龟，还有精美的餐具和晶莹的冰块。欢宴时刻，人们震惊于眼前的美味佳肴，冰封已久的热情慢慢流溢开来，上帝的灵光和恩典也就此降临。我们忽然意识到这场盛宴点燃了人们心中希冀已久的对幸福的感知及对生命的尊重——物质的极度匮乏对人世的美好生活未尝不是一种羞辱。

由此，我们不难看出，人类对于美食的欣赏，往往伴随着对于人类自然情感、世俗欲望的认同态度。在各类美食当中，巧克力类食品被看作具有释放心灵，催发情欲的功效。《浓情巧克力》（Chocolate）和《巧克力情人》（Como agua para chocolate）皆以巧克力作为主要表现意象。前者温馨美好，有着童话般的情调。那各种各样的巧克力，纯黑、牛奶、果仁、酒心，佐之以肉桂粉、玫瑰果甚至辣椒粉，被美丽的薇安配送给不同的人们，小镇上的人们像被施了魔法，它驱散了麻木、疲惫、懦弱，使人们变得富有激情，更加勇敢。连刻板古怪的镇长大人，也深深被这甘美芬芳的食品打动，过去阴霾守旧的小镇变成了欢乐之城。

相较之下，墨西哥电影《巧克力情人》则延续了拉美的魔幻现实主义的传统，电影中出现了形形色色、神奇玄妙的佳肴，具有一种神奇的传达情思的功能。片中的女主角蒂塔竟能将个人情感化入烹调食物当中。当她悲伤落泪之时，她为大姐婚礼制作的“恰维拉蛋糕”，竟使宾客们悲伤欲绝；当她心中满怀爱意之时，她烤制的“玫瑰花瓣鹌鹑”，竟让全家人情欲汹涌。应当说该片将此类题材推向了巅峰状态，美食符号在此片中呼之欲出，在魔幻手法的渲染之下，仿佛拥有了独立的生命和情感。

维系亲情

与西方文化强调个人本位与独立意识所不同的是，东方文化更重视家庭观念和集体意识。反映在饮食文化上，共食往往是维系宗族亲缘和伦理秩序的重要方式，由此而衍生出纷繁人世的家庭悲喜和市井传奇。

华人导演李安的作品《饮食男女》讲述了老朱师傅及其三个女儿的家庭故事。对于鳏居多年的朱师傅而言，每周精心馔备的家宴是维系亲情的重要方式。电影甫一开始，老朱就以娴熟的手法在作松鼠鱼、切鱿鱼花、片鸭胗、去椒籽、蒸腊肉、做扣肉、炖鸡汤、包小笼包……各种菜式，川鲁淮粤，无所不包。镜头中朱师傅厨房的刀架里竟插着几十把大大小小、宽窄不一的刀，真令人叹服：好个大厨！然而，朱师傅的隐痛却在于，每天馔制各色美食，却全然没有味觉。女儿们终将嫁人，一次次在精美的晚餐上宣布即将离开的消息。几番世情涤荡，女儿家倩留在老宅陪伴父亲，老朱奇迹般地恢复了味觉。电影揭示了美食与生活的真谛：食物有了味道，生活才会有味道。

尽管世事变迁，亲情永远是我们心底最柔软的牵挂。同样经典的与饮食相关的华语电影还有谢添的《茶馆》、谢衍的《女儿红》、《花桥荣记》，无论老北京城内裕泰茶馆的一碗清茶，抑或酒坊主人一坛精酿的女儿红，还是台北长春路上的一家米粉店，皆见证了世事变迁的沧桑以及亲情故土的记忆。

同样是以表达亲情为主旨的美食电影，2006年上映的日本电影《乌冬》（Udon）则体现了两代人在饮食观念和人生选择方面的差异，但其结局依然是东方式的温馨与和解。故事发生在日本乌冬之乡赞岐县，怀揣明星梦想外出闯荡的年轻人松井香助从纽约归来，一事无成，负债累累。他从最初不屑继承父亲的乌冬面馆到最终完全理解了父亲并爱上了这种传统美食。由此我们明了了，世间所有真正美好的食物都是有灵魂的，它不仅见证了往昔时光，而且洋溢着亲情之美。

当然，尽管文化背景存在差异，但用美食表现亲情之美的西方电影亦不乏佳作，如德国电影《美味关系》（Bella Martha）。这部电影中的菜色、音乐和镜头都如此令人赏心悦目。8岁小女孩莲娜思念已故的妈妈，由此患上了厌食症。在这里，拒绝进食代表了心灵的封闭和无助。无论姨妈玛莎煮出多么美味的食品，都无法激起莲娜的食欲。而在马里奥的帮助下，小女孩终于从失去母爱的阴霾中走了出来，重新恢复了享用美食的人间至乐。从玛莎身上我们看到，一个无论多么刻板强势的女人，都抵挡不住爱的美味关系。情感如同烹饪，原料、配料乃至火候，缺了任何一样，都不能做出香气四溢的美食。

返璞归真

也许每个身处“现代性”迷局的都市中人都有着一份田园牧歌的幻想，即便不能回到古典时代的闲山静水，但至少可以做到每天认真生活，吃朴素美好的食物。在某种程度上，简单纯粹的食物也代表了一种返璞归真的生活理念。

日本电影《海鸥食堂》是女导演荻上直子在2005年的作品，该片情节简静，给人澄明静好之感，颇有日本俳句之风。在芬兰首都赫尔辛基的某个街角，日本女子幸惠开了一家食堂，由此际会了很多有趣的人与事。幸惠的海鸥食堂陈设简单干净，蓝白相间的墙壁，清漆原木的桌椅，案上时有白色菊花点缀。她笃信芬兰人懂得“有些食物很简单却很好吃”，用心做每一餐日本料理，将新鲜上好的鲑鱼烤到恰到好处，坚持用梅干、鲑鱼和鲣鱼制作饭团。这其中暗藏着生活的禅机，生命中最自然本真的莫过于一蔬一饭，一啄一饮。

影片《美好的一年》（A Good Year）同样也拥有难得的从容美好。纽约证券师麦克斯来到风光如画法国普罗旺斯，叔叔给他留下的大片葡萄园仿佛在静静等待新主人的到来。麦克斯从原来争名逐利的生活中抽转身来，一开始，他感到难以适应。然而他渐渐适应了这片散发着迷人葡萄酒香的土地，新鲜质朴的生活有如葡萄佳酿一般惹人沉醉。该片不仅使人领略了法国葡萄酒文化的魅力，同时也告诉人们，那醇美的酒香只有平心静气之人方能深味。

此外，日本导演伊丹十三的《蒲公英》、香港导演王家卫的《蓝莓之夜》等都能唤起我们回归生活，找寻自我的渴望。无论是一碗用冬菇、火腿和紫菜做成的拉面，还是一份甜美简单的蓝莓派，循着味蕾，我们都可以找到从喧嚣尘世回归恬静心灵的实在理由。

链接1：变态饮食诠释黑色幽默

如果说我们看到的美食电影多数给人以温馨美好之感，那么少数另类电影中的食物则给人惊悚怪异之感。著名喜剧大师卓别林的名作《淘金记》（The Gold Rush）中，“煮食皮靴”即是十分经典一幕，浸透了身份卑微，穷困潦倒的小人物辛酸无奈。而英国影片《厨师·大盗·他的妻子和她的情人》（The Cook the Thief His Wife & Her Lover）极意表现了暴力贪婪、纵欲等人性之恶，完全颠覆了传统的饮食美学。片中的结局令人惊悚震撼，所谓大餐，竟然是被厨师烹饪过的大盗艾尔伯特之妻乔吉娜的情人尸体，当艾尔伯特尝到绝不能入口东西之时，也是他生命走向终点之际。此外法国电影《极乐大餐》（La grande bouffe）也以超现实的手法表现了欲望被无限放大后的灭顶之灾，一群貌似正常的人竟然死于酒池肉林的饕餮狂欢。这类非常态饮食电影引发了我们对于当代社会性、暴力与欲望问题的忧思。

链接2：中西饮食文化的差异

国学大师钱穆先生在《现代中国学术论衡》中云：“文化异，斯学术亦异。中国重和合，西方重分别”。中西烹调的差异亦在于此。中式饮食制作被称为“烹调”，“烹”即将食物加工成熟只是中式烹饪第一步骤，然而终点则在于是如何“调”出五味。食材的原味也许并不重要，最重要的是追求调和后的美味。所谓“色、香、味、形、器”五元素的协调，也许正体现了传统价值观中重群体，求和谐的理念。此外，中式菜肴极重搭配，诸种原材料要相得益彰方能成其美感。在徐克导演的电影《满汉全

这才蓦然发现：一切不过是个美丽的梦境。

类似以梦境编织童话的故事还有很多，其中最典型的莫过于蒂姆·伯顿执导的《爱丽丝梦游仙境》（Alice in Wonderland），这部作品赓续了刘易斯·卡洛尔原著的梦幻气质。所不同的是，爱丽丝已由萝莉变为少女，当她重历幻境，始时，她以为自己不过身在荒诞梦境中，只想快快醒来。后来，当地下世界重归宁静美好，而爱丽丝也重新获得了面对成年世界的信心之时，我们这才发现：所谓地下幻游的梦境是否真实并不重要，一切所令人珍视的是童年时代那天真无邪的梦幻世界与无所畏惧的历险精神。

同样出自蒂姆·伯顿之手的电影《大鱼》（Big Fish）把我们带入了一个超现实主义的魔幻梦境中。整部电影讲述了主角布卢姆年轻时的梦幻经历，但他的儿子威尔始终认为父亲的经历不过是痴人说梦。当父亲气息奄奄、缠绵病榻之时，威尔蓦然惊觉：也许父亲所述的女巫、巨人、幽灵镇诗人、大鱼、马戏团、连体姐妹……都真实地存在过。最后，笙歌散尽，老布鲁姆在完美的童话故事中幸福地闭上了双眼。

再如法国电影《天使艾美丽》（Amelie）、《科学睡眠》（The Science of Sleep）等梦境电影皆有涤荡心灵，使人回归童真之功效，同时，那些绚丽生动的梦境也填补了人们现实生活中的缺憾与匮乏。

影射残酷现实

如果说童话式梦境电影尚能给人以温馨美好之感，那么另外还有很多电影则重在以黑色梦魇的方式讲述现实世界的残酷与焦虑。奥地利著名精神分析学家西格蒙德·弗洛伊德（Sigmund Freud）认为，人类在自己创造的文明社会中并没有找到真正的舒适感，反而时常觉得受到压抑。故人类的文明历程，实际上是一个不断压抑人的原始情绪或本能的过程，这种情绪进入人的“潜意识”，以梦境方式呈现，这种精神现象，在国外梦境电影中有较多呈现。

意大利导演费里尼的名作《八部半》（Eight and a Half）中，导演吉多在构思新片过程中思维壅塞，灵感枯竭，陷入创作困境。在梦中，他的躯

腿和紫菜做成的拉面，还是一份甜美简单的蓝莓派，循着味蕾，我们都可以找到从喧嚣尘世回归恬静心灵的实在理由。

链接1：变态饮食诠释黑色幽默

如果说我们看到的美食电影多数给人以温馨美好之感，那么少数另类电影中的食物则给人惊悚怪异之感。著名喜剧大师卓别林的名作《淘金记》（The Gold Rush）中，“煮食皮靴”即是十分经典一幕，浸透了身份卑微，穷困潦倒的小人物辛酸无奈。而英国影片《厨师·大盗·他的妻子和她的情人》（The Cook the Thief His Wife & Her Lover）极意表现了暴力贪婪、纵欲等人性之恶，完全颠覆了传统的饮食美学。片中的结局令人惊悚震撼，所谓大餐，竟然是被厨师烹饪过的大盗艾尔伯特之妻乔吉娜的情人尸体，当艾尔伯特尝到绝不能入口东西之时，也是他生命走向终点之际。此外法国电影《极乐大餐》（La grande bouffe）也以超现实的手法表现了欲望被无限放大后的灭顶之灾，一群貌似正常的人竟然死于酒池肉林的饕餮狂欢。这类非常态饮食电影引发了我们对于当代社会性、暴力与欲望问题的忧思。

链接2：中西饮食文化的差异

国学大师钱穆先生在《现代中国学术论衡》中云：“文化异，斯学术亦异。中国重和合，西方重分别”。中西烹调的差异亦在于此。中式饮食制作被称为“烹调”，“烹”即将食物加工成熟只是中式烹饪第一步骤，然而终点则在于是如何“调”出五味。食材的原味也许并不重要，最重要的是追求调和后的美味。所谓“色、香、味、形、器”五元素的协调，也许正体现了传统价值观中重群体，求和谐的理念。此外，中式菜肴极重搭配，诸种原材料要相得益彰方能成其美感。在徐克导演的电影《满汉全

这才蓦然发现：一切不过是个美丽的梦境。

类似以梦境编织童话的故事还有很多，其中最典型的莫过于蒂姆·伯顿执导的《爱丽丝梦游仙境》（Alice in Wonderland），这部作品赓续了刘易斯·卡洛尔原著的梦幻气质。所不同的是，爱丽丝已由萝莉变为少女，当她重历幻境，始时，她以为自己不过身在荒诞梦境中，只想快快醒来。后来，当地下世界重归宁静美好，而爱丽丝也重新获得了面对成年世界的信心之时，我们这才发现：所谓地下幻游的梦境是否真实并不重要，一切所令人珍视的是童年时代那天真无邪的梦幻世界与无所畏惧的历险精神。

同样出自蒂姆·伯顿之手的电影《大鱼》（Big Fish）把我们带入了一个超现实主义的魔幻梦境中。整部电影讲述了主角布卢姆年轻时的梦幻经历，但他的儿子威尔始终认为父亲的经历不过是痴人说梦。当父亲气息奄奄、缠绵病榻之时，威尔蓦然惊觉：也许父亲所述的女巫、巨人、幽灵镇诗人、大鱼、马戏团、连体姐妹……都真实地存在过。最后，笙歌散尽，老布鲁姆在完美的童话故事中幸福地闭上了双眼。

再如法国电影《天使艾美丽》（Amelie）、《科学睡眠》（The Science of Sleep）等梦境电影皆有涤荡心灵，使人回归童真之功效，同时，那些绚丽生动的梦境也填补了人们现实生活中的缺憾与匮乏。

影射残酷现实

如果说童话式梦境电影尚能给人以温馨美好之感，那么另外还有很多电影则重在以黑色梦魇的方式讲述现实世界的残酷与焦虑。奥地利著名精神分析学家西格蒙德·弗洛伊德（Sigmund Freud）认为，人类在自己创造的文明社会中并没有找到真正的舒适感，反而时常觉得受到压抑。故人类的文明历程，实际上是一个不断压抑人的原始情绪或本能的过程，这种情绪进入人的“潜意识”，以梦境方式呈现，这种精神现象，在国外梦境电影中有较多呈现。

意大利导演费里尼的名作《八部半》（Eight and a Half）中，导演吉多在构思新片过程中思维壅塞，灵感枯竭，陷入创作困境。在梦中，他的躯

腿和紫菜做成的拉面，还是一份甜美简单的蓝莓派，循着味蕾，我们都可以找到从喧嚣尘世回归恬静心灵的实在理由。

链接1：变态饮食诠释黑色幽默

如果说我们看到的美食电影多数给人以温馨美好之感，那么少数另类电影中的食物则给人惊悚怪异之感。著名喜剧大师卓别林的名作《淘金记》（The Gold Rush）中，“煮食皮靴”即是十分经典一幕，浸透了身份卑微，穷困潦倒的小人物辛酸无奈。而英国影片《厨师·人盗·他的妻子和她的情人》（The Cook the Thief His Wife & Her Lover）极意表现了暴力贪婪、纵欲等人性之恶，完全颠覆了传统的饮食美学。片中的结局令人惊悚震撼，所谓大餐，竟然是被厨师烹饪过的大盗艾尔伯特之妻乔吉娜的情人尸体，当艾尔伯特尝到绝不能入口东西之时，也是他生命走向终点之际。此外法国电影《极乐大餐》（La grande bouffe）也以超现实的手法表现了欲望被无限放大后的灭顶之灾，一群貌似正常的人竟然死于酒池肉林的饕餮狂欢。这类非常态饮食电影引发了我们对于当代社会性、暴力与欲望问题的忧思。

链接2：中西饮食文化的差异

国学大师钱穆先生在《现代中国学术论衡》中云：“文化异，斯学术亦异。中国重和合，西方重分别”。中西烹调的差异亦在于此。中式饮食制作被称为“烹调”，“烹”即将食物加工成熟只是中式烹饪第一步骤，然而终点则在于是如何“调”出五味。食材的原味也许并不重要，最重要的是追求调和后的美味。所谓“色、香、味、形、器”五元素的协调，也许正体现了传统价值观中重群体，求和谐的理念。此外，中式菜肴极重搭配，诸种原材料要相得益彰方能成其美感。在徐克导演的电影《满汉全

席》，周星驰、李力持导演的《食神》等电影中，厨师斗艺有如武林高手过招，各式满汉名馔、海味山珍、冷荤热肴、点心茶食，虽眼花缭乱但却搭配精当。

而西式烹饪则更重原材料的本味，这体现出西方文化中“突出个性，注重自我”的个人主义价值观。中式菜肴以熟菜为主，即使冷盘也要经过精细调味后才能上桌。而西式菜肴则以生、冷菜式居多，所以一道沙拉端上来，无论是色、香、味几乎都保持食材的原味。另外，西餐菜肴的作料远远少于五花八门的中餐作料，食用者可根据个人喜好在餐桌上自行调味，这也体现出人们对个体和差异的尊重。当然了，中西饮食，各有所长，一味强分甲乙也是偏颇的。

（《世界新闻报》2010年9月7日18版）

国外梦境电影摭谈

近日由著名导演克里斯托弗·诺兰执导的《盗梦空间》在国内热映，该片引领观众游走于“庄周梦蝶”式的梦境与现实之间，被定义为“发生在意识结构内的当代动作科幻片”，由此而引发了人们对梦境类文艺作品的热切关注。反观国外电影中，此类题材可谓长盛不衰，这类电影在带给人类视觉奇观的同时，也引发了人们对于梦境神秘本质的思考与探寻。

编织美丽童话

电影本身所要表达的就是梦，人们在现实世界中迷失了原始心灵的欢愉梦想，而童话电影把人们又带回了这个令人渴望已久的梦境中，那些迷幻瑰丽的梦境像蝴蝶一样翔然欲飞，使人们暂时忘却了尘世间的枯燥繁冗，心理上得到了童话般的满足慰藉。

较早拍摄的根据美国同名童话改编的电影《绿野仙踪》（The Wizard of Oz）向我们讲述了小女孩桃乐斯的梦境历险故事。在通往翡翠王国的黄砖路上，发生了一系列魔幻事件，最后，桃乐斯在自家床上缓缓睁开眼睛，这才蓦然发现：一切不过是个美丽的梦境。

类似以梦境编织童话的故事还有很多，其中最典型的莫过于蒂姆·伯顿执导的《爱丽丝梦游仙境》（Alice in Wonderland），这部作品赓续了刘易斯·卡洛尔原著的梦幻气质。所不同的是，爱丽丝已由萝莉变为少女，当她重历幻境，始时，她以为自己不过身在荒诞梦境中，只想快快醒来。后来，当地下世界重归宁静美好，而爱丽丝也重新获得了面对成年世界的信心之时，我们这才发现：所谓地下幻游的梦境是否真实并不重要，一切所令人珍视的是童年时代那天真无邪的梦幻世界与无所畏惧的历险精神。

同样出自蒂姆·伯顿之手的电影《大鱼》（Big Fish）把我们带入了一个超现实主义的魔幻梦境中。整部电影讲述了主角布卢姆年轻时的梦幻经历，但他的儿子威尔始终认为父亲的经历不过是痴人说梦。当父亲气息奄奄、缠绵病榻之时，威尔蓦然惊觉：也许父亲所述的女巫、巨人、幽灵镇诗人、大鱼、马戏团、连体姐妹……都真实地存在过。最后，笙歌散尽，老布鲁姆在完美的童话故事中幸福地闭上了双眼。

再如法国电影《天使艾美丽》（Amelie）、《科学睡眠》（The Science of Sleep）等梦境电影皆有涤荡心灵，使人回归童真之功效，同时，那些绚丽生动的梦境也填补了人们现实生活中的缺憾与匮乏。

影射残酷现实

如果说童话式梦境电影尚能给人以温馨美好之感，那么另外还有很多电影则重在以黑色梦魇的方式讲述现实世界的残酷与焦虑。奥地利著名精神分析学家西格蒙德·弗洛伊德（Sigmund Freud）认为，人类在自己创造的文明社会中并没有找到真正的舒适感，反而时常觉得受到压抑。故人类的文明历程，实际上是一个不断压抑人的原始情绪或本能的过程，这种情绪进入人的“潜意识”，以梦境方式呈现，这种精神现象，在国外梦境电影中有较多呈现。

意大利导演费里尼的名作《八部半》（Eight and a Half）中，导演吉多在构思新片过程中思维壅塞，灵感枯竭，陷入创作困境。在梦中，他的躯

体化做一股蒸气，在天地之间飘荡，忽而又像风筝一般被重重拉回地面。这个梦影射了一种理智与情感，自由与压抑之间的矛盾状态，更预示了男主角精神世界无所依恃，充满焦虑与无助的状态。在影片的结尾部分，吉多钻到一张象征子宫的桌子底下开枪自尽了。影片梦境玄远深邃，让人超越生活表面的是非而直抵精神本质。

日本导演黑泽明的《梦》也是梦境电影的经典之作。影片由八个风格诡谲奇特的梦境构成，整体情调沉郁悲观，透露出导演对现代文明中如战争、污染等问题的忧思。结合起来看，此八梦原系人生一场大梦，不论自然、战争、人生的问题，表现的仍是同一主题：人类精神的迷途，同时也可以看作导演的警世通言，他用凄厉魔幻的梦境影像让你在醒悟之后开始有所行动。

与以上电影相比，导演大卫·林奇（David Lynch）尤以讲述晦涩诡谲的梦境故事见长。在其惊世奇作《穆赫兰道》（Mulholland Dr.）里，林奇用一个超长的梦境讲述了一个女演员好莱坞美梦的幻灭与挫败。这是一部有着多重阐释空间的迷宫式电影，梦境现实的蔓衍交织，人物情节的错愕迷乱，真令观者目瞪口呆。影片中，我们发现，梦中的贝蒂美丽乐观、自信满满，这与现实中戴恩颓废潦倒、自卑渺小的真实形象大相径庭。依弗洛伊德之说，梦境是人类本能愿望经过伪饰后达成满足的方式。贝蒂其实是戴恩潜意识中希望自己成为的理想形象，戴恩的不幸遭遇使她逃避真实的自己。影片使我们意识到：现实远比梦境更加残酷，梦中的残酷往往是现实残酷的曲折反应。

此外，日本导演今敏的《红辣椒》、美国导演卡梅隆·克罗威（Cameron Crowe）的《香草天空》等，皆是游走于现实与梦境两极的上乘之作。观影之时，我们恍然惊觉，曾几何时，在成年人的世界里，缤纷绚丽的美梦与惶恐残酷的现实之间，仅有一步之遥。

讲述恐怖故事

恐怖电影已成为当今电影的一大热门题材，以梦境方式讲述纯粹恐怖故事的电影作品亦不乏其作，这类故事往往让观众在战栗中拥有极端恐怖的观影感受。

美国电影《梦鬼街》构思巧妙，是一部以梦境为由头的恐怖电影。影片中榆树街的孩子们反复被同一个噩梦惊醒，在梦中，一个脸带刀疤的怪人在追杀他们，随后孩子们竟真的离奇死去。小女孩南茜经过调查后发现，梦中怪人竟是当年因骚扰儿童而被街坊们以私刑烧死的变态狂弗莱迪，多年以后，他的鬼魂借助噩梦来找孩子们复仇。为了不被杀死，孩子们必须保持清醒，谁先睡去，谁就死去。这个恐怖电影放大了人类童年时代的恐惧，多少孩子曾因惧怕梦魇而迟迟不敢睡去。

日本导演塚本晋也执导的《噩梦侦探》中，名为“O”的变态狂人可用手机感应人们内心的死亡意识，而后通过控制对方意识让其自戕死去。最终将其制服的影沼拥有特异功能，他不但可以听到旁人的心灵之语，还能潜入对方梦境中。因此，影片中的影沼显得孤独而厌世，在其幼年时代，母亲就因其禀赋异常而试图将他掐死。

拥有这种超能力的还有美国电影《梦境》（Dreamscape）中的主人公阿历克赛，他在总统的核战废墟梦境里，与邪恶势力激烈搏斗，最终刺客托米和联邦调查局长鲍勃都在梦中被杀死。类似电影衍生出这样一个“法则”：如果一个角色在梦境世界中被杀死，他在真实中也会死亡。这令人联想到新近热映的《盗梦空间》，虽然其类型更偏于科幻而非恐怖，但其主角里昂纳多在片中也扮演了一个极为神通的职业间谍，他能潜入梦境，盗取梦境中最有价值的东西，在层层递进的梦境中，他俨然成了可以自由穿梭、拥有超能力的上帝。

或许这类植入了梦境元素的恐怖电影，其感官刺激要远远大于理性思索的成分。但在实质上，透露出人们对于神秘莫测的梦境世界的原始恐惧。依科学的解释，梦境是对人体进行的一种特殊的紧张性锻炼，其目的在于让人们在心理上做好应对各类危机的准备。从这个意义上说，一定程度的恐怖梦境训练，对于人们来说，也具有很强的现实意义。

链接1：梦境电影与超现实主义运动

电影中对于梦境的表现，这与20世纪二三十年代盛行于欧洲文艺界的超现实主义运动有着密切联系。1928年，该派著名画家萨尔瓦多·达利与路易斯·布努埃尔合作拍摄了著名超现实主义电影《一条安达鲁狗》。这部仅16分钟的电影无任何情节，只有一组组无逻辑线索的镜头。开场一幕中，一个男人不可思议地用剃刀将女主角的眼睛像切鸡蛋一样切开，然而她再次出现时却毫发无伤。随着二人争吵升级，一群蚂蚁从男主角手掌上的洞中爬出，男主角拉着一个塞满骡子尸体的钢琴横越房间……达利本人并没有对这些晦涩的影像做任何阐释，因为他觉得影片中超现实的梦境本无理性可言。

1944年，达利受希区柯克之邀在电影《爱德华大夫》（Spellbound）中担任美术设计。其中极为重要的片断便是英格丽·鲍曼给格利高里·派克“释梦”，电影镜头中出现了挂满眼睛图案的房间、变形的轮子、蒙面的神秘男子等，颇有达利画作风格。当然了，考虑到观众的理解力，一些过于晦涩的设计被希区柯克摈弃了，据说在最初设计中，有塑像崩裂，蚂蚁从裂缝中钻出并在塑像上爬行的片断，这似乎是《一条安达鲁狗》中手法的故伎重演，这也是超现实主义理念在当时电影中的表现。

链接2：梦境电影与精神病学

我们发现，很多有关梦境的电影都与精神疾病有着密切联系，一些怪异惊悚的非常态梦境的出现，正根源于精神分裂、抑郁、狂躁等心理疾病。众所周知的是，在好莱坞全盛时期的20世纪三四十年代，电影即与精神病结下了不解之缘，而在当时，弗洛伊德的精神分析学正处于蓬勃发展期，对电影创作人员产生了巨大影响。

精神疾病的神秘与异常极大地刺激了人们的想象力，为电影开辟了崭新的表现领域。在电影的默片时代，德国电影《卡里加里博士》(1919)，通过一个精神病患者的回忆，塑造了一个兼具心理学医生和杀人狂双重身份的卡里加里博士的形象。影片在精神病院展开，当被催眠的病人讲完了关于他所调查到的卡里加里博士利用催眠术驱使梦游者杀人的故事后，医生缓缓从大衣里掏出眼镜戴上，此时此刻，我们惊悚地发现：原来病人的主治医生便是这位卡里加里博士！当梦境与精神分裂症的要素结合起来的时候，极大限度地营造了一种阴森恐怖的氛围。

这部影片影响极大，成为后来一系列表现科学怪人、专制暴君及杀人狂等科幻电影的先导。电影业不仅每年出品大量以精神病学和心理学为题材的影片，还促成了为此类影片专门设立的电影节，如圣安东尼奥文化与精神病学电影节。我们所熟知的《雨人》《沉默的羔羊》《飞越疯人院》等影片都是人们耳熟能详的经典之作。

（《世界新闻报》2010年9月28日18版）

科幻电影中的时间机器与时空旅行

这类电影向我们展示了多种人生的可能性，以及人类改变命运与历史的渴望。

物理学家斯蒂芬·霍金近日撰文探讨了时间机器的相关问题，他认为利用物理学知识，人类成为穿越第四维的宇宙旅行者是可能的。迄今为止，在科学领域内时空旅行仍在论证阶段，但在电影世界的梦工厂里，人类历览过去与未来的亘古梦想已然生动呈现。这类电影在追求视觉奇观的同时，也传达了一种深切的人文关怀，促使我们反思时空穿梭中的悖论。

改变命运的梦想

一部科幻电影，无论其内容离奇到如何不可思议，观众也能从中找到与现实世界相呼应的部分。从这个意义上说，电影中的时间机器即源自人们现实的渴望，面对生命中猝不及防的隐痛与时光不舍昼夜的流逝，人们幻想回到过去，去疗救由于时间的不可逆转而造成的遗憾与创伤。

在美国电影《时间机器》（2002）里，1895年哥伦比亚大学的亚历山大·哈德金博士在与女友爱玛约会之时，目睹了心爱之人死于劫匪枪下。博士悲伤难禁，于是制造了时间机器回到过去修补这个意外事件，孰料又目睹了爱人的另一种死亡，于是亚历山大心怀无法释怀的隐痛飞向未来。一路上目睹了人类制订月球殖民计划的疯狂，月球偏离轨道行将撞击地球的可怕景象。影片最后随着时光机器的爆炸，地底的莫洛克人又各自退回20世纪，而他则永远滞留在802701年。幸运的是，他有玛拉相伴，昔日的情感创伤也得以痊愈。

与《时间机器》壮丽奇妙的视觉体验相比，由罗伯特·泽莫克斯执导的《回到未来》更给人以轻松诙谐之感。影片一开始，也为我们展示了充满缺憾的现实：父亲软弱无能，一事无成，母亲则保守刻板，郁郁寡欢。乘坐布朗博士的时间机器，马丁回到20世纪50年代，同与他年龄相仿的父母一块生活，他激发了父亲写作的信心，又撮合父母相恋结婚。影片结束时，父亲已经功成名就，母亲更是温柔体贴，家庭充满了温馨。

类似电影还有日本电影《超时空泡泡机》。女主角真弓境况凄凉，母亲过世，债务缠身，又赶上经济萧条，不得不做应召女郎。为使日本经济不致崩溃，她乘坐时间机器回到17年前，竭力阻止财政部的错误决策。该片中的时光机由洗衣机改装而成，必须添加洗涤剂以产生泡沫才能运转，这种想象颇具荒诞色彩，令人联想到1990年发生的日本泡沫经济崩溃事件。

此外，日本导演本广克行的《夏日时光机》、美国导演斯蒂夫·平克的《热浴盆时光机》等，皆热衷于以各类时光机带给我们奇妙的时空旅行体验。当我们看到银幕上的人坐在飞速运转的时间机器中，望着外面瞬息万变的世界，繁枝绿叶转瞬成为秋霜枯藤，洪流沧海顷刻化作浩渺桑田，不由发出感慨：唯有时间能改变一切，时间就是奇迹。

各种形式的时空之旅

在影像世界中，我们看到了各类时间机器，那些精密的仪表，复杂的构造，似乎足以使人相信，人类真可以通过智慧制造出这样的机器。当然，除了利用确切可见的机器实体，电影世界中还可以通过超光速飞行、黑洞、时空隧道、平行宇宙、虚拟世界等手段实现时空穿梭。

通过超光速飞行是较为经典的时空穿越方式。1967年的电影《人猿星球》，讲述宇宙飞船在超光速飞行中到达了几千年之后的地球，彼时人类文明已经毁灭，代之以猿猴统治人类，在蒂姆·波顿的续集中，主人公再次穿梭后发现猿猴时代又进化成了现代文明。在电影《接触未来》中，女主角则利用机器创造的黑洞进入宇宙深处，经历了一场奇妙的时空体验。

还有很多利用时光隧道进行宇宙穿梭的电影。《穿越时空爱上你》中的里奥是19世纪一位英俊睿智的公爵，一次偶然机会，他通过时空隧道来到21世纪，邂逅了美丽活泼的凯特，两个人之间萌发了爱情。但凯特的前男友斯图尔特试图阻止他们相爱，又发现这位情敌正是他的祖父大人。最终深爱里奥的凯特跳入时光隧道随之回到属于他的时代。影片《碧血长天》中，美国尼米兹号航空母舰在例行维修时，突然穿越时光隧道回到二战前夕。舰上官兵目睹了日本舰队正欲偷袭珍珠港的历史时刻，而当他们正欲反击时，却又被时空隧道带回现代，历史并未被改写。该片让我们深思：如果能改写历史，是否应该去改写呢？任何一种改写，都必定会引发多米诺骨牌效应。

李连杰主演的《救世主》中，主人公尤兰是一位警察，过着安定平静的生活。一天清晨，他突然发现自己拥有了超能力。尤兰大惑不解，更奇怪的是，自己突然被特警围捕，几经周折他终于明白，一个来自其他平行空间的“坏尤兰”已经潜入本空间，并意欲杀死他。尤兰不得不一边躲避特警追捕，一边同另外一个自己搏斗。这部电影的情节原本平淡无奇，但其引入平行宇宙的概念进行时空穿梭，还是有创新之处。

随着网络技术的出现，虚拟世界的时空观念进入了我们的视野。电影《黑客帝国》的背景是未来22世纪，主人公尼奥发现，看似正常运转的世界似乎被某种神秘力量控制着，于是开始着手调查，后来在船长莫菲斯指引下回到了现实世界，这才了解到，原来他一直活在虚拟的矩阵世界中。这部电影给予我们强烈的震撼，除了超现实主义般的剧情，其中还隐含着严肃的命题：人类一直在创造新技术，但又面临着新技术的挑战。你的一切感知也许是科技虚拟的产物，你所身处的也许并非真实的世界。

以上电影中利用各种手段实现时空旅行，真令人有目迷五色之感。这正体现了人类对于改变时间的痴迷与执着，这类电影的魅力不在于描述已经发生的事，而在于描述可能发生的事件，这正体现了科幻电影的幻想之美。

与因果律的冲突

任何事情有因才会有果，因果律乃天经地义的常识。但在时间机器类电影中，一旦人可以回到过去，因果律就受到了严峻挑战，甚至会出现逻辑的悖论与佯谬。

在《时光机器》中，因为爱玛的死，博士才制造了时光机器。没有爱玛之死就没有时光机器。而博士又怎能通过时光机器，回到过去拯救爱玛？再如《回到未来》，马丁回到过去后，他的正值豆蔻年华的母亲罗莲竟爱上了他。于是悖论产生：如果他不能让父母相爱并结婚，他根本就不会诞生。为避免消失的命运，他想方设法撮合父母相爱。但问题在于如果马丁选择接受罗莲的爱呢？在影片《未来战士》中，约翰派遣自己的属下回到过去保护自己未来的母亲，这位属下还成了他的父亲，这岂不是说，约翰的出生是约翰自己后来安排的？这样的问题，在物理学上被称为佯谬。

而在电影《十二只猴子》中，回到过去的主人公科尔最终死于警察的乱枪之下，未能制止人类未来的惊天浩劫。《蝴蝶效应》中的男主人公伊万，为了让周围所有人拥有完美人生，他多次凭借日记返回过去，但任何一种修改都只能导致非此即彼的灾难。最终他回到母腹勒死了自己，这个行为意味着他彻底放弃了生命的权利。这样的结局让人感到了宿命与悲观，但却维护了因果规律。

那么这种逻辑悖谬该如何解决呢？人究竟能否改变历史？一种说法是霍金所云“协调历史方法”，人回到过去只能旁观历史，不能改变；另一种霍金称之为“选择历史假想”，人回到过去可以改变历史，实质上是产生一个新的平行宇宙。无论改变历史的梦想是否最终得以实现，但诚如《时光机器》中智者所言：“在这个世界上，人人都有自己的时光机器，将我们带到过去的是回忆，而将我们载至未来的是梦想。”是的，尽管人类在历史星河中渺若尘埃，但人人都可以通过梦想的时光机创造新的未来，这是一种永恒的信念。

链接1：人类对机器的怕与爱

人类文明的演进集中体现为工具和机器的进步。它使人类拥有了控制世界的能力，但随着科技的飞速发展，人类也面临被机器异化的危险，很多电影都表现了人对机器的隐忧。电影《西部世界》中，机器人统治了未来世界，前往旅游的人接连被机器人杀死替代，于是人机之间展开殊死搏斗。有个细节颇有意味：机器复制人与真人在外貌上完全一致，唯一的差别是机器人不会接吻。在《黑客帝国》中，人类不仅完全被机器所统治，而且被机器饲养在一个个营养罐中。人类经历的一切，全是机器母体对人类的神经所灌输的虚拟信号，这令人不寒而栗。科幻大师阿西莫夫在1950提出机器人三定律：其一机器人不得伤害人或任人受到伤害而无所作为；其二机器人应服从人的一切命令，但命令与其一抵触时例外；其三机器人必须保护自身的安全，但不得违反一、二定律。只有如此，机器才能被妥善利用，这体现了人类对机器爱恨交织的态度。

链接2：中国式时空穿越电影

与国外电影相比，华语电影中亦不乏瑰丽奇幻的时空穿越元素。其中糅合佛教轮回转世观念进行时空穿越者居多。如唐季礼导演的《神话》，即以轮回方式讲述了秦时将军蒙毅与朝鲜公主玉漱的超时空爱情故事。张国荣与王祖贤主演的《倩女幽魂》，姿容绝丽的聂小倩与执着痴情的宁采臣最终在转世红尘中再续姻缘。根据李碧华同名小说改编的《潘金莲之前世今生》，前世淫妇潘金莲身首异处，将赴阴曹之际，却怨念不忘，过奈何桥时趁机推翻孟婆汤，竟转世成为文革时期芭蕾舞演员单玉莲，最终她与心仪之人武龙同生共死。时空的变幻，凸显了一个女子改变现世命运的挣扎与无奈。

香港导演刘镇伟是讲述时空故事的高手，在其导演的《大话西游》中，孙悟空为赎其罪孽，五百年后转世成为至尊宝。他对白晶晶一见钟情，不曾想她竟是五百年前的恋人白骨精。后来白晶晶对至尊宝产生误会，愤而自刎。至尊宝为救白晶晶，使用月光宝盒使时光倒流到五百年前。我们不妨将月光宝盒看作时间机器之一种，其实质仍在于讲述一个执着的爱情故事。此外，刘镇伟导演的《无限复活》与徐克的《花月佳期》也值得一看，主人公分别通过红番宝石和神奇的电流回到过去，既弥补了过去的遗憾，同时也使人意识到人生真正的价值所在。也许这类电影在情节上并无特异之处，但它带给了我们温馨美好的感动。

（《世界新闻报》2010年5月28日18版）

《爱丽丝梦游奇境》：跨时空的灵感源泉

爱丽丝和她梦中游历的一切，成了我们取用不竭的灵感源泉。

赵晓辉

好莱坞鬼才导演蒂姆·波顿新作《爱丽丝梦游奇境》近日公映。该片连续数周领跑北美票房排行榜，自3月26日登陆中国内地以来，也取得了票房佳绩。导演不仅以诡谲奇妙的手法把观众带入了一个色彩斑斓、美轮美奂的童话世界，同时也使这个流传久远的童话再度焕发出特有的光彩。值得深思的是，这部童话的恒久魅力何在？自诞生以来，它跨越了时代与国界，几乎成为全世界家喻户晓，老幼共赏的经典童话作品。随着时光的推移，当我们一再被这个故事吸引，并不断以各种艺术形式演绎阐释这个故事时，爱丽丝和她梦中游历的一切，似乎成了我们取用不竭的灵感源泉。

纯粹的幻想和童趣

《爱丽丝》充满天马行空的奇思妙想，与一般童话迥然不同。通常情况下，童话作者多以谆谆教诲者的面目出现，总试图在作品中向孩子们灌输人生真谛、精神信念，或处世箴言，而《爱丽丝》毫无道德训诫意味，体现了一种纯粹的幻想和童趣。从创作缘起来看，它的产生极其偶然。1862年7月4日，作者刘易斯·卡罗尔（1832—1898）带利德尔家姊妹三人水上旅行，在返回途中给她们讲了一个奇妙的故事，二女儿爱丽丝听得入迷，临别时恳求他把故事写下来，于是卡罗尔写下《爱丽丝地下历险记》送给爱丽丝，后来在此基础上扩充写成《爱丽丝漫游奇境记》。至1898年卡罗尔去世，此书已成为风靡英伦的儿童读物。正因这是一个直接面对儿童即兴讲述的故事，故其毫无功利色彩，也无任何说教成分，而是充满了毫无机心的童趣。

从文本来看，整个故事极富想象力。文中的爱丽丝在河边看书时睡着了，梦中追逐一只白兔掉进了洞穴，来到一个奇妙世界，她遇到了爱总结道理的公爵夫人、神秘的柴郡猫、一条抽水烟的毛毛虫、神话中的格里芬、总叫嚷着砍头的扑克牌王后等。她参加了一个疯狂茶会、一场以刺猬作球以仙鹤为球棒的古怪槌球赛、一次乱糟糟的审判，直到与王后发生冲突时才蓦地醒来，发现自己依然躺在河边，姐姐正拂去她脸上的几片树叶——在梦里她把它们当成了扑克牌。除离奇有趣的情节，故事的语言也幽默睿智，作者将诡辩的问答、双关的谜语、矛盾的逻辑以及俏皮的讥讽巧妙融合在一起，体现了典型的英国式幽默，让人忍俊不禁。

《爱丽丝》广受欢迎，著名画家约翰·坦尼尔也功劳甚伟。他绘制的插图，活泼的爱丽丝、谨慎的兔子、微笑的柴郡猫、暴戾的纸牌王后、睿智的毛虫……无不鲜活灵动，直探灵魂，把我们带进神奇的幻想世界。故事结尾漂浮的梦境醒过来了，仍让我们觉得意犹未尽。

不断被阐释的爱丽丝

本质说来，优秀的童话应具有双重特质，一方面它是儿童文学语境中的幻想文学，要体现童心童趣，有别于一般奇幻作品；另一方面，优秀的童话作品总是力图超越纯粹的童年世界，绝不局限于为儿童写作，它应与任何一种成熟的文学样式密不可分。

《爱丽丝》就是这样一部具有双重特质的童话作品。它不仅征服了不同年龄的读者，而且深深吸引了文学、文化甚至自然科学领域的学者。学者罗伯特·伯尔赫穆斯认为，卡罗尔拓展了艺术、小说表现的可能性，并对现代主义和后现代主义文化产生了重要影响。从卡罗尔的兔子洞和镜中世界跑出来的有乔伊斯、弗洛伊德、奥斯卡·王尔德、弗吉尼亚·伍尔夫、卡夫卡、普鲁斯特、纳博科夫、贝克特、博尔赫斯等20 世纪以来的诸多文化巨擘。如对红桃杰克审判一幕，已经预示了约瑟夫·海勒的黑色幽默小说《第二十二条军规》所揭示的“疯狂世界”的特征，以及卡夫卡小说《审判》的荒谬意味。学者C·N·曼洛夫指出，爱丽丝的世界里，那些本应具备理性的成年人，如白兔和红心王后等都是疯狂的，他们荒谬可笑的行为解构了他们的权威性，而爱丽丝则是幻想文学中第一个不接受任何教训的儿童。

此外，超现实主义者称卡罗尔的作品有先导作用，弗洛伊德信徒将书中的象征意义大加发挥；而书中毛虫扑朔迷离的发问，又使哲学家们颇费思量。数学家维纳在他的名著《控制论》和《人有人的用处》中，多次引用爱丽丝的奇遇，与有规律的客观世界作对照。数理逻辑学家贝利克·洛隆在《数学的逻辑》中，大量引用故事原文来讲述原木枯燥的数理逻辑。

这些学者纷纷从文本中各取所需，仿佛爱丽丝的兔子洞是个永不匮乏的藏宝洞。这个现象再次证明了一点，不朽作品中任何一丝光线的放大，甚至一点微弱的回响，都足以启迪我们的智慧。

多重演绎方式

因为其生动形象的视觉性，《爱丽丝》不断被改编成戏剧、电影、音乐剧等。早在1933年，美国派拉蒙制片公司就摄制了电影《爱丽丝》。1951年，迪士尼公司制作了动画片，并起用10岁女孩凯瑟琳·博蒙特为爱丽丝配音，这个版本广为人知。至上世纪六七十年代，与爱丽丝相关的音乐开始增多。美国摇滚乐队杰斐逊飞机的《白兔》歌词云：“一个药丸使你变大，一个药丸使你变小，你妈妈给你的药丸不起一点作用。”这与当时毒品滥用、年轻人追寻解放的时代氛围相吻合。1972年费欧娜·弗勒顿以音乐剧的方式诠释了这个故事。1976年波姬·小丝在恐怖电影《爱丽丝，甜蜜爱丽丝》中扮演爱丽丝，形象极为清纯美丽。1982年演员梅丽尔·斯特里普在百老汇音乐剧《爱丽丝在宫殿》中有出色表演。2000年，美国知名游戏设计师麦吉设计了一款恐怖冒险类电脑游戏《恐怖爱丽丝》。游戏中的爱丽丝面目阴沉，手握钢刀，完全颠覆了传统形象。2007年在德国慕尼黑歌剧节上，韩国作曲家陈银淑、剧作家黄哲伦联合将此题材改编成现代音乐剧，其舞美设计如梦似幻，充分满足了现代人的视听期待。近日著名导演蒂姆·波顿重新演绎了这个题材，该片延续了波顿式诡谲奇幻的风格，给我们带来了一场3D视觉盛宴。

如果说技术进步是近年来奇幻电影大行其道的外部原因，那么作品的文本魅力，以及人们对于童心童趣的怀念，则构成其不断被演绎的根本原因。如果卡罗尔漫游这个日新月异的时代，看到自己的作品被乐此不疲地加以演绎，生性腼腆的数学家恐怕会惊诧到目瞪口呆。

链接1：爱丽丝漫游时尚界

近日蒂姆·波顿的新片《爱丽丝漫游仙境》上映后引起了极大关注，同时也点亮了时尚界的设计灵感。长久以来，波顿电影中华丽诡谲的造型元素，极富想象力的场景布置，都被看作是极具商业潜力的时尚宠儿。

时尚界深谙波顿新片的影响力。在纽约第七街专营的品牌扎克·珀森新近设计了名为“刘易斯·卡罗尔遇到帕洛玛·毕加索”的系列服装。法国巴黎春天百货公司的橱窗内用玫瑰和书本构成的白兔，服装模特可爱的兔子脸……都利用了故事元素。英国伦敦的塞尔福里奇百货公司和波顿新片的制作公司迪士尼合作，用多个橱窗演绎了故事场景，剧中疯帽子的扮演者约翰尼·德普的服装、帽子等都成为展示亮点。此外，迪士尼与美国时装设计帅苏·王合作，推出爱丽丝系列连衣裙，水晶制造商施华洛世奇也制作了仙境系列珠宝。

《爱丽丝》激发了时尚灵感，其中的视觉形象可用于服装及配饰的各方面。如各知名品牌相继推出了爱丽丝系列头饰、绣有红桃王后的帽子、织有钻石印花的长袜、使用兔头扣的印花手袋、白兔的怀表，甚至指甲油都有爱丽丝红这种颜色。这些产品既活泼可爱，又极富梦幻色彩，深受女性欢迎。

随着技术的进步，影像文化正以强有力的势态介入当下生活。由此，我们发现，文学、影视与时尚元素的相互融合，已成为这个时代越来越重要的文化现象。

链接2：爱丽丝的中国之旅

世界各国对《爱丽丝》都极为喜爱，迄今已有多种译本。在中国，在“五四”新文化运动背景下，语言学大师赵元任于1922年翻译了《爱丽丝漫游奇境记》。此书出版后引起巨大反响，诸多文学家已充分注意到作品中“无意思之意思”对儿童阅读的重要意义。周作人专门写了推介文章，他说：“就儿童本身上说，在他想象力发展的时代却有这种空想作品的需要，我们大人……没有剥夺他们这需要的权利。”

这部作品在作家中也产生了较大反响。1928年沈从文先生阅读此书后，花30天时间创作了长篇童话《阿丽思中国游记》，这是现代中国儿童文学史上最早的长篇童话。作家从爱丽丝漫游中国入手，故事中充满了现实的滑稽与悲凉感，透露出作家对社会人生的思考与批判。

《爱丽丝漫游奇境记》面世以后，又有众多译本出版，但研究界普遍认为赵译本最佳。因赵元任较巧妙地解决了书中诸多双关语、藏头诗和文字游戏的难题。但赵译本毕竟产生于多年以前，许多用语习惯都和今天相去甚远，如“法官”译为“知县”，“河马”译为“黑布婆太马狮”等，今天读者阅读起来难免吃力。中央编译出版社特邀请了知名翻译家王永年重译了此书，并于2009年7月出版，这是近年来较好的译本。

《爱丽丝》是一个谈论不尽的话题，这一切都源于作者卡罗尔有一颗不曾随岁月流逝的童心。因此，所有读者，无论老幼，不分国籍，只有永葆童心，才能领略其恒久魅力。

（《世界新闻报》2010年4月20日18版）

审视危机时代的金融电影

它们再现了巧取豪夺的场面，让人领会资本的推动力。

近日，有报道称，金融业题材的电影突然走红好莱坞，今年有数部与金融业有关的电影相继上映，这是影视界值得关注的新现象。此类电影以其独特的视角剖析当代社会的金融热点问题，揭示金融活动中的个人遭际和各色人性，从而深刻记录了时代浪潮之下的经济表征。

浮华背后的人性舞台

美国华尔街是商业精英汇集的地方，许多金融片都是以之为背景展开叙述的。今年9月上映的奥利弗·斯通导演的《华尔街：金钱永不眠》较受关注，该片乃是1987年电影《华尔街》的赓续之作。相较而言，新片更多转向温情路线，似不及旧作精彩。在23年前的银幕上，道格拉斯饰演的股票大亨盖柯在华尔街上叱咤风云、神采飞扬的形象，给人们留下了极为深刻的记忆。他在股东大会上的慷慨陈词成为该片的经典桥段："贪婪是好的，贪婪是对的，贪婪是有用的，贪婪可以厘清一切……贪婪激发了人类向上的动力。”该片深刻展现了人类欲望与道德之间的冲突，影片的结尾，依然是好莱坞主旋律的模式，良知战胜了贪婪，盖柯贪婪成性，不择手段，结果却败在良知尚存的年轻营业员巴德手上。

如果说《华尔街》对人性的道德底线还存有一线信赖与希望，那么阿莱克斯·吉布内的《房间内最聪明的人们》（又译《安隆风暴》，2005）则彻底揭示了华尔街商业帝国的欺骗与贪婪。本片记录了华尔街一起特大商业丑闻，全面揭示了美国安然公司走向毁灭的全过程：一群绝顶聪明的高阶经理人，利用财政审计的漏洞和骗人伎俩转移债务，就在其濒临破产之际还在对外宣传虚假繁荣的景象，用以误导民众，于是企业被搞垮，投资人血本无归，上万员工失去工作。这种惨剧让我们在宣扬财富至上的今天，反思重建商业道德伦理的重要性。

以上电影让我们领会到了资本的邪恶推动力，这令人反思：如果财富的累积是以失掉生命真正的幸福感与良知为代价，那么我们究竟何去何从？美国电影《居家男人》（2000）中的男主人公杰克·坎贝尔最终在平静美满的居家生活中，发现了爱与责任才是人生最大的财富，这是他在华尔街作投资经纪人时从未体验过的生活真谛。而《美国精神病人》（2000）中同样是华尔街商业精英的贝特曼则在这个道德匮乏的世界中成了一个极端拜金者和嗜血杀人狂，这揭示了高度发达的资本世界的浮华与病态。

愤怒民众的代言人

从社会意义来看，出色的金融电影可以让公众知晓西方世界金钱以及权力的运作方式。在过去的时日，每当金融危机爆发之时，就会引发公众对一些银行家的不信任乃至愤怒情绪。这种小部分人在危机中巧取豪夺，大发不义之财的情形在电影中都得到了展现。

以《华氏9·11》（2004）享誉世界的美国著名纪录片导演迈克尔·摩

尔的作品《资本主义：一个爱情故事》（2009）以独特视角剖析了金融危机的根源，并将批判矛头直指资本主义制度。在这部具有强烈愤怒情绪的作品中，我们看到2008年金融风暴席卷全球之际，银行强行收回无力还贷者的房产令其流离失所，社会司法系统勾结商人暴敛钱财，大企业暗中给员工投保以待其死后获取巨额赔付金，成千上万的工人失业，华尔街银行向政府请求高达7000亿美元的救济金，这笔来自纳税人的钱最后却不知所终。影片中甚至不乏对一些资助拍片的大企业的抨击，“为什么我如此抨击他们，他们还会给我钱呢？”摩尔说，“这恰好反映出资本主义的弊病，就是只要能赚钱，他们甚至不惜卖给你可以用来绞死他们的绳子”。

摩尔把自己比作“数百万想封掉华尔街的群众的代言人”，事实上，具有强烈批判精神的作品在任何一个时代都会赢得民众的赞誉。导演查理斯·弗格森的纪录片《内幕工作》（2009）也是这样一部具有责任感和批判精神的电影。该片反思了2008年美国经济危机，将目光着眼于全球金融锁链上的各个团体，同情经济危机的受害者，批判华尔街中饱私囊的奸商和与其相互勾结的政客。我们看到，在危机中小部分人坐收经济泡沫顶端的巨额红利，与此同时3000亿财富在金融危机中消失了，这惨重的代价却由纳税人来承担。影片对当前经济形势的危机提出了警示，同时，导演弗格森希望该片能引领“新的改革”。

此外，以金融危机为题材的电影还有约翰·威尔斯的《合伙人》（2010）、汤姆·提克威的《跨国银行》（2009）等，这类电影在一定程度上会让公众对现实经济状况有所关注，但究竟能否对改善现实监管起到作用，这恐怕还需要进一步论证。

商战之中的小人物命运

在商业领域中，对金钱财富的过分强调，促使人们过度关注目标实现的结果而非途径，由此，成功别无其他标准，赢得财富即是成功，反之则是失败。对于普通人来说，我们更为关注在这个领域中那些小人物的挣扎与挫败，并从他们身上获得了命运的启示。

在詹姆斯·迪尔登执导的电影《我如何弄垮巴林银行》（1999）中，男主角尼克·利森是英国巴林银行的一个小职员，在野心勃勃的发迹之路上，他多次利用客户闲置资金进行股票周转，这一切像赌博一样使其欲罢不能，宛如膨胀中的泡沫，虽光鲜，但总有幻灭之时，尼克的非法行径终使其锒铛入狱。获得释放之后，他美丽的妻子莉萨已移情别恋了。故事虽然比较老套，但却令人想到萨迪在《蔷薇园》中的名言："贪婪的人！他在世界各地奔走。他在追逐金钱，死亡却跟在他背后。"

与《我如何弄垮巴林银行》相比，科恩兄弟的《赫德萨克的代理人》（1994）更像是一个以金融为由头的荒诞故事。作为营造黑色幽默的高手，科恩兄弟在《赫德萨克的代理人》中用夸张而荒诞的手法描述商业世界的种种尔虞我诈，让片中主人公诺维尔这个失业年代的落魄小职员体会到了盛衰两级的戏剧体验。他的经历极具典型性，起初充满斗志，接着功成名就，后来又阴差阳错地名声扫地，陷入绝望，最后却靠着神力翻牌，让观众在啼笑皆非中领悟到商业社会的真实与荒诞。

诺威尔这样的人物还令我们想起迪恩·帕里索特执导的《新抢钱夫妻》（2005）中的小职员迪克，一朝被提拔当上副总裁，却原来是黄粱一梦，公司很快传出总裁携款潜逃的财务丑闻，迪克成了公司的牺牲品。但导演并没打悲情牌，反而走的是喜剧路线。这正应了老电影人尼克·克莱门斯的说法："经济年份不好的时候，人们并不愿在虚幻世界中再次经历不幸。"所以在萧条年代，歌舞片、搞笑片才是观众的最爱。

链接：镜头让银行家不敢疯狂

相较而言，金融电影比之其他题材的电影更为专业，也易给观者以枯燥之感，因而制作数量较少。

此外，由于投资和运作等因素，一部电影从筹拍到出炉大概需要3年左右的时间，这个制作周期决定了金融电影不可能对经济萧条等问题做出快捷反应。

尽管如此，富有责任感的导演依然会关注这个不够讨巧的题材，查理斯·弗格森和迈克尔·摩尔便是其中翘楚。

通常我们认为，在经济危机中，一些银行家在蓄意隐瞒他们的经营活动，或者通过极不负责的举动变得富有。但更重要的原因是，对于金融业而言，更多人对这一领域缺乏关注与监督，以及相应的制度保障。由此一些不法分子才能无所顾忌。

诚如英国《金融时报》专栏作家吉莲·邰蒂所言："毕竟，如果看电影的大众能够早一点关注金融业运行的原理，那些银行家可能不会变得如此疯狂。更多的镜头可能会催生更多行动，至少在一个好莱坞善于设定公共话语的世界里，能够改善监管。"

（《世界新闻报》2010年11月26日18版）

第七辑 伫闻清议

文学的真诚最高贵
——评《牙齿是检验真理的第二标准》

《牙齿是检验真理的第二标准》是一部对谈录，对话的两端，一位是获得茅盾文学奖及亚洲布克奖的小说家毕飞宇，另一位是视野宏阔的批评家张莉。毕飞宇和张莉有过三次对谈，在业内都有良好反响，尤其是《牙齿是检验真理的第二标准》一篇，作为附录收入《推拿》，被《PATHLIGHT》（《人民文学》英文版）转载，流传颇广。后来，应人民文学出版社之邀，作家和批评家用两天时间在南京完成了长篇对话，又进行修订出版，于是有了这部书。

这是一本对话品质很高、信息量很大的书，问与答皆十分精彩，与那些流于漫谈的对话录判然有别。同时，本书在文体感觉上类似散文，其趣味性、可读性又远在那些体系谨严、学理性强的学术论文之上。在这本书里，我们看到了一位优秀的小说家是如何炼成的：他有过怎样的成长经历、阅读经验和写作历史。其中最精彩的部分，便是对谈中论及的那些滋养过作家和批评家精神世界的文学作品，他们以小说家和批评家的专业眼光对数量惊人的古今中外文学作品加以评价，在评说中，他们甚至能够毫不费力地说出那些小说极具质感的细节，其博闻强识，令人惊讶。诚如张莉后记中的概括："眼前这位小说家绝非'凭空而来'，他有经年累月的阅读和思考、他有不为人知的艰苦的自我训练，他有他的储备、他的沉积、他的学养。某种意义上，这部对谈录里潜藏有乡下少年毕飞宇何以成为当代优秀小说家的诸多秘密。”

这是充满智识的对话，像一盘细腻闪光的棋局，也像一本另类的“武功秘籍”，真诚的灼见和令人回味的细节俯拾皆是。书中一切话题都被统摄在纯正的文学写作、阅读以及作家精神成长的探讨之下，既非文学关系学、写作成功学的展示，也完全没有那种塑造自我及他人的倾向，这种真诚本身就令人肃然起敬——也许，在人类文化史上最美好的事物，莫过于精神上的真诚无欺，以及与世界不断对话的兴趣。倘若没有这两点，我们将生活在一个由谎言和沉默构成的世界里。

书中包含了诸多作家与批评家彼此启发，相互烛照的精彩段落。也许世上只有极少数禀赋出众者一开始就能很好地表达自己，但对于多数写作者来说，他们需要真正的热爱、持久的阅读与训练，乃至宗教般坚忍的毅力才能获得成功。同样地，一位出色批评家的养成也极为不易：才学识力——理论素养、阅读经验、创作经验，样样不可或缺，否则仅就对谈中作家包罗万象的阅读视野，便足以对大多数批评家构成颇有难度的挑战。至少在我们这样一种教育体制中培养出来的，那些谨守某段研究的一般专家是难以“接招”的，遑论还要“华山论剑”般对谈下去。

批评家和作家的对立，真如书中所言，是一种优雅的敌对关系。我们看到，书中作家拥有学者般丰厚的学养，而批评家早年则拥有多年的小说创作经验——两位对话者都不是自我设限的画地为牢者。他们都是能够警觉并试图突破自己的局限，并且不断挑战写作与批评难度的人。因为真心热爱自己的事业，所以才会在各自领域走得更远更开阔。

在这样一种优雅的砥砺和对谈中，引申出的话题自然而流畅，给人信手拈来、亹亹不倦之感，亦令人想到《诗经·卫风·淇奥》所云：“有匪君子，如切如磋，如琢如磨。”如果说阅读作家已发表的小说像是秉烛照锦衣，那么阅读对话录就类似于将锦绣之衣翻转过来，让我们看清楚它的质地、针织的经纬，甚至那些细微的接缝、材料的来源都被一一厘清于眉睫之前。

书中有些细节饶有意味：比如小说家从阅读唐诗及诗歌写作建立的对语言之美的敏感。当然，那些原本写诗的人，后来转向其他文体的写作，对于其他文体来说都是幸事。如黑塞、纳博科夫等，他们原本都是很出色的诗人；还比如谈到好的小说家应该想象与思辨并举；此外还有几十年如一日从未歇止的写作训练，比如作家曾经发现自己的语言太思辨太逻辑化，就针对性地训练自己打破语言的逻辑惯性链条；此种坚实的写作训练如何令一个作家的写作不轻易走样。这也令人思考：为何国外某些大学里有各种文体、训练方法成熟的写作课，而中国很多大学里的写作课则形同虚设？

此外，对于那些尚在写作之路上摸索的人来说，有些问题昭然若揭。比如，应该怎样看待“中文系不培养作家”这种说法？这完全是个伪命题，毕飞宇认为：“如果你没有基本的才能和热爱，中文系的确没有办法，但是，如果你有足够的才华和热情，读中文系只有好处没有坏处。”再比如如何学习冲淡的美学风格？作家又云：冲淡是极其险峻的美学风格，如无特殊禀赋与人生历练，硬学冲淡，太过危险。此外，作家还谈到一系列对其写作产生过影响的批评家兼精神挚友。身为作家，原本性情敏感，如何承受那些尖锐的批评，由此激荡胸怀打开视野，这些问题至为重要。个中滋味，真实可感，毫无隔阂肤廓之论，非亲历写作者不能道之。

从20世纪80年代中期作家开始小说创作至今，文坛风尚几经转换，生活与写作交错互动，作家的创作路径也不断发生改变，我们也不难感受到毕飞宇写作旨趣的变化：先前的先锋美学写作路径，后来逐渐追求本土化和现实感的努力，再到后来又尝试摆脱“历史的脚手架”式的写作……这种写作路径显示了一个作家对文学史“命名”的警觉，以及不断挑战小说写作难度的勇气。在这本对话录里，我们更清晰地看到，毕飞宇是一位“能力均衡的作家”（李敬泽语），一个能将情感与理性、语言的“及物”与“不及物”、具体与抽象、才华与勤奋、自律与他律结合得很好的作家。

总之，这么多年，除了写小说，毕飞宇心无旁骛。这足以令一个小说家自豪，它昭示着一个作家持久的专注力，以及对自己写作天赋的绝对忠诚。尤其是在我们目睹了那么多早年极有才华的作家写出了很好的作品，后来纷纷移情其他领域，写作不过像其青春期梦幻，一梦醒来，人去楼空。只有真正热爱的人，还在默默躬耕。故毕飞宇能成为优秀的小说家，看似偶然，更多是必然。

此外，在作家谈到的写作与阅读中，我们可以感觉到，一个人年轻时代的各种阅读：中国古典文学、现当代文学、欧美文学、俄罗斯文学……都为后来的写作打下了良好基础，写作为阅读之子，“好吃者终为厨”。在我们看来，这种基于兴趣引导的阅读，那些书籍不仅仅是它们自身，而是可生长的生命和一个完整的宇宙世界。这样一种广泛的殖民式阅读，为后来寻找自己的写作声调也打下了很好的基础，这同时也是一个自身潜能不断被唤醒的过程。在这样一个时代，如何表达这个时代的心理复杂性、情感微妙性，并在此基础上忠实于自己的写作天赋，以精微深妙的个人的声音来折射生活，这几乎是每个作家面临的问题，甚至是必须直面的命运。

古语云：“鸳鸯绣了从教看，莫把金针度与人”。此书正好相反，它是一本乐于分享，金针度人的书。这令我想到，作家需要在孤独中集气养气，某些时候，需要过一种“山顶洞人”般疏离的写作生涯，当你偶尔走出山洞，遇见一些真正有才学识力的人，互相切磋砥砺，他们关注并赏识你的文字，你或许觉得自己的格局尚浅，尚不足以承受这样的恩泽与关注，但你可以在这期望中一直努力，在心灵的不断成长中，有一天，当你足以配得上这些期许，然后再将你所承受的东西传承给那些需要你帮助的人。因此作家如此坦诚地将自己的心路历程袒露在世人面前，就像一本久违的打开的书，这种真诚是高贵的，它会对真正热爱写作的读者大有裨益。

读完此书，碰巧最近得闲也刚刚读完小说《推拿》，深感生活如此真实残酷，又难以想象地丰饶美好。借用塞弗林·加斯帕里评价加缪的话，作家和批评家都是“众生中的一人”，又“试图在众生中尽力为人”。或如加缪所云：“对未来的慷慨在于把一切都献给现在。”我所期待的是那样一种小说的写作，既非现实主义，更非奇幻小说，而是能够创造出深入我们这个时代肌理的饱满神话？或如弗罗斯特诗里所述的，它会成为一个新的星体？深深地扎根于日常生活与历史中，从未孤立地存在过，它期待着写作者的召唤，将它们诗意地具象化。我们期待这样的写作和对话能一直延续下去，坚持永远比放弃需要更多的智慧和勇气。

（刊于《光明日报》2015年3月20日第15版，发表时有删节）

在伤口之上重建语言的故乡
——评诗集《骆驼羔一样的眼睛》

时已盛夏，天气燠热，于我而言，仿佛时光仅仅是在蹉跎容与中度过。诗人杨方忽然告知我她驻校一年快要毕业了，我心中一惊：我还没来得及好好读你的诗呢。于是乎，临此离别之际，我认真拜读了她即将出版的诗集《骆驼羔一样的眼睛》。这部诗集令我思绪蹁跹，给了我新鲜辽远的阅读体验。虽然在新文学的喧哗众声里，从来不乏女性的声音，但一个女性写作者如何在当下环境中，既服从内心诗性的真实召唤，又能够自觉地反抗环境与命运的平庸之恶，从而创造出一种敏感新鲜而又富有思想活力的属于女性独有的诗歌语言，洵为不易。下面将从几个方面粗浅谈谈我对这部诗集的感受。

一

威廉·狄尔泰曾经说过：“诗的问题就是生命（生活）的问题，就是通过体验生活而获得生命价值超越的问题。”[①]杨方的诗歌里有大量有关西

①转引自胡经之：《西方文艺理论名著教程》下，北京大学出版社2003年版，第51页。

域、边塞的异域性场景和景观式意象，这是我阅读该部诗集获得的最初印象。这令人想到一种常见的文学的地域学写作，在幅员辽阔的大地上，来自不同地域的诗人们选择一块诗性版图或者地域资源，由此而节度一隅。这个地方，通常是承载了写作者生命原初体验的故乡，其中包含了血浓于水的成长故事，以及无法消泯的情感记忆。

杨方曾在一篇访谈里说："新疆是我的出生地，是所谓的开辟鸿蒙，即世界对我最初的启蒙和介入，一个人少年时期的生活，直至白发苍苍也还记忆犹新。如果写作是一种特殊的记忆方式，那么这个记忆方式，从出生地开始，到葬身地结束。中国人讲究叶落归根，也就是你来自哪里，也必将回到哪里。我在西域的生活，将给我带来一生的影响，它决定了我的思维，想象空间，甚至语言用词。西域的荒凉决定了我写作的荒凉，西域的开阔决定了我性格的开阔。而所有这些特性，都是与生俱来的东西，像一个人暗藏的坏脾气，无法隐瞒和改变。"①这段话可以看作理解杨方诗歌的夫子自道式阐说。我们这一代人，有时那种腾挪变幻的诗歌修辞，乃至于矜博炫奇的想象力也不能掩饰人生经历的匮乏与单薄，而杨方出生于遥远的西域新疆，后来又工作于南方浙江，这种生活经历的南北跨度不可谓不大，这也是诗人得天独厚的写作资源。

对于南北文学的异同优劣，古人已有过十分精彩的论述，魏徵在《隋书·文学传序》中云："江左宫商发越，贵于清绮，河朔词义贞刚，重乎气质。气质则理胜其词，清绮则文过其意。理深者便于时用，文华者宜于咏歌。此其南北词人得失之大较也。若能掇彼清音，简兹累句，各去所短，合其两长，则文质彬彬，尽善尽美矣。"②杨方诗歌里有着十分浓郁的北方气质，它给人贞刚、质朴、荒凉甚至疼痛之感，绝无某些江南诗歌的绮丽软媚之感。

在这种基于故乡情感的诗歌写作中，诗人让我们看到了一个孤悬世外的异域世界：那里被记忆之光照亮，有河流、树木、花朵、村庄、牲畜，多民族混居的景观，有带着粗粝感觉的沉默、苦难与美。而诗人，在

①引自《走在分叉的树枝上，走在分支的河流上——杨方访谈》。
②魏徵《隋书·文学传序》，文渊阁四库全书本。

书写故乡时，似乎像个永恒的异乡人和局外人，这种身份的不确定感带来了感觉上的恍惚与疼痛。如其《亲爱的博尔塔拉，亲爱的陌生人》中所写：“亲爱的陌生人，当你抬起手臂／指向地平线外的星空／仿佛它从来就不在地球上……没有人看见，马蹄下，广阔的高原／是怎样沿傍晚向西倾斜，天山是怎样衰老，黯淡／风抽走了它体内含铁的顽石……高原之巅的博尔塔拉，永远无法到达，永远，孤悬在天涯”。《我还没有回到我的故乡》：“我还没有在宿命之国，彩虹之门／在一个叫纳达旗牛录的荒凉小镇／遇见一位陌生的锡伯族青年／他的眼神像挂在贴木里克山冈上蓝光闪烁的星星／很多时候，我怀疑自己已成为隆起山梁的一部分／那么地接近，一生都可以望见，一生都不能到达”。《骆驼羔一样的眼睛》：“我在自己的身体里旅行，沿着弯曲的血管，心，肺／经历着风暴，迷途，沉醉，累累伤痛／我的脚步，是胸腔里杂乱的回声／当我终于沿着一滴鲜血从指尖走出自己／安拉，我就会成为新世界苏醒过来的一部分／我就是那双骆驼羔一样的眼睛”。

由以上诗句可以看出，杨方对这种边塞的荒凉景观有着敏锐的诗性感受，她偏爱与漂泊、自然、旅行、动物有关的场景和意象，并且在这种摹写中传达出一种不可言传的哀伤感觉。和其他诗人相比，杨方的诗歌并没有以精致、细腻、柔婉的语言来强化其女性身份，而代之以一种强悍、粗粝、苍凉甚至有几分男性化的美学风格。这种风格，既非以舒婷为代表的第一代女诗人的“温柔美学”，也非第二代女诗人以翟永明为代表的具有颠覆意识的“黑夜美学”。如其诗《高山湖》：“我将这样描述一座高山上冰冷的湖泊——／一只鹞子在明亮的湖面突然翻了个身／仿佛被冰滑了一跤，仿佛赛里木／就是一块巨大的，从不融化的冰／和我一样又蓝又脆，无法呼吸／它还没有被打破的蓝色孤独／找不到流出去的豁口／它唯一的，出水就死的冷水鱼，不容于世／月亮的弯刀，高悬着，被天山的石头磨得发亮／山脉，边境，沿着暮色一排一排不断后退的／茂密黑松林，松针落地，箭羽纷纷／我将迎着它们走过去，我将独自一人／在悲怆的胡天胡地，丢鞭，弃马，手捧残雪和无限疆土”，这诗给人以冰冷悲怆之感，一个高山之上蓝得令人伤心的冰湖，与打马而过的梦旅人形象跃然纸上。《遗址上的乌孙国》：“我当是英雄末路，拜别时斜阳满地／慢板和快拍，用的乐器是胡笳，羌笛和苏尔奈／劲风把一张马皮吹得腹鼓如斗／仿佛死去的马再度回到它的空皮囊／金光里嘶鸣，腾空，鬃毛飞扬”，这诗中洋溢着一种英雄末路的雄浑悲壮之感。这样的诗句也跟中国古典诗词中悠远苍凉的边塞诗传统遥相呼应，令人想到卢纶《塞下曲》“月黑雁飞高，单于夜遁逃。欲将轻骑逐，大雪满弓刀”，王之涣《凉州词》“羌笛何须怨杨柳，春风不度玉门关”等诗句。类似诗句，给人一种开阔旷远之感。如其诗《野望》中所摹写的那样，令人仿佛蹀躞于古城墙之下，或置身于金属般沉重的荒野，遍顾无人，极目所望，唯驼队、畜群、大雁、孤烟、荒漠而已。

再如《杨花乱飞》：“在高原，注定深陷一场纷飞的爱情／那么多杨花集体地，以同一个姿势飘落／怀里的刀尖都朝向同一个人／如果我有单枪匹马的突围，她们就有十万埋伏的大雪／如果我突然奔跑，并大声喊出一个名字——／但我却是多么想和她们一样，不这样大呼小叫／虚幻着，静默着，也能发出爱和不爱的声音”。这诗令我感到惊讶，杨花在中国古典诗词乃至于当代诗歌里一直是个阴柔旖旎的存在，如苏轼《水龙吟》：“似花还似非花，也无人惜从教坠。抛家傍路，思量却是，无情有思。萦损柔肠，困酣娇眼，欲开还闭。梦随风万里，寻郎去处，又还被莺呼起。”这首词在词史上具有开辟咏物词写作范式的重要意义，它很巧妙地将杨花和古典诗词中柔弱女性形象的身世之感绾合在一起，穷极工巧又富婉丽之态。然而杨方对杨花的写法则是颠覆古典阴柔美学的，她笔下的杨花“身体里有世间最小的种子，最大的热爱和仇怨”，就像“一把刻骨的利刃，被柔软和白干净地包藏”，读着这样的句子，感到这些柔软的杨花似乎也包含了兵气与剑气，此种悍然凌厉之气在其他女诗人的笔下是少有的。

基于此，杨方的诗歌主动远离了那种“缘情而绮靡”的写法，而代之以硬朗冷峻的风格。此外，她的诗歌亦不依赖知识、理论、学养来写作，而是强调某种直接而强烈的生命体验和感悟。南宋诗论家严羽在《沧浪诗话》里说：“夫诗有别才，非关书也；诗有别趣，非关理也。”[①]诗歌写作

①郭绍虞《沧浪诗话校释》，人民文学出版社，1983年版。

固然和诗人的知识储备，理论学养有着密切关系，但写诗终归需要一种特殊的天赋和才能，刘勰《文心雕龙》云：“才自内发，学由外成。”如小说家阿城所言那种近乎“强悍的敏感”，杨方诗歌里那种强烈的对生命的体悟和直觉令人感动。

二

当然，一个出色的当代诗人，对于异域景观的摹写，不应仅仅是对旧有边塞诗歌传统简单呼应、追怀与互文式的改写式写作，而是应当在其中突显一种苍凉悠远的，令人战栗激赏的生命意识。这本新诗集《骆驼羔一样的眼睛》分为五个部分：故乡词，花间词、草木词，流水词，秋风词。虽然从内容上分为五个部分，但每个部分之间的差别并不大，在意象选择、抒情方式以及诗歌语言上都有着同质化、散文化的倾向。这五部分诗作，其中故乡、村庄、河流以及与此相关的动植物、自然意象遍布了每一部分，构成了整部诗集的底色，它在形成一种鲜明的个人特色的同时，也给人以类型化、雷同化之感。

此外，诗歌语言的散文化倾向亦较明显，此种散文化，不仅来自诗歌句式之散，其内在精神方面也带着一种飘忽不定之感，从主题到形式上都还需要一种更加集中、凝练、深刻的表达。如果与鲁迅的《野草》相比，鲁迅的《野草》虽然形式上是散文诗，但却几乎是现代文学史上最为淬炼、深刻的表达。《野草》的语言，是一种像黑洞般具有强大的裹挟力量的语言，让人恍惚置身于存在的深渊，那是一种如同光明与黑暗、绝望与虚妄、生与死、过去与未来，友与仇，人与兽等漩涡般强大离心效果的诗性语言，恰如李欧梵先生论《野草》时所言的：“多种冲突着的两极建立起一个不可能逻辑地解决的悖论的漩涡。”[①]与之相比，杨方诗歌主要的内在写作驱动力，都是靠着一种感性生命的直觉和体悟，它给人以真诚、朴素、感伤的动人感觉，初读之下，吻合了人们对于边塞异域的新奇想象，

①李欧梵《铁屋中的呐喊》，尹慧珉译，岳麓书社1999年版，第111页。

在异域的景观式摹写完成以后，从整体来看，诗歌意象之间并无太大跳跃性，迅疾的表达速度带来了强烈而直观的抒情效应，但也给人不耐深绎之感。

对于当代诗人而言，如何运用创造力摆脱诗歌语言的同质化、散文化倾向，由此而对诗歌语言进行超越性创新，这似乎是个永久性的话题，甚至是一种必须直面的命运。“无论古典还是现代，抒情诗都是以摆脱黑格尔所说的‘散文性现实情况’为旨归的”[①]，因为“读者的期待并没有转向去认识一个被描绘的、已经为人们所熟悉的或者说经历过的现实，而是转向陌生的世界的表象。不管抒情感受是在远离‘自主艺术’的情况下把它的描写对象带回神话理想的视域，还是在此以后从一个因人人皆知而显得空洞无意义的现实中发现了世界的新面貌，抒情诗的经验总是超越日常和历史生活的真实视域。”[②]在这方面，优秀的汉语诗人张枣的诗歌创作给我们带来了深刻的启示性。与当代诗坛大量同质化、散文化的诗歌作品形成鲜明对比的是，如诗人钟鸣所指出的那样，张枣在诗歌写作中，几乎所有的词汇都是一次性的；也就是说，每首诗的词汇只对这一首诗负责，同样一个词，用到另一首诗中，含义是不一样的。钟鸣的观察很精湛：张枣确实具有赋予词语气韵、“音势”的超强能力。……所有一次性的词语，它的堂兄弟们，它的表姐妹们，都团结在镜子周围，为张枣追求理想的自我献心献力。[③]

因此，相较而言，作者的写作仿佛已经进入了一个瓶颈期，其写作得之于此，亦失之于此。如其诗《对一匹老马说萨拉木里坤》：“记住，伊玛目的宣讲会在每个清晨准时响起／沿着西域地理上瘦落的街道／非虚构的门窗和墙壁／大片的尘土花朵般寂静地升起／破损的水罐已经流干，如智慧的头骨／那里的居民，光着脚在石头上敲打着手鼓跳舞／若干年前，我和他们像大自然晾晒的葡萄干／被风吹成一具具干尸，野蛮而悲伤地裸露在阳光下／不管怎样，我曾那么真实而惊人地存在过”。《淡灰色的眼

①秦晓宇《玉梯——当代中文诗叙论》，台北市：新锐文创，2012年版，第2页。
②转引自秦晓宇《玉梯——当代中文诗叙论》，汉斯·罗伯特·耀斯《审美经验与文学解释学》，上海译文出版社2006年版，第315—316页。
③以上引自敬文东的演讲稿《抵抗流亡——张枣三周年祭》，见敬文东教授的新浪博客。

珠》：“真的，没有地方可以把我留在任何地方／地表的条条大道都不能通往虚拟的故乡／唯有那条通向死亡的路途，鲜花一样，远方一样／回家一样／宰杀羔羊的屠刀在博格达峰的冰雪之巅高举／倘使我是被拒绝的命运／诵经的伊玛目就是我的福祉／人们可以把我当作外乡人，光着脚，没有姓名／他们埋葬我的时候，用清水洗脸，用白布裹身／他们不知道我有自己的领地和王座／有养育和生死，最边远的墓地从不被人惊扰／我曾存在，或不存在，那些疑似古代的波斯人／和我一样有着深陷的眼眶，忧伤的，淡灰色的眼珠”。

这样的诗歌，唤起了人们有关伊斯兰教的一些宗教性文化场景如清真寺、诵经、礼拜、祈祷、丧葬以及《古兰经》等宗教场景联想。诗里提到的伊玛目一词，最早源自对穆斯林祈祷主持人的尊称，又称领拜师、众人礼拜的领导者。结合作者早年生活的环境，接触最多的就是伊斯兰教，作者在访谈里提到过，每天都在伊玛目高呼信徒做礼拜的声音中去上学。但这种地域性文化场景摹写仅止于一个异乡人有关伊斯兰葬礼中的场景想象，且有种像风一样一闪即逝的飘忽感，如诗中主体身份的不确定感：“我曾存在？或不存在？”

当然，在有关故乡的想象与写作中，有关民族文化的遭际、历史境遇的困厄、孤独个体的境遇等方面，在任何一个生存在当下的真诚的写作者心灵之上，或多或少都会有沉思与冥想的轨迹。以上命题在这本诗集中，作者凭着一种敏锐的诗性直觉似乎让我们看到了灵光一闪的暗示与摹写，却并未形成精微且富于暗示性与穿透力的，一种富有现代性启示的诗歌文本。

然而，对于故乡，对于边塞，一个暗藏于传统世界和旧时记忆中的世界早已经崩溃，而另外一个新的语言故乡和可供诗意栖居的世界尚未建成。对于诗人，对于我们，应当何为？这是需要我们长久思索的命题。

三

诗人西渡在《黑暗诗学的嬗变，或化蝶的美丽》一文中曾经指出，就精神气质和写作意识而言，在以舒婷为代表的朦胧诗时期的女性诗歌写作中起主导作用的是一种清澈的光明意识，并以此和同一时期的男性诗歌相区别。针对舒婷的光明意识，新一代女性诗人翟永明针锋相对地提出黑夜意识加以颠覆。新一代女诗人在意识上和写作的技艺上都有别于前一阶段的诗人。在上一代女诗人已经取得的成就基础上，她们以更为开放的姿态和广阔的意识从中外诗歌中合成养分，不断在写作实践中锤炼和提高自己的诗艺，把女性诗歌推进到了扎实而富有成果的新阶段。①当然，应当看到，女性诗歌在新时期虽然已经产生了一些较为出色的诗歌文本，但多数女性诗歌却给人一种不耐细读之感，缺乏一种对于精微复杂的诗歌语言的美学追求，以及对诗歌文本的每个细节都仔细经营的耐心。

女诗人陆忆敏曾对女性诗歌的这一缺陷提出过尖锐批评："出现在（女性）诗里的，是无穷无尽的表白、解释，以及私下里的推断和怨言。很多人持有苦衷，一吐为快。在形式上，因其单纯、简陋和直率，多半抛却形骸，不刻意追求形式。"②这批评虽然出自20世纪90年代，但今天看来，这种批评在当下的语境中仍然是有效的。很多女性诗歌在一个狭小的范围之内对世界进行虚拟想象，事实上隔绝了一种诗歌和当下世界之间复杂而真实的联系。除了可以充当社会学注脚之外，就诗史本身而言，它们是并非真正意义上的有补于诗史的，真正具有探索意义的诗歌。

哲学家海德格尔云："一个不能在生和死的交织中体验爱的期待的人，是处于蒙蔽的价值意义中不敢直面人的存在的真实深渊的人，是不懂得生命真谛的人，正如一个时代，如果缺少对痛苦、死亡和爱的本质的揭示，则是一个贫乏的时代一样。"钟嵘《诗品》序云："气之动物，物之感人，故摇荡性情，形诸舞咏。照烛三才，晖丽万有，灵祇待之以致飨，幽微藉之以昭告。动天地，感鬼神，莫近于诗。"在任何时代，诗歌，它都应该是一种引领精神飞升的光芒，一个质地清晰而又幽邈的隐喻，它还是一种动态的风景，承载了个人不可复制的记忆、困惑与生命的细节，它要经过每个诗人都为之神伤的语言锤炼阶段，最终形成既热烈而又节制的

①西渡《黑暗诗学的嬗变，或化蝶的美丽》，江汉大学学报(人文科学版)，2010年第四期。
②陆忆敏《谁能理解弗吉尼亚·伍尔芙》，谢冕，唐晓渡主编《磁场与魔方：新潮诗论卷》，北京师范大学出版社1993年版，第270—271页。

艺术品。我想起自己非常喜爱的美国女诗人毕晓普在《旅行问题》中云："哦，我们是否必须梦着我们的梦／并且将这些梦留存？"是的，我们应当且必须怀抱我们的梦，并将这些梦以诗歌的方式留存。从这个意义上来讲，我们的写作才刚刚开始。时间仓促，言不尽意，谨以此文与诗人杨方共勉。

（《诗探索》2014年第6期）

身体如何沦陷?
——评《帝国阉宦简史》

本书的写作被作者自称为对福柯一次笨拙致敬。但这不过源自作者过谦的说辞。面对历史这个衣着光鲜的、正襟危坐的乃至在当代人的过度阐释当中已经发迹变泰了的黑衣人，怀揣将这一切变得有趣、充满思维乐趣的动机，作者试图将这一切翻转过来，探明它镜花水月一般不断被打碎而又重新聚合的影像。

有时，我会暗自怀疑，面对如此丰富的生活，一切的文字不过如酌蠡水于大海，都有将其简单图解化的危险。是与非，卑贱与倨傲，悲悯与无情，一切从何说起？表达的焦虑从未间断。对于稍有写作经验的人而言，将纷繁的历史线索梳理清楚，进而找到最佳的切入角度，这恐怕是作者面临的最困难的问题。更何况阉宦本身就是一个难度极大的命题，无论对谁，哪怕是天才卓异的思想家亦是如此。能认真探究阉宦在中外历史上的沿革过程，并对这一命题进行形而上的思索，这本身就足以令人惊异。

本书探讨了阉宦在人类文明史上的地位和作用。作为一种残缺的存在，阉人在人类文明史上仍旧扮演了不可低估的作用。本书是从阉宦的词语阐释开始，在回溯了阉割的技术史和制度史之后，从肉体阉人到精神阉人的一次彻底、清醒的结算。在阅读之前，我原本以为书里会有一些具体的东西，但我没想到作者几乎是从抽象的角度来谈论阉宦的。这些庞杂的注解，略显抽象的推演和论证，显然降低了本书的趣味性，这将不得不使那些试图偷窥帝国裤裆的人感到无比的失望。同时，我仿佛看见了躲在镜头后面沉思并暗中发笑的老圈形象。

作为我们的他者，阉人从来似乎都是一种变态、阴暗的存在。然而在帝国王朝的兴衰沿革中，他们在历史上作为一股不可忽略的力量活跃过。生理意义的阉割早已被废止，而精神上的阉割从未停止，尽管它有时是以善意、甚至温情的面目出现。一部阉宦史，就是一部阉人的风尚史，一部象征着惩戒与羞辱的刑法史，一部中国古代知识分子的负阴心态史，一部充满戾气的阉人权利斗争史，一部性快感缺席的历史，更是现代社会中精密而复杂的精神阉割术的历史，它是我们这个时代隐藏最深的破坏者，像腐蚀剂一样悄无声息地使任何一种理想主义变质。毫不夸张地说，有人的地方就有阉割，阉割像货币一样流传久远。除了意识混沌的疯子等少数人，任何一个有自我意识的人都逃避不了这个阉与被阉的隐喻。在日常生活中，全球化、媒体、消费以及大众文化已经联手打造了新的阉割机器，它们像毛细血管一样遍布生活的肌体。身体、政治、权利以及话语的内容、结构和运作方式也更加复杂隐晦。在这样一个时代，无论左派还是右派的出场都显得过于突兀和草率。

在阅读中，本书关于阉宦的地图越来越清晰，最后留给我们的声音是“关注自我”，理论的考索最后变成了个体生命的问题。时至今日，身体，似乎既受压抑，然而又通过医学技术的手段重新受到强调。性显然已经变成一个与生殖没有直接关系的问题，但身体的诉求仍旧成为个人秘密的最大限度的表白。身体前所未有地叛逆，而精神前所未有地沦陷，——谁能说我们这个时代的一切都欣欣向荣？在青春行将老去之前，是从此驯顺，还是继续抵抗那生活中不可预知的力量，在自由的闪电中发出令人战栗的呼喊？

本书的作者告诉我们，这一切，不仅是个观念范畴，也是一个必须去实践的行为范畴。我们在探讨，一次又一次，话题在继续，但永远不能被解救，只希冀片刻的安慰。那些试图提供某种定型的道德准则，或为现实消毒的具体建议是糟糕的，他们善良可嘉，但那些上下飞舞的手指和空中飞溅的唾液，应该变成，富有启发性的沉默。长久以来，我们太习惯去寻找一个框架宏大的、一劳永逸的解决方案（比如辩证法）。我们早已习惯了絮絮叨叨、尽言无隐的说教与训诫，然而与文字最深厚的感情都是在沉默当中发生的。老圈已然越来越谙悉沉默或沉默的力量，在无数有着愤怒中年潜质的、喋喋不休、沸反盈天的朋友聚会中，老圈身上越发显出一种静谧的知识分子气质。自大学毕业，倏忽六年已过，老圈本人的形象已经在小说、话剧、杂文、学术专著中逐渐隐匿消解，他开始沉静起来。尼采所谓“以鹰隼的眼光打量存在的深渊”，兰波所谓“深入一切，应付一切”，仿佛只有如此，我们短暂的人生，才能不断地获得重生？

话说回来了，一切不外乎一种理想。唯一可能的人性或主体永远是具体的，是处在历史的（一定时空中的）偶然事件的联系之中的，由生命力、知识体系与社会权力互相作用下的构成物。作为一个经年沉浸在思考药酒里的自由思想者来说，老圈的姿态总是显得如此早慧老辣。作者的气质决定了他的行文永远也不会成为罗列事实、作出判断的价值指南针。仿佛陌生的寒冬夜行人，老圈有时形销骨立，他涉足的水域一片漆黑。在他一贯悲悯冷峻的笔下，一切都病入骨髓，亟待重建。当我们在时间的洪流中日益深陷的时候，他对种种病症的质疑、反讽，永远新鲜的愤怒、敏感，依然令人眩晕。我至今迷恋老圈小说中那种有如音乐一般陌生的、悲悯之美。这个在行文中有着僧侣式严峻格调的家伙，他自认为终其一生在虔诚地追寻仪式感，或忙碌地谋求乌合之众的真相。他喜欢让自己的生活中充满非黑即白、简单直截的力量。他迷恋历史中冷僻的封底经验，他如此剑走偏锋，貌似平静的叙说背后隐藏着非常激烈的政治态度：革命与抵抗的声音像暗流一样潜藏在文本的书写中。生命即抗争的艺术？从这个意义上说，老圈是激情澎湃的人，而非抵死缠绵的人。即使在一个偶然的场合，当你无意中闯进老圈的文字和磁场，你一定会为他上下求索的偏执所吸引。

当然，我们丝毫也不会排除作者在思考过程中深刻的困难，以及未必经过周密推论的思考故障。阅读之后，关于身体／阉宦／快感／性的疑惑与犹疑依然在场，但作者独具手眼的见解自是显现无遗，我依然要为作者建立在严谨真诚思考之上的、俯拾皆是的生花妙笔和智性语言表示叹服。在阅读此书的时候，和那些重拙的历史教科书相比，作者显然让我们充分感受到思想的快乐，以及作者一贯灵巧而微妙的创造力。

春风化雨，清音独远

——评《儿童教育哲思哲语》

近日有幸仔细阅读了王忠民先生的著作《儿童教育哲思哲语》系列丛书，颇为欣喜。该丛书共五本，每本都拥有一个诗意的名字：《小溪青螺》、《小荷莹露》、《小花雏菊》、《小茵春畦》、《小虫呢语》。仿佛天空熠亮的星斗，或是大地潺湲的溪水，作者用自己的感情和智慧营造出一个澄澈清明的哲理世界，同时，作者也从心理学、社会学等多重角度审视了儿童时代的各种文化现象，让我们感受到一种沁人心脾的儿童教育理念。

在我们已经习惯了很多教育类书籍连篇累牍、叠床架屋式枯燥论述的今天，本书的写作形式独具特色。本套丛书，每本各统摄十余话题，每个话题之下又缀集了诸多简洁段落。细绎之，这些文字，既精悍可喜又文脉井然，若珠玑美玉而又不予人以破碎之感。此种写法，不难令人联想到中国古代的诗话、词话，或者语录体一类，仿佛天空飘然游移的云朵与星辰，宛然成了一方独好的风景。德国哲学家康德曾言，世界上只有两件东西最能深深地震撼我们的心灵，一是我们心中的道德法则；一是我们头顶灿烂的星空。对于我们这样一个物质膨胀而思想幽晦的时代，本书的写作旨在唤起人们对于儿童教育的忧思与使命感，让我们抬头仰望苍穹之上那片纯净的星空，重新反思有关儿童的一切。同时，作家将自己的儿童教育理念用诗意与思辨结合的方式呈现出来，给予了读者更多思索的空间。因此，无论从教育的角度，还是从文学的角度来看，这五册书都堪称精警耐读的优秀之作。

作家对于当前时代的教育症候是有着深刻理解与反思的。美国著名媒体文化学家尼尔·波兹曼在《童年的消逝》中云："我们的文化会忘记它需要儿童的存在，这是不可想象的。但是，它已经快要忘记儿童需要童年了。那些坚持住童年的人将完成一个崇高的使命。"当前时代，信息传播速度飞快，远远超出文字纸媒的传播能力，由此我们被带入一个瞬时性的世界：信息数量激增，一些曾被视为"禁忌"的性、暴力、死亡等成年人的秘密被一览无余地呈现，儿童在服装、饮食、游戏、语言等方面与成年人高度一致，由此，孩子们的童年受到威胁并面临消逝。本书作者认为："给孩子过度的压力，把孩子匆忙地从童年的海滩上推进大海，是极其不明智的做法。""儿童的'真实'世界与成人的现实世界是截然不同的，让幼儿像成人那样临摹、写生，是有悖于'童心世界'的。""当说教已苍白无力时，不妨让我们学会放手，做个无声的观望者。" 如此灼见，在此书中时有体现，这不由令人联想到，时至今日，尽管多数家长已经较为关注儿童教育，但还有相当一部分家长还在依照过于成人化的理念对孩子进行教育。由于批判与反省精神的引入，使得本书的写作充满了智性的活力，文学家王尔德有云："想象力只是模仿，批评精神才是创造。"而中国当今的儿童文学与教育，创造力的匮乏与批评精神的薄弱，是特异卓绝作品较少出现的重要原因。从这个意义上说，本书的写作在当前儿童教育的书籍中较为独特，给人以春风化雨，清音独远之感。

此外，本书的文字，由于作家投注了深切真挚的感情而变得极富感染力。作家把儿童世界的天真活泼、可爱无邪刻画得异常生动，对孩子们的心理，也揣摩得极为透彻。观其行文，形式活泼，有如自然之水，时而如履平地般滔滔汩汩，气韵流动；时而又如与山石曲折般随物赋形，长短不拘。如在谈到有些家长在对孩子进行教育追求完美时，作家说："追求完美有时就像把泥塘里自由嬉戏的鱼抓入精美的鱼缸，就像把一株野外摇曳多姿的树木移入温室罩上玻璃罩子，鱼和树木都感到窒息。”在谈到孩子们在生活中的灵思锐感时，作家告诉我们：“假如孩子看到树秃了，便说：‘树叶回家睡觉了。’而你却说：‘不对，树叶落到地上了。”这意味着……你在不知不觉间扼杀了孩子丰富而奇妙的想象力。”类似文字俯拾皆是，它们静默温润，毫无刻板的训诫意味，好像岁月深处擦亮我们灵感与想象力的温暖篝火。可以想象，如果我们的案头备有这样一套书，在一天中的某些时刻，随取一本，读上几段，如此文字，像一根根美丽的火柴，微火连绵，不仅照亮了童年的夜空，使孩子们稚嫩的心田得到滋养。同时，像春畦小花或溪水青螺一样，也使我们的内心受到美好的洗礼。

明代教育家王守仁有云：“大抵童子之情，乐嬉游而惮拘检，如草木之始萌芽，舒畅之则条达；摧挠之则衰痿。今教童子，必使其趋向鼓舞，中心喜悦，则其进自不能已，譬之时雨春风，霑被卉木，莫不萌动发越，自然日长月化；若冰霜剥落，则生意萧索，日就枯槁矣。”人类只有通过不断的深思和行动，才可能使童心世界摆脱日渐枯槁的可怕境遇。该书以哲理的思辨对儿童教育进行反思，且以具体的方法告诉我们如何去护佑那些原本纯净的心灵，这本身就是极具价值的。

须得承认，即便是在我们成年人的世界中，童年也如同草木灰中的火种，稍稍吹拂就能复燃。读罢此书，我们笃定地相信：此书就像点燃童年记忆的火柴，拂亮记忆风灯的手指。在作家诗意盎然的语言中，我们又重新找到了自己童年时代的梦境，由此而生发出一种强烈的愿望：无论对于儿童还是那些承担教诲之责的父母来说，与此书邂逅，都将是一次极为愉悦的心灵旅行。

（《书香两岸》2010年11月号）

躲进岁月幽独的阴翳里

——评诗集《画梦录》

这本诗集，无端令我想到叶芝的诗句：“我在阳光下抖掉我的枝叶花朵；现在我可以枯萎而进入真理。”冬天，岁华零落，删繁就简，我在窗前很安静地阅读这样的时光证词——它优美而绵密地在时光的海底招摇，如同岁月深处那些幽独的阴翳。它以时间为序，五年时光，经与纬的交结，从中我们可以看到诗人心灵潮汐的隐秘变化，热烈血脉渐趋沉静的搏动，以及重新调整写作方向的努力尝试。这种阅读，像是与故乡疏离多年之后，像麦穗一样被归来者重新热烈地拾取。

是的，我们热爱时光之阴翳，如同厌倦白日之阳光。怎样幽暗的心情，如同儿时的旧衣裳，穿在身上。那是记忆中最初触动灵魂的事物，诗人诗意感觉的源头，较之以往似曾相识的诗歌风景，它似乎出现了更多的阴翳。假如你忽略了那些沉默的影子，你“就不会看到这些，就不会触摸到这些温暖的冰凉”，“你也可以在这些美好的阴影后面／窥探和重新审视你对面的人群和生活”。

在这个被阴翳滋养的世界里，如一位诗人所言：“一年四季，仍是名副其实的徒劳”。在一片冥蒙的阅读与追溯中，我们或可“抵达青草”，或者最终“回到故乡”：迷醉于一地黄花，面对那些破败的炊烟，那些按照己意兀自吹拂的风，紫花苜蓿的前世，一朵柔软虚无的云，一棵旷野倔强的树，大梦初醒的野葵花，头顶白霜的矢车菊，眩目如血的爬山虎，蛰伏在冰凉的泥土深处的荸荠，一块洞穿万物的石头，一片青葱的庄稼：这是谷，这是胡麻，这是玉米。而我，忙于“在大地上安放了青草的刺／企图让他们在一夜之间揭竿而起／我在桃花上注入了血／看花的人，就能看到往事的颜色”。请看诗人放飞在这片天空的鸟群：燕子、布谷、麻雀和黄鹂，它们终将迎来自己的宿命。但秋天之后，生活的真相将会被揭开：“一个饱满的洋芋／与另一个瘦弱干瘪的洋芋／将面临两种截然不同的结局”。我们曾像游子一样决绝地走掉，然后重新回来。故乡，总是在找寻中重新诞生。于是，我们归来，看到被大旱击晕的村庄，那像种子般证明自己清晰存在的母亲，那些在秋风中兀自挺命的野棉花，一条河流、三尺黄土。我们近乎悲伤地开始悼念那些行将萎落的花朵和植物，悼念这个在阴翳中开始失落的世界：“这天空是如此浩大／而星辰是如此众多／这个夜晚，一些幸福被我有幸看见／更多的事物／正在黑暗里无声归隐”。

诗，真是关乎心灵的不可言说的秘密。它也许和我们所熟知的世界相关，但更多地和那神秘未知的世界相关。也许，诗歌应该引领我们更深刻地感知那未知世界的神奇、辽阔与苍凉。而如何抵达这个未知的秘密世界，对抗由流逝的时间带来的速朽，这是诗人们需要永恒面对的难题，这同时也意味着对诗人们诗艺和耐力的超常考验。于是，我们看到，在现实的大地上，诗人处于不断找寻的漫游中。在叠叠沟，鲜美的草莓，狂暴的梨花，和夜色里睁大了眼睛的人群。在蛇蟠岛，虎狼之势的大海，以及蝴蝶之翼的诗人。在浙南山区，仅是一念之间，沙尘已远。在黄山，邂逅宋时云雾，明清松柏。青城山中，踽踽独行之竹节虫……远离了，岁月的猛虎与蔷薇，烛火与风声。“唯一能被风声传颂的／乃是你路过人间时带来的／词语、旋律和气息。”

这是时间的证词，更是属于诗人私密的个人地质学，这也是一个有关眷恋、忧伤的故事。如果说诗人过去还沉浸在他的故乡的地方志与村庄史的写法中，那么在这本诗集里已经有了更为新鲜的变化，这些新鲜的变化不但展示了诗人诗艺的成熟，同时也照亮了更为新鲜的修辞路径——也许十年的清风已然吹散了从前体内欢愉的抒情鸟群，他的目光开始变得凝重，像一场大雪飘落在大地上，他看到了那些远比流逝的风景更厚重苍凉的人与事，那是我从未熟悉的生存图景。诗人沃尔科特尝云：“不要问我的写作到了哪里，而要问我的生活到了哪里。”2012年似乎是诗人生活上的一个重要的转捩点，与此相应地，诗歌文本也出现了一种新鲜的变化。如果说“李家山”在诗人过去的精神地图里，似乎只是一个漶漫模糊的符号，现在则更清晰立体地呈现了那些远非厚重苍凉所能形容的人与事。

在我因阅读而引起的想象中，远在天边的李家山近在咫尺，它被一场温暖静谧的雪花覆盖，带着凋敝苍凉的表情望着我们。夜半时分，那去世很久的亲人们都回来了，“仿佛一夜之间／很多我熟悉的，喊我乳名的老人／都离开了李家山／而许多新鲜的面孔，又一夜之间呈现／我叫不上他们的名字”，“丁卯年腊月二十九，当我怀抱儿女之心／在门前的雪地里，跪倒／当那些黑色的纸钱，和雪花一起／纠缠。最后各自飘散／我确信我看到了那些离开李家山的老人们／一起回来了”。还有那三寸金莲的小脚女人，从民国乱世款款走来……以及因新一代年轻人逃离村庄而被废弃的庄院，那像是普遍存在于中国乡村的一道道无法愈合的伤口，刺目地提醒当今乡村的凋敝荒凉，那曾是一个滋养了诸多诗人的蓊郁诗意的葱茏世界啊。这样的诗歌，真有撼动人心之美，诗人将叙事的笔法和平实洗练的语言有效结合在一起，形成了一种富有质感的语言结构，让我们感到了一种结实内敛的诗歌脉搏。这组新人耳目的诗歌，也许是诗人在诗艺探索方面更加主动积极地承担起当下生存的多样性与复杂性的有效尝试。并非迷醉自己和麻痹他人的虚假抒情，并非逃离故土的守望者和观看者，我们能在其中读出一种近乎悲伤的疼痛。我真想说，请关注那些已然逃离故土的颠沛流离的精神孤儿，他们在无法安居的城市黑夜流浪，也许恨意会让他们心中长满仇恨的铁丝与利刃，这将酝酿成一股可怕的风暴。

写到此时，我内心空落，却感到凝重的惆怅。那些在漆黑之夜不断摸索的诗人是可敬的，身处这样晦暗的时代，一个并非心力交瘁的写作者是形迹可疑的。诗人说：“20年时光，白云苍狗，写作成了这漫长而又短暂的时光里，我选择的一种对话与缓解的一种方式，这种方式已经深深地融进了我的血液和骨骼里，大概余生也不会改变。”“因为诗歌，我的内心将获得救赎和安宁”，愿那些所有在幽独阴翳里静默的人，最终获得救赎与宁静。

早霜中的鸟足堇

——评《异教徒的女儿》

本书带给我难以言传的阅读体验。几天以来，词语的霰雪吹拂着我，它布下了有关受难与死亡的浓重阴翳，远在一切光明之上。这片阴翳的云朵，使我对人类以上帝之名施行杀伐异己的暴虐行径，产生了深重的惆怅与嘘唏。那真是可怕的时代，如此惨剧刿目怵心，理性之光尚未驱散邪魅的梦魇，人们的仁慈与怜悯都被投入狂热之火，那些幸存的人们，却长久生活永难愈合的黑色创伤中。

世事往往如此，当往事像疤痕那样静止，所有痛定思痛似乎不如心肝全无的忘却。然而对于此书的作者凯瑟琳·肯特（Kathleen Kent）来说，小说的叙写极不寻常，这乃是关乎历史与家族的双重沉疴。

从历史来看，“岁月有多长，死者的名单就有多长”，这股可怕的猎杀女巫之焰自15世纪燃至18世纪末，在这黑暗的三百年中，基督教教士以《圣经》中“行邪术的女人不可容她存活”之语，对诸多无辜女性行迫害之实。被控之女性，多是性情幽独的村妇，擅制草药的医生，甚或洞悉秘密的智者。只因天气异常，庄稼减产，牲畜猝死，邻里纠葛等，即被控以施行邪术之“女巫”，或被斩首示众，或惨遭火刑。

从个人来看，这个故事的特殊性在于，它“并非来自幻想故事里的那口井，而是用自己家人的血泪编织而成”。作家八岁时，即从祖母口中得悉自己是1692年赛伦村审巫案死难者马莎·卡列尔的十世后代。因此，这个题材提出了很高的挑战：作家不仅要重检史实，还要召唤亡灵，起先祖于地下，并与死亡对话。

应当说，作家找到了一个很好的叙述角度，以受害者之女的视角展开，第一人称的口吻予人亲切自然之感。小说中，那个寒冷刺骨的冬天，我们全家迁往安多佛，在那个风中流布薄荷气味的地方生活。对于早慧的“我”而言，生活是由望不到头的贫穷，与可怕的天灾人祸的搏斗，以及春种秋收的辛劳构成。我们看到，这个敏感小女孩的人生图景还未展开，就已经被过多忧伤、孤独与梦魇侵扰。

而妈妈，这个在岁月的磨砺中怀抱岩石之心的女人，仿佛一口深不可测的深井，言语犀利，特立独行，眼神里总是透出一股永不屈服的倔强。上天赋予她坚强的性格，她的温柔隐藏在冰冷的外表之下，不易察觉。一股怨恨开始在像发酵木桶中的啤酒那样滋长，似乎妈妈应该为“我”所有的损失承担罪责：亲爱外婆的去世，以及与亲爱的姨妈和表姐的分别。

这个故事，并非一个小女孩的前青春期造像，也无关绮罗愁绮恨，它始终以细腻的笔调在讲述一个无限接近真实的故事。如果忧伤的本质是对失去的恐惧，那么，我们似乎已经在小说前半部分的忧伤基调中发现了不幸的端倪。很快，全家开始面临最大的恐惧：因为莫须有的原因，妈妈被诬以女巫之名并被捕入狱。

有多少残忍的暴行，就有多少无辜的殉难。小说深刻描绘了妈妈在走向死亡之途中，她本人以及家中亲人所经受的种种痛苦。“如果我们完全看透了自己的明天，还有多少人会绝望地一搏来改变未来？如果远见告诉我们将要失去家园、亲人和自己的生命，而唯一得拯救之道是出卖最可宝贵的灵魂，我们又会怎么做？”也许对死亡的恐惧会促使人放弃信仰的坚守。而妈妈却宁愿为此付出代价。为了捍卫清白，她在法官面前桀骜不驯，这种宁为玉碎的性格送她走向了生命的终点。

而年幼的“我”，在生命图景尚未清晰展开的时候，未料想妈妈坚硬漠然的外表之下，拥有真正柔软慈悲的心。在临死之前，她拒绝食物，为了使孩子们有果腹之食，她节省水给孩子们止渴。而她甚至未能在生命的最后时刻拥抱孩子们，她说："不要记得死亡。记得我，莎拉。记住我，我的一部分永远跟你们在一起。"最后她被施以绞刑，而那天的天气，万里无云，"仿佛上帝也要睁大眼睛观看。"

"我"终于明白了先前对于妈妈的误解和苛责。妈妈，她是这样一种女人：她表面的冷漠以对家人无限的忠诚与爱作为前提。她是一个宁愿为真相付出生命的，值得敬爱的女人。她的死甚至带有殉道者的牺牲意味。

由此我想到那些诸多蒙冤死去的女性，据资料，英国埃塞克斯郡在1560年至1680年间处死了291名行"巫术"者，其中268人是女性，而塞伦村审巫案只不过是长达三世纪以来狂热屠杀的尾声，那真是人类文明史上一个血迹斑斑的章节。

此外，小说令人震撼之处在于，在合理的司法程序以及正常理性缺席的情况下，在妈妈周围，那些原本熟悉的亲人、邻居，甚至漠不相识的人，在以上帝之名行罪恶之实的掌权者的监禁与酷刑之下，最后都成了她的"罪行"指控者，以及联合绞杀者。法国人勒庞在《乌合之众》中，对那些处在极权制度的恐惧中生存的普通群众，他们的心理如何逐渐呈现法西斯化的非理性特质，有着十分深刻的描绘。如1792年法国历史上的大屠杀事件，当时，在大革命精神的感召下，巴黎成千上万市民几天之内虐杀了关在监狱里的僧侣贵族1500多人，连孩子也不放过。更不可思议的是，在极刑现场，妇女们以一睹贵族受刑为赏心乐事。这些店员伙计、家庭主妇，都相信自己的行为是完全正义的，他们是在消灭"共和国的敌人"。同理，小说中那些刽子手，都认为自己是在奉上帝旨意为正义之事。当非理性的磁场在人群中像传染病一样迅急蔓延之时，人类极易流于暴决。这种昆德拉所谓"无动机谋杀"，真是一股疯狂可怕的非理性情绪，它使人失去正常思考能力，沦为残忍与暴虐的工具。

因此，从这个意义上说，小说体现了作家追寻真相的勇气。当然，仅仅体现这点是不够的，如果这种写作不能同时也成为审美活动，那将是极为遗憾的。《异教徒的女儿》难能可贵地做到了这一点，其叙述语调诗意美好，像春天的花朵渐次开放它朴素内敛的花瓣。诗人洛尔迦说："一朵玫瑰的形式和香味，可以向我们讲述永恒。”

读罢此书，我想到书中描写的那些古老而残忍的夜，一切都像月光下的原野，被无声的霰雪覆盖。“不要说死亡的烛光何须倾倒 / 生命依然生长在忧愁的河水上”（海子《亚洲铜》）。许多年以前，“我”曾料想如果妈妈的骨头做成琴弦，将会奏出何种音乐，那歌词一定壮大有力，有如惊涛拍岸，曲调则像大海一样低沉冷静。但后来，“我听到的还是轻柔的沙沙声，一种古怪的哨声，是鸟足堇在冬天的早霜中生长的声音”。

我以为上面这句话，既是妈妈一生的写意，亦足以概括这本小说的风格：早霜中倔强而温柔的鸟足堇。那是一种生于北美原野的淡紫色花朵，有着别样的幽独之美。作家仿佛要告诉我们：尽管有过冬天，花朵仍不辞开放；尽管死亡的阴翳笼罩众生，我们仍不妨活出生之绚烂。这本书，对于作家，对于历史，一切仍是为了忘却的纪念。

成长的蜕变之痛

——评《假装我已离开》

青春是一个令人爱恨交加的话题，它的底色有时是黯淡残酷的。很多影视作品，如杨德昌《牯岭街少年杀人事件》、吕乐《十三棵泡桐树》、王小帅《青红》等，皆表现过“残酷青春”的主题。电子媒介时代视觉的强势影响使我们相信，越是美丽的青春，就越是要走向阴暗、绝望乃至暴力。所谓青春抑或成长，都带有激烈的自我挣扎，乃至玉石俱焚、不可调和的决绝色彩。我时常在想，那些在时光的风声中逐渐拥有平静内心的成年人，他们也曾拥有或孤独或叛逆的青春，只不过如今他们已经安全穿越了青春的沼泽地。回首来路，仿佛一个经历了夜间梦魇的人，黎明时分，有的人早已忘却了梦境中的挣扎与无助，有的人依稀记得却拒绝言说或回忆，而有的人却始终以共情之心持久关注那些生存在当下的少男少女。近期出版的作家汪玥含的《假装我已离开》就是这样一部小说。

基于作家的女性身份，小说特别关注了两位少女彭漾和佟偌善的成长世界。这种特别的视角，使得这部小说有别于男性作家视野中呈现的成长经验——滤去了那些令人不寒而栗的暴力色彩，或者流溢满纸的青春期荷尔蒙的味道。女作家仿佛亲临青春的残酷现场，带着既热烈关切又疏离内省的笔调为我们带来了一个令人深思的成长故事。

在这五色斑斓、阴晴不定的青春光谱中，彭漾是最令人瞩目的红色。彭漾，正如这个名字所暗示的那样，她热情活泼、前卫大胆。她像涌动不宁的春水，又像热烈燃烧的红色，全身迸发出蓬勃生机和无限活力，感染着周围的每一个人。在一片葱茏的林苑中，她仿佛“一枝紫红色的玫瑰从那一簇花丛中傲然挺立出来，在夜色的笼罩下像是黑色的精灵一样诡艳，它仿佛因了夜晚的露水而突然绽放一般，正在向外裂开的花瓣片片挺拔，像灌了汁一样鲜嫩”。彭漾出身高干家庭，父亲是凌城的副市长，也是一位严肃的军人。父亲像对待男孩子一样严厉地要求她，教导她独立、自强、自尊，不仅学业，包括做人、做事都要勇敢果决、雷厉风行。基于这样的教育理念，彭漾身上有种中性化的特质。她兴趣广泛，样样出色，是学校的风云人物，也是一个长久以来全力追求完美学业和生活的少女，拥有令人艳羡的一切。小说伊始，我们以为彭漾是一个令人轻松愉悦的阳光少女形象，就好像《挪威的森林》中的绿子。

然而如同古今中外所有的故事所预示的那样，大凡完美的境况都会走向破碎，或者说，完美事物的存在就是为了陨落。仿佛天空美丽的流星，或者萎落之前的娇艳花朵，一次突发事件捩转了这一切。彭漾意外得知，自己并非彭副市长夫妇的亲生女儿。她忽然觉得眼前的一切都发生了天翻地覆的变化：“原来人所感受到的、看到的世界完全可以是假的，是可以被随时颠覆的！”年轻的哈姆雷特曾经陷入生存抑或毁灭的哲学之思，此时的彭漾也面临这样的精神困厄。她突然之间觉得自己不过是被战争戕害而又被友情传递的弃儿。这个事件成为她青春叛逆心理的催化剂。在同学石龙遭遇意外躺在医院的病床上奄奄一息的时候，她全力照顾同学石龙并把这段原本懵懂的恋情当成唯一的精神寄托。青春时代的感情总是如此激烈冲动又不计后果，在原本完整圆融的成长世界开始出现罅隙的时候，这个如铿锵玫瑰般具有旺盛活力的少女，竟然选择了自杀。

幸运的是她得救了。死亡使人沉思，使人超越，彭漾洞烛了它的奥秘和幽微。在和死神擦肩而过之后，为了却心事，她和石龙来到了云南，在中越边陲的小镇上，得知自己年轻的父母如此壮烈地在战争中死去。在父亲的墓碑前面，她所有青春的躁动、迷惘以及那份怨戾的身世之感，都慢慢得到了化解。可是恋人石龙却又意外死于车祸，这电光火石般的陨落，令人震骇。在生与死的痛苦体验中，我们可以想象，彭漾开始慢慢走向成熟。她在信中对好友佟偌善说：让我们继续热烈地学习和生活吧！

如果说彭漾是活力四射的阳光少女，那么则是佟偌善是月光型女孩，长期滞留于幽闭冰冷的忧郁情绪中。她敏感、脆弱，无力地抗拒着随时可能出现的伤害，更是像一抹令人心碎的蓝色。这样一个美丽内向、惹人怜爱的少女，她本该在亲人呵护中安然度过青春岁月。

可不幸的是，她出生在一个争吵不休的家庭中，母亲强势暴躁，父亲懦弱卑琐。她的精神世界几乎是封闭的，母亲的态度使得她在家中噤若寒蝉。而在学校，也几乎没有在精神上可以畅快无碍进行交流的朋友。在那黄金般的青春岁月里，佟偌善却一直沉浸在梦魇似的自虐情绪中。像温如海这样温厚善良并且默默关心她的男孩，则令其不快地联想到家中懦弱的父亲，自然也是拒绝与其交心的。偶尔在家中令人窒息的战争中溜出来，她会孤身来到小河边，虽然小河已被工业时代的垃圾和杂物所污染，只有在这里，才会找到片刻的宁静和自由。小说中数次写到这个场景，水中的倒影显示出这个忧郁少女封闭的精神世界，仿佛古希腊神话中临水自鉴的那喀索斯。日复一日，她愈发沉默，只能与水中的倒影交流。偶尔水面涟漪，能够唤起的全是伤痛的回忆——在年纪幼小的时候曾经受到过性侵害却难以启齿无力反抗。而在现实的世界中，她仿佛鲜活青春岁月的一个晦暗的阴影，长久地封闭在自我世界中。

从女性形象来看，佟偌善是传统意义上的女性形象。她温柔、美丽、柔弱、善良，作者对她寄予了深刻的同情与悲悯。这个少女的形象反映了人们对女性模式化的期待，她纯洁、无害，男性与之相处时是安全无虞的，甚至可以得到凌驾其上的拯救式快慰。我们看到，佟偌善在与哲学系研究生冷西墨恋爱的时候，仿佛飞蛾扑火一般，迅速踏上迷失自我之途。这段恋情透支了佟偌善几乎全部的活力，在寂寞的17岁，她发疯般地想要从这种窒息幽闭的自我中解脱出来，像濒死的病人那样渴望在这段恋情中获得救赎。在短短的时间之内，她以为得到了成熟可靠的庇护，笃定要将自己全然交付出去，由此而沉浸在极端的、犹如高烧般的幻觉和想象中，学业和生活都变得无比恍惚……在冷西墨放假回家的时候，她魔怔般地给他写信，每封信都像一团火。毫无疑问，冷西墨是冷漠与自私的，他所欣赏的便是《海的女儿》中小人鱼那种永恒付出而从不索取的爱情。如同这个凄美的爱情寓言所预示的那样，佟偌善最终为此付出了生命的代价。

这个无比敏感、略带病态的少女，她自小就怀抱一种极端的情感理想。她期待在恋爱中得到救赎，可惜却误入沼泽，最终以自杀的方式结束了自己年轻的生命。她的死宣告了成人世界的粗砾与冷漠：这个世界的规则终究是由成年人制定并运转。青春就如同成年世界的侧室一样，锦绣年华注定要凋零于残酷现实。

毫无疑问，青春时代远不如一个人情练达心智成熟的成年人善于自我保护。我们看到，单纯荏弱的少女在生命中的最后一点挣扎，是如此令人痛惜，给人以强烈的震动。在佟偌善从宿舍楼窗上跳下去寻找冷西墨的那个晚上，那纵身跃下的疼痛感："她第一次感受到了肉身击打地面时的肉身是多么绵软、无力、不堪一击……随即是钻心的疼痛……整个人像是根正在拔节生长的竹子，突然猛烈敲击它，它被敲缩了两节。""她像一只痛苦地在地上翻身打滚的小蚂蚁，在校园寂静的角落里做着自己的挣扎，没有一个人看到。"而在回家休养的生命的最后日子里，母亲依旧咄咄逼人，继续用恶毒的言辞咒骂，且如入无人之境的时候，她感觉到身体在受伤、流血，而母亲却永远也无法听到她痛苦的呼告了："妈妈，如果你温柔一点，我会将我内心一万种柔弱的感受全部告诉你，将我为什么会这样做一点一点地告诉你……可是啊，妈妈，我最亲爱的妈妈，我爱的妈妈，如果你永远只会这样对我说话，也许我将把那一万种感受全部带走，让你永远都不知道，让你后悔一辈子……"。而近在咫尺的母亲，她永远也不会听到女儿内心深处的真正想法了。

小说令人联想到生命中那些重要的成长转捩点，仿佛蝉蜕蛇解一般，新的生命体开始捐弃旧有的躯壳，这也是黎明前生命最稀薄、虚弱的时分，倘若安全无虞地渡过，便会焕发出如蝴蝶破茧般新生的美丽与成熟，一旦失败，则会令人痛惜地陨落。

彭漾与佟偌善，虽则性格际遇迥然有别，但同样处于成长蜕变的关键时刻。作家抓住了这一重要时期，仿佛青春麦田的守望者，对人生带给她们的宿命与变化进行了描绘与解剖。小说的笔调迥异于那些唯美飘忽的青春小说，对这一特殊的蜕变时期的痛楚之感有着生动深刻的洞察。在其舒雅流畅、富于文采的文字背后，似乎掩藏作家本人曾有的青春感伤，有些片段甚至给人以自叙传般的真切之感。

不仅如此，作家在描写两位少女的生活的同时，难能可贵地凸显了她们涉足的现代社会的社会与家庭的伦理问题。阅读这部小说，我们被这样两位少女的迥然不同的性格和人生轨迹所感染着，她们仿佛在重历我们的少女时代，也仿佛旅途中所见到的那些风一样的或欢欣或沉默的少女形象，在茫茫的人海中，仿佛曾经熟悉的雨滴，与我们擦肩而过。她们在人生旅途上的每一段经历，无论惶惑还是迷惘，还是对青春的感怀，乃至成长中的惆怅、哀伤、妒忌、冲动……都在我们的心灵深处引起强烈的共鸣和震颤。

成长如蜕，那是个燥热冲动同时又虚弱不堪的时刻，如果我们只是一意规避这个特殊的时刻，或者像小说中佟偌善的妈妈佟美兰那样略带粗暴地掉转头去，那便会造成无法弥补的错误。因此，对于那些经历了蜕变之痛的人们来说，这一切绝非远逝的风景——对于眼前就要成长起来的下一代，作家似乎在提醒我们，应该对他们的成长与蜕变投注更加敏感的注视和更为宽容的理解。

（原载《中华读书报》，发表时略有改动）

铄古铸今论

——与诗人陈家坪的对话

陈家坪：你是古典文学专业的博士，又从事现代诗歌的写作与批评，这给我们的对话带来了一个非常有意义的空间。我们就从你的写作经验谈起，一种古典文学的学养，古典诗词的节奏，抒写新的，未知的，充满现代意味的生活节奏与情感，这之间存在哪些自然和不自然的地方？

赵晓辉：感谢你的提问。我2007年毕业于北京师范大学古典文学专业，毕业后在北方工业大学中文系任教至今，主要给学生上中国古代文学史等课程。但我的兴趣爱好一直比较多样，一直保持着一个文艺青年的泛阅读状态，好读书而不求甚解，只要有兴趣触发点的就会去阅读，绝不仅局限于我的专业古典文学。

当然，喜爱阅读新诗，这可能跟我大学时代写诗的经历有关，所谓“不忘初心”，正此之谓也。偶尔也写诗，但写得很少，这让人十分惭愧。诗人庞德曾给年轻人一个建议，每天写75行，多写才行，这样才能在词语的冲浪中找到自己的声音和写作方向。没有数量，其实根本谈不上还在从事新诗写作。批评偶尔也有，只要是朋友之托，寄给我诗集，写个小评论，也谈不上从事批评。更重要的是，我比较感性，理论的愉悦也有，但相比较而言，还是从阅读作品中获得的愉悦更多。

接下来，从实际创作而言，古典文学的修养，对新诗写作有何裨益？这个问题太复杂了，简直要讲一学期的课都说不清楚。这方面，其实更多的是一个面对传统的问题。古今中外的诗人，不同时空不同地域，只要有写作存在，就有面对传统的问题。关于这方面我的脑海中一时涌现出一些文章，比如艾略特的《传统与个人才能》，黄灿然的《在两大传统的阴影下》，江弱水《古典诗的现代性》，秦晓宇《玉梯——当代中文诗叙论》等文章或著作。同样地，在中国文学史上，也有很多类似问题，比如我们读梁启超，会想到韩愈，读韩愈又会想到孟子；读林语堂，会想到苏轼，读苏轼又会想到庄子。传统的根基从未断绝，文脉从来都在传承中。说到个人的创作，我个人的创作其实不值一提，但我觉得有些当代诗人在“化欧化古”方面做得很好。比如在我个人阅读经验中，诗人张枣、杨炼、萧开愚、陈东东、蒋浩……等都有铸古铄今的佳作。往前追溯到中国早期新诗人中，卞之琳是我个人很喜欢的且极为出色的一位。当然，要对古典诗歌进行一种颇富创造性的转换，要使古典诗意在当下重生，这对一个诗人提出了极高的要求，要有能入且能出的创造力，如果做得不好，就会徒然流于模拟字面，造成表达陈陈相因而诗作的现代性不足等问题。此外，古典诗词中的特有的音韵美感，极值得重视。汉语是音、形、义三者高度融合的艺术，新诗固然可以不必追求古典诗词那样苛细严格的声律，但声音上的美感不可忽略。诗歌本来就是音乐文学，写诗应该很好地利用汉语固有的声调变化的特点，以此来形成抑扬顿挫、悦耳美听的效果。比如，南唐中主李璟词：“菡萏香销翠叶残，西风愁起绿波间，还与韶光共憔悴，不堪看。细雨梦回鸡塞远，小楼吹彻玉笙寒。”如果只追求意思，那么第一句完全可以写成，荷花香销荷叶残，但是这种音节本身就有一种珍重芬芳之意，所以王国维在其中读出了“大有众芳芜秽，美人迟暮之感”，这种音节造成的神秘“音势”（钟鸣提出的概念）之感，在诗歌写作中怎么强调也不为过。西奥多·罗特克曾经说过：“如果在韵律节奏上失败了就无足轻重。节奏韵律：创造一种我们的心智官能可以降落进去的模式；这一期待的循环召唤着惊奇。诗人，至少好的诗人提供它们。”此种说法极富启发性。

我写的《山洞居民疏离歌》这首诗，是在读了《碧岩录》以后写的，此书成于宋徽宗宣和七年，当时佛教界禅宗之风甚盛，对当时创作影响也极大。该书被天下衲僧视为“宗门第一书”，它选录了宋代著名的雪窦禅师的一百则公案，圜悟禅师加以评唱，阐明禅之奥义，我非常喜欢其中的微妙深细、富于兴发感动的特质。明眼人可以看出，诗句中的：“只能用月之盈缺喂哺清晨的婴儿，它们面容精致／惕于尘垢，谙习寒潭照影，如同被竹木阴翳环伺的芍药花／你凝视晨光在秤，不落盘上。为了不被触及，要努力诵经／遍访可能之镜，空山，乌有之乡，以及缩微于松果的形骸”中，明显受到《云门金毛狮子》《南泉如梦相似》等公案的影响。当然我化用得不太好，仅作抛砖引玉之谈。此外，《古镜记》又是我非常喜欢的一个唐传奇小说王度《古镜记》所化而来，这是一个非常奇特的具有很强现代性特质的一个文本。它以古镜为核心意象，连缀了12个幻美的故事，非常有趣。如诗中所说：“这徒劳而美丽的纹饰／它们蹲伏于镜壁周围，仿佛窥伺一个／芬芳的深渊，里面映现出沉沉的药与火／却已炼就了更深的胁迫：是就此坐进／这更深的镜中，成为镜子的一部分／如虚无荷叶般迎举更敏感纤细的照耀／还是在浩渺的镜外逍遥，蹉跎，容与／与那神秘之光相克相生？”这实际有点像是在谈个人和古典之间的关系，尽管有人在质疑它的光线日渐菲薄，但我却从未丧失对它的钟情。

陈家坪：如你所说，中国当代诗人的确面临着“化欧化古”的写作挑战，同时，它的可能性也是巨大的。古诗可谓无典不成诗了，在此，我们可以就用典来作一些探论，听你多谈？

赵晓辉：我脑子有点乱，说到哪里算哪里了。诗歌用典问题，是一个相当深细复杂的问题。实际上，无论古典诗词，还是新诗中的用典，如果从积极意义上来看，它都可以起到扩大诗意表现空间，在诗歌语言的联想轴上唤起更多意涵丰富的联想等作用。我在一篇小文里写过：“有时我觉得，诗中典故，就如连接邈远时空之“虫洞”（Wormhole），透过它，我们可以瞥见另一重太虚幻境。如同刘晨阮肇入天台山，诗人写下每句诗的瞬间，或亲历典故虫洞的刹那，便是我们在语言的故乡里度过的岁岁年年。”一个高妙的诗人在驱驰典故时，并不止于钻故纸堆，而是可以把獭祭故实转化得圆美流转，此正与《文心雕龙·隐秀》中所言“义生文外，秘响旁通”之境相合。从另外角度说，诗词里的用典其实显示了一个诗人在创作时，试图将往昔时空的诗意整合到眼前的一种自觉意识，并使得过去的诗意在当下重新复活，从而获得了一种同时代性，最重要的是，它可以唤起一种文化上的集体意识。典故这个问题不可能孤立地得以说明，它需要具体地面对一些诗歌文本的时候才有真切鲜明的感受。举个例子，比如在读王敖的《绝句》：“双影绕身为什么发愁，幽光／落入西海，指弹提灯的飞蛾，窗内外／前后绕远的人和马，拆走黑暗深爱的小楼。”撇开如何解读这诗不谈，幽光入西海，就可以令人想到李商隐的诗：“今日东风自不胜，化作幽光入西海。”当然，典故有多种形式的用法，好的典故运用浑化无迹，这诗原本是写流年暗换，春天消逝，诗中女子无限怨思，不知此典故也不影响阅读，但是如果知道是化用了李义山的诗，是否会对诗中双影缘何发愁之惆怅有更深入形象的理解呢？此外，还比如有次阅读秦晓宇的文章，里面引用朱朱的诗《月亮上的新泽西》印象极为深刻：“……记忆徒留风筝的线轴，／我知道我已经无法带你回家了，／甚至连祝福也显得多余。／无人赋予使命，深夜／我梦见自己一脚跨过太平洋，／重回烈火浓烟的疆场，／填放着弓弩，继续射杀那些毒太阳。”最后引用的是后羿射日之典故，在今天雾霾时代的祖国，阅读这结句，并体会其典故之现代性转化，如诗人所说，“这首诗也是关于成长和重逢的故事，关于时代的创伤与变迁的，祖国的故事”，射杀那毒太阳，读来惊心动魄。毫无疑问，极具感染力。类似例子还有很多，兹不赘述。所以，一个杰出的诗人，总是能很好地旧曲翻新，铸古铄今。后之视今，犹今之视昔，古今皆是一理。这其实也在证明艾略特的一个说法：“假如我们研究一个诗人，撇开了他的偏见，我们却常常会看出：他的作品中，不仅最好的部分，就是最个人的部分也是他的前辈诗人最有力地表现他们的不朽的地方。”

陈家坪：想必你在学习的过程中，有整理故纸堆时发现的文学秘密，在此，不妨把这些少为人知的知识点结合到写作经验上多举些例子来给我们介绍一番？

赵晓辉：我在阅读和整理故纸堆的过程中发现的文学秘密？说实话，我有点茫然，能谈多少谈多少吧。我曾经凭着一点对古典诗词的爱好进入这一领域，然而依然感觉到浩渺典籍中的云山雾罩和“我瞻四方，蹙蹙靡所骋”的彷徨茫然，这其中当然包括对古典文献那种繁琐累赘的知识考索、教科书式的文学史书写方式，以及那种与人之生命体验相剥离的知识主义的厌倦感。当然，我依然十分敬重很多古典文学学者勤勉的研究。做任何研究，“束书不观，游谈无根”肯定是行不通的。

我硕博期间，主要学的是唐宋文学。古典文学的研究无外乎以下几种：文献资料的整理考订；作家思想、时代思潮研究；文本分析。也就是将考据、义理、辞章融合起来，作综合研究。当然，做文学研究，既要有功力，又要有妙悟，所谓“玄心洞见妙赏深情”，皆不可少。这是一个既精微又宏富的领域，从诗的题材类别上讲，从山水田园、边塞、艳情、送别、乐舞、咏画、咏物，各类都已经被尽可能地开掘研究，少有留白，同时也有多重的研究视角如体裁、题材、语言、风格、艺术构思、表现技巧、审美观照方式等，这些都已为我们所熟知。从题材之流演来说，事易时移，如今有些题材与情境逐渐衰落消失了。比如今天就不存在古典意义上的伤离怨别之作。再比如游仙诗，汉魏六朝是游仙诗兴起和成型的阶段，为后代奠定了一个基本范式，后代游仙、咏仙、慕仙之作踵事增华，唐代曹唐有《大游仙》十八首、《小游仙》九十八首等，当代诗人中也有冠名游仙之作，比如我前阵子读到的蒋浩的《游仙诗》，曹疏影的《小游仙》等，那么这种题材修辞、体式等方面是如何递变的？此外，李白这样的诗人，如何成为文学史教材中所言的浪漫主义诗人？相应地，杜甫又怎么被称为现实主义诗人的？意象派与中国古典诗歌之间是什么关系？美国诗人加里·斯奈德和中国文化及禅宗之间到底存在怎样的渊源关系？此外，如何看待古典诗词的现代性问题？比如唐诗中的杜甫、李贺、李商隐，宋词中的周邦彦、姜夔、吴文英，他们的诗词一脉相承，皆具有感性的修辞，灵幻之想象，跳跃的意象，给人以深隐幽微且极具现代性特质之感。这些其实都是极有意思的话题，值得下功夫去思索这些问题。

再比如从唐诗批评角度而言，宋代诗话碎玉零玑，明清时代就有系统专论了，其欣赏标准一直在讨论中。按照葛晓音老师的概括，齐梁时代就有“天机自然”与“假借经史”之辨，至唐代诗论中逐渐发展成“自然天真”与“苦思才力”这两类境界，宋人对“天然妙悟”和“功夫学力”的轩轾，已显示出区分盛唐诗与晚唐、宋诗的倾向，开启了明清的门户之见。宗唐派在明代发展到全盛时期。盛唐诗以其“天真兴致”、“天机自流”成为诗歌美学理想代表，中晚唐诗则因“人能学力”而被视为宋诗之源。清人将两类标准归总为“天分”与“学力”之争。各派论说几经反复较量，至清中叶以后，由于时代和学术的原因，宗宋派渐占上风。而在这历经千年的唐宋诗之争、初盛与中晚唐之争的错杂交替中，中国诗学批评的各种概念也愈益丰富完善，像我们所熟知的风格、意象、声调、格律、法度、体调、情理、文质、气势、神韵……等一系列批评范畴及术语构成了中国诗论的传统，其影响一直赓续至今。我们今天的文学批评，还未能尽脱明清诗论术语及语汇之影响，而且它仍能在新诗批评的领域中发挥一定作用。

中国古典诗词，按照顾随和叶嘉莹先生的说法，其价值在于那种“兴发感动”的特质，此种感发，是推，是化，而非说教。《人间词话》云：“诗人必有轻视外物之意，故能以奴仆命风月。又必有重视外物之意，故能与花鸟共忧乐”，如此方能有同心，有诗心。中国古典诗词，第一流之作者，如屈原、陶渊明、王维、杜甫、李商隐等，他们全部的生命、人格、意志、操守、理想与其诗篇是合一的，读他们的诗，其生平行止、情感心志，皆历历分明。中国古典诗歌三千多年的悠久历史，每一种体式都得到了充分发展，产生了诸多不朽之作，也有丰富多样的诗学成果。而世界对中国诗学的了解还远远不够，记得有次开会，与古典文学学者刘宁老师聊天时，她说当自己看到普林斯顿大学出版社的诗学百科时，书中介绍世界上的诗学传统竟然有如此之多，而被我们珍如拱璧的中国诗学，不过是这一千多页的厚书中的几页，当时的感受既惊异又崩溃，有强烈的失重之感。

这失重感，一如忧患，皆如此真切，令我们思量。“清末以来的变动，皆由接触现代西洋而起，到得今天，应已能知己知彼，若有风光，还要彼此相忘”，《山河岁月》里有段文字如是说。我并非一个文化复古主义者，但是中国诗歌中那些最伟大且富于兴发感动的特质还需要深度挖掘与弘扬。比如，宇文所安曾提出了中国诗歌“非虚构”的诗学传统这样一个命题，并且在《中国传统诗歌与诗学》中有着很具启发性的探讨，他所论述的非虚构传统中的中国诗歌是一种理想的诗歌形式，它来自自然的多样性，是对西方文学传统中的诗歌作为神性诗人创造的第二自然的颠覆。因而，解读中国诗歌应当避免那种将其离析破碎的语言结构式分析，应当尽量栖居于同时代诗歌语境中，聆听它真实的声响。如《文心雕龙》所言：“春秋代序，阴阳惨舒，物色之动，心亦摇焉。……是以是以诗人感物，联类不穷；流连万象之际，沉吟视听之区。写气图貌，既随物以宛转；属采附声，亦与心而徘徊。”

陈家坪：就你的视野所及，当代诗的写作所表现出来的，与古诗写作存在哪些异同？显然，我们不可能完全复古，而所谓的学习主要体现在哪些方面？

赵晓辉：其实，这个话题跟上面的话题有重合之处，而且已经有很多诗人和诗论家谈得很精彩，我大概说说谈谈自己的看法吧，也是想哪儿说到哪儿。任何一颗诗心，在与茫茫世界相遇的过程中，在传统与现代、真实与虚妄、绝望与希望、自我与他者之间，都需要有一种宏阔综合的视野，一种超越国界和语言边界的创新意识，这是个永久性的话题，也是任何时代的诗人都必须直面的命运。我更愿意以一种通脱圆融的方式来看古典诗词和新诗之间的关系。古今中外无数诗人面对的很多问题都是一样的，都要从个体的生命经验来处理人类生存境遇的本质问题，如悲欢离合，生存毁灭，缱绻与决绝……这之间存在极强的互文性。在创作方面，面对一首诗，其主题、意象、情感、意境、格调等，都是古今诗人都需要考量的内容。钱钟书说：“东海西海，心理攸同；南学北学，道术未裂。”这才是通达之言。

有时出去开会，遇见一些古典文学的研究学者，谨守古典诗词的畛域，对新诗不屑一顾，或者想要有所理解却不得其门而入，遑论登堂入室。此外，在新诗的创作领域内，与古典传统之间的巨大断裂从五四时代一直赓续至今。有些诗人文字粗糙，缺乏文字经营与推敲，读来毫无悦耳美听之感。反正是新诗，大家都在闭门造车，与外国文学传统更为亲近的人摸索到国外诗人那里，与之建立一种私人化的亲近感，似乎已经司空见惯。当然，无论“化欧”还是“化古”的写作，在创作时，都面临一种强烈的焦虑和压力。您看，我在回答你的问题时，也充满焦虑与挂一漏万之感。

处理诗歌中古典和现代的关系，上世纪三十年代的诗人们就已经有很成功的例子，比如卞之琳的部分诗歌堪称典范，其次戴望舒和何其芳等也有成功的诗作。当然，我个人绝对是主张在古典传统之上对其加以创造性转化的，要以现代性思维对其加以重新审视和观照，写诗如果仅仅追求古意盎然，而缺乏现代性敏感，这样的尝试就无甚意义。中国现代派诗人曾将古典传统与西方修养结合得很均衡，他们既有旧诗词的修养，外语又很好，能将“化古”与“化欧”融合得很好。这对我们今天的创作很有启示意义。此外，我还想到，一部中国文学史就是一部文体形态嬗递演进的历史。文体之间互影响，打破文体本色，“尊体”理论和“破体”实践始终交互进行。这表现为，在理论上不乏强调文体本色之论，而在实际创作方面却在践行“能废前法者乃为雄”之说。骈与散、简与繁、文与质、雅与俗等方面的讨论多层面多角度展开，对明清两代的文体理论有重要影响。比如宋代有很著名的公案，围绕“以文为诗”、“以诗为词”、“以论为记”都展开过极为热闹的讨论。很多诗人、批评家如欧阳修、王安石、苏轼、黄庭坚、陈师道、晁补之、吕本中、严羽、王若虚等都卷入其中。文体间的融合影响给宋代文学创作带来了空前的活力。这同样对我们今天的新诗创作极具启发意义。

谈谈二者之间的差别？这个太难概括了，而且有把新旧诗丰富多样的创作实绩和诗学观念简单化之嫌。旧诗境阔，新诗言长。旧诗动人易，新诗入人难。旧诗以韵致胜，新诗以思理胜。旧诗讲究格律，新诗体式自由。旧诗如啖荔枝，新诗如食橄榄。旧诗圆融，新诗分裂。旧诗丰腴，新诗瘦劲……当然了，这只是大略言之，而且这种概括相当粗疏有很多问题。虽旧诗当中，亦有极具现代性者，如杜甫、李贺、李商隐、周邦彦、姜夔、吴文英等。虽新诗当中，亦有孜孜矻矻的新古典主义者。

此外，现代文学史上作家废名在《新诗问答》中有个深富启发性的说法："旧诗之所以成为诗，乃因为旧诗的文字，若旧诗的内容则可以说不是诗的，是散文的。这话骤然听来或者有点奇怪，但请随便拿一首诗来读一下，无论是诗也好，词也好，古体诗也好，今体诗也好，其愈为旧诗的佳作亦愈为散文的情致，这一点好像刚刚同西洋诗相反，西洋诗的文字同散文的文字文法上的区别是很少的，西洋诗所表现的情思与散文的情思则显然是两种。中国诗中像'前不见古人后不见来者，念天地之悠悠独怆然而涕下'确是诗的内容，然而这种诗正是例外的诗。'姑苏城外寒山寺，夜半钟声到客船'其所以成为诗之故，岂不在于文字么？若察其意义明明是散文的意义。我先前所引的李商隐的'我是梦中传彩笔，欲书花叶寄朝云'确不是散文的意义而是诗的，但这样的诗的内容用在旧诗便不称，读之反觉其文胜质。他的内容失掉了。这个内容倒是新诗的内容。我的意思便在这里，新诗要别于旧诗而能成立，一定要这个内容是诗的，其文字则要是散文的。旧诗的内容是散文的，其文字则是诗的，不关乎这个诗的文字扩充到白话。"引用这段文字较长，但这段论述读来很有启发性。他的意思大约是指，旧诗的文字有音韵体式等作为诗的要求，但其内容是散文化的，钱穆说古典文学"亲附人生，妙会实事"，其是之谓乎。而新诗的形式本来就是散文化的，自由的，故其内容要有诗的内容，所谓诗的内容，大意是说要有超越日常经验的、诗意玄远超凡的内容。否则如果形式上已经散文化了，内容再是那些散文化的内容，那就不成其为诗了。因此，新诗在本质上是以摆脱"散文性现实"为旨归的，正如汉斯·罗伯特·耀斯在《审美经验与文学解释学》中所言，"读者的期待并没有转向去认识一个被描绘的、已经为人们所熟悉的或者说经历过的现实，而是转向陌生的世界的表象。不管抒情感受是在远离'自主艺术'的情况下把它的描写对象带回神话理想的视域，还是在此以后从一个因人人皆知而显得空洞无意义的现实中发现了世界的新面貌，抒情诗的经验总是超越日常和历史生活的真实视域。" 此外，在中国古典诗学的价值理论体系中，占主导地位的乃是其伦理教化功能。正所谓"温柔敦厚，诗教也。疏通知远，书教也。广博易良，乐教也。絜静精微，易教也。恭俭庄敬，礼教也。"

古典诗教观念，反映出政治与教化合一的价值取向。而现代诗学则更多强调诗歌独立自由的美学价值。

这两者之间的关系是奇妙而难以尽言的，我平时其实没有太多考虑过它们的差异性问题。尼采说，凝视深渊过久，深渊将回以凝视。同样地，当我们以极大的热情去凝视你热爱的对象之时，时间久了，它们同样能回以凝视，这是一个相看两不厌的过程。从来都不存在纯粹意义上的复古，而是要以铸古铄今为鹄的，在新诗创作中形成精微且富于暗示性与穿透力的，一种富于现代性启示意义的诗歌文本。任何时代，诗歌，它都应该是一种引领精神飞升的光芒，一个质地清晰而又幽邈的隐喻，它还是一种动态的风景，承载了个人不可复制的记忆、困惑与生命的细节，它要经过每个诗人都为之神伤的语言锤炼阶段，最终形成既热烈而又节制的艺术品。

陈家坪：最后你认为这次北京青年诗会的年轻诗人，他们表现出了哪些值得关注的地方？

赵晓辉：这次诗会由你、李浩、张光昕、苏琦、张杭、江汀等人共同发起，视野开阔，气魄宏大，囊括了北京很多优秀的青年诗人，这是值得欣慰的。当年林庚先生在唐诗研究中曾提出“盛唐气象”、“少年精神”等经典论见，青年诗会就应该有这种热力澎湃的少年精神。我曾聆听过一些诗会，有些诗人诗艺已趋于保守，朗诵诗作也为我们所惯知习见。清代赵翼有首我们很熟悉的诗，“李杜诗篇万口传，至今已觉不新鲜。江山代有才人出，各领风骚数百年。”王国维也说，所谓“一代有一代之文学”，就我目力所及，很多年轻诗人已经写得相当好。这次青年诗人的作品，读来感觉诗歌意象饱满绵密，章法曲尽腾挪变幻，亦有灵气行乎其间。有些作品意匠灵巧且富于想象力，阅读它们，恍若进入了一个异彩纷呈的镜中世界。写诗尽管需要适度地疏离人群，但过度孤独，可能会陷入一种自我吞噬的幽闭感中去，因此这样的诗会是很有必要的，也给北京的青年诗人们提供了一个很好的相互交流的机会。顾随先生说过，写者成功而读者也不可忘了自己，杜甫这样的大诗人写诗对得起我们，他是成功了，而我们只是一味受他感染，将置自身于何地？年轻诗人应勇于从幽闭感中超拔出来，发出自己的声音。这次青年诗会看到了很多年轻的面孔，很有趣。在某些年轻诗人的作品中，我感觉到了一种突破自我写作的幽闭感，以及语言的俗套陈规的一种新鲜的活力和方向。当然，这样的语言与修辞的活力还需要拉开一定的时间距离才能加以判断。不过，最重要的是，这些年轻诗人要持续不断地写下去，坚持永远比放弃需要更多的智慧。

我个人不太喜欢那类大而化之、缺乏具体辨析的概括性论断，比如一度所谓"学院派"与"民间派"的论争，还有所谓"中产阶级趣味"之类的说法，以及"浪漫主义"与"现代主义"之争。无论写诗，还是论诗，都应该有一个"通古今之变"的较为宏大的文化视野，要以陈寅恪所云"了解之同情"的态度去感受诗歌的焦虑感、困境以及它所昭示的可能性。

事实上，在今天，每个诗人的写作都有诸多困境与焦虑，晋人《子夜歌》里有："欢从何处来，端然有忧色。"真是明心见性之语。夜晚有深深的花朵，而它的枝桠却隐没在无边的阴翳中。也许，写诗竟如漆黑之夜的摸索，我们无时不感到疼痛与决裂，挣扎与游移，恍惚与醒悟……我总在怀疑那些气足神完、声音响亮的人并非真诚的写作者。事实上，身处这样晦暗的时代，一个并非心力交瘁的写作者是形迹可疑的。

在当下，每个诗人都在进行各种不同的中国式现代主义诗歌的写作尝试，其师法渊源以及精神谱系亦趋多样化。同时，当代诗歌因为过度强调自我主体性的表达等原因，在当下诸种文体的创作中显得异常孤立幽独，在整个社会中越来越成为少数人的小圈子文化。写诗，有时候给人以强烈的幽独感和虚无感。但在古代，诗可以兴观群怨，诗歌拥抱了一个极为广大的世界，中国人精神世界和诗息息相关，它甚至是当时人的基本生活方式。当然，我前面所言的新古典主义也并非一个解决方案，但当代的青年诗人至少也应该有一种从陈规俗套中挣脱出来的"铄古铸今"的勇气，以及"路漫漫其修远兮，吾将上下而求索"的自觉意识。

2014年10月25日

（原载《桥与门——北京青年诗会诗人访谈》）

后记

近些日子，几乎每天都沉浸在整理文稿的幽独空气里。全书二十余万字，根据内容辑为“旧时月色、风物相思、清镜幽匣、真珠密字、翦灯心事、光影流年、伫闻清议”七辑。“旧时月色”中收录的是较长的诗词细读或漫谈文章。“风物相思、清镜幽匣、真珠密字”三辑乃是从2014年8月至2016年2月止，在微信公号诗光里所写的诗词随笔，当时我答应编辑每一周或两周更新一篇品读文章，就这样，积累了近十万字，真所谓集腋成裘，聚沙成塔，这些小文章，都是在教书、带娃、出游、开会、论文之余写的，如今，写字时的快乐早已荡然无存，“惟觉时之枕席，失向来之烟霞”，感慨万端中。因考虑到只录这部分太过单薄，又加入“翦灯心事、光影流年、伫闻清议”三辑，“翦灯心事”的内容略私人化一些，但仍与诗有关。“光影流年”乃是我2010年左右在报纸上按编辑的要求所写的命题影评。“伫闻清议”者，乃是散见于书刊杂志的评论文字。

断断续续编完此书，已是春日迟迟。白石词里有“诗鬓无端又一春”，其是之谓乎。当然，在翻检旧箧时，自不免有“今日所作，明日必悔”的惭怍之感。“茫然心苦千篇拙，暝坐神凝万象空”，正是我此时心境。

黄昏不觉到来，我家楼下的树木已绽出新芽，忽然想到我喜欢的女诗人阿赫玛托娃的句子：“松树的玫瑰色躯干，此刻也全然裸露于黄昏。”“而如此的以太波浪中的日落，我再也不能领会，无论它是一天的尽头，还是世界的尽头，或是从我生命中再次涌起的神秘”。

那无端涌起的，是命运赠与我的神秘诗意？我在暗夜里注视着它，充满了惊奇。还好，诗有时会令人忘记时间，可以绾合一些永恒之美，并与令人绝望的流逝相抵。即使在黑夜最沉重的叹息里，我也愿拥有幽独的诗意。至于那缥缈如孤鸿的诗神，我亦从未希冀特别的眷顾：“怎能说你不是守火的圣女：你来时带了一条小凳；你取下我的一生，如同取自壁架，并吹去上面的尘土”（帕斯捷尔纳克《出于迷信》）。“世界微尘里，吾宁爱与憎”，多费了，楮之墨。

感谢史仲文教授为本书出版提供的宝贵机会，史老师博学多识，著述丰富。嘉掖后学，不遗余力。感谢本书责编王娟老师为本书所做的细致工作。算起来，我于2007年之夏卜居西山脚下，荏苒已是八年。庾子山《小园赋》谓：“若夫一枝之上，巢父得安巢之所；一壶之中，壶公有容身之地。”感谢我所任教的学校、学院领导与中文系同事们的悉心关怀与帮助，言不尽意，谨以致诚，敬申谢意。

赵晓辉

2016年7月